Tribunal das sombras

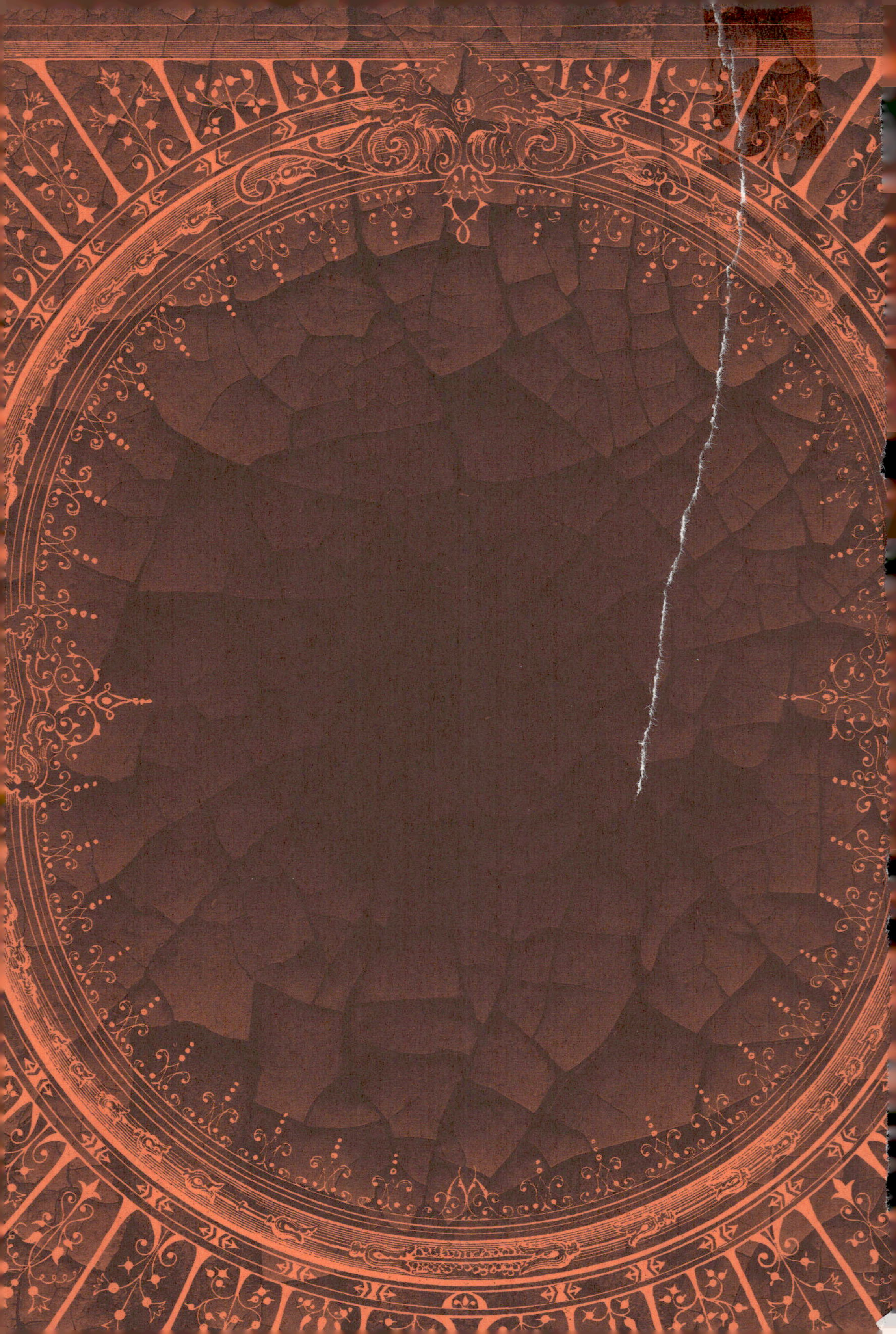

TRIBUNAL DAS SOMBRAS

MADELEINE ROUX

TRADUÇÃO: GUILHERME MIRANDA

PLATAFORMA21

TÍTULO ORIGINAL *Court of Shadows*

Plataforma21 é o selo jovem da V&R Editoras

DIREÇÃO EDITORIAL Marco Garcia
EDIÇÃO Thaíse Costa Macêdo
EDITORA-ASSISTENTE Natália Chagas Máximo
PREPARAÇÃO Raquel Nakasone
REVISÃO Bárbara Borges e Isadora Prospero
DIREÇÃO DE ARTE Ana Solt
DIAGRAMAÇÃO Pamella Destefi
ILUSTRAÇÕES © 2018 by Iris Compiet
CAPA E TIPOGRAFIA Erin Fitzsimmons
ILUSTRAÇÃO DE CAPA © 2018 by Daniel Danger

Dados Internacionais de Catalogação na Publicação (CIP)
(Câmara Brasileira do Livro, SP, Brasil)

Roux, Madeleine
Tribunal das sombras / Madeleine Roux; tradução Guilherme Miranda. – São Paulo: Plataforma21, 2018. – (Casa das fúrias; 2)

Título original: Court of shadows
ISBN 978-85-92783-89-1

1. Ficção norte-americana I. Título II. Série.

18-22582 CDD-813

Índices para catálogo sistemático:
1. Ficção : Literatura norte-americana 813
Maria Paula C. Riyuzo – Bibliotecária – CRB-8/7639

VERGARA & RIBA EDITORAS S.A.
Rua Cel. Lisboa, 989 | Vila Mariana
CEP 04020-041 | São Paulo | SP
Tel. | Fax: (+55 11) 4612-2866
plataforma21.com.br | plataforma21@vreditoras.com.br

Para mamãe e papai.

E, óbvio, para o Smidge.

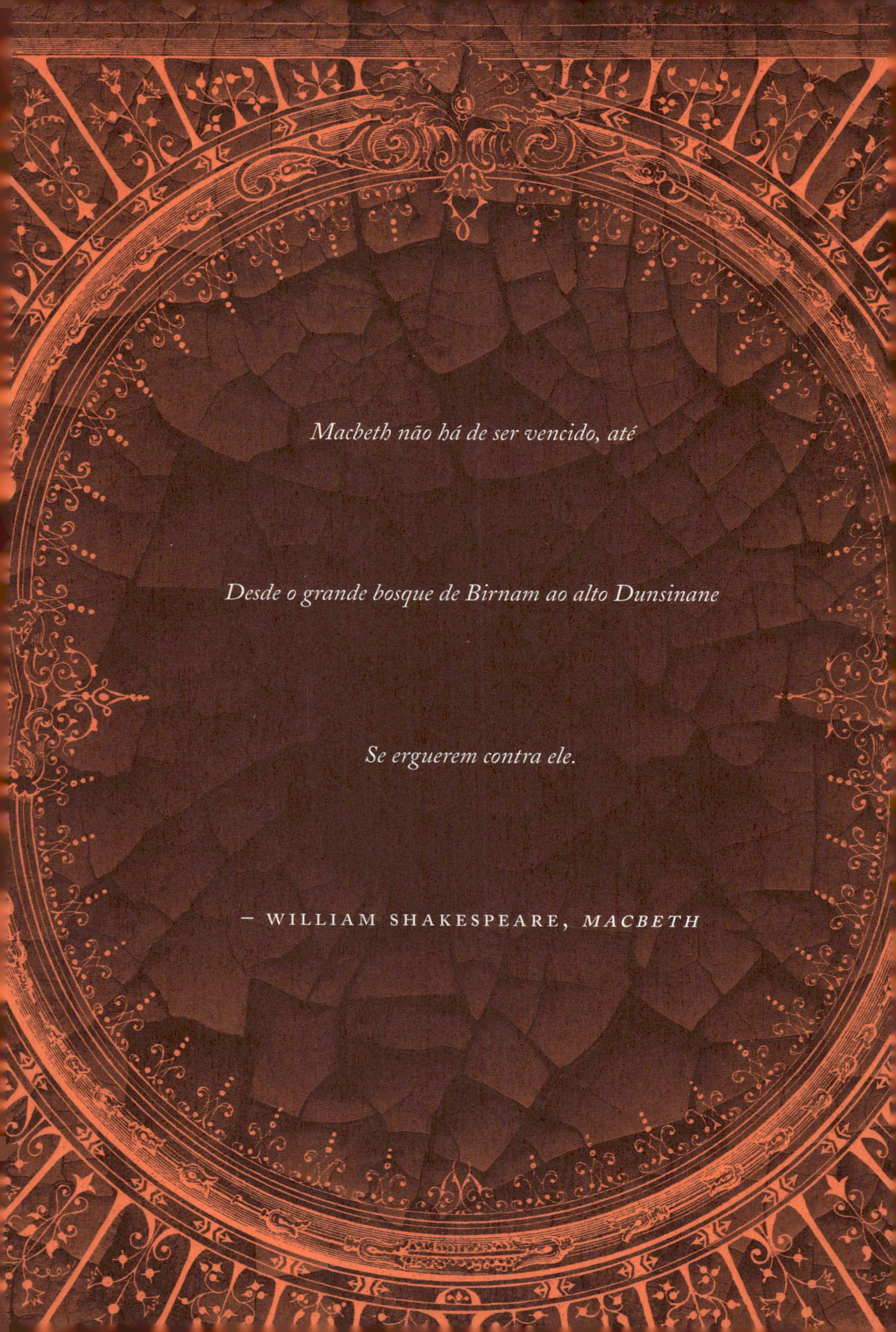

Macbeth não há de ser vencido, até

Desde o grande bosque de Birnam ao alto Dunsinane

Se erguerem contra ele.

— WILLIAM SHAKESPEARE, *MACBETH*

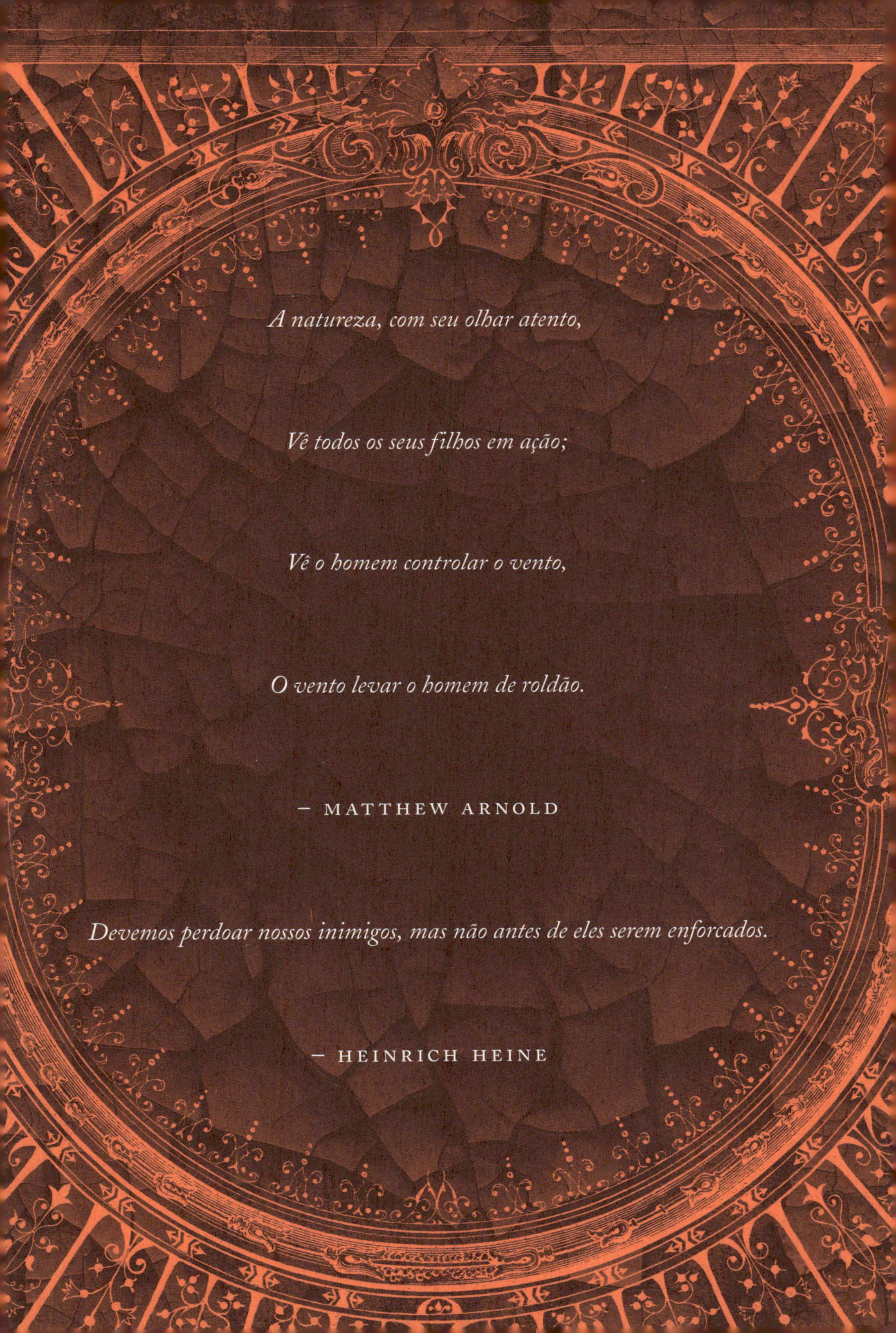

A natureza, com seu olhar atento,

Vê todos os seus filhos em ação;

Vê o homem controlar o vento,

O vento levar o homem de roldão.

— MATTHEW ARNOLD

Devemos perdoar nossos inimigos, mas não antes de eles serem enforcados.

— HEINRICH HEINE

Prólogo

Ano dois

Diário de Bennu, o Corredor

Foram saindo da árvore como vermes da terra. Mais sombra do que massa, deslizaram por entre as fendas plangentes no tronco antes de chegar à clareira. As raízes da árvore tinham a grossura de cavalos, largas e nodosas, nunca tocadas pelo homem e raras vezes vistas por ele. As criaturas foram saindo dessas raízes aos poucos no começo, mas, com o cair da noite, foram chegando em um ritmo mais gradual, um gotejar lento que se tornou um fluxo constante.

De onde elas vinham? Seria a árvore oca por dentro para abrigar tantas filhas? Até onde dentro da terra chegavam suas raízes? Era lá que as criaturas viviam quando fugiam do ar verde e fresco da floresta? Seriam feitas de lama ou rocha ou madeira, ou de carne e osso como eu?

Eu tinha chegado tão longe, percorrido quilômetros incalculáveis, para testemunhar esse renascimento com meus próprios olhos, embora tivesse testemunhado muitas estranhezas em Per Ramessu e Bubastis, e embora tivesse pelejado ao atravessar territórios desconhecidos cheios de estranhos pintados e animais curiosos. Tinha visto uma mulher engolir uma cobra inteira sem sofrer qualquer dano, visto o rosto de outra derreter como cera sob o sopro de um anjo, e comido na companhia de homens que se diziam mais velhos do que as areias da minha terra.

Mas aquilo… Cortava meu coração ver aquilo, ver o nada tomar forma, ver uma árvore, alta como um palácio, agir como uma mulher de carne e osso e criar vida. Vida que andava e respirava. Cada criatura com um rosto diferente. Não eram feias aquelas criaturas, tampouco eram como qualquer homem que eu já tivesse conhecido. Linhas escuras como tatuagens cobriam a pele, cortando fundo. As criaturas cintilavam e se moviam com uma graça sobrenatural, como se flutuassem ao longo da grama orvalhada.

Corujões, orelhudos e ameaçadores, estavam pousados nas árvores menores ao meu redor, piando em um ritmo lento. Toda espécie de cobras e aranhas tinha vindo assistir, um exército de olhos pretos e escamas cintilantes. Notei que havia um tipo de música no ar, com sapos e grilos cantando em conjunto, auxiliados pelo gemido baixo do que parecia um cervo. A música ecoava em meu peito, ancestral e primitiva, e senti um calafrio, aconchegado sob a pele que eu havia encontrado seguindo o rastro de um animal morto. A floresta fedia à vegetação nova e à podridão purulenta, um cheiro terroso e forte que parecia pulsar com vida própria.

Perguntei-me aonde tinha ido meu protetor, o homem forte que tinha vindo comigo do Egito e me protegido de tanta coisa. Mas ele havia desaparecido e, ao longe, escutei um grito de fúria. Será que o haviam levado? Será que o homem estava sofrendo?

Vida. Tudo ali era vida, quase a ponto de ser sufocante. Todas as coisas cresciam e se expandiam, espalhando-se através da argila e da água, sem nenhuma civilização que as contivesse. Como era solitário e frio ser o único homem no que parecia uma eternidade em todas as direções.

Mas permaneci.

Nada que saía da árvore me notou, embora eu não tivesse feito nenhuma tentativa de esconder minha presença. Afinal, tinha sido convocado, enviado por mulheres com visões, guiado sob a luz do dia por uma Serpente Celeste atravessando as nuvens com seu grandioso e terrível corpo. Eu tinha escutado e seguido e cruzado mares e montanhas e vales até chegar a este lugar. Até a árvore. Até o Pai.

Por fim, a árvore conteve sua criação, e todos que ela gerou a rodearam. A música da floresta ficou mais alta, a ponto de doer, palpitando em meu peito como um punho batendo mais e mais forte. Eu não podia fazer nada além de me encolher sob a pele, com os pés molhados pela lama, e esperar, observando enquanto a árvore se abria uma vez mais, a grande fenda em seu tronco soprando um último vulto.

Teria eu conhecido o verdadeiro frio antes? Teria eu conhecido a face das magias reais e perversas? Não, aquilo transformou tudo. Eu estava na presença de algo fora do tempo, fora do cálculo, um ser sem começo nem fim.

Ele era o rei deles, e essa… essa era sua corte. Meu rei. Meu Pai. De repente, todos os olhos se voltaram para mim, negros como besouros, cintilantes. Todos sorriam, embora eu não quisesse saber o porquê. Me senti subitamente perseguido e soube que poderia ser meu fim – aqueles não eram sorrisos de boas-vindas, mas sinais de uma fome insaciável.

O Pai veio em minha direção e a música ficou mais suave, como um cântico, agora com sussurros agudos e fantasmagóricos acompanhando o ritmo.

As palavras brotaram com força quando o rei da floresta me viu e se aproximou. Ele era mais alto que os outros, tinha um rosto talhado e aquilino, traços humanos desenhados por uma mão trêmula. Nariz de falcão, queixo de leão, bochechas de esfinge, cabelo de corvo. Seus olhos, do preto mais escuro, dançavam com pontinhos tênues de vermelho, e ele vestia musgo, vinha e penas, moldadas em um manto que descia flutuante de seus ombros.

Ele estendeu seus dedos curvos e pontudos, e eu soube que o que segurava em meus braços, o que protegia junto ao peito, logo seria dele. Os sussurros! Os sussurros corroíam meu cérebro, deixando-me fraco e distraído.

Por que eu tinha vindo? As ninfas tinham me oferecido refúgio. Não era para ser meu fim…

O Pai de Todas as Árvores, o Pai de Todas as Árvores, o Pai de Todas as Árvores…

Eu não conseguia ouvir nada além dos sussurros agora, nem mesmo meus pensamentos. Se sobrevivesse a essa floresta, não sabia se algum dia voltaria a pensar em outra coisa.

– Veio até tão longe para me trazer isso… – Sua voz eram estalos e rangidos de galhos sob a tempestade, era o uivo do vento pelas folhas, o borbulhar da água sobre a pedra. – Para me trazê-lo.

É para você? Cometi algum erro? Talvez não tenha sido feito para ninguém. Isso nunca deve ser encontrado!

Então seus dedos tocaram o livro junto ao meu peito, e não havia sobrado energia em meu corpo. As centenas de olhos negros me vigiando tinham roubado minhas forças, e seu cântico tinha me deixado à beira do sono. Ele o tirou de mim. Ele o tirou, e eu fracassei.

– Durma agora, Bennu, aquele que conheceu a fome e a exaustão e o medo. Durma agora, seguro entre os ramos. Seus segredos estão a salvo comigo.

Capítulo
Um

Norte da Inglaterra
Primavera, 1810

Não era a primeira vez que eu encarava o cano de uma arma, mas realmente esperava que fosse a última.

Ao menos era uma mudança na minha rotina habitual. Passei a conhecer os efeitos atordoantes do tédio até nas mais bizarras das tarefas. No começo, a novidade de limpar os corpos dos hóspedes aniquilados por Poppy e pelas magias da sra. Haylam tornava o trabalho interessante. Mas carregar baldes de vísceras, esfregar manchas de sangue dos pisos de madeira e limpar excrementos de ave dos carpetes do sr. Morningside logo se tornaram tarefas enfadonhas. A vida, ainda que em uma casa de prodígios sombrios, poderia se tornar maçante. Comecei a perder a conta dos hóspedes cruéis que eu havia ajudado a matar. Ainda me deixava mal pensar demais em meu trabalho na Casa Coldthistle.

– Ora, você não está se concentrando nem um pouco, Louisa.

Atrás do cano curvo da pistola, Chijioke estava de cara fechada. Havia uma contração exausta em seu olho, e sua mão tremia um pouco enquanto apontava a arma para o meu rosto. A luz nebulosa do sol atravessava a sujeira com dificuldade nas janelas da biblioteca; partículas pálidas de pó dançavam ao nosso redor como vaga-lumes vespertinos.

– Só jura pra mim que ela não está carregada – eu disse, de mau humor.

Ele revirou os olhos e bufou.

– Pela quinta vez, está vazia. Agora, foco, Louisa. Ou foi só um golpe de sorte que salvou sua vida?

Tentei me concentrar, mas as perguntas dele estavam me deixando mais distraída. Na verdade, foi uma combinação de coisas que salvaram minha vida no dia em que o tio de Lee decidiu me matar: Mary me protegendo com sua magia peculiar e Poppy usando a dela para estourar os miolos de George

Bremerton. Estremeci com a lembrança – pesadelos daquele dia me visitavam com frequência e, no fundo, eu sabia que era improvável que eles fossem embora algum dia.

Havia os sonhos horrendos, e também a realidade ainda mais cruel da ausência de Mary. Eu sentia falta dela. Meses haviam se passado desde que eu fora à Irlanda, na esperança de invocá-la novamente com um desejo lançado dentro de um poço especial. Segundo o sr. Morningside, Mary, como um espírito do Extraterreno, nem morta nem viva, devia ter ido para as Terras Crepusculares, um lugar como o limbo; era para eu ter conseguido invocá-la de volta com a mesma magia que havia lhe dado à luz pela primeira vez. Mas meu desejo caiu no poço, mergulhou na água e afundou como pedra.

Naquele momento terrível, ao menos me considerei livre da Casa Coldthistle. Eu tinha deixado a nascente e partido alcoolizada de Dublin a Londres e, então, relutante, de volta a Malton. As poucas coisas que havia roubado da casa renderam bastante depois de vendidas, mas não o suficiente. Pensei em me virar sozinha, encontrar algum trabalho como criada. Mas minha personalidade irascível não era tolerada na cidade, como era em Coldthistle. Não demorou para eu estar desempregada e na miséria novamente. Talvez fosse o destino me obrigando a voltar à Casa Coldthistle; talvez, em algum grau, eu apenas sentisse falta do lugar detestável.

Chijioke devia ter visto o desamparo em meu rosto. Suspirou e acenou com a cabeça para a pistola apontada na direção de meu nariz, como se estivesse me lembrando de que estava fazendo isso para o meu próprio bem.

Do lado de fora, mesmo com as janelas firmemente fechadas, pude ouvir o som de vozes alegres. Durante toda a semana, operários da propriedade vizinha vinham trabalhando para erguer uma enorme tenda no quintal da Casa Coldthistle. Bom, parte dela era na propriedade da casa – metade, para ser específica – e a outra metade ficava nos pastos ao leste, cuidados pelo gentil pastor que me recebera certa tarde. O objetivo da tenda de festa permanecia um mistério, e meus pensamentos alternaram entre a pobre Mary e o que quer que o sr. Morningside pudesse ter planejado. Os operários tomavam seu chá no gramado; os risos graves e altos eram um som raro no terreno de Coldthistle.

– Vamos, garota. Você já está testando minha paciência!

Chijioke estava quase gritando na minha cara. Aquele tique de exaustão em seu olho sumia quando ele bradava com seriedade.

– Muito bem! – gritei em resposta, finalmente encontrando o foco que havia me escapado. Veio, como das outras vezes, da raiva. Não houve fumaça nem estalo alto de magia, nenhuma descida de poeira cintilante, nada exótico ou digno de uma história infantil para o que eu era capaz de fazer: simplesmente foquei toda a minha mente por um instante e o poder de *criança trocada* dentro de mim se moveu, transformando a pistola na mão dele em um coelho.

Chijioke levou um susto, tão chocado e confuso quanto o filhote de coelho se contorcendo em sua mão.

Depois ele riu e abriu a palma, deixando o animalzinho se enrolar em uma bola curiosa e farejar sua pele. Era encantador de ver – a mão calejada do jardineiro de Coldthistle segurando um coelhinho cor de marfim do tamanho de uma bola de neve.

– Muito engraçado – ele disse, olhando para o coelho com a sobrancelha erguida. – Então seu poder não foi um golpe de sorte, afinal. Que nome vai dar pra ele?

Dei as costas para os dois e andei até a janela suja, ficando na ponta dos pés para olhar o gramado lá embaixo. A tenda branca era quase tão grande quanto o celeiro. Uma bandeira vermelha, verde e dourada ficava em cima de cada um de seus picos atrativamente curvos e então pontiagudos. As flâmulas eram simples, sem adornos, e não pude deixar de questionar o que significavam. Talvez, por causa da mudança de clima, fosse uma espécie de celebração da primavera. Mas isso parecia algo estranho demais para o sr. Morningside. Ele não faria nada tão aprazível sem uma motivação sinistra.

– Louisa?

Olhei para trás na direção de Chijioke e seu novo companheiro peludo. Não durou muito. Bastou piscar os olhos para o coelho desaparecer, e logo Chijioke estava com a arma em sua mão novamente.

– Não, nada. Por mais que eu tente, não consigo fazer o feitiço durar.

Ele encolheu os ombros com compaixão, enfiando a pistola atrás da calça e se aproximando de mim perto da janela. Ficamos olhando o estúpido pátio e observando os operários terminarem o chá e voltarem ao pavilhão, todos se esforçando para evitar os buracos que pontilhavam o terreno.

– Talvez tenha sido melhor assim, garota – Chijioke disse. – O coitadinho teria virado comida do Bartholomew antes do pôr do sol.

– Ele com certeza tem comido mais – concordei. – E crescido. Logo você vai ter de cuidar dele no celeiro. Poppy vai cavalgar nele pra cima e pra baixo no gramado.

Pelo canto do olho, vi Chijioke se crispar.

– Você não sabe mesmo para que é aquilo? – perguntei, subindo em uma pilha de livros para ter uma visão melhor. Havia um pequeno parapeito na janela, o suficiente para eu apoiar um joelho e esticar o pescoço para ver o gramado.

– Desconfio que só a sra. Haylam saiba, mas eu não ficaria surpreso se até ela estivesse no escuro. Não tenho por que mentir pra você, Louisa. Mas, se você descobrir primeiro, é melhor me contar tudo.

Estreitei os olhos, mas era óbvio que eu não consegui ver nada, nem quando a pequena abertura na frente da tenda se agitou sob o vento. Murmurando, encostei a cabeça no vidro da janela. Usar meus poderes – os poderes de criança trocada, como dizia o sr. Morningside – tinha me deixado um tanto frágil.

– Se Coldthistle fosse uma hospedaria normal, eu diria que é uma festa de casamento.

Ele riu e se apoiou no parapeito perto de mim, batendo de leve no colar que tinha escapado do meu vestido e agora pendia visível diante do meu pescoço.

– Anda pensando nessas coisas, hein?

Meu Deus, o colar. Eu pretendia guardar segredo sobre ele e, agora, minha deselegância ao subir na janela o havia feito escapar do xale meticulosamente enfiado no corpete. Peguei a colher com a mão e a enfiei de volta dentro do vestido. Desci do parapeito com um salto, dei as costas e tentei me esconder entre as estantes.

– Não é o que parece.

– Ah, não? Porque para mim parece uma bela de uma bobagem sentimental.

– Essa *bobagem sentimental* – respondi inflamada, virando em direção à porta – salvou minha vida.

Depois de quase morrer nas mãos de George Bremerton, várias vezes tinha pensado em partir permanentemente. Ainda pensava. Mas, se fugisse agora, se abandonasse Lee e as memórias que restavam de Mary, o que isso faria de mim? Ladra e fugitiva eu já era, mas não pretendia ser desleal. Talvez, se Mary voltasse de alguma forma e Lee encontrasse a felicidade ou ao menos uma certa paz, talvez eu pudesse partir. Talvez então…

Chijioke me chamou, mas naquela hora eu estava esgotada pelo treino e entristecida. Senti o peso da colher na corrente em volta do pescoço e fechei os olhos, saindo a passos rápidos para o corredor. Não havia como pensar na colher sem pensar em Lee, que tinha morrido na briga com o tio. Quer dizer, morrido apenas temporariamente, já que sua vida fora renovada pela magia da sra. Haylam e pelo sacrifício de Mary. Morto. Renovado. Isso estava longe de explicar tudo que eu havia feito, o que havia *escolhido* como destino para meu amigo.

Não. Amigo, não; a sombra de um amigo agora. Embora ele morasse em Coldthistle e não pudesse sair, fazia semanas que eu não via Rawleigh Brimble. Ele se esquivava e se escondia feito uma sombra, o que eu achava totalmente compreensível.

– Louisa! Abandonando suas tarefas de novo, pelo que vejo…

Minha saída rápida foi interrompida pela sra. Haylam, perfeitamente arrumada como sempre, com o cabelo grisalho preso na nuca e o avental engomado e branco a ponto de cegar. Ela uniu as mãos escuras na frente da cintura e olhou para mim por sobre o nariz, fungando.

– Estou indo buscar as roupas de cama para o quarto dos Pritcher – murmurei, evitando o olhar penetrante dela.

– É claro que está. E vai cuidar do quarto dos Fenton também, em seguida, e trazer a roupa suja. Nada de procrastinar com a convocação do Tribunal.

Pude sentir os olhos de Chijioke se arregalarem tanto quanto os meus ao ouvir isso.

– Tribunal?

A sra. Haylam era uma mulher temível no melhor dos momentos, e agora seus olhos se inflamaram enquanto abria espaço para que eu passasse, fazendo sinal para segui-la pelo corredor.

– Pareço estar disposta a ser interrogada, garota?

– Certo. Pritcher, Fenton, roupa suja – sussurrei, passando rápido por ela.

Ela me pegou pela orelha e me contorci, gritando com a dor súbita. Mas aquela velha era muito, muito mais forte do que parecia.

– Não tão rápido, Louisa. O sr. Morningside gostaria de ver você. Algo urgente, ele disse, e eu não demoraria se fosse você. – Ela deu uma risadinha maldosa enquanto soltava minha orelha.

Por mais ansiosa que estivesse para fugir dos beliscões dela, não me agradou muito a ideia de descer e atravessar a porta verde para ver meu patrão. Felizmente, nossas interações foram poucas desde meu retorno da Irlanda. Encolhi-me no corredor feito um cãozinho magoado, alternando o olhar entre a sra. Haylam e o caminho para a escada.

Ela já tinha me esquecido, partindo para cima de Chijioke e recriminando-o por perder tempo com criadas bobas na biblioteca.

Decidi fugir antes de ser pega a encarando e virei as costas, escapando pelo corredor com a mão na orelha machucada. No caminho, vi o que parecia a sombra de um pé virando a curva, desaparecendo enquanto a pessoa que estava observando escapava para um andar superior. Os passos já estavam ficando mais baixos, mas os reconheci. Lee. O sacrifício de Mary e minha decisão o ressuscitaram, mas, em troca, ele vivia com nada além de trevas movendo seu espírito. Eu não entendia bem como funcionava, e ele não estava interessado em discutir as mudanças que tinha sofrido.

Parei para escutar os passos conforme eles diminuíam, tocando a colher sob o vestido junto ao peito. Eu o havia condenado e, também, havia condenado nossa amizade emergente, maculando-a como fazia com tudo em meu caminho.

– Louisa! Desça! Agora.

Não havia espaço para discussão na voz da sra. Haylam. Minhas muitas obrigações aguardavam, mas primeiro eu tinha a tarefa indesejável de encontrar o sr. Morningside mais uma vez.

Capítulo Dois

— Cara Louisa, aí está você.

Chegava a ser inquietante o bom humor dele. Todas as breves e recentes aparições do sr. Morningside o revelaram irritadiço e contrariado. Discussões aos gritos estouravam a toda hora entre ele e a sra. Haylam. Queixas sobre os empregados de passos pesados e barulhentos atrapalhando o trabalho dele. E o que era aquela corrente de ar horrenda no vestíbulo? Mas agora, atrás de sua mesa gigante, rodeado por sua coleção de aves, o sr. Morningside sorria para mim. Radiante. Radiante demais.

Fiz uma reverência e esperei que ele me convidasse para sentar, o que ele fez, com um gesto discreto e elegante da mão. Resmas de pergaminhos que já tinham visto dias melhores enchiam seu escritório. Livros enormes com encadernações de couro repousavam em pilhas altas no chão. Penas com bicos quebrados e plumas manchadas de tinta tinham sido largadas por todo canto. Ele estava trabalhando arduamente em algo, embora nada nas páginas me parecesse inteligível. Rabiscos, pensei, pequenos desenhos ininteligíveis.

Ele se recostou na cadeira; eu fiquei bem na ponta da minha, apertando as mãos no colo com nervosismo. Eu ainda não havia tido nenhuma interação totalmente agradável ou mesmo mundana com esse homem… criatura… *ser.* Considerando seu sorriso amigável demais, a visita dessa tarde não seria diferente. O sr. Morningside abriu espaço na bagunça da sua mesa, juntando os pergaminhos velhos de qualquer jeito e empilhando-os no lado direito da madeira polida.

– Chá? Algo mais forte? Está gostando do espetáculo no gramado? Em breve ficará ainda mais interessante. A convocação do Tribunal aqui… Faz, deixe-me pensar… – Ele começou a contar os longos dedos em silêncio. – Ora bolas, vai saber? Quem se importa? Faz muito tempo e, agora, vamos receber o Tribunal. *Quanta felicidade.*

– Me perdoe – comecei com cautela –, mas o senhor não me parece especialmente feliz.

– Não? – Ele exibiu dentes ainda mais brancos e uniformes com seu novo sorriso, mas isso teve um efeito ainda mais perturbador, forçado. Agressivo. – Bom, minha felicidade questionável em receber os maiores tolos e janotas do Extraterreno é um assunto para outro momento, Louisa. Temos questões muito mais urgentes a discutir.

Ele serviu chá nas xícaras ornamentadas, cada uma decorada com delicados passarinhos. Sem que eu pedisse, tirou uma garrafa esférica do que parecia conhaque e serviu um pouco no meu chá, empurrando-o rapidamente por sobre a mesa. Pelo cheiro que subiu da xícara, percebi que tinha bem mais conhaque do que chá.

– Não são nem três horas – comentei baixo, olhando desconfiada para a bebida.

O sr. Morningside inclinou a cabeça para o lado, concordando, depois deu um gole direto da garrafa de conhaque e uniu os dedos na frente do meu nariz, analisando-me. Minha mente acelerou. Ele costumava ser tão inabalável. O que poderia ser tão inquietante a ponto de pedir conhaque àquela hora do dia? Teria algo a ver com Mary? Ela teria voltado das Terras Crepusculares, afinal? Talvez ele tivesse problemas com Lee, que tinha se tornado o fantasma da casa, sempre ouvido, mas raramente visto. E também havia, claro, o grupo de George Bremerton, a seita de fanáticos que tinha enviado Bremerton a Coldthistle com a ideia maluca de matar o Diabo.

Suspirei e peguei o chá, à espera. No que minha vida tinha se tornado para serem essas as preocupações em minha mente?

– Recebi uma carta bastante curiosa, Louisa. Para ser bem sincero, não sei o que pensar dela. – O sr. Morningside bagunçou seu cabelo preto e farto e abriu uma das gavetas da escrivaninha, tirando um pergaminho dobrado com um selo verde rompido. Mesmo de longe, eu conseguia sentir o aroma distinto de zimbro emanando do papel. – Ela me deixou sem palavras.

– Isso *sim* é estranho – cismei.

– Sim, sim, por favor, aproveite para rir enquanto pode. Duvido que se sinta tão intensamente superior quando souber do teor da carta – ele disse, com os olhos amarelos e rodopiantes inflamados de irritação.

Colocando o chá sobre a mesa sem beber, franzi a testa e levei a mão à carta, mas ele a puxou para trás, mantendo-a longe do meu alcance. Alguns dos pássaros empoleirados em volta dele piaram como se dessem risada.

– Ainda não – ele disse, balançando a cabeça. – Você poderá lê-la em breve, mas antes preciso saber uma coisa, Louisa. – O sr. Morningside inclinou-se na minha direção, firmando o maxilar e o rangendo para trás e para a frente algumas vezes antes de dizer com voz suave: – Como você *está*?

Fiquei pasma.

– Como... eu estou? Que tipo de pergunta é essa?

– Uma pergunta amigável – ele respondeu. – Sincera. Sei que ando... ocupado ultimamente, mas me preocupo de verdade. Aquela história terrível com Bremerton deixaria qualquer pessoa normal catatônica pelo choque. Sei que você ainda deve sentir certo grau de confusão, já que o ritual de Mary não deu certo. Você parece estar levando tudo tranquilamente, mas, como você bem sabe, as aparências enganam.

– Eu estou... – Fiquei procurando uma boa resposta. A pergunta era tão desconcertante que chegava a doer. Como eu estava? Instável, apavorada, desolada, completamente perdida em um mar de forças estranhas e revelações ainda mais estranhas sobre mim, sobre a natureza do bem e do mal, sobre Deus e o Diabo. Eu estava... – Indo. É, estou indo.

O sr. Morningside ergueu a sobrancelha escura diante da minha resposta.

– Uma pergunta sincera merece uma resposta sincera, Louisa.

– Bem, nesse caso estou sobrevivendo. Sobrevivo normalmente tentando não pensar demais no que o senhor é e no que este lugar é. Limpo penicos e lavo sangue. Varro e limpo o estrume e tampo os ouvidos à noite quando algum hóspede grita. Se eu pensar demais nisso, sobre quem sou e o que vi e fiz em de menos de um ano trabalhando neste lugar, talvez não *pareceria* estar levando tudo tão tranquilamente. Então, embora a pergunta do senhor possa ser sincera, ela também é estúpida.

Minha voz tinha se levantado quase a um grito, e não pedi desculpas por isso. Tampouco o sr. Morningside pareceu surpreso ou ofendido.

Ele colocou a carta sobre a mesa entre nós, uniu os dedos novamente e assentiu devagar, mordendo o lábio inferior por um momento enquanto continuava a me observar. Seu olhar baixou uma vez para a carta, depois se cravou em mim. Eu me recusei a me contorcer diante daquele olhar fixo.

– Você gostaria de ver seu pai?

Dei risada. Com escárnio, aliás, e soltei um bufo típico de porquinho. Apontando para o pergaminho elegante da carta, disse:

– Malachy Ditton nunca teria como bancar um papel tão caro. Se tivesse, seria um golpe, alguma maneira de arrancar dinheiro do senhor, e o senhor seria tolo de acreditar em qualquer palavra dele.

Os olhos do sr. Morningside se arregalaram quase com inocência e seus lábios se entreabriram.

– Ah. – Ainda com a expressão pasma, ele pegou o papel e começou a abrir as páginas vincadas, revelando uma longuíssima carta escrita com uma caligrafia bela e curva. Eu nunca tinha visto uma carta com tantas voltas e floreios. Parecia ter sido escrita toda em gaélico.

– Meu pai mal consegue rabiscar o próprio nome – murmurei, hipnotizada pela pura beleza da caligrafia e por aquele perfume delicado de zimbro e floresta emanando do papel. Meu olho desceu até o pé da página e para a assinatura, um nome que não reconheci. Parecia algo como *Croydon Frost*. – Deve haver algum engano…

– Não há engano nenhum, Louisa – o sr. Morningside disse com doçura. – Esta carta é do seu pai. Seu *verdadeiro* pai. Não um homem de carne e osso e espírito mortal, mas um fae das trevas, a fonte de sua magia de criança trocada.

Capítulo Três

Em um instante, eu era novamente uma criança escondida no armário. A sensação na minha barriga era como se alguém tivesse atirado um saco de tijolos dentro dela. Eu tinha poucas lembranças do meu pai antes de ele me abandonar, e as que permaneceram eram intensas nos piores sentidos da palavra. Não havia como esquecer o som de um tapa forte ou a tristeza da minha mãe que se seguia depois. Passei mais tempo me escondendo dos acessos de fúria e da embriaguez dele do que em seus braços escutando histórias.

Mas ele me contou uma história que ficou. "Lembre-se, minha filha", ele disse, balançando-me em seu joelho em um de seus raros momentos de sobriedade e ternura. "Todo homem tem seus limites. Do mais baixo ao mais alto, todos têm uma fraqueza. Você precisa saber disso, filha, e você também tem as suas. Sabe, consigo beber uma garrafa de uísque e continuar em pé, mas, se tomar mais dois copos depois, *bam*! Vou parar no chão. Tome a garrafa toda e continue em pé. Não se deixe tentar por aqueles dois últimos copos, está me ouvindo? Veja a parede antes de dar de cara com ela."

– Um pai e tanto – murmurei.

Eu tinha quase esquecido que não estava sozinha. O sr. Morningside encarou-me, mas não senti nenhuma pressão por trás do seu olhar. Finalmente, peguei o chá e tomei tudo de um gole só, segurando a tosse pelo calor do líquido e pela força do conhaque.

– Posso me recusar a vê-lo? O senhor pode recusá-lo por mim? – perguntei, empurrando a xícara e o pires para longe.

– É claro que posso. É isso o que você deseja?

– Já tive um pai e não recomendo a experiência. Como vou saber que esse está falando a verdade sobre nossa relação? Parece tão… estapafúrdio. – Mas isso explicaria as estranhas habilidades que, um ano antes, eu teria achado realmente estapafúrdias.

O sr. Morningside assentiu, batendo a ponta do dedo na mesa.

– Você não está curiosa para saber o que ele tem a dizer?

– Curiosa? – Perscrutei a parede atrás dele, olhando de uma ave a outra, observando-as limpar as penas e dormir. – Uma curiosidade mórbida, talvez, mas me sinto mais... desapontada. O pai que eu já tenho me decepcionou, mas aceito isso agora. Já me acostumei com essa sensação. Não sei se gostaria de ser decepcionada dessa forma outra vez.

Empurrei a mesa para me levantar, com a percepção súbita de que me sentia tonta. Não era culpa do conhaque, ou não só dele. Por muitos anos, meu pai brigava com minha mãe, acusando-a de tudo quanto era coisa ridícula. A principal delas? Infidelidade. E agora ali estava a prova de que ao menos uma de suas suspeitas tinha fundamento. Balancei a cabeça, decidindo em silêncio que não valia a pena dar muito crédito a esse estranho e sua história.

Por que alguém se daria ao trabalho de procurar você se não fosse verdade? Por que alguém se importaria com uma filha sem futuro, sem nenhum centavo?

– Existe outra possibilidade – o sr. Morningside disse baixo. Eu já havia começado a sair, mas parei e voltei alguns passos, hesitante. Ele dobrou a carta com cuidado e a estendeu para mim. – Você pode ter uma surpresa agradável. Pode até descobrir afinidades entre vocês, considerando que vocês dois são do Extraterreno.

– Ou não passa de um monte de baboseiras e ele é algum tipo de criminoso – respondi. – Isso não é mais provável? A Casa Coldthistle atrai os perversos, o senhor mesmo me disse.

Ele inclinou a cabeça, ainda estendendo a carta para mim.

– Conheço bem o tipo criminoso. Nada nesta carta me leva a crer que ele tenha segundas intenções. Ele parece muito instruído, na realidade – ele explicou, fazendo uma pausa dramática. – E rico.

Era a isca e eu era idiota o bastante para morder. Não, idiota não, *desesperada*. Eu tinha pouco dinheiro em meu nome, apenas uma ninharia que economizara com meus salários. Um pai rico era o que toda menina pobre sonhava em ter, não? Algo saído de um conto de fadas… Estendi a mão para pegar a carta, mas parei, contendo-me.

Algo na minha vida já tinha saído de um conto de fadas alguma vez?

– Não – eu disse, cerrando os punhos. – Não acho que eu queira isso, nem se ele for o homem mais rico do reino.

– Não cabe a mim guardar esta carta – o sr. Morningside apontou. – Queime-a, se preferir, mas creio que cabe a você decidir o destino dela. Assim como seu próprio destino.

Meu estômago revirou outra vez, e pisquei com força para conter a tontura que subia como uma onda em minha cabeça. Eu quase esperava que a carta fosse queimar meus dedos quando encostei nela, mas era um papel comum. Não que eu tenha encontrado algum consolo nisso. Depois de enfiar a carta no avental, fiz uma reverência e me dirigi à porta, ansiosa para ficar sozinha, ansiosa para me livrar da carta e nunca mais pensar nela.

– É tolice de qualquer modo – eu disse ao sair. – Não sei ler nada em gaélico.

Atrás de mim, o sr. Morningside riu. Virei e o encontrei acariciando um de seus papagaios, sorrindo com o ar irônico de sempre. Ele parecia estranhamente satisfeito.

– Você é uma menina inteligente, Louisa. Estou certo de que vai encontrar um jeito.

Capítulo Quatro

Eu tinha observado a movimentação no gramado de muitos ângulos diferentes – dos meus aposentos, da biblioteca, das cozinhas, do salão do primeiro andar –, mas nunca do telhado. Essa ideia me veio pelo desespero. Enquanto subia pela Casa Coldthistle, desviando de vozes distantes para continuar sozinha, senti o pânico diminuir um pouco, como se, ao deixar o sr. Morningside em seus escritórios cavernosos lá embaixo, eu pudesse escapar de toda aquela maré de confusão.

O alívio foi apenas temporário, sobrevivendo durante minha busca por uma saída para as ameias superiores. Eu não havia retornado ao último andar da mansão desde aquele primeiro encontro terrível; eu sabia que os Residentes, as criaturas de sombras de Coldthistle, tinham ali sua maior concentração. Mas elas andavam estranhamente ausentes da minha vida nos últimos meses. Um novo medo me atingiu: talvez a escassez delas tivesse algo a ver com a morte de Lee e seu retorno subsequente à vida. Afinal, eu tinha visto a sombra dele retornar ao corpo, trazendo consigo ar e, aparentemente, uma segunda chance.

E foi a estranha magia da sra. Haylam que havia feito aquilo. Estremeci enquanto evitava a grande extensão do salão de baile no último andar e o livro maligno que ali residia – havia muito mais em que pensar do que apenas na carta do meu "pai". Será que eu fizera a coisa certa ao trazer Lee de volta – uma decisão que havia resultado na perda de Mary? Mary, que eu também ainda sonhava desesperadamente em trazer de volta? Eu tinha ido ao poço mágico na Irlanda a fim de fazer meu pedido para que ela voltasse, mas talvez tivesse feito alguma coisa errada. Ou a magia não tivesse funcionado. Ou eu tivesse entendido mal como poderia trazê-la de volta…

E assim o enjoo retornou ao meu estômago. Atravessei o corredor apressadamente, sentindo o ar bolorento e quente daquele andar. Um parapeito fino e frágil cercava o corredor, dando uma visão ampla e vertiginosa dos andares inferiores e do vestíbulo principal. Poeira caía como neve fina das vigas no teto. As paredes, decoradas com as pinturas do sr. Morningside de aves estridentes de bicos abertos, estavam penduradas junto com uma tapeçaria medieval que se desintegrava em farrapos desbotados. A madeira e a pedra atrás dela eram pretas de tão imundas. Embora eu não tivesse visto nenhuma criatura de sombras enquanto subia apressadamente, sentia a presença fria e inquietante delas. Eu tinha certeza de que elas observavam; nunca se estava sozinho na Casa Coldthistle.

Finalmente, cheguei a uma porta baixa e escura, cuja maçaneta decorada parecia não ter sido tocada desde sua instalação. O ar à minha volta estava cerrado demais, e respirei com dificuldade enquanto pegava o trinco pequeno e puxava, pensando que encontraria a porta trancada. E estava, óbvio. Dando um passo para trás, fechei os olhos, deixando o enjoo em meu estômago cumprir seu papel. Eu precisava desse desconforto, dessa dor, e concentrei-me nele, sentindo-o profundamente, até o ar quente e empoeirado parecer me sufocar.

Com uma última respiração, envolvi a mão na colher pendurada no pescoço e imaginei que se transformaria em uma chave. Uma chave pequenina, decorada e antiga, delicada o bastante para se encaixar na porta minúscula à minha frente. Minha mão ardeu e, quando abri os olhos, lá estava a chave aninhada em minha mão suada. Encaixei-a na fechadura, sem saber se tinha conjurado a coisa certa. Mas tinha conseguido.

O cômodo se abriu diante de mim depois de alguns puxões fortes na porta. Era um sótão sujo e esquecido, cheio de lençóis carcomidos por traças e móveis quebrados. Uma das muitas chaminés da mansão cortava o sótão de maneira estranha, com seus tijolos atravessando o meio do cômodo. Corri pelo cômodo sem dar atenção à bagunça, de olho em outra porta do lado oposto, com uma janela imunda que dava para fora.

A chavinha que eu havia conjurado se encaixou nessa fechadura também, mas a porta não cedeu. Dei um empurrão, depois outro, ficando quente e suada até encostar o ombro na madeira e a empurrar com força. A porta se abriu rápido demais, e tombei para fora, no vento de fim de tarde, encontrando a beira do telhado velozmente. Soltei um grito agudo de surpresa, sem sentir nada além do vazio enquanto o impulso para a frente me fazia escorregar pelas telhas.

Não havia parapeito para me apanhar. Deus, como pude ser tão estúpida? Minhas mãos se debateram em todas as direções, tentando encontrar um ponto de apoio, mas já era tarde demais. Eu estava caindo.

Até não estar mais. Aconteceu em um instante. Um braço forte deu a volta em minha barriga e me puxou de volta, em segurança. Soltei outro grito, pegando o braço e me reclinando para trás, derrubando nós dois na ardósia escura do telhado.

Inspirei com dificuldade, fechando os olhos, virando-me para o lado e saindo de cima do meu salvador. Apoiando-me nos cotovelos, ergui os olhos e dei de cara com Lee, em mangas de camisa, olhando-me fixamente. Foi tão chocante quanto quase cair do telhado.

– O que você está fazendo aqui em cima? – ele perguntou.

Ele parecia diferente. A *voz* dele parecia diferente.

É claro que ele está diferente, sua idiota, ele morreu e voltou à vida. Isso transformaria qualquer pessoa.

– Perdão – falei, tentando me levantar. O cabelo dele ainda era encaracolado e dourado, só que mais comprido agora, desgrenhado. Havia um ar lúgubre e assombrado em seus olhos azul-turquesa, e uma fome descarnada nas concavidades de suas bochechas. Suas roupas estavam amarrotadas, e ele não usava colete nem paletó. Lee desviou os olhos, escondendo o rosto. Foi até a beira do telhado e olhou lá embaixo, empoleirando-se ali como uma gárgula.

Meu coração palpitou ao vê-lo. Ele tinha me salvado duas vezes agora. E o que eu tinha lhe dado em troca?

– Por que está aqui? – ele perguntou novamente. Sua voz era um sussurro. Um rosnado.

Sequei as mãos suadas no avental e cruzei os braços diante da barriga; o vento ali em cima era terrivelmente gelado.

– Eu precisava ficar sozinha. Não queria importunar…

– Bom, parece estar importunando – ele disse. Em seguida, como se não suportasse ser grosseiro mesmo tendo direito, acrescentou: – Eu saio.

– Por favor, não. – Era injusto da minha parte, mas fazia tanto tempo que não o via que senti um desespero repentino de mantê-lo ali. Ele suspirou baixo. – Nós nunca… Eu lhe devo um pedido de desculpas. Vários. Centenas, talvez. É só que… na hora pensei que era a coisa certa a fazer, e não podia permitir que você partisse, não daquela forma. Sei que parece muito egoísta.

Lee continuava se recusando a olhar para mim. Colocou as mãos atrás das costas, e vi que estavam pálidas e cobertas de arranhões.

– Então faça seu pedido de desculpas. Se tanto necessita.

– Me perdoe – eu disse baixo. Eram palavras que eu queria lhe dizer fazia meses, mas doeram, saindo como um sussurro. Ele provavelmente mal escutou, com o açoite do vento. – Me perdoe, por favor – repeti, mais alto. Esfreguei os braços para tentar me aquecer. – Tudo com seu tio aconteceu tão rápido. Em um momento ele estava tentando me matar e, no momento seguinte, você levou o tiro. Você não merecia morrer, Lee; só estava tentando ajudar. Fiz um pacto com o Diabo, sei disso, eu é quem deveria pagar o preço. Não você.

– Mary deveria ter pagado? – ele rosnou.

Fechei os olhos. Essas palavras me acertaram em cheio.

– Não. Estou tentando corrigir isso também. Pelo visto, sou apenas capaz de quebrar as coisas, não de consertá-las.

Ele bufou em resposta.

– Que triste para você.

O vento soprou seu cabelo e ele o ajeitou, irritado. Lá embaixo, os operários no gramado gritaram entre si, depois riram de alguma piada que não conseguimos ouvir.

– Não vou parar de procurar por Mary – eu disse, resoluta. – Tem um poço especial... Eu sei que é o segredo, e vou encontrar um jeito de trazê-la de volta. E... e nunca vou parar de tentar corrigir o que fiz com você. Você não faz ideia de como sinto muito, Lee.

Depois disso, nós dois ficamos em silêncio por um longo e tenso momento. Seus ombros se curvaram e então ele olhou para o lado. Um olho encontrou-me, analisando-me.

– Então por que está aqui comigo se quer tanto ficar sozinha?

Pensei escutar um laivo de seu antigo bom humor na voz dele. Seu tom não era mais tão duro, mas ele também não parecia disposto a aceitar minhas desculpas. Talvez nunca fosse estar.

– Acredite você ou não, recebi uma carta surpreendente. Do meu pai.

Ele franziu a testa.

– Pensei que seu pai...

– Outro pai. Meu pai verdadeiro, pelo visto. Não sei o que pensar.

– O que a carta dizia, então? – Ele virou o rosto de novo, resmungando. – Não que seja da minha conta.

Senti um sorriso de viés se abrir em meus lábios, mas me contive. Talvez um dia voltássemos a conversar como amigos. Tudo que eu podia fazer era continuar tentando.

– Bom, essa é a outra parte complicada. – Dando um passinho na direção dele na beirada, tirei a carta dobrada do bolso do avental. – Está toda em gaélico, e não consigo ler uma palavra.

– Seu querido amigo, o sr. Morningside, não pode ajudar?

Foi difícil conter o impulso de responder com grosseria. Ele merecia minha ternura e minha paciência, por isso respirei fundo, desdobrando a carta e olhando para as palavras misteriosas.

– Ele não é meu amigo e, não, não vai me ajudar. Acabou de dizer algo extremamente condescendente e me mandou embora. – Suguei os lábios e suspirei. – Como de costume.

Lee soltou um riso rouco, olhando-me por sobre o ombro. Ele pareceu prestes a dizer algo, mas seus olhos encontraram meu colar. Olhei para baixo; a chave tinha retornado à sua aparência anterior: a colher que ele havia me dado de presente. A carta tremeu na minha mão, e pude ver que os olhos de Lee ficavam mais e mais escuros, como se nanquim puro se derramasse pelo branco e pelo azul-turquesa, revelando a sombra viva dentro deles.

Seus olhos ficaram negros por apenas um momento, depois ele pareceu não saber o que dizer, agitando-se, balançando a cabeça de um lado para outro, desviando o olhar. Ao lado do corpo, seus punhos se cerraram.

– Você ainda guarda a colher – ele disse, com a voz rouca.

– É claro que sim. – Coloquei a carta no bolso, percebendo que não encontraria solidão ali no telhado, tampouco ajuda.

Lee assentiu e olhou por sobre os montes que se erguiam nos limites da Casa Coldthistle. O vento soprou seu cabelo de novo, mas, dessa vez, ele deixou que o bagunçasse.

– Louisa... É melhor você ir agora. Por favor, vá.

E eu teria ido, teria mesmo, mas, assim que me virei para descer, vi uma sombra ao longe, cortando o céu. No momento em que surgiu, um pavor frio e fundo perpassou meus ossos. Senti-me congelada, petrificada; uma parte de mim que eu não consegui identificar *ouvia* sussurros de alerta. Era como a porta verde do sr. Morningside, um chamado antigo, embora esse não dissesse "se aproxime", mas "se esconda".

Era como uma estrela cadente em um arco caído dos céus, de um dourado brilhante. O objeto foi chegando mais e mais perto, e nós dois ficamos observando em um silêncio embasbacado enquanto aquilo brilhava no alto, seguido por um silvo, antes de o brilho dourado tombar dos céus e cair com um baque nos campos do leste.

Não obedeci ao alerta em meus ossos. Sem dizer outra palavra, nós dois corremos para o sótão, voando em direção à portinha e ao pobre coitado que tinha acabado de tombar do céu.

Capítulo Cinco

Sem ar, seguimos tropeçando sob a luz do sol para encontrar os operários em alvoroço. Eles ouviram o estrondo quando aquela coisa, fosse lá o que fosse, caiu nos campos do leste. Não foi um pouso suave, pois uma grande nuvem de poeira e grama e penas pairava no ar, visível desde a porta da cozinha.

– Circulando! – Era Chijioke. Ele saiu de repente da casa, passando apressado por nós em direção à tenda no gramado e aos operários confusos. Lee e eu corremos para os campos enquanto Chijioke detinha os homens, guiando-os de volta para a tenda, gritando: – Voltem ao trabalho! Vocês todos! Ninguém está pagando vocês para criarem confusão!

Ouvi-os reclamando em resposta, mas continuei correndo. Era difícil acompanhar o ritmo de Lee, cujas pernas compridas o faziam saltar à minha frente. Resmunguei e maldisse minhas saias longas, erguendo-as e correndo para a cerca velha que marcava as fronteiras do terreno de Coldthistle.

– Lee! Espere! – Só que era tarde demais. Ele chegou à cerca e foi detido de repente, caindo duro no chão como se tivesse dado de cara com uma parede. Qualquer que fosse a magia das sombras que a sra. Haylam havia usado para ressuscitá-lo, ela o prendia à casa, e ele não conseguia passar dos limites dela, como um cavalo não consegue entrar em uma toca de camundongo.

Tomando ar, parei ao lado dele, abaixando-me e pousando a mão de leve em seu ombro. Seus sapatos e calças ficaram sujos de terra, e ele os limpava com os dedos sem olhar.

– Você está bem? – perguntei.

– Não – ele murmurou. – Me deixe.

Alternei o olhar entre ele e a nuvem de poeira no campo logo à frente. Lee me afugentou de novo e me levantei, juntando as saias e subindo pela cerca baixa.

– Fique aqui e contarei para você o que descobrir.

Ele me ignorou, levantando-se e limpando a poeira das calças amarrotadas.

Quando me virei na direção da cratera, aquele mesmo frio me atravessou de novo. Senti um arrepio e me envolvi em meus braços, esfregando os cotovelos. Era uma sensação tão estranha... estar plenamente consciente do belo sol primaveril brilhando no alto ao mesmo tempo que meu corpo mergulhava nas profundezas do inverno. Pisquei, ofegante, vendo um sopro do meu próprio hálito brotar no ar quente. Como seria possível? Enfim, eu deveria saber a essa altura que era melhor não questionar as estranhezas desse novo mundo sombrio em que habitava.

O sussurro em meus ossos voltou a crescer, mais forte agora e, com ele, veio um puxão físico, como se o alerta dentro de mim pudesse me refrear, desviar-me do buraco no chão e me fazer voltar para a casa. Eu ainda usava o broche de ouro que o sr. Morningside havia me dado, uma insígnia que me permitia ultrapassar os limites de Coldthistle. Ainda assim, fiquei enjoada, anestesiada por um frio estranho.

O barulho ao meu redor diminuiu até restar apenas a voz interna, desesperada e em pânico.

Criança tola, saia daqui. Afaste-se deste lugar.

Embora as palavras me fossem estranhas, eu conseguia entender seu significado. Saia... Essa voz oculta dentro de mim queria que eu desse as costas. Era a voz de uma mulher, afiada como o gume de uma faca. Contive o impulso de fugir, observando enquanto a nuvem de poeira erguida pelo objeto caído começava a se dissipar. Uma figura curvada tomou forma e, enquanto meus passos ficavam mais lentos pelo frio, a imagem ficava cada vez mais clara.

Como alguém poderia sobreviver a uma queda como aquela? Mas a pessoa se empertigou e foi se aproximando, desviando das partículas de poeira como se cortasse uma cortina de névoa. No momento em que surgiu por completo, um clarão de luz me cegou, doloroso, uma estaca de fogo trespassando o frio. Apertei a cabeça e estremeci, caindo para trás, atordoada de agonia. A voz não palpitava agora, e sim berrava, fantasmagórica e chorosa, enquanto a dor atingia seu ápice...

Amaldiçoado soldado celeste! Ladrão de sacerdote!

Devia ter me curvado pela intensidade da dor, apertando os joelhos com as mãos enquanto me esforçava para recuperar o equilíbrio e a força. Um instante depois, senti uma pressão nas costas. Uma mão. A sensação foi diminuindo aos poucos e, quando consegui voltar a respirar, encontrei um rapaz ao meu lado com sobrancelhas escuras e fartas franzidas de preocupação.

Um tipo de brilho amarelo o rodeava, depois foi se apagando, e finalmente consegui distinguir os detalhes de seu rosto. Ele não parecia ferido ou machucado pela queda, e mesmo seu elegante terno cinza estava intocado pelo impacto.

Enquanto eu o observava, a voz sussurrou para mim uma última vez, repetindo-se. Era espectral e austera, como o fantasma de uma mãe.

Amaldiçoado soldado celeste. Ladrão de sacerdote.

– Ladrão de sacerdote? – murmurei. Não fazia o menor sentido. Na verdade, olhando para o rapaz forte e bem-vestido, de pele marrom-escura e uma cabeleira negra e rebelde, eu não conseguia conceber que ele fosse algum tipo de ladrão. Ele parecia o típico e impecável *gentleman* londrino, embora eu nunca tivesse conhecido ninguém assim antes.

– Perdão, mas poderia repetir? – Ele ainda parecia abalado de preocupação. – A senhorita está bem? Parece estar passando mal.

– E-eu? – balbuciei, rindo. – Se *eu* estou bem? Você... Como fez aquilo? Vi você cair de tão longe, como conseguiu sobreviver a uma queda dessas?

O rapaz abriu a boca para responder, mas uma segunda figura saiu da nuvem de poeira e grama. Ela também vestia um terno cinza e limpo não muito diferente daquele do rapaz. Para uma mulher de calças, ela não parecia nada envergonhada com seu estranho traje, caminhando em nossa direção com a cabeça erguida e um balanço presunçoso no quadril. Ela era bonita, cercada pelo mesmo brilho amarelo em torno dos ombros e, com seus olhos cor de safira e seu cabelo loiro, parecia o oposto do rapaz.

– Estamos assustando a fauna local? – ela perguntou com a voz arrastada e, em meu estado de choque, mal consegui me indignar quando ela se aproximou e colocou um dedo embaixo do meu queixo, inclinando minha cabeça para cima. Ninguém além do sr. Morningside nunca tinha me examinado tão de perto ou com uma intensidade tão fria.

– Perdoe minha irmã – o jovem disse, batendo na mão dela para afastá-la do meu rosto. – Ela tem a sutileza de um touro.

– Asas, pequenina – a menina acrescentou, ignorando o irmão. – Ele tem asas, foi assim que conseguiu. Não foi o pouso mais gracioso dele, na minha opinião...

Os dois tinham um forte sotaque londrino que combinava com suas roupas de alfaiataria, embora eu também conseguisse identificar um laivo de algo estrangeiro que não reconheci. Havia histórias, claro, de ricos vindos à Inglaterra das Índias Orientais, e me questionei se esses dois eram daquela região, embora ela pudesse ser de qualquer cidade da Commonwealth britânica. Como poderiam ser parentes, isso eu já não sabia.

Eles têm asas, sua tola; não são de nenhuma região na Terra conhecida.

Encabulada, olhei em torno do ombro do rapaz. Não vi asas de nenhum tipo, grandes ou pequenas. A menina notou meu olhar.

– Rá. Não do tipo que dá pra ver com os olhos, queridinha. Não normalmente, ao menos.

– Meu nome é Finch – o menino disse, fazendo uma reverência cortês. Em seguida, apontou para a irmã. – E essa criatura encantadora é Sparrow, minha irmã gêmea. Eu não pretendia fazer uma entrada tão desajeitada, mas parece que as medidas de defesa da Casa Coldthistle foram aperfeiçoadas desde nossa última visita.

Finch e Sparrow? Tentilhão e pardal... seriam todos aqui obcecados por pássaros?

– Sua irmã gêmea? – repeti, olhando de um para outro.

– Ah, nossa espécie obtém c-corpos físicos de maneira pouco convencional – ele disse, com uma gagueira charmosa. – Começamos como simples pontinhos de luz e, quando realizamos nosso primeiro ato de serviço, passamos a ter a aparência da pessoa que ajudamos. Sparrow e eu "nascemos" ao mesmo tempo e, por isso, ela é minha irmã gêmea.

– Que bonito isso – comentei, refletindo sobre a ideia.

Observei enquanto os dois se viravam na direção da mansão, deixando para trás a imensa cratera no campo. À distância, depois do buraco, notei um grupo de ovelhas na colina. Um peludo cão pastor também nos observava de lá, abanando o rabo antes de dar alguns latidos breves e desaparecer com uma corridinha.

O frio permanecia em meus ossos, mas fui seguindo os dois estranhos devagar, perguntando-me como exatamente eles conseguiam voar por aí com asas invisíveis. Eu não tinha alternativa além de acreditar, já que haviam caído de tão longe e pareciam não ter sofrido nenhum dano além do cabelo bagunçado.

– Vocês já estiveram aqui antes? – perguntei, ainda confusa mas ansiosa para travar conversa. À frente, vi que Lee tinha sumido, mas Chijioke nos aguardava apoiado na cerca, segurando uma boina de trabalho desbotada na mão.

– Várias vezes – a menina, Sparrow, respondeu. Seu cabelo loiro comprido estava preso para trás em uma trança séria e intricada, cuja coroa arqueava sobre a cabeça e terminava em um nó estonteante na nuca. Eles usavam anéis dourados iguais no mindinho direito. – Continua terrivelmente horrendo, pelo que vejo. Henry deveria parar de contratar tantas criadas e investir em um ou dois pintores.

– Viemos para o Tribunal – Finch disse, olhando para mim por sobre o ombro. Ele tinha um rosto nobre, com um nariz largo e lábios que sorriam fácil. Se eu não estivesse tão aturdida com sua súbita aparição, poderia até tê-lo considerado bonito. – Parece, bom... Parece que houve alguns problemas aqui recentemente, o suficiente para reunir o Tribunal. O que significa que...

– Alguém está en-cren-ca-do – Sparrow completou, cantarolando com sarcasmo. – Henry se meteu em confusão, o que não é surpresa pra ninguém.

– Ah – eu disse, mexendo na colher em volta do meu pescoço com nervosismo. – Sim. Houve certo tumulto aqui uns meses atrás. Não imaginei que tivesse atraído tanta atenção. Deve ser grave se vocês vieram de, hum, seja lá de onde vieram só para investigar.

A moça parou de repente, girando rápido sobre o salto. Ela estreitou os olhos para mim, em um forte contraponto ao irmão. Outro calafrio me percorreu, o sussurro em meus ossos soltando um silvo ameaçador. Fosse o que fosse essa voz estranha, ela claramente não gostava muito desses dois.

– Quem é *você*? – Sparrow perguntou, inclinando-se na minha direção. – Ou melhor, *o que* é você?

– Irlandesa? – Alternei o olhar entre eles, apertando a colher no punho. – Uma camareira irlandesa?

Finch sorriu, torcendo os lábios enquanto ria baixo.

– Você se acha muito espertinha, hein?

– Não muito.

– Não minta pra mim, espertinha – Sparrow disse, estreitando os olhos. – Posso tirar a verdade de você, quer queira, quer não.

– Não será necessário – Finch interveio com um bufo, colocando um braço entre mim e sua irmã. Ela se afastou de mim, mas apenas um pouco. – Ela quer saber como você se chama, penso eu, e também o que você *realmente* é.

Não gostei da maneira como essa menina escolheu me ameaçar, sendo que eu não tinha feito nada além de demonstrar preocupação pelo bem-estar dos dois. Curiosidade não era crime, e a crueldade instantânea dela me irritou. Embora eu nunca fosse ter a altura dela, ainda assim poderia fazer meu melhor para manter o orgulho e não me deixar abalar.

– Vocês primeiro – respondi, ácida. – Posso saber seus nomes, mas não faço ideia do que *vocês* são.

– Todos os criados de Henry são tão ignorantes assim? – ela suspirou, revirando os olhos. Apoiou os punhos no quadril e soltou outro suspiro arquejante. – Somos sobreterrenos, Árbitros, e é por isso que basta olhar para você que me sinto enjoada. E, como você me faz sentir vontade de vomitar, significa que é do bando de Henry. Ou algo vil. Então desembuche, sim? Você não é uma criança gritante, é alta demais. Murmuradora de almas? Feiticeira? Definitivamente não é uma súcubo, é sem graça demais para isso.

– Que gentil da sua parte – resmunguei sem expressão. Antes que ela pudesse me insultar mais, acrescentei: – Meu nome é Louisa e, segundo o sr. Morningside, sou uma criança trocada.

– Uma metamorfa? – Foi um breve momento de triunfo quando os olhos de Sparrow se arregalaram e ela se inclinou para trás como se tivesse se queimado. Ela pareceu, para minha satisfação, assustada. – Pensei que vocês estavam todos extintos. *Era* para estarem todos extintos.

– Pelo visto, não – respondi com um dar de ombros. – Mas, se faz você se sentir melhor, sou a única que conheço.

O lábio de Sparrow se curvou como se ela sentisse um cheiro desagradável. Seu olhar encontrou o broche de ouro no ombro do meu avental e ela deu um piparote forte nele.

– Não é surpresa que o Tribunal esteja sendo reunido – ela fungou, jogando as mãos para o alto e se virando na direção da cerca e de Chijioke. – Ele perdeu o controle de vez agora… os carcereiros estão nas celas e os prisioneiros à solta.

Capítulo Seis

Chijioke não recebeu os estranhos com um sorriso.

Ele estava de cara fechada, apoiado na cerca, cantarolando uma melodia melancólica quando nos aproximamos. Só me restava supor que ele já conhecia Finch e Sparrow e, a julgar por minhas breves interações com a garota, ela também não havia deixado uma boa impressão em Chijioke. Ele mal deu atenção a Finch, mas fez uma careta visível para Sparrow.

– Podem ficar bem aí do outro lado da cerca – ele disse a título de cumprimento. Em seguida, abriu um sorriso rápido e fez sinal para mim. – Não você, claro, Louisa; você é sempre bem-vinda conosco.

– O tempo definitivamente corroeu a cortesia aqui em Coldthistle – Sparrow disse com um riso teatral. Não me agradava muito a ideia de pular a cerca desajeitadamente e fazer papel de boba, então apenas me aproximei e fiquei o mais perto possível de Chijioke.

Finch parou a uma distância educada de nós e revirou os grandes olhos escuros para a irmã.

– O que minha gêmea obviamente quer dizer é que chegamos adiantados para a convocação do Tribunal. Não esperamos hospitalidade, mas nos pareceu adequado que seu empregador soubesse de nossa chegada.

Chijioke assentiu e colocou a frouxa boina azul de volta na cabeça.

– Muito gentil da sua parte.

– Ora, ora, seja generoso – Sparrow disse, com a voz melosa. Piscou os cílios, mas Chijioke só ficou encarando. – Fizemos uma longa viagem e estamos exaustos. Não poderíamos ao menos tomar um pouco de chá? Um gole de conhaque?

– Rá – ele disse, afastando-se da cerca. – Não.

– Não precisamos pedir permissão, você sabe. Temos o direito de passar.

– Ora essa, dona, mesmo se tivesse todos os direitos do mundo, incluindo os meus, estampados na testa, eu não daria a mínima. Prefiro convidar um escorpião para dentro da minha bota. – Ele fez sinal para mim de novo e, na ausência de um degrau, fui obrigada a escalar de novo a cerca velha. Pelo menos Chijioke ofereceu a mão para me ajudar, mas em momento nenhum tirou os olhos dos elegantes gêmeos atrás de nós. – Não confie neles – ele sussurrou para mim enquanto me ajudava a descer. – Nem na mais maldosa nem no sorridente. Eles não são dos nossos e não estão aqui para ajudar, não importa o que digam. Fique na sua e se mantenha perto da casa; a sra. Haylam diz que tudo vai ficar de pernas para o ar com esse Tribunal acontecendo. Há perigos vindo, mocinha, e é melhor ficarmos unidos.

Assenti, de cabeça baixa. Problemas demais rodeavam minha mente; eu não precisava aumentar ainda mais essa confusão.

Antes que tivesse a chance de voltar para a casa, notei uma sombra se movendo na nossa direção em alta velocidade. Ela tremeluzia, aparecendo e desaparecendo, saltando invisível à frente e ressurgindo cada vez mais próxima de nós. Sempre que ressurgia, soltava um estalo baixo, como se rompesse uma barreira invisível. Chijioke não pareceu incomodado, mas ouvi a tal de Sparrow soltar um gemido.

Quando o vulto estava perto o bastante para poder ser tocado, enfim assumiu uma forma sólida, e o sr. Morningside o atravessou, saindo de um portal negro e instável. Ele ajeitou a gravata fina, andando até a cerca e os gêmeos, sem nunca diminuir o passo no caminho. Ao passar por nós, deu uma piscadinha discreta.

– O Diabo em pessoa – Sparrow disse, balançando a cabeça. – Estávamos falando de você agora mesmo. Suas orelhas estavam coçando?

– Não exatamente – o sr. Morningside respondeu. Ele não parecia incomodado pela chegada deles e se apoiou com elegância na cerca, observando os gêmeos com um brilho nos olhos dourados. Ele era mais alto que os dois recém-chegados, mas apenas por pouco. Poliu as unhas no paletó listrado e se espreguiçou, lânguido como um gato. Era estranho, pensei, vê-lo ao ar livre, sob o sol. Era como ver um peixe feliz por estar em terra firme. – Pensei sentir uma indigestão desagradável se aproximando – ele continuou. – Depois percebi que eram apenas nossos queridos hóspedes. Dá um incômodo nas tripas a presença dos sobreterrenos, não? – Empertigando-se um pouco, ele se voltou para mim e inclinou a cabeça para o lado. – Você também sentiu, Louisa? Algo deve tê-la alertado da presença deles.

– Tive uma sensação estranha e fria – admiti com um dar de ombros. – Não exatamente enjoada, mas congelada. Mas os vi também, uma grande forma brilhante caindo do céu nos campos do leste.

– Congelada – ele repetiu, erguendo uma sobrancelha.

Apontei, e o sr. Morningside seguiu meus dedos, inclinando-se para a esquerda para ver atrás dos gêmeos. Em seguida, riu baixo e alisou o cabelo preto com a palma da mão.

– Um pouso e tanto! Tenho certeza de que lembrei de alertar o pastor sobre as novas medidas de segurança em volta do terreno.

Finch cruzou os braços diante do peito com o olhar furioso.

– Tenho certeza de que não.

– Propositalmente – Sparrow acrescentou. – Não é a melhor maneira de iniciar os procedimentos, Diabo, considerando-se que é você quem será julgado. Punir os ímpios para saciar sua sede ridícula de sangue deveria bastar, mas aqui está você causando ainda mais confusão.

O sr. Morningside estalou a língua, abrindo bem as mãos.

– Quanta hostilidade, Sparrow. O Tribunal pode ser mais do que um mero julgamento; ora, pensei que poderíamos fazer isso de maneira civilizada. Sabe, mais um encontro de alto nível. Estamos todos tentando coexistir pacificamente, não estamos? Vou dar um grande baile para todos. Será uma distração agradável de sua vida habitual de labuta e sobriedade.

– Distrações só fazem você parecer mais desesperado – Sparrow respondeu com frieza. – E patético.

– Intensificando as hostilidades, então? Tudo bem, tudo bem. – Ele fez um gesto de desprezo para o olhar fixo dela e, com a mesma descontração, fez sinal para eles atravessarem a cerca. Dei um passo para trás, lembrando do alerta de Chijioke. – Vocês são livres para ir e vir; peço apenas que não atrapalhem meus funcionários ou as tarefas deles. Estamos esperando hóspedes de uma natureza mais… mundana, e eles não devem ser negligenciados. Como você disse, minha *sede de sangue* deve ser saciada.

Vi Finch se arrepiar ao escutar isso. Será que eles sabiam o que acontecia na Casa Coldthistle? Seria algo simplesmente aceito, mesmo entre os tais sobreterrenos? Perguntei-me se eles tentariam impedir Poppy ou Chijioke, embora eu não pudesse imaginar que fossem mais perigosos do que os empregados da mansão. Eles podiam ter asas invisíveis, mas, fora isso, pareciam bastante normais. Normais. Alguma parte daquilo tudo era normal? Eles certamente tinham tantos segredos quanto nós.

– Tem chá esperando no salão do térreo – o sr. Morningside continuou, virando as costas em direção à casa com um floreio. – Pode mostrar o caminho, Louisa?

Por um momento, eu não disse nada, olhando para ele e depois para Chijioke. O jardineiro me deu um único aceno e engoli em seco minha trepidação, ficando atrás para mostrar o caminho para os "hóspedes". Depois de uma hesitação parecida, eles pularam a cerca, ainda que de maneira muito mais graciosa do que eu, apoiando-se e saltando como se um vento forte e perfeito os guiasse com segurança para o chão. Ao fazerem isso, o brilho leve em torno dos seus ombros se iluminou e senti mais uma onda de frio na barriga.

Ouvi seus sapatos roçarem a grama enquanto deixávamos os campos para trás. Havia menos buracos novos no gramado agora que Bartholomew estava alguns meses mais velho; ele parecia mais interessado em comer e cochilar do que em tentar cavar seu caminho de volta ao Inferno. Poppy chamava isso de "sono do assassínio", algum tipo de ritual que ele tinha de realizar depois de ajudá-la com a morte do coronel Mayweather. A Casa Coldthistle assomou-se diante de nós como um enorme cavalo esquelético, sombria e hostil mesmo sob a luz do sol. A luz de primavera parecia nunca tocar aquele lugar de verdade, como se um manto de inverno pairasse em torno dele. E a casa, por mais inquietante que fosse, não teria um momento de paz – a entrada estava obstruída por três grupos de cavalos, cada um puxando uma carruagem ornamentada. Chijioke apertou o passo à nossa frente, e a sra. Haylam cruzou as portas da frente, caminhando rápido até as pessoas que desciam, o próximo grupo de almas perversas a serem colhidas pelo sr. Morningside.

– Talvez seja melhor irmos pela porta lateral – eu disse, mudando de rumo.

Porque eu não queria ver o rosto deles. Já era difícil saber que todos estavam irrevogavelmente condenados.

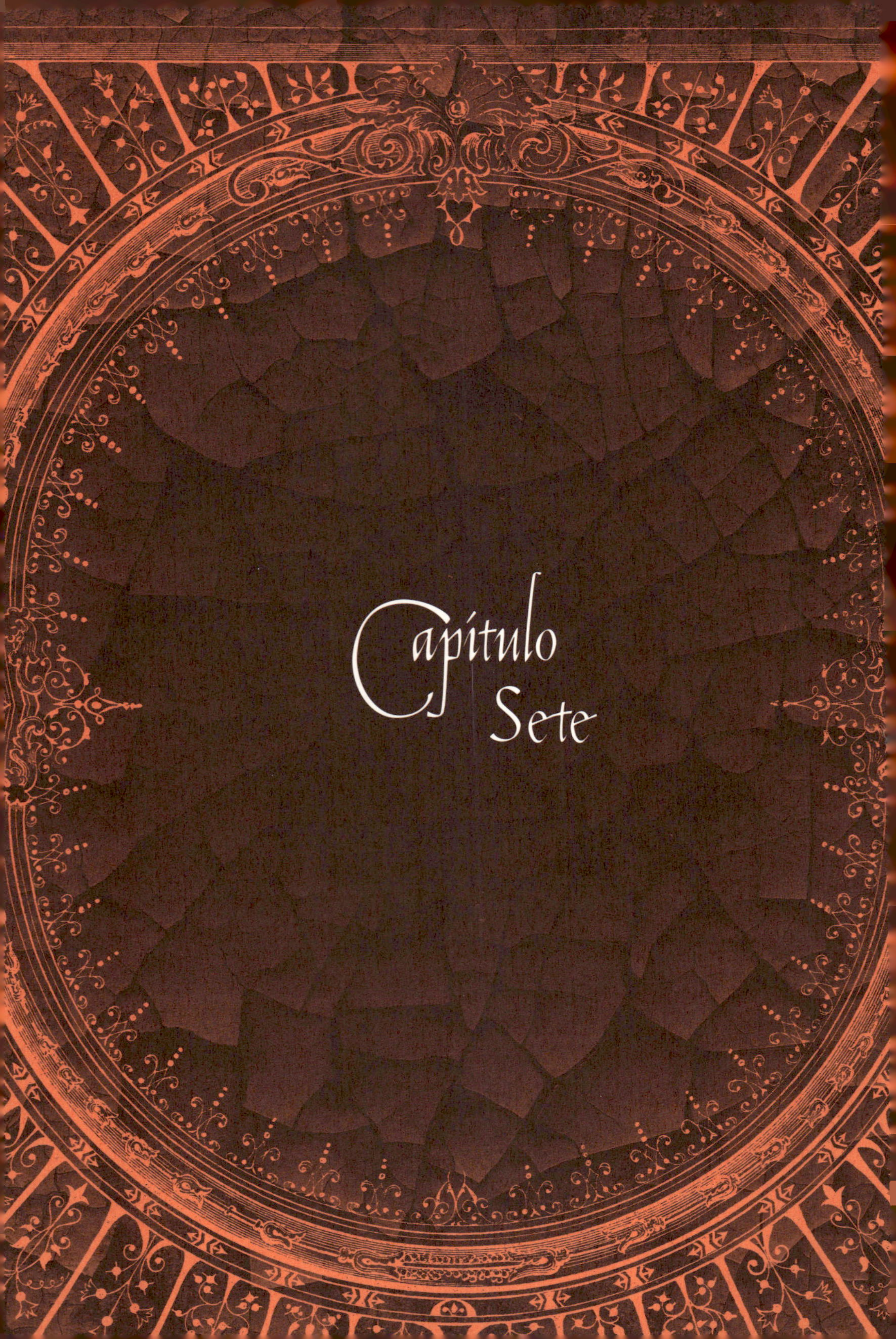
Capítulo
Sete

Acordei na manhã seguinte muito zonza. Não sei como consegui chegar às cozinhas para fazer uma refeição, mas não me lembrava de ter me vestido ou arrumado o cabelo, nem de amarrar os cadarços das botas ou de colocar a touca na cabeça.

Mas lá estava eu, sentada no gélido escuro antes do amanhecer, aquecida apenas pelo fraco calor dos fornos. A cozinha tinha um cheiro estranho... vazio. Normalmente, o café da manhã me encontrava envolta pelos aromas tentadores de bolinhos quentes e carne assando para o jantar. Às vezes Chijioke descarregava o pequeno fumeiro perto da cozinha e trazia uma bandeja de bucho almiscarado e amadeirado com perfume de carvalho. Nenhum desses cheiros me recebeu hoje, nem mesmo a habitual rajada quente de bergamota do chá matinal da sra. Haylam, subindo em uma xícara só para mim.

Hoje, a cozinha estava inodora. Incolor também. A névoa em minha cabeça e meu peito se adensou, e as paredes, a mesa e o piso pareciam mortos e cinzentos. Esperei sozinha, perguntando-me se Chijioke e Poppy tinham começado o trabalho mais cedo – havia hóspedes humanos para atender agora e isso exigiria mais trabalho de todos nós.

Esperei um longo tempo até a sra. Haylam me trazer comida. Quase todos os dias, ela aparecia imediatamente, mas isso era estranho... Onde estavam todos? Por que estavam demorando tanto?

Por fim, ouvi passos rápidos e curtos enquanto ela vinha da despensa. Seu rosto estava frio; o cabelo, severo e perfeito como sempre no coque. Ela mal voltou o olho bom para mim, apenas colocou uma bandeja gigante na minha frente. Estava cheia de carne, um pedaço enorme de carne, ainda intacta. Eu não entendia muito de cortes, mas mesmo aos meus olhos não parecia carne de porco ou de cabra. Nem de carneiro, mas o quê...

– Mingau estaria bom – eu disse a ela, mas ela já não estava mais lá, saindo às pressas para o vestíbulo com um jogo de chá.

O cheiro da carne na minha frente era o único que eu conseguia sentir, pungente e insosso. O odor me fazia pensar em vermes, cinzas e pálidos. Uma faca grande o bastante para ser um cutelo estava enfiada na perna, até o osso. Peguei um garfo pequeno da mesa, que não parecia nada à altura da tarefa de atacar aquela carne monstruosa.

Meu estômago roncou. Algo me compelia a comer, embora a ideia de dar uma única mordida fizesse minhas tripas se revirarem. Cortei um pedaço; a carne era frouxa e mole. O corte me fez sentir uma pontada e, ao colocar o pedaço na boca, senti uma lágrima escorrer pela bochecha. O que havia de errado comigo? Mastiguei e o gosto era horrível, quase rançoso. Fatiei a perna de novo e senti uma explosão de dor na minha própria perna.

A carne mastigada ficou presa na minha garganta. Não havia chá para me ajudar a engolir aquela coisa horrorosa. Eu não conseguia conter mais as lágrimas, e meu rosto foi ficando molhado enquanto eu tentava me obrigar a engolir outra garfada. Não, eu não aguentava mais… Era muito doloroso e o gosto era enjoativo demais. Chorei e olhei ao redor em busca de ajuda, paralisando ao notar que as paredes tinham desaparecido. Onde eu estava? O que era aquilo? As paredes tinham se transformado em árvores, retorcidas e negras, embora se agitassem, trêmulas, como se dezenas de vultos se movessem entre seus galhos. Olhos brilhavam de todos os lados, vigiando-me.

A dor na minha perna era demais a essa altura. Empurrei o prato na mesa e tentei me levantar, decidida a fugir. Na mesma hora, tombei no chão, gritando ao notar que minha perna direita estava cortada do joelho para baixo. Sumiu… Era…

A carne que eu tinha engolido à força subiu de volta e senti ânsia de vômito. Chorei, debatendo-me no chão. A perna não era normal. Era familiar demais, macia demais… Minha perna. Eu tinha comido minha própria carne. E agora estava engasgando, morrendo, desamparada e me arrastando pelo chão.

De repente, da multidão de árvores distorcidas ao meu redor, um único vulto veio à frente. Seus olhos ardiam como carvão. Ele usava uma coroa de galhos e falava com uma voz estrondosa.

– Acorde – ele disse, estendendo a mão para me levantar. – Não durma mais.

O mundo, o mundo real, voltou de repente com um berro. Meu berro. Quase saí voando de baixo das cobertas, apalpando meu corpo freneticamente até confirmar que minha perna ainda estava lá. Um sonho. Não, um *pesadelo*. Sequei o rosto, percebendo que ele estava molhado de transpiração e lágrimas. Um instante depois, a porta se abriu de repente e soltei outro grito, depois suspirei e me recostei no colchão.

Era Poppy, com olhos arregalados de espanto. Ela saltou ao meu lado na cama, colocando a mão fria na minha testa.

– Você está bem? Está com febre? Ah, Louisa, você não parece nada bem, nem um tiquinho!

– Que gentil da sua parte, Poppy – murmurei, fechando os olhos.

– Eu mandaria Bartholomew cuidar de você, mas ele está dormindo profundamente agora. Ele se recusa a acordar a menos que tenha carne pra comer!

– Por favor – sussurrei. – Por favor… não fale de carne agora.

– Devo buscar a sra. Haylam? – ela perguntou, franzindo a testa e aproximando seu rostinho élfico do meu nariz. – Você está terrivelmente suada, Louisa.

– Só tive um sonho desagradável – respondi com um sorrisinho. – Tenho certeza de que logo vou me recuperar.

– Aaah – Poppy exclamou, recostando-se sobre os calcachares e girando uma trança no dedo, pensativa. – Sabe, já tive muitos sonhos estranhos também! Nem todos foram ruins. Às vezes, sou um pássaro gordinho gritando ao vento em um barco. Desses eu gosto. Mas alguns dos meus sonhos têm sido perturbadores. A sra. Haylam diz que há coisas sinistras à espreita em Coldthistle nos últimos dias e que devemos, devemos e devemos proteger uns aos outros.

Apoiando-me nos cotovelos, recostei-me nos travesseiros e assenti.

– Chijioke disse algo parecido. Os sobreterrenos não parecem tão maus.

Os olhos dela se arregalaram de novo e ela enfiou um dedo na minha cara, balançando-o de um lado para outro.

– Xiu! Psiu, Louisa! Ninguém pode ouvir você falar uma coisa dessas. Não vou contar pra ninguém, mas você precisa prometer que nunca mais vai repetir isso. O sr. Morningside ficaria irritadíssimo se ouvisse você falar assim.

– Por quê? – Com delicadeza, tirei sua mão do meu rosto e ajeitei as cobertas sobre o colo. Lá fora, escutei o conhecido e reconfortante som dos pássaros se comunicando ao raiar do dia. – O que é essa história de Tribunal? Antes era um segredo tão grande e agora ninguém fala de outra coisa.

Poppy encolheu os ombros e soltou o rabo de cavalo; em seguida, saltou da cama e começou a revirar meu baú de gavetas, tirando meu uniforme habitual de camareira e empilhando-o na cama.

– É tudo novo pra mim também, Louisa, mas a sra. Haylam diz que os malvadinhos dos sobreterrenos vão vir com o pastor e a filha idiota deles. Eles vão se reunir na tenda lá fora e decidir se o sr. Morningside é tapado demais para continuar.

– Tapado demais para... – Não consegui conter o riso, pressionando o nó de um dedo contra os lábios. – Bom, sem dúvida será uma discussão acalorada. Mas, me diga, deve ser mais sério do que isso. Ele está mesmo em apuros?

Ela respondeu com um aceno empático, balançando as tranças, depois buscou minhas botas do outro lado do quarto.

– Aquele malvado do George Bremerton chegou perto demais de machucar o sr. Morningside. Pode haver outros como ele a caminho, e acho que é isso que todos querem discutir: o que fazer com esse povo que quer machucar o sr. Morningside.

Isso fazia um pouco mais de sentido.

– Entendi. Não parece tão preocupante... O que vai acontecer se decidirem que ele é, hum, tapado demais para continuar?

– Não sei direito, Louisa, ninguém sabe – ela disse com cautela, terminando o trabalho e parando ao lado da cama com as mãos entrelaçadas diante da cintura. – Só sei que não gosto quando o pastor e seus anjos vêm aqui. Eles comem tudo o que veem pela frente e me dão dorzinha de barriga. Prometa que não vai gostar deles.

– Muito bem – respondi, saindo da cama. Ela tinha separado minhas roupas com tanto capricho que não quis desapontá-la com hesitação. – Prometo não gostar deles, mas só se me derem um motivo. Eu não gostava de nenhum de vocês no começo, lembra?

Poppy mordeu o lábio, balançando para trás e para a frente enquanto refletia sobre meu argumento.

– Acho justo. – Ela revirou o bolso do avental; sua pequenina mão segurava um papel dobrado. – Louisa, o que é isto?

A carta. Ela devia ter encontrado no meu avental enquanto juntava minhas roupas.

– Só… nada demais. É uma carta que eu deveria ter lido ontem. – O dia passara tão rápido. Primeiro, eu tivera o encontro com o sr. Morningside, depois tinha sido surpreendida por Lee e os sobreterrenos. Tive uma sensação quente e estranha no peito ao olhar para o pergaminho dobrado. Poderia ser mesmo do meu pai? Meu pai *de verdade*? E como diabos eu a leria?

– Ah, bom, você não pode esquecê-la de novo – ela disse, guardando-a de volta no avental, onde devia tê-la encontrado. – Mas agora você não pode ler, Louisa, não temos tempo a perder. Vou ajudá-la a amarrar suas roupas e fazer uma bela trança em você, mas não podemos nos demorar. A sra. Haylam quer ver todos nós, e ela está de péssimo humor. Acho que os anjos também dão dorzinha de barriga nela.

Embora eu estivesse na Casa Coldthistle havia apenas cerca de sete meses, essa era a primeira vez que a sra. Haylam convocava todos nós.

Quer dizer, quase todos. O sr. Morningside não estava em lugar nenhum naquele frio matinal das cozinhas. Fui me aproximando discretamente dos fornos, esfregando as mãos para me aquecer. O sol tinha acabado de nascer, e os raios da primavera ainda não haviam derramado seu calor sobre a casa. Do lado de fora, através da porta aberta da cozinha, ovelhas baliam umas para as outras nos campos além da cerca e, logo acima dela, ouvia-se o rosnado inconstante do ronco de Bartholomew. Não dava para ver nada além de seu rabo curvado sobre as pedras, cuja ponta preta parecia ter sido mergulhada em um pote de nanquim.

Chijioke estava à minha esquerda, de braços cruzados, a camisa limpa de trabalho cheirando a sabão de lavanda da sra. Haylam. Fiquei surpresa ao ver Lee, parado no canto bem em frente à despensa. Suas roupas estavam amarrotadas, embora ele vestisse um paletó agora, muito mais simples do que as roupas nobres que havia trazido a Coldthistle no outono. Ele evitou meus olhares furtivos, fixando os olhos na sra. Haylam, que estava diante de nós em frente à grande pia da cozinha. Poppy comia seu café da manhã, sentada à mesa e balançando as perninhas.

Tudo parecia terrivelmente normal, e perguntei-me como seria tomar café da manhã em outro lugar. Em um lugar normal. Chijioke, Lee e Poppy poderiam ser amigos normais se tivéssemos trabalhos mundanos e nenhuma violência à vista. Seria estupidez desejar algo assim? Estupidez apenas cogitar isso?

Limpando a garganta, a sra. Haylam fez contato visual com cada um de nós. Podia ser só impressão, mas pareceu que ela olhou para mim por mais tempo. Encolhi-me sob sua inspeção, sabendo que tinha me vestido às pressas e não estava perfeitamente arrumada.

– Bom, finalmente podemos começar – ela falou, e isso foi tudo o que disse sobre meu atraso. – Como todos com certeza já notaram, houve algumas mudanças aqui nesta primavera. Os sobreterrenos visitantes devem ser tolerados, nada mais, nada menos. Se eu souber que algum de vocês começou a importunar algum deles, ficarei extremamente descontente. Não me decepcionem.

– E se eles criarem encrenca conosco? O que faremos? – Chijioke perguntou, incomodado.

– Eles não farão isso.

– Mas se fizerem? – ele insistiu.

A sra. Haylam virou a cabeça para ele, estreitando os olhos.

– Por que tenho a impressão de que você está louco para amolá-los?

– Porque eles são panacas insuportáveis, por isso.

A velha quase sorriu, mas se conteve no último instante. Seus lábios se curvaram com ironia antes que ela recuperasse a compostura.

– Ainda assim, vocês devem se conter. O Tribunal é obviamente um acontecimento fora do comum, que não devemos estender. Quanto antes aqueles forasteiros saírem de nossa casa, melhor. Queremos resolver uma discórdia, não iniciar uma guerra.

– Com licença – eu disse, dando um pequeno passo à frente. – Mas o que exatamente é esse Tribunal? Ninguém me explicou. Não direito, ao menos.

A sra. Haylam suspirou e olhou para o teto.

– Você não será obrigada a participar, Louisa. Apenas cumpra suas tarefas regulares e atenda aos hóspedes. Se Chijioke ou Poppy precisarem do seu auxílio, *você será informada*.

– Mas...

– Você será informada. – Ela ergueu a voz apenas o suficiente para me calar. – Agora, quero que todos fiquem alertas e me contem imediatamente se acharem que os sobreterrenos estão interferindo no trabalho de vocês aqui na casa. Não saiam para a cidade e não façam viagens desnecessárias para fora da propriedade. Essa é uma perturbação apenas temporária, e espero que todos completem o trabalho como se estivéssemos em tempos normais.

Ninguém ergueu a voz e, depois de um breve silêncio, a sra. Haylam acrescentou:

– Rawleigh é um membro permanente da casa agora e, como tal, pedi que ele assumisse o cargo de mordomo. Ele cuidará dos cavalheiros hospedados conosco no próximo mês. Por falar em nossos *hóspedes*...

Olhei na direção de Lee, mas ele estava decidido a me evitar. Fixou o olhar na sra. Haylam e depois no chão. Era difícil imaginá-lo trabalhando como mordomo com suas roupas e seu cabelo desgrenhados, mas talvez ela o obrigasse a se arrumar antes de assumir o cargo de verdade. Entre nós, ele era o mais habituado aos deveres e maneirismos de um mordomo, tendo sido rico o bastante para ter um empregado no passado.

Era cruel encará-lo, e perguntei-me se ele estava irritado com a ideia de ter de trabalhar em um cargo tão abaixo dele. Comigo. Ele já tinha levado um tiro do tio, morrido e ressuscitado com uma necromancia sinistra; essa punição adicional fazia eu me sentir mal. Pior ainda, eu não tinha interesse nos recém--chegados. Agora que sabia que Lee era um inocente atraído erroneamente para Coldthistle, sempre receava que outro erro estivesse sendo cometido.

– A tenda externa foi construída para o Tribunal, mas também será usada por nossos hóspedes. Vamos receber as festas nupciais da srta. Amelia Canny, de Dungarvan, e do sr. Mason Breen, de Londres. Nunca um par de famílias tão vil se assomou à nossa porta. Vocês devem servi-los com todo o respeito e atender às necessidades deles, até pedirmos que os tirem violentamente deste mundo mortal.

Capítulo Oito

Continuei nas cozinhas para tomar meu café da manhã depois que a reunião terminou. Por um momento, enquanto bebia chá e observava o fogo da lareira, voltei a sentir o pavor do meu sonho. Com um calafrio, segurei a xícara com as duas mãos, inspirando o vapor aromático e deixando que ele banisse o frio daquele pesadelo. Parecia que eu havia saído de um pesadelo para outro, ali sozinha nas cozinhas enquanto temia o trabalho pela frente. Assustava-me a ideia de encontrar as famílias Canny e Breen, passar a conhecê-las e vê-las serem aniquiladas.

Devagar, segui até a porta aberta da cozinha e me apoiei no batente, observando enquanto os operários terminavam seu trabalho no pavilhão e limpavam as ferramentas. Fiquei pensando se sentiria falta deles, acostumada com seus barulhos ao longo do dia de trabalho. Tinha sido uma pitada curiosa de normalidade à estranheza constante de Coldthistle. Mas agora eles estavam indo embora, trocando piadas enérgicas enquanto partiam. Eles sabiam que era melhor nem olhar na minha direção. Um homem musculoso com a pele vermelha de sol gritou vulgaridades para mim no primeiro dia. A sra. Haylam o levou para fora da propriedade, e só me restava especular sobre o destino dele depois disso.

Bartholomew dormia aos meus pés. Ele tinha dobrado de tamanho ao longo do inverno; não parecia mais um filhotinho doce, mas sim uma fera felpuda e agressiva. Uma juba arrepiada havia crescido entre suas orelhas e a parte de trás de suas costas, dando-lhe a aparência de uma criatura ainda mais selvagem e feroz. No entanto, ele continuava com aquelas orelhinhas de filhote, que caíram encantadoras sobre as pedras quando ele rolou de costas e aninhou as patas em cima da barriga.

Agachei-me, fiz carinho no pescoço dele e fiquei ouvindo seus grunhidos sonolentos de alegria. Fechei os olhos, dei outro gole do chá e me imaginei em um lugar distante, sendo apenas uma menina normal do interior diante de uma cabana na Irlanda, acariciando seu cachorro e tomando café da manhã antes de um dia de estudo ou costura. Isso me fez lembrar da carta ainda escondida em meu avental e me levantei, fechando a mão sobre onde a guardava. E se essa vida de estudo e costura fosse possível e eu precisasse apenas pedir a ajuda desse suposto pai? Ou, melhor ainda, se ele dividisse sua riqueza inimaginável comigo e, nesse momento, eu pudesse estar dormindo até tarde, como uma mulher de posses em uma casa grandiosa, sem nada a fazer além de convidar as amigas e jogar conversa fora com damas perfumadas...?

Uma dupla de vozes distantes chamou a minha atenção. A princípio, pensei que fossem os gêmeos, Finch e Sparrow, mas notei Lee se esquivando nas sombras do celeiro do outro lado do pátio. Ele estava conversando com alguém, embora no começo não desse para ver com quem. Um momento depois, deu um passo em direção ao beiral do celeiro, apoiando-se na baia de um cavalo e ajeitando o cabelo. Ao lado dele estava uma figura vaga que poderia ser uma pessoa, mas não passava de uma sombra. A sombra de uma menina.

– Falei pra não se meter com ele.

Praguejei de espanto e derrubei a xícara, vendo-a se estilhaçar nas pedras. Bartholomew latiu e se levantou de um salto, girando e farejando o rabo molhado pelo chá antes de sair trotando em busca de um lugar mais tranquilo para cochilar.

– A senhora me assustou – eu disse, irritada. – Vou buscar uma vassoura...

– Depois. – A sra. Haylam saiu das cozinhas e, na passagem da luz da sombra para o brilho do sol, seu olho de reuma pareceu cintilar. – Ele é uma criatura de sombras agora; não resta nada além de trevas dentro dele. Essa pele bonita que ele veste é apenas uma máscara e, quando apodrecer e cair como sempre acontece com a carne humana, você verá a verdade do que digo.

A imagem dos olhos dele, consumidos pelo negrume, revisitou minha mente.

– Se ele está tão mudado, a culpa é minha – eu disse. – Fiz a escolha de revivê-lo.

– Você nunca receberá gratidão se sempre achar que a merece – ela respondeu com uma fungada. – Algum dia, ele pode vir a agradecê-la pelo que fez, mas é igualmente possível que a deteste. Avisei para não se meter.

– Sim – suspirei. – A senhora mencionou uma ou duas vezes.

– Não se ressinta das escolhas que ele fizer depois de ter tomado uma decisão tão grave por ele – a sra. Haylam acrescentou e, surpreendentemente, colocou uma mão no meu ombro. A princípio, pensei ser um gesto de carinho matronal, mas isso foi inocência da minha parte; senti um calor estranho me banhar, uma tepidez se espalhar a partir do lugar onde a mão dela tocou o tecido da minha roupa. Enquanto observava Lee e a sombra, o vulto preto foi tomando forma, transformando-se em uma moça bonita, que conversava com ele e ajeitava a saia com ar de flerte.

– Ela é um fantasma? – murmurei.

– De certa forma. Outra criatura de sombras presa a esta casa. Ele consegue vê-las como elas foram no passado, uma vez que habita nas sombras agora. Não fique tão triste, Louisa; você deveria ficar contente por ele ter encontrado uma amiga. – A sra. Haylam tirou a mão e a menina desapareceu, deixando apenas a silhueta escura diante de Lee. – Termine seu café da manhã e parta para o trabalho. A menina Canny já está se queixando das acomodações, e não tenho paciência para isso hoje.

E eu tenho?

Ela devia ter ouvido meu resmungo suspirado.

– Louisa.

– Sim, sra. Haylam – eu disse, vendo Lee entrar no celeiro com sua nova amiga. A carta no meu avental pareceu subitamente pesada. Presente. Um pai rico. Talvez eu merecesse uma mudança; talvez pudesse mesmo partir e encontrar uma vida nova em algum lugar distante. Para sempre.

– E limpe esses cacos. A última coisa de que preciso é alguém cortando o pé, muito menos aquele cão imprestável...

Fiquei olhando para os cacos de porcelana e senti seu ombro roçar no meu enquanto ela voltava às cozinhas. O gramado estava vazio. Os operários tinham ido embora. Em algum canto poeirento e ensolarado, Bartholomew dormia; seus roncos altos eram o único som no pátio. Chá derramado se infiltrava por entre as frestas do calçamento, correndo rápido em direção às minhas botas. Recuei um passo, vendo o chá se misturar à lama, e coloquei a mão sobre a carta no avental.

Chá derramado e xícaras quebradas. Tinha de haver algo melhor no horizonte.

Amelia Canny era uma menina feia e franzida, de cabelos espantosamente pretos e olhos castanhos redondos. Em outro rosto, mais elegante e delicado, seus traços poderiam ser belos, mas, se um pintor a tinha concebido, fizera o trabalho às pressas, pincelando um nariz grande demais e olhos afundados.

Ela esvoaçava de uma parte à outra como uma das aves do sr. Morningside, movendo-se demais sem fazer absolutamente nada.

– Lottie torceu o tornozelo e não pôde viajar – Amelia me informou enquanto inspecionava um chapéu enorme adornado por flores de seda vermelha. Vermelho, aliás, era sua cor favorita. Tudo, desde suas bolsas dispendiosas ao vestido leve de verão, era em tons de carmim. – A parva disse que precisava ficar de repouso por um mês. Um mês! Consegue imaginar um luxo desses? E ela não passa de uma dama de companhia! Eu não deveria ficar surpresa, afinal, ela sempre foi preguiçosa.

Amelia girou e cravou os olhos escuros em mim.

– *Você* não vai ser preguiçosa, suponho eu?

Era uma pergunta, mas apenas por pouco. Ouvi a ordem implícita.

– Trabalho bastante, senhorita.

– Como é seu nome mesmo? – Ela ajeitou e reajeitou o chapéu até a luz do sol que atravessava a janela suja refletir nas contas da aba.

– Louisa.

– Louisa de quê?

– Ditton, senhorita – eu disse, acrescentando um sorriso tenso ao *senhorita*.

Invejei bastante Lottie, que não me pareceu nada preguiçosa, mas uma gênia por encontrar uma maneira de escapar daquela garota mimada.

– Você é irlandesa – ela apontou.

Sim, óbvio.

– Do condado de Waterford, senhorita.

Os olhos dela se iluminaram, o que quase a tornou atraente por um momento.

– Minha família é de Dungarvan, mas me recuso a voltar àquele lugarzinho mequetrefe. Sabe o que o pai de Mason me disse ontem? Disse: "Nada de bom pode vir de um lugar com um nome desses". E quer saber, Louisa? Ele tinha razão. Em breve serei uma mulher de Londres. Mas você deve conhecer Dungarvan. Consegue acreditar que nós duas nos encontramos tão longe de lá, cada uma de um mundo tão diferente?

Pensei na carta no meu bolso e me crispei. Se era isso que ter dinheiro fazia a uma pessoa, talvez eu devesse queimar o pergaminho, afinal.

– Que coincidência – murmurei. – A senhorita ainda vai precisar de mais alguma coisa?

Ela precisava que os travesseiros fossem afofados e que a roupa de cama fosse trocada por uma estampa com algo vermelho, naturalmente. Eu já havia desfeito as malas dela e colocado para arejar o vestido que ela queria usar no jantar. Minhas mãos nunca haviam tocado uma seda tão macia.

– É só que…

Amelia foi à janela, observando o pátio por um momento. O quarto dela dava para o norte e, de sua janela, dava para ver a trilha escondida que levava à nascente. Ela me chamou com um gesto e obedeci, parando ao seu lado e seguindo seu olhar até a trilha arborizada. As árvores ali pareciam ameaçadoras, não tinham chegado a recuperar todas as folhas perdidas no outono. As poucas folhagens pareciam cruéis e negras. Eu não lembrava que a mata em torno da nascente era tão densa, mas talvez nunca a tivesse visto do alto antes.

– Você parece uma menina sensata – ela disse, curvando um dedo pensativo sob o queixo. – Lottie nunca quer me dar conselhos. Acha inapropriado uma dama de companhia opinar sobre o que é ou não melhor para a patroa. Mas eu a considero um bocado simplória.

Eu estava admirando Lottie cada vez mais. Era tentador alegar que eu também era estúpida, mas parte de mim queria saber exatamente o que Amelia havia feito para vir parar na casa Coldthistle. Ser apenas rica e desagradável não era crime suficiente.

– Eu me considero bastante sensata, sim – respondi com cautela.

Amelia suspirou e se apoiou na janela, encostando a testa no vidro. Ela traçou um coração na vidraça e observou a floresta com ar melancólico.

– Você acha que Deus perdoa um pecado se for cometido em nome do amor verdadeiro?

Pestanejei por um momento.

Obviamente não, considerando onde você está.

– Eu... acho que dependeria da natureza do pecado – respondi.

Assentindo, Amelia fechou os olhos e olhou para o chão. Em seguida, murmurou baixo:

– Uma mentira?

– Pode ser perdoada, com certeza.

– Um roubo? – ela perguntou.

– Roubar não é tão ruim assim – eu disse. Essa eu respondi sinceramente, visto que tinha realizado meus próprios roubos naquela casa. Então, lembrei que eu deveria agir como uma dama de companhia e ela não gostaria de ter uma ladra revirando seus pertences. – Quer dizer, é errado, claro, mas... entendo que possa ser um pecado perdoável se houver amor envolvido.

Ela assentiu outra vez e, com uma voz tão baixa que quase não consegui escutar, sussurrou:

– E assassinato?

Agora estávamos chegando a algum lugar.

Eu estava prestes a responder, mas ela ergueu uma mão para me calar. Seus olhos se inflamaram, e era como se uma pessoa diferente estivesse me fitando, não uma garota irritante obcecada por chapéus e cobertas vermelhas, mas uma criatura mais vil, que tinha visto e feito tantas ou mais coisas do que eu.

– Sim, você ouviu certo, Louisa, não vou repetir. E acredito que entenda do que estou falando, pois nem sempre fui rica como me vê agora. Conheci a dor da fome e da penúria. Desejei meu querido Mason e agora o tenho, e teria feito de tudo pra sair daquela vida terrível de antigamente e viver em conforto com meu verdadeiro amor.

Respondi com um único aceno de cabeça, julgando que era melhor ser a confidente dela. Eu claramente havia subestimado Amelia, mas agora via a verdade nos seus olhos.

– É claro que você entende – ela acrescentou, ainda com aquela chama no olhar. – Quando eu era pequena, via as damas passarem em suas carruagens elegantes e dizia a mim mesma: um dia serei como elas. Custe o que custar, qualquer que seja o sacrifício que eu tenha de fazer, serei como elas. E agora você está me conhecendo, Louisa, e talvez saia deste quarto e diga a si mesma: um dia terei o que ela tem.

Tentei falar outra vez, mas Amelia não deixou.

– Não, não, não há vergonha em pensar dessa forma. Meninas como a pobre Lottie não são como nós. Elas se contentam em saber que não têm nada e não farão absolutamente nada para mudar isso. – Com um gesto de impaciência, Amelia deu as costas para a janela e caminhou até a cama, jogando-se nela. – Olhe só pra mim. Tagarelando sem parar… E por quê? Não sei dizer. Mas tenho a impressão de que posso confiar em você, Louisa. É mesmo verdade? Posso confiar em você?

– Ah, a senhorita pode me contar todos os seus segredos – respondi com uma reverência. Mas minha cabeça estava em outro lugar. O discurso de Amelia tinha me dado uma ideia e, quanto antes eu saísse dali, mais rápido poderia colocá-la em prática. – Sou uma pessoa solitária que não conversa com ninguém. É um lugar isolado, a Casa Coldthistle, e não raro o silêncio e os segredos são minha única companhia.

Capítulo Nove

O ranço quente e fechado da biblioteca foi um consolo depois da tagarelice sem fim de Amelia. Ao longo de muitos meses, eu conseguira colocar certa ordem naquele lugar, varrendo as dunas de pó para longe e colocando nas prateleiras os livros que haviam se acumulado no chão em pilhas periclitantes. Ninguém me viu descer o corredor e entrar na biblioteca na ponta dos pés. Lee sem dúvida estaria trabalhando como mordomo de Mason Breen; o que Poppy e Chijioke estavam aprontando eu só podia imaginar.

Arrumei um canto no fundo da biblioteca, perto das janelas e atrás de uma fileira de estantes. Se alguém passasse ali, não me veria fugindo dos meus deveres. Depois de deixar a misteriosa carta no parapeito da janela, comecei a pesquisar entre as fileiras e fileiras de livros em busca de algo útil. O sr. Morningside – ao menos eu supunha que fosse ele, pois mal podia imaginar o que a sra. Haylam lia em seu tempo livre – tinha reunido uma coleção de dramas e romances. Ri baixo e continuei procurando, passando os dedos por dezenas de histórias de amor. Quando eu ainda estava em Pitney, as garotas sonhavam com um solteiro rico e disponível esperando-as em algum lugar lá fora. Só que essas ideias eram só para as meninas bonitas, que ao menos tinham uma chance de conseguir um bom par, um que lhes proporcionasse abrigo e uma renda modesta. Um vigário, talvez, ou um soldado.

Nunca alimentei esse tipo de fantasia, embora eu admirasse a certeza de Amelia de que tinha valido a pena cometer qualquer que tenha sido seu grave pecado para conquistar Breen e ascender na sociedade. Agora eu tinha a chance de fazer o mesmo simplesmente lendo uma carta.

Simplesmente. Havia uma barreira, claro: entender o conteúdo da mensagem. Meus pais tinham me ensinado trechos de gaélico quando eu era pequena, mas apenas o necessário para compreender canções e contos de fadas. Eu tinha estudado línguas em Pitney e, se pelo menos conseguisse achar um guia de tradução adequado ou um volume bilíngue de inglês e gaélico, talvez tivesse uma chance de decifrar a carta.

Ela era para mim, afinal. Por que não a leria? Qualquer um estaria curioso; a sedutora ideia de uma vida nova e melhor pairava ali, ao meu alcance, cintilando feito um anel de bronze.

Algo naquela biblioteca me ajudaria a estender a mão e agarrar essa vida. Ou foi o que pensei. E a esperança persistiu durante a primeira hora de pesquisa, mas foi esmorecendo conforme eu entrava na segunda hora. Logo sentiriam minha falta. O almoço estava se aproximando e, se eu não aparecesse nas cozinhas para ajudar a servir, a sra. Haylam viria atrás de mim. Nada no humor dela naquela manhã indicava que eu me safaria se a irritasse, por isso corri os olhos de um livro a outro. Cada livro promissor só continha traduções sem nenhuma passagem de gaélico para comparação. Alguns, aqueles com títulos inteiramente em gaélico que faziam as chamas da esperança arderem um pouco mais forte sempre que eu os avistava, eram ininteligíveis de capa a capa. Eu não estava conseguindo nada além de criar uma bagunça que eu mesma teria de arrumar.

Por fim, avistei um livro de capa verde na prateleira mais próxima à porta. A lombada era decorada por folhas douradas, onde se lia *Dagda, o guerreiro* e, logo ao lado, *Dagda, An Laoch*. Esse sim poderia conter os textos lado a lado que eu usaria como referência. Ofegante, voltei correndo ao meu esconderijo, subi no parapeito da janela, dobrei os joelhos. Abri a capa e folheei as primeiras páginas, sentindo um formigamento quente do peito até o pescoço e o rosto. Inútil. O livro era inútil. Mais uma tradução completa em inglês que não me ajudaria.

Esse livro, talvez o décimo terceiro que eu havia encontrado e descartado, fez algo se libertar dentro de mim. Furiosa, dei um berro de frustração e atirei o exemplar para o outro lado da biblioteca. Ele caiu com um baque surdo no canto. Ninguém veio. Eu estava sozinha e zonza, vermelha e suada de raiva. Peguei a carta e rompi o selo, xingando enquanto a segurava com as duas mãos e começava a destruí-la, enfurecida, rasgando-a bem no meio.

Então parei.

Fúria. Raiva. Esse sentimento devia ter instigado o poder dentro de mim, pois, diante dos meus olhos, as palavras começaram a mudar, tão legíveis e claras como se eu falasse aquele idioma com fluência.

Eu a transformei. Eu era capaz de transformar uma colher em uma faca ou uma chave, e, com necessidade e desespero, transformar uma língua em outra. Era espantoso. Em choque, observei as palavras cintilarem, esperando para serem lidas; a letra curva do meu suposto pai estava preservada em toda a sua beleza.

Minha querida Louisa, começava a carta. *Finalmente a encontrei.*

Todo o meu corpo tremia enquanto eu lia, segurando as duas metades do papel com cuidado. Eu a li uma, duas vezes, e então uma terceira, recostada no parapeito para me apoiar. Ele morava não muito longe de onde nasci e descreveu minha mãe, nossa cidade, até nossa casa, em detalhes perfeitos. Não mencionou amor por minha mãe, apenas paixão, então vergonha quando consumou o concubinato que geraria uma criança. Eu.

> *Fugi para o norte e, em minha confusão, falhei com vocês duas. Sempre soube que voltaria para procurar você, filha, mas não sabia se teria coragem para lhe fazer o pedido de perdão que você tanto merece.*

Ele falava de riquezas acumuladas pela caça de flores raras e âmbar-gris para a produção de perfumes. *Enfleurage.* Se o que ele dizia era verdade, meu pai – meu verdadeiro pai – era o tipo de pessoa que sabia o que era *enfleurage*. Rico. Sofisticado.

Essa foi a primeira farpa; a segunda veio no parágrafo seguinte.

> *Poderes estranhos sempre foram presentes na minha família e, através do meu sangue, você é abençoada ou amaldiçoada, como*

preferir interpretar. Talvez, assim como eu, você sempre soube que era diferente. Ou talvez ainda lhe falte descobrir toda a profundidade do que realmente é. Essa singularidade em seu sangue pode levá-la longe ou fazê-la ruir sob o peso das expectativas da sociedade. Qualquer que seja sua escolha, estarei lá para suportar o fardo com você, pois sou o arquiteto de sua realidade fantástica.

Outro rompante de raiva me atravessou. Enquanto esse covarde estava colhendo florezinhas e fazendo fortuna, nós nos arrastamos na lama para ganhar a vida, juntas em uma cabana enquanto meu pai – meu falso pai – bebia até a morte. Nada disso precisava ter acontecido. Eu não precisava ter ido à casa dos meus avós cruéis ou à Escola Pitney, ainda mais cruel. Não precisava ter sofrido surras e abandonos. Não precisava ter fugido e vagado até a Casa Coldthistle.

Lágrimas de raiva e de amargura se derramaram pelas minhas bochechas. Coloquei a carta de lado e chorei, desejando o menor dos consolos de amizade ou compreensão. Eu sentia falta de Lee. Sentia falta de Mary. Um deles ou ambos, em um passado distante, saberiam o que me dizer nesse momento sombrio de desespero. A tristeza logo se transformou em ressentimento. Talvez eu *devesse* convidar aquele monstro para essa casa de monstros e tirar tudo dele. Talvez fosse melhor ter um bêbado imprestável como pai do que o que quer que essa pessoa pensasse ser.

Com sua ausência, ele me fez pequena e pobre e arruinada pela magia negra.

Sequei as lágrimas do rosto e dobrei a carta rasgada ao meio, guardando-a de volta no avental. Não adiantava nada ficar ali chorando no parapeito da janela, não com pensamentos tentadores de vingança rondando meu cérebro. Por mais que eu detestasse admitir, ele estava certo – esse covarde, esse ladrão, esse tal de *Croydon Frost*. Eu poderia murchar ou me erguer, e não permitiria que a carta ou a existência desse homem me fizessem ruir.

A bagunça de livros que eu tinha feito teria de esperar. Saí pisando forte no corredor, assustando um dos Residentes fantasmagóricos que parecia estar tentando me espionar. Ele recuou e desapareceu em um sopro de fumaça preta. Não me importei, pois não havia ninguém a quem ele pudesse contar que em breve não ouviria a verdade da minha própria boca. Passando pelo corredor, encontrei Poppy varrendo o alto da escada, com a cabeça baixa enquanto cantarolava uma melodia preguiçosa.

– Ah! Aí está você, Louisa, a sra. Haylam estava...

– Agora não – respondi bruscamente, virando rápido no patamar e desatando a descer a escada. – Depois ela pode me achar!

– Mas ela vai ficar brava com você! Louisa!

– Não me importo.

Eu me sentia movida pela raiva, acelerada por uma corrente de chamas. Quando cheguei ao vestíbulo, consegui ouvir a sra. Haylam nas cozinhas preparando a refeição vespertina, mas desviei rápido do campo de visão dela e virei em direção à porta verde que dava para o escritório do sr. Morginside. Como sempre, o ar do outro lado da porta era cerrado e inquietante. Expulsei qualquer hesitação e fui descendo e descendo às pressas, então atravessei a antecâmara cheia de retratos.

Dinheiro. Era possível fazer tanta coisa com dinheiro. Eu poderia recuperar a vida que tinha me sido roubada, sim, mas poderia fazer muito mais. Chijioke e Poppy eram empregados da casa e, certamente, dependiam da comida e do abrigo proporcionados por ela. Mas e se *eu* pudesse provê-los? Eles eram meus amigos e, com uma fortuna de verdade, eu seria capaz de mudar a vida de todos nós. Poderia comprar uma casa – não, uma mansão – e deixar Chijioke, Poppy, Lee e aquele cachorro gigante viverem como quiserem, sem o fardo de ter que matar e dissimular.

Essa ideia era ainda mais inspiradora e acelerou meus passos. Minhas únicas apreensões surgiram quando finalmente cheguei à porta do escritório e senti uma tensão óbvia do outro lado. Ele xingou alto e bateu o punho na escrivaninha com tanta força que a casa toda pareceu sacudir com sua raiva.

Respirando fundo, bati na porta. Foi um som baixo e tímido, por isso tive um sobressalto quando a voz do sr. Morningside atravessou a porta, retumbante e exageradamente forte.

– *Que foi?*

Mais vez produzi um som baixinho, dessa vez com a voz.

– É... é Louisa. Gostaria de falar com o senhor sobre o meu pai.

Então veio um suspiro, seguido por uma pausa. Ele murmurou alguma coisa e resmungou:

– Vá embora, Louisa.

– Não. Não vou embora. Quero falar com o senhor agora...

A porta se abriu de repente, revelando o sr. Morningside à escrivaninha, com os dois punhos cravados na madeira enquanto rosnava para mim:

– Este é um péssimo momento – ele advertiu.

Com cautela, dei alguns passos arrastados para dentro e limpei a garganta, tentando não me acovardar diante do seu desprazer. O escritório estava ainda mais bagunçado, e seu cabelo geralmente perfeito e arrumado estava despenteado, arrepiado na lateral. Livros abertos, penas e pergaminhos estavam espalhados diante dele, mas havia um estranho caderno logo à sua frente, entre seus punhos. Parecia escrito à mão, preenchido apenas por desenhos e rabiscos.

– Quero conhecer esse homem – eu disse, tirando as duas metades da carta de dentro do avental. – Eu... Bem, li o que ele tem a dizer e não estou satisfeita. Acredito que ele tem uma dívida comigo, uma dívida grande, e pretendo cobrá-la. Quero o dinheiro dele. Tenho *planos*.

Um sorriso lento e perverso se abriu no rosto do Diabo, mas ele não mudou sua postura.

– Traduziu a carta, então? Quem a ajudou?

Vacilei.

– Ninguém me ajudou, fiz isso sozinha.

– Claro. E com que materiais? Até onde eu sei, não há nenhum dicionário de gaélico na biblioteca...

– Não importa como consegui – retruquei, irritada. – Quero conhecer esse homem. O senhor pode providenciar isso?

Por fim, ele relaxou um pouco, sentando-se na cadeira e ajeitando o cabelo com uma bufada. Sua gravata estava torta e ele a arrumou também.

– Sinto muito, avezinha, mas isso importa sim. Diga-me como conseguiu traduzir a carta e providencio sua vingança.

– Não é vingança – gaguejei, baixando os olhos.

– É óbvio que é, Louisa, e não há absolutamente nada de errado nisso. Como você mesma afirmou, ele deve algo a você, assim como você me deve uma explicação. – O sr. Morningside ergueu as sobrancelhas escuras e apontou para a carta. – Como?

Ele provavelmente poderia adivinhar, mas cedi, batendo a carta rasgada na mesa em meio à bagunça terrível dele.

– Com meus poderes. Sou uma criança trocada, então... então troquei o idioma.

Seus olhos dourados se estreitaram perigosamente.

– Simples assim?

– Simples assim.

Recostando-se mais, ele esfregou o queixo e observou primeiro a carta, depois a mim. Finalmente, seus olhos se voltaram para o caderno aberto logo à sua frente.

– Isso é extremamente avançado para alguém que despertou há tão pouco tempo. Tem certeza absoluta de que ninguém a ajudou?

Assenti, começando a perder a paciência.

Ele bateu no caderno e riu baixo, parecendo um menino, empolgado até.

– Você quer muito conhecer esse homem? Quer muito colocar esses planos em prática?

– Muito – respondi, voltando a sentir aquele rompante de raiva e a determinação que o acompanhava. Croydon Frost me devia uma vida diferente, e eu não esqueceria isso tão cedo. – Muito, muito mesmo.

O sr. Morningside uniu os dedos e me perscrutou por cima deles, abrindo um sorriso lânguido e felino.

– Muito, muito mesmo, é? O suficiente para fazer um pacto com o Diabo?

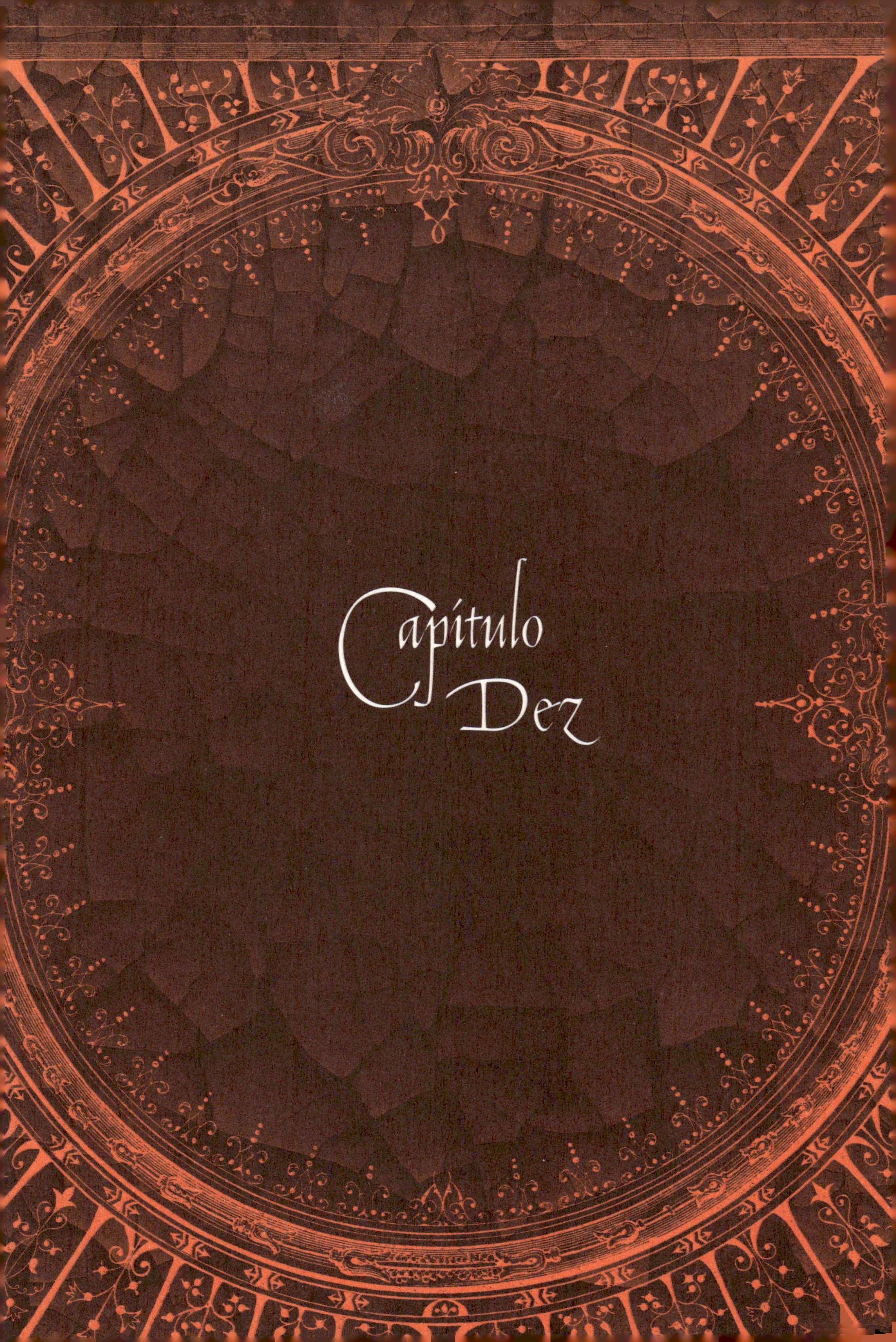

Capítulo Dez

Lembre-se, minha filha, meu pai bêbado me dizia. *Todo homem tem seus limites. Do mais baixo ao mais alto, todos têm uma fraqueza. Você precisa saber disso, filha, e você também tem as suas. Veja a parede antes de dar de cara com ela.*

Essa com certeza era a minha parede: estar diante do Diabo enquanto ele me oferecia um acordo. Olhei para as aves atrás dele e todas me encararam de volta, com seus olhos de continhas líquidas fixados em mim. Elas ficaram em silêncio ao mesmo tempo. Parecia um mau agouro, como se nem aqueles animais acreditassem que eu estava considerando seriamente dizer sim.

Mas eu estava. Não sabia se estava ou não no controle de mim mesma, mas ao menos era uma sensação diferente de tristeza e solidão. Agora eu tinha um objetivo, o qual podia ver claramente: encontrar esse Croydon Frost e puni-lo pelo que fez comigo e com minha mãe, puni-lo pelo castigo que sofri nas mãos do pai que tive e, acima de tudo, puni-lo por me amaldiçoar com esse corpo de criança trocada.

E se eu pudesse arrancar-lhe alguma de suas riquezas e usá-las para fugir de todos esses fatos estranhos que fora levada a conhecer, melhor ainda. Além disso, eu poderia salvar meus amigos daquele emprego que os forçava a matar.

Os olhos do sr. Morningside cintilavam, tão brilhantes e sedutores como brasas em uma noite fria. Ainda assim, não fui imprudente a ponto de perder qualquer noção de cautela ou decoro. Juntei as mãos atrás das costas e balancei nos calcanhares, escolhendo minhas palavras com muito cuidado.

– Posso saber os termos antes de aceitar? – perguntei.

– Claro – ele respondeu imediatamente. – Meu pedido será modesto.

Assenti e respirei fundo.

– Certo. Então o que o senhor quer?

Ele voltou a se recostar e pegou uma garrafa de conhaque escondida sob uma montanha de papéis vincados. Depois de se servir um copo, deu um gole lento e inclinou a cabeça para trás, observando-me por cima do nariz fino.

– Estou com dificuldades para entender um caderno bastante importante – ele disse. Minha atenção se voltou imediatamente às páginas rabiscadas na frente dele. – Sim, este. Eu o consegui por um preço alto em um leilão. O de Cadwallader de Londres. Um lugar antigo e peculiar; eles só trabalham com mercadorias raras do nosso lado do mundo.

– O Extraterreno – murmurei.

– E o Sobreterreno, e tudo que não é o mundano – ele explicou, dando outro gole. – Tinha um trio adorável de cabeças encolhidas naquele dia, mas meu verdadeiro interesse era este caderno. Cadwallader também sabia disso. Disse que um sujeito estranho tinha lhe dado o caderno em troca de uma canção; achou que se tratava de uma velharia inútil.

O sr. Morningside colocou o copo de conhaque na mesa e virou a capa de couro em sua escrivaninha, fechando o caderno. Em seguida, empurrou-o para mim. Cheguei perto da escrivaninha e me inclinei de leve para ver melhor. Estava amarelado pelo tempo, e algumas das páginas tinham sido bastante danificadas pela umidade. Uma faixa de couro pendia da ponta, para envolver o caderno e fechá-lo. Não havia absolutamente nada escrito na capa.

– Para ser sincera, realmente tem cara de velharia inútil, perfeitamente ordinária – eu disse.

– Não há nada de comum nele – o sr. Morningside respondeu com um riso baixo. Ele abriu a capa e o virou para mim, mostrando-me os rabiscos. Eram fileiras e fileiras de desenhos minúsculos. Identifiquei uma ave e o que parecia uma linha tremida, talvez uma onda. Havia desenhos maiores também. Uma comprida cobra azul enchia a metade inferior da página. – Pertenceu a um jovem em quem estou muito interessado. Existem línguas semelhantes à que ele utilizou, mas esse caderno está escrito em uma taquigrafia criada por ele. Não consegui traduzir nada além de algumas palavras soltas aqui e ali.

Dei um passo para trás e sorri, vendo que a carta de Croydon Frost e o caderno estavam um do lado do outro agora. Uma tradução. Estava longe de parecer o pedido sinistro que se esperaria do Diabo.

– E você acredita que eu consigo ler este caderno porque traduzi a carta do meu pai?

– Precisamente – o sr. Morningside respondeu, animado. – Se eu fosse de rezar, você seria a resposta às minhas orações.

– O que há de tão importante neste caderno? – perguntei. Se eu podia saber os termos desse acordo, queria saber tudo.

– Não é com isso que você deve se preocupar – ele garantiu. – É um trabalho grande e pode tomar grande parte do seu tempo. Vou lembrar de avisar a sra. Haylam que você estará menos disponível para suas tarefas habituais. Providenciarei um espaço tranquilo para você trabalhar e, por enquanto, gostaria que esse fosse nosso segredinho.

Minhas orelhas se empertigaram. Segredinho? Se o sr. Morningside não queria que ninguém soubesse sobre o caderno, talvez eu estar em posse dele me colocasse em vantagem. Talvez isso me desse algum poder de barganha sobre ele. Ou me colocasse em perigo. Ambas as alternativas pareciam igualmente prováveis. Olhei para o caderno outra vez, resistindo à minha tendência natural à curiosidade.

– Vou ficar em apuros por causa disto? – perguntei.

– O caderno é meu, não seu, Louisa. Se alguém fizer perguntas sobre ele, pode vir até mim que eu dou conta delas. – Ele se levantou e ajeitou a gravata novamente, pousando de leve a ponta dos dedos na mesa. – Quando me der provas de que fez a tradução, digamos, da primeira parte, vou providenciar a vinda do seu pai. O que quer que decida fazer com ele não é da minha conta. Você dirá quando ele deve vir e quando deve ir, e pronto.

Tudo parecia tão simples. Chegava a ser perturbador.

– Às vezes… – Suspirei e pressionei os lábios. – Às vezes não consigo fazer meus poderes funcionarem, a menos que eu esteja irritada.

Ele já estava pegando um dos pergaminhos espalhados pela mesa e uma pena. Depois de mergulhar a ponta na tinta, escreveu com letras grandes e curvadas: CONTRATO.

– É mesmo? – perguntou, desinteressado. Ele ergueu os olhos apenas por um instante e, se eu não o conhecesse, acharia que ele estava feliz de verdade. Aliviado. – Bom, nesse caso, sugiro que encontre uma solução para esse problema. Você quer ser uma menina rica, não quer, Louisa? Quer ter sua vingança...

– Não é a única coisa que quero.

Ele pausou; seus olhos cintilaram com interesse renovado.

– Ah?

– Meus planos, lembra? Quero libertar Chijioke e Poppy dos contratos deles. E Mary também, se um dia ela voltar. Sei que eles têm algum tipo de arranjo com o senhor e com a sra. Haylam. Gostaria que Lee viesse conosco também. Deve haver alguma forma de libertá-lo da casa.

O sr. Morningside inclinou a cabeça para o lado, depois fechou bem os olhos.

– Deixe-me pensar... Ah, sim, Chijioke e Poppy assinaram compromissos de trezentos anos conosco. Eles são obrigados a servir ao livro negro pelo tempo que ele permanecer nesta casa. Ainda não se passaram trezentos anos, Louisa. Você está me pedindo para dispensar quase todos os meus funcionários.

– E daí? É só substituir. O senhor consegue encontrar outro fae das trevas para fazer sua vontade, não consegue?

Ele riu com escárnio.

– Na verdade, pessoas como vocês não são *nada* fáceis de substituir. Mas entendo seu dilema. Uma mera carta para o seu pai não é uma recompensa tão grande, suponho. E devo admirar sua tenacidade. Negociar com o Diabo. Não é todo dia que se vê isso.

Sorrindo, ele encostou a pena no papel.

– A sra. Haylam é fanática por ordem, então isso vai incomodá-la profundamente. Você sabe como essa casa funciona, Louisa? Como nós funcionamos? É uma pequena atmosfera em equilíbrio. Meus funcionários e eu colhemos as almas dos maus; o pastor cuida das almas dos bons ou, às vezes, dos maus fora do comum. Esses contratos mantêm todo o sistema funcionando bem... Você está me pedindo para mexer em uma balança cuidadosamente equilibrada.

Engoli em seco, sentindo que ele recusaria meu pedido.

– Mas, em termos gerais, parece-me um acordo justo. Afinal, sem essa tradução, vou sofrer uma investigação ainda mais aprofundada dos meus pares, algo que estou longe de querer. – Ele observou o escritório, pousando os olhos de maneira perceptível sobre o pássaro empoleirado mais próximo. – Não, uma investigação sobre a casa não será nada boa.

Eu não disse nada enquanto ele escrevia o contrato. Não era tão longo ou complicado, e o li várias vezes enquanto ele esperava pacientemente, dando as costas para mim e mexendo em seus pássaros. Uma das aves saltou em seu cotovelo e ele a acariciou embaixo do bico emplumado.

Por meio deste, eu, Louisa Rose Ditton, entro em um contrato vinculativo e vitalício com Henry I. Morningside. Em um período considerado justo por ambas as partes, vou cumprir minha obrigação com este contrato, que inclui:

A tradução integral por escrito do caderno estipulado.

Uma declaração atestando a fidelidade da tradução.

Sigilo em relação a seu teor, salvo disposição em contrário de H. I. Morningside.

A segunda parte, H. I. Morningside, fará todos os esforços possíveis para trazer, à força ou não, o sr. Croydon Frost à Casa Coldthistle por um período que eu considerar apropriado. Seu alojamento, comida e mobiliário serão fornecidos gratuitamente pela Casa Coldthistle. A eliminação de qualquer cadáver ou semelhante será realizada por H. I. Morningside ou por seus funcionários.
A tradução concluída do texto oferecido também anulará os contratos juramentados de Chijioke Olatunji, Poppy Berridge, Mary

Caywood e Rawleigh Brimble, mediante o consentimento destes.

Caso a tradução do caderno não seja entregue, isso resultará em expiração imediata.

Assim, ambos juramos sob leis terrenas e não terrenas, neste dia 29 de maio de 1810.

Girei a pena entre os dedos e li o contrato mais uma vez, procurando algum ponto ardiloso de manipulação que ele poderia usar para me ludibriar. A frase sobre expiração me pareceu um tanto perturbadora. Coloquei o contrato de volta na mesa e apontei para ela, esperando que ele se virasse e notasse. Ele não se virou.

– Expiração – eu disse. – O senhor quer dizer que vai me demitir caso eu não termine a tradução?

Ele se virou finalmente, ainda acariciando a ave em seu braço. Era um corvo comum, cujos olhos, porém, cintilavam com uma inteligência sobrenatural. O sr. Morningside me dedicou apenas metade de sua atenção, voltando um olho para mim.

– Essa é a sua interpretação. Diz apenas "expiração", não é?

– Ah, então o senhor vai me matar por causa de um caderninho bobo? – Empurrei o contrato de volta para ele. – Não, obrigada.

O sr. Morningside revirou os olhos para mim, pousando o corvo de volta no poleiro. A ave crocitou baixo e começou a limpar as penas.

– Sempre tão dramática.

– Que outro significado teria? – questionei. – Quero essa frase esclarecida ou não vou assinar.

– Está bem.

Diante de meus olhos, a tinta no pergaminho descrevendo a pena pelo descumprimento se borrou e se rearranjou. As letras se reformularam para: *Caso a tradução do caderno não seja entregue, isso resultará em corte de salário e devolução do broche de H. I. Morningside.*

O broche. Toquei o ponto onde ele estava preso em meu avental. Esse pequeno objeto era minha única garantia de liberdade daquela casa. Seria terrível perdê-lo, mas ao menos parecia uma punição mais justa e mais clara.

– Muito bem – eu disse, inspirando fundo. Eu me sentia trêmula e zonza enquanto encostava a ponta da pena no papel. Meu nervosismo ficou óbvio na qualidade da minha assinatura. Mas estava assinado. Eu tinha feito aquilo. Soltei o ar e me empertiguei, olhando nos olhos do sr. Morningside. Ele deu um aceno curto e pegou o contrato, acrescentando sua elegante assinatura ao lado da minha.

Com um estalo, jogou areia sobre as assinaturas para impedir que elas escorressem, em seguida dobrou o contrato e desenterrou um toco de cera da bagunça em sua mesa. Segurou a cera preta sobre uma vela, virando-a de um lado para outro. Eu a observei ficar lustrosa e derreter, e senti um frio na barriga. Eu realmente tinha assinado um contrato com o Diabo? Teria enlouquecido de vez?

– Agora, cumprida esta parte, acho que já podemos botar você para trabalhar, não? Vejamos… Que tal terminar em uma semana? Parece tempo mais do que suficiente.

E lá estava a armadilha que eu deveria ter previsto. *Menina estúpida.*

– Uma semana! Não é nem um pouco justo! O senhor deve entender que é tudo muito novo para mim.

– Mas você é inteiramente capaz. Tenha um pouco de confiança, minha cara! Um pouco de orgulho! O Tribunal vai se reunir a qualquer momento, e essa é uma missão urgente, Louisa. Uma missão que eu não confiaria a qualquer pessoa. Uma semana é mais do que o suficiente se você se dedicar.

– O Tribunal? – repeti. – Isso tem algo a ver com seu julgamento?

Ele rangeu os dentes e espalhou a cera derretida sobre as dobras do contrato, pressionando seu anel de sinete na mancha.

– Talvez. Isso muda sua decisão? Não que isso importe, claro. Já *está* assinado.

– *Eu sei.* – Fechei os olhos com força e cobri o rosto com as mãos. Meu

Deus, como eu queria estrangular aquele homem. Uma semana. Se eu conseguisse encontrar um jeito de usar meus poderes de criança trocada de maneira constante, poderia ser o suficiente. Se não… – Farei o possível.

– É tudo que peço, Louisa. – O sr. Morningside pegou o caderno e deu a volta pelo canto da mesa, abrindo um sorriso reluzente antes de apontar para a porta. – Agora, vamos ver se conseguimos encontrar um esconderijo aconchegante para você e este livrinho de segredos.

Capítulo Onze

Minha ideia de "aconchegante" e a do sr. Morningside obviamente não se alinhavam.

Ele me guiou para a rotunda do lado de fora de seu escritório e depois para a direita. Eu nunca nem tinha olhado para aquele lado, pois pensava se tratar apenas da área estreita formada pela escada em espiral. Para qualquer transeunte distraído, pareceria insignificante, mas agora eu via uma cortina pendurada ali. Era vermelho-escura, e a parte inferior tinha bordados prateados formando fechaduras e buracos de chave.

O sr. Morningside caminhou até a cortina, com o caderno de couro embaixo do braço, e abriu o tecido carmesim, revelando um corredor atrás dele. Um corredor impossível. Parecia continuar eternamente, pontuado aqui e ali por portas de ferro blindadas.

Para ser franca, parecia um corredor de celas de prisão.

– Mas como... – murmurei, hesitando diante da cortina. Era difícil enxergar, pois a única luz que chegava ao corredor vinha da rotunda onde estávamos.

– Apenas parte dos meus artefatos e artigos diversos cabem na casa em si – o sr. Morningside explicou, fazendo sinal para eu seguir em frente. – Um homem com meus gostos e interesses precisa de muito espaço de armazenamento.

Com cautela, dei alguns passos pelo corredor escuro e, assim como haviam feito quando visitei o escritório do sr. Morningside pela primeira vez, os candelabros de ambos os lados foram ganhando vida. Uma luz azul-clara se acendeu ao nosso redor conforme avançamos. Passamos por várias portas, e comecei a contá-las por curiosidade.

– Pode ser aqui – ele disse.

Tínhamos passado por seis portas, embora claramente houvesse muitas, muitas mais à nossa frente, desaparecendo na escuridão onde o brilho azul das velas não alcançava. O sr. Morningside simplesmente tocou a palma da mão aberta na porta e um mecanismo se abriu. As dobradiças rangeram quando ele puxou a maçaneta e nos deparamos com uma corrente de ar velho e frio.

– Via de regra, eu seria o único a poder entrar – o sr. Morningside explicou, segurando a porta para mim. – Mas esse broche permite que você faça mais do que apenas sair do terreno.

– Então eu poderia ter vindo aqui quando quisesse? – perguntei.

– Claro. Se soubesse da existência deste lugar – ele respondeu. – Eu não deixaria essa informação subir à cabeça se fosse você, Louisa. Como já descobriu, há perigos nesta casa, e não posso dizer que meter o bedelho em qualquer canto e recanto seja bom para a sua saúde.

Na mesma hora, pensei no salão do último andar e no livro negro que lá habitava, protegido pelos Residentes de sombras. Meus dedos formigaram com a lembrança, ainda chamuscados onde tinham tocado o objeto – um toque que deveria ter me matado, mas, em vez disso, deixara apenas uma marca permanente. Tive sorte, na verdade. E, embora provavelmente nunca fosse abandonar minha curiosidade, seria melhor moderá-la. Sendo assim, dei apenas um passinho para dentro da câmara, permitindo que o sr. Morningside fechasse a porta atrás de nós e entrasse na sala escura.

Ele desapareceu sob as camadas pesadas de sombra; em seguida, ouvi um crepitar, e uma lareira à minha esquerda se encheu de brilhantes chamas azul-safira. O frio no ar se desfez e, conforme o sr. Morningside voltava para perto de mim, os candelabros na parede também se acenderam. A luz crescente revelou um escritório grande, mais organizado do que a biblioteca do andar de cima, com prateleiras de parede a parede cobertas de todo tipo de antiguidades. Andei devagar seguindo uma estante em direção à cornija da lareira e encontrei urnas, adagas, flores secas, uma jarra com dentes e um crânio pequenino. E instrumentos musicais que não reconheci; um deles parecido com uma flauta, mas curvo. Velas de todas as cores, apagadas, com runas e encantamentos gravados. Um retrato inacabado de quatro figuras apoiado em um armário ornamentado. As paredes atrás das prateleiras pareciam de uma caverna, como se essa maravilha subterrânea tivesse sido esculpida na terra eras antes. Um conjunto elegante de tapetes diferentes cobria o chão de terra batida, e todo o lugar cheirava a barro limpo e frio.

O sr. Morningside esperava ao lado de uma escrivaninha perto da lareira. Uma grande cadeira estofada também estava ali, e ele a puxou, virando o assento macio para mim. Ele deixou o caderno na escrivaninha e cruzou os braços, batendo o pé com impaciência.

– Imagino que vá me dizer para não tocar em nada aqui dentro – eu disse, sentando-me na cadeira.

– Ah, não, Louisa, por favor, fique à vontade para vasculhar meus pertences pessoais – ele ironizou. – Revire tudo por sua conta e risco, mas tente lembrar que o tempo é uma questão essencial. Você não gostaria de libertar seus amigos o quanto antes?

Ele deu um tapinha no caderno e o empurrou pela mesa, andando rápido a caminho da porta.

– Vou pedir à sra. Haylam para deixar o jantar ao lado da porta se você desaparecer por tempo demais. Deve haver pergaminhos em branco e penas na mesa, mas não se acanhe em pedir mais se precisar...

– Espere – eu disse, girando na cadeira. O sr. Morningside parou na frente da porta com seu queixo pontudo voltado para mim e uma mecha de cabelo preto caindo diante de seus olhos felinos. – Este lugar... O caderno. Por que o senhor confia essas coisas a mim? Poppy e Chijioke poderiam ajudar o senhor. Ou a sra. Haylam. Por que eu?

Rindo baixo, ele balançou a cabeça e tirou o cabelo da frente dos olhos.

– Poppy e Chijioke não são crianças trocadas. A sra. Haylam enxerga tão bem quanto uma toupeira. Uma toupeira caolha, diga-se de passagem. Você é a pessoa ideal para essa tarefa, e adoro eficiência.

Ele devia ter notado que não era uma resposta boa o suficiente, porque não saiu.

– O senhor não consegue mesmo fazer isso sozinho? – perguntei, apontando para o caderno. – Não me parece lógico; afinal, o senhor é o…

– *Eu* sou muitas coisas, mas não sou a ferramenta certa para esse serviço – ele me interrompeu, e agora sua impaciência havia retornado. O sr. Morningside curvou a boca sem simpatia e cravou os olhos em mim como se fossem um dedo acusatório. Voltei a sentir um frio súbito dentro do corpo; meu sangue parecia congelar, como quando vira Finch e Sparrow. – Além disso, preciso manter as aparências de que tudo corre perfeitamente nesta casa. Estamos sob vigilância extra agora. Você é especial, goste ou não – ele disse, com um tom de desespero na voz. – Faes das trevas são especiais. Não pedi aos outros porque eles não são crianças trocadas. Talvez seja bom você encontrar seu pai um dia. Quem sabe assim entenda como restam poucos de vocês, como seu dom é verdadeiramente espetacular.

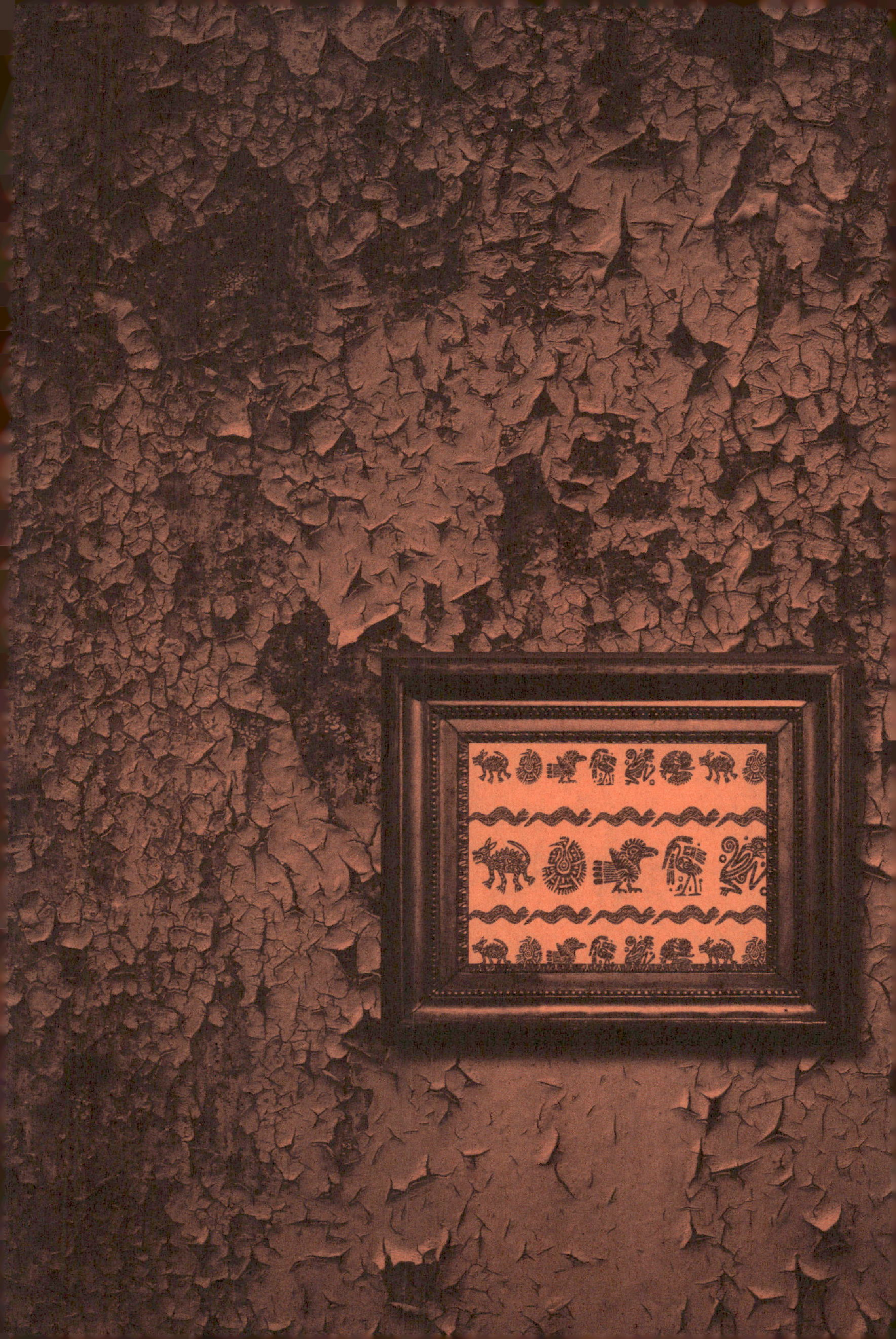

Capítulo Doze

Era quase impossível trabalhar com a mente dividida em dez direções diferentes. Parte de mim queria correr atrás do sr. Morningside e exigir mais respostas dele, mas eu tinha feito uma promessa a mim mesma, e cumpri-la também me traria respostas. Além disso, se a sorte me permitisse, isso garantiria uma maneira de proteger e libertar as pessoas que eu passara a ver como amigos.

A bem da verdade, se meu pai de sangue também era um fae das trevas, ele saberia mais sobre nossa espécie do que o sr. Morningside. Esse pensamento me incentivou, dando fôlego ao que eu sabia que seria um trabalho exaustivo. Usar qualquer tipo de magia deixava a pessoa exausta, e agora eu teria de combater esse cansaço para traduzir aquele caderno estranho. Como indicado, havia pergaminhos e tinta de sobra, mas, antes, eu teria de descobrir como canalizar meus poderes de maneira consistente. *Um trecho*, disse a mim mesma, *basta traduzir um trecho e o sr. Morningside terá de cumprir a parte dele do acordo.*

Peguei o caderno e abri a primeira página. O que eu estava esperando? Nenhuma introdução. Nada em inglês. Os blocos de cobrinhas e ondas e aves minúsculas chamaram a minha atenção por um momento. Como seria pensar dessa forma? Escrever não com palavras mas com imagens? Talvez, para o autor, elas *fossem* palavras. Contudo, pareciam de certa forma mais fluidas, mais emocionais, do que o que eu estava acostumada a ler. Parágrafos de pequenas imagens eram seguidos por desenhos maiores, e estes eu conseguia decifrar sem a necessidade dos meus poderes de criança trocada. O sr. Morningside devia ter visto esses desenhos também; talvez tivessem sido eles que o fizeram se interessar pelo caderno.

Pelo tempo que encarei as cobras e os rios, eles continuaram sendo cobras e rios. Eu estava perdendo o foco. Estava em uma sala perigosa, repleta de distrações. Concentração. Determinação. Eu tinha um trabalho a fazer. Mas como?

Aparentemente, a chave para liberar meus poderes sempre que necessário estava à disposição. Minha mente vagava e, assim que isso acontecia, a raiva vinha em seguida. Enquanto meus olhos pairavam sobre as curiosidades e os tesouros reunidos por sabe-se lá quanto tempo, meu coração acelerou com a ideia de ter um lugar como aquele. E eu poderia ter tido. Poderia ter feito muitas coisas se tivesse a infância e a criação que Croydon Frost me devia.

Calor. Um rompante no sangue. Lá estava aquela indignação, aquela fúria, e o som de trovão se formando no fundo da minha cabeça. Com a mesma intensidade, veio o movimento do meu olhar. Então as pequeninas figuras foram se transformando em texto. Palavras em inglês. Minha mão direita desatou a trabalhar, apressando-se para copiar os parágrafos à medida que ganhavam vida nova diante de meus olhos.

Bom, aí estava uma coisa pela qual eu deveria agradecer ao meu pai de sangue: ele era uma fonte infinita de raiva, e eu a usaria até que secasse, até que ele estivesse diante de mim, pronto para me revelar o que sabia.

Mas até lá: o caderno.

Ano um

𓉐𓂋 𓏭 𓊪𓈖𓈖𓅱 𓊃𓂝 𓊃𓀀

Diário de Bennu, o Corredor

Antes, não existiam livros, e eles nem eram necessários. Acho que eu era um menino feliz antes dos livros, mas depois nada mais foi como antes.

Meryt e Chryseis me convocaram ao ponto de encontro habitual, e eu soube que esse era um momento extraordinário. Nosso horário de orações era à meia-noite, mas o pequeno camundongo entrou sob a fenda na minha porta, com um bilhete amarrado a um colar de contas em volta do pescoço, logo depois do amanhecer.

Elas precisavam de mim. Era hora.

Encontramo-nos no berço do livro. Ele havia emergido da água, úmido mas intacto, e ficou ali como uma pedra se banhando ao sol. Apareceu no dia em que a lua cobriu o sol, nos dias finais de Akhet, quando o rio estava cheio e transbordante. A princípio, não tínhamos palavra para ele; suas páginas não eram de papiro, mas algo mais suave, e o idioma dentro dele era um mistério para todos nós. Meryt sugeriu "Feitiços" ou "Livro", e nós concordamos. Se um dos deuses o havia mandado, sem dúvida estaria repleto de feitiços para aprendermos um dia.

Meus pés conheciam o caminho até a beira d'água, e andei em silêncio, com os pés descalços na areia fria da noite até as ribanceiras cobertas de grama. Uma cobra listrada serpenteou ao meu lado, e depois outra, mas não lhes dei atenção. Embora o frio pairasse no ar antes que Apep o banisse, eu me sentia aquecido pelo medo, e suor escorria por meus braços e dedos.

Tamareiras cobriam o ponto de encontro, com suas folhagens curvas diante de uma cabana de pedra da altura de um homem. As cobras seguiram quando entrei no terreno mais lamacento. A terra úmida sugou meus pés conforme abaixei a cabeça para entrar na cabana. As duas esperavam por mim de joelhos e cabeças baixas sobre o livro. Ele sempre parecia lustroso e úmido, embora tivesse sido tirado do rio semanas antes. Era quente ao toque, como pele de bezerro.

As mulheres estavam em meditação, como quase todo o tempo desde a chegada do livro.

Esperei, impaciente, sempre de olho no objeto estranho entre elas, em sua capa cintilante, gravada com o que pareciam oito ovais. Talvez fossem olhos.

De repente, as duas mulheres à minha frente começaram a tremer. Era terrível, elas contorciam seus corpos em todas as direções, como se os ossos tivessem desaparecido, como se não fossem humanas de carne e sangue, mas invólucros vazios. Uma densa espuma violeta explodiu de seus lábios, escorrendo por seus queixos e manchando suas roupas brancas, imaculadas. Meryt balançou para trás e para a frente, debatendo os braços, contorcendo o rosto tão baixo que sua testa encostou no livro. Era amaldiçoado, pensei. Um objeto amaldiçoado trazido do rio para nos ludibriar.

Corri até Meryt, segurando seus ombros negros e apertando-os.

– Volte para mim! – gritei, chacoalhando-a, mas o feitiço que se apoderou dela a tornava forte demais e fui lançado para trás contra a parede, atônito.

Tão rápido quanto os tremores haviam começado, eles cessaram. Chryseis foi a primeira a abrir os olhos, piscando como se tivesse apenas acabado de acordar de um cochilo longo e profundo. Ela limpou a espuma do queixo e a examinou, virando a mão de um lado para outro, sem se incomodar.

– Vocês me assustaram – eu disse, levantando-me.

Era espantoso. Ela estava normal novamente, com um brilho saudável nas bochechas. Seu cabelo castanho e dourado estava enrolado em tranças em volta do rosto e, naquele momento, ela parecia quase uma deusa.

– Você a viu? – Chryseis perguntou a Meryt, que também estava acordada agora e não tremia mais.

– Sim – ela sussurrou em resposta, os olhos arregalados de fascínio. – Ela era linda.

– Tão linda – Chryseis concordou. – Indescritivelmente...

– Mas o que vocês viram? – supliquei. – Vocês estão bem?

– Não há tempo – Meryt disse, levantando-se. Ela me levou pela mão até o canto, onde sua bolsa tinha sido colocada perto de um braseiro. Com a espuma roxa ainda no queixo, apanhou a bolsa e a esvaziou, depois voltou ao meio do cômodo, pegando o livro estranho e o enfiando dentro da bolsa.

– O que está fazendo? – perguntei. – Não devemos tirá-lo daqui!

– Aqui não é seguro – Meryt disse, e ela parecia certa disso. Chryseis se juntou a nós, ajudando-a a fechar a bolsa e erguê-la por sobre a minha cabeça. O livro era incrivelmente pesado, e afundei-me sob seu peso anormal.

– Ele deve ser levado para longe – Chryseis acrescentou. – A voz diz que você deve ir, Bennu, deve levar o livro para o norte sem ser visto. Não pode haver nenhum atraso; ela deve reencontrar o esposo.

– Quem? Quem falou essas coisas para vocês? – Senti lágrimas brotarem em meus olhos. Foi tudo tão rápido e tão injusto! Por que eu deveria abandonar minha família? Por que eu tinha sido escolhido? E por decisão de quem?

– Ela apareceu para nós, uma bela dama toda de roxo – Chryseis explicou, virando-me para a porta. – Assim que chegou, me senti plena. Perfeita. Como se tudo ao meu redor fosse feito de puro amor.

– A cobra, a ave, a aranha, o gato e o cão – Meryt disse – são todos filhos dela.

– Queria poder ter visto – respondi, admirado, hesitando em deixar a cabana. Meu ombro já doía pelo peso cruel do livro. – Eu também sempre protegi as criaturas aqui e venerei os que a criaram. Por que ela apareceu apenas para vocês?

Meryt me guiou para as trevas fora da cabana, pressionando minhas costas com firmeza.

– A sua missão é a mais importante de todas, Bennu. Existem forças que querem a destruição de nossa ordem, demônios de preto e seres alados. Você precisa levá-la para o norte agora, antes que ela possa ser encontrada.

– Mas como vou saber o caminho? – perguntei. Meus pés tocaram a areia fria. – O lugar mais distante que já visitei foi Tânis, onde vi os navios se lançarem ao mar, mas nunca embarquei em um.

– Você terá ajuda – Chryseis disse. Seus olhos cintilavam com urgência. – Quando a lua estiver cheia novamente, você receberá ajuda. Nossa dama enviará um guia a você, sob a luz plena e leitosa; ela prometeu que assim seria.

– Vá! – Meryrt gritou, rouca, empurrando-me novamente. Na escuridão, a mancha roxa em seu queixo parecia sangue.

– Vá! – Chryseis repetiu.

Elas entoaram isso enquanto eu saía da cabana, mancando com o pesado livro pendurado no ombro. Soltei um grito e quase tropecei dentro do rio; choque e pavor atrapalhavam meus pés. Do lado de fora da cabana, cobras e aranhas haviam se reunido em tal quantidade que eu mal conseguia encontrar um lugar seguro onde pisar. Meu estômago se agitou. Era um crescente de caudas e patas pretas inquietas. Nenhuma delas se moveu ou fez menção de me picar, enfeitiçadas ou amaldiçoadas para ficarem dóceis. E, enquanto eu desviava até o trecho de juncos longe da cabana, elas se contorceram e rastejaram e viraram, observando-me partir.

Capítulo Treze

Um pôr do sol roxo e intenso escurecia o horizonte quando finalmente saí do porão da casa. O sr. Morningside não estava em seus escritórios, e eu estava pronta para presenteá-lo com os primeiros frutos do meu trabalho. Não estava exatamente ansiosa para entregar aquela primeira parte – uma apreensão havia se instalado em meu estômago, um mal-estar geral que eu não conseguia compreender.

Era tentador categorizar o que eu tinha lido no diário como absurdo, mas eu também tinha lido o livro do sr. Morningside e o achado uma bobagem para depois descobrir que o que ele havia visto e descrito era verdade. Se o fantástico livro do sr. Morningside continha trechos verídicos, o mesmo poderia valer para esse diário. Só que a única relação que encontrei entre meu empregador e o diário era a menção a um livro estranho… O volume no sótão de Coldthistle era cheio de rabiscos ilegíveis e ardia ao toque. O sr. Morningside até disse que qualquer um que não fosse do Extraterreno teria morrido ao encostar nele. Talvez houvesse outros como aquele, embora o nosso fosse decorado com apenas um olho.

Exausta, forcei-me a parar em pé ao lado da porta da cozinha e admirar os últimos raios reconfortantes do sol. Protegi os olhos da luz, descobrindo que ela fazia meu cérebro latejar depois de tanto tempo no depósito cavernoso embaixo da terra. Encontrei o pátio excepcionalmente movimentado – o sr. Mason Breen e sua noiva jogavam um jogo indolente de *lawn bowls* contra Sparrow e Finch perto do pavilhão, e Chijioke estava sentado em um toco não muito longe da porta da cozinha, com uma pequena escultura no joelho.

Enrolei a tradução em um pergaminho e a enfiei embaixo do braço, saindo sob a luz do poente até chegar perto de Chijioke. Lasquinhas de madeira voavam enquanto ele atacava o pedaço de madeira furiosamente, sem tirar seus olhos castanhos de Sparrow e Finch. Sparrow havia colocado um traje mais adequado para um jogo no gramado, um vestido leve e jovial cor de marfim que a fazia parecer realmente angelical. Estava claro que ela e o irmão estavam ganhando, mas, a julgar pelas risadinhas de Amelia, a derrota não incomodava os hóspedes. Eles só tinham olhos um para o outro de qualquer forma; Mason e Amelia não davam nenhuma atenção aos gêmeos ou, pelo visto, à própria pontaria.

– Vocês sabem onde o sr. Morningside pode estar? – perguntei, vendo uma lasca de madeira solta pousar na minha bota.

– No lugar de sempre, aposto – Chijioke resmungou. Observei a faca entrar na madeira e, um instante depois, formar uma barbatana onde antes havia um toco disforme. Aos poucos, a peça estava começando a parecer um peixe.

– Ele não está lá, eu procurei – respondi. – Como consegue entalhar tão rápido sem nem olhar para a madeira?

– Sei lá, mocinha. Só me ajuda a relaxar. – Ele enfiou a faca mais duas vezes, acrescentando escamas mais delicadas no peixe. Por fim, parou de assistir ao jogo, mas não voltou os olhos para a escultura. Em vez disso, ergueu-os para mim. Eu estava encarando seu trabalho de maneira bastante rude. Assim que ele olhou para mim, desviou os olhos de novo e eu o ouvi suspirar. – É para a Mary. Para quando ela voltar. Ela dizia que peixes eram um bom agouro; guardava um amuleto de peixinho no bolso e o esfregava para dar sorte.

– Está muito bonito – eu disse. – Vocês dois… Quero dizer, havia algum tipo de relação entre vocês?

Foi a primeira vez que a faca escorregou, e a ponta errou seu polegar por um milímetro.

– Relação? Não… Quer dizer, talvez. Uma palavra aqui ou ali, mas nunca as palavras certas. Asneira da minha parte. – Ele limpou a garganta. – Teria sido algo bom. Uma relação, digo.

A ausência de Mary havia me deixado deplorável, mas fazia pouco tempo que eu a conhecia – Chijioke e os outros deviam estar sofrendo terrivelmente. Contratos de trezentos anos. Quanto tempo fazia que eles estavam ali? Era egoísta da minha parte não pensar nisso e me perder em outra obsessão tão rapidamente.

Ali estava ele, talhando um lindo presente enquanto eu não fazia nada além de tramar uma vingança contra um pai rico que nunca nem havia conhecido.

– Não culpo você, sabe – ele disse, esculpindo e voltando a cravar os olhos em Finch e Sparrow. – Ela também fez a escolha dela. Alguém estava sofrendo e ela queria resolver, e nada que ninguém dissesse mudaria essa resolução. É o jeitinho dela. Era.

– É. – Tentei parecer determinada. Ficamos em silêncio por um momento, mas eu ainda não estava pronta para ir atrás do sr. Morningside. Isso também era importante. Mary, Chijioke... Eles tinham se tornado meus amigos, e eu lhes devia mais do que apenas uma consideração passageira. Eu pretendia mudar sua opinião geral sobre mim muito em breve. – Fiz tudo certo para trazê-la de volta – eu disse, e minha voz vacilou. Não porque duvidasse de mim mesma, mas porque o fracasso me doía. – Segui à risca as instruções do sr. Morningside. Era o mesmo poço, o mesmo homem fazendo as charadas, o mesmo desejo... Não sei o que deu errado, Chijioke. Sinto muito.

Ele ergueu os ombros e parou de entalhar. Depois ouvi outro suspiro, mais desolado que o anterior.

– Acredito em você, mocinha. A espécie dela é antiga e difícil de conhecer de verdade. Alguém pode ter precisado dela mais do que você naquele momento. Vai saber? Mary vai voltar para nós quando estiver pronta, está bem? Só posso torcer para que esses malditos sobreterrenos tenham ido embora até lá.

– Por que os odeia tanto? – perguntei, dando a volta e me ajoelhando na grama fria, onde não caíam lascas de madeira. O sol luzia ao se pôr, e protegi os olhos novamente, observando enquanto Sparrow fazia um lance perfeito.

Chijioke murmurou algo sombrio e ininteligível e depois cuspiu nas lascas de madeira à sua direita. Estreitou os olhos para os sobreterrenos e voltou a entalhar cegamente.

– Os Árbitros são perigosos e esquisitos, assim como nós, mas eles e seus seguidores fedem à presunção. E nós somos os malvados? Que bobagem.

Justiça é justiça, não importa se quem a faz somos nós ou eles. Tiramos almas e eles também; apenas nossos métodos são diferentes.

Segui seu olhar ferrenho e, embora a visão dos gêmeos me desse aquela sensação fria, era difícil imaginá-los como assassinos. Era injusto, claro; eu tinha aprendido a não julgar apenas pelas aparências. Sparrow estava ao lado do irmão, revirando os olhos enquanto Amelia errava outro lance fácil.

– Eles têm uma casa como Coldthistle? – perguntei. – Pensei que os anjos e seres desse tipo vivessem no Paraíso ou coisa assim.

Ele riu baixo e virou a cabeça, lançando-me um olhar de esguelha.

– Esqueço que você ainda tem muito a aprender, mocinha.

– Estou tentando – respondi, exasperada. – Não ajuda muito ter sido criada com uma Bíblia e histórias que não se encaixam em nada que vi.

– É, você tem *mesmo* uma desvantagem aí – Chijioke respondeu. Ele apontou com a escultura de peixe semiacabada para Amelia (de vermelho, obviamente) e seu futuro marido. – O que você vê quando olha para aqueles dois?

– Preciso mesmo olhar?

Ele riu de novo, ou bufou, e assentiu.

– Por favor, mocinha.

– Muito bem. – Revirei os olhos para ele e depois examinei Amelia e Mason por um momento. Notei que eles estavam jogando muito mal e que, dos dois, Mason parecia ter mais aptidão para o jogo, mas fazia vários lances ruins porque Amelia insistia em se pendurar no braço dele. – Vejo dois tolos indiferentes ao fato de que estão sendo massacrados e que, se tivessem apostado algo na partida, sem dúvida perderiam.

Chijioke bateu o peixe de madeira no queixo, pensativo, e inclinou a cabeça de um lado para outro.

– Certo. Certo. Mas eu vejo duas pessoas tão apaixonadas uma pela outra que provavelmente nem se importam em perder nesse jogo ou no cara ou coroa. Eu vejo amor verdadeiro.

– Minha nossa. – Ergui os olhos, e o olhar que ele me deu em resposta foi obscuro, impossível de interpretar. – Você passou algum momento a sós com a srta. Amelia Canny?

– Não, não passei.

– Em primeiro lugar, eu não recomendo. Em segundo, ela já confessou para mim que fez algo terrível para conquistar o afeto daquele homem – expliquei. – Como isso pode ser amor verdadeiro?

O sorriso dele se abriu mais e ele me lançou uma piscadinha, batendo com o peixe na minha testa.

– Existem coisas que os humanos veem e tomam nota, e existem coisas que realmente acontecem. Ninguém nunca disse que precisam ser as mesmas.

– Ah. Entendi aonde você quer chegar – respondi. Finch nos percebeu observando, pelo visto, e abandonou a partida, caminhando vagarosamente em nossa direção. Eu me levantei e senti Chijioke bufar como um cão raivoso com a aproximação do sobreterreno. – Então a Bíblia é o quê? Um mal-entendido? Um erro clerical?

Chijioke se levantou de um salto ao meu lado. Sua faca voltou a trabalhar no peixe para Mary.

– É o melhor que conseguiram fazer para descrever o que muitos não conseguiram ou não queriam ver. Todos cometemos erros, Louisa, alguns só são maiores. Muito maiores.

– Você não vai enfiar essa faca nele, vai? – murmurei.

Ao menos isso o fez sorrir, mas apenas por um momento, pois ele fechou a cara logo em seguida.

– Árbitros vêm em três, Louisa, então fique alerta.

– Três? – Franzi a testa e observei enquanto Finch diminuía o passo. – Sparrow pode me achar estúpida, mas eu sei contar. Onde está o terceiro?

– Não faço a mínima ideia – ele disse. – É por isso que eles me enervam.

– Isso quer dizer que você vai enfiar a faca nele?

– Fique atrás de mim – Chijioke acrescentou, colocando-se na minha frente. – Se ele tentar alguma coisa, vai levar um murro.

– Ele não parece o tipo de causar encrenca...

Chijioke balançou a cabeça rápido.

– Isso é porque você nunca presenciou um Julgamento.

– Um... o quê?

Chijioke não respondeu. O que quer que Finch tivesse visto em nós ou perto de nós o fez mudar de ideia. Ele parou de maneira abrupta, fechando o rosto, antes de dar meia-volta e voltar para seu jogo de *lawn bowls*. Senti uma presença um momento depois, ao meu lado, e meu desassossego apareceu junto com ela. O sr. Morningside tinha nos encontrado e se assomou junto a mim.

Ele cumprimentou Chijioke com um aceno gentil e nos abriu seu sorriso branco e brilhante. O sol tinha se posto quase completamente atrás do horizonte, e Amelia choramingava enquanto eles decidiam terminar o jogo a tempo para um banho e o jantar. Ao longe, ouvi Mason Breen parabenizar Finch e Sparrow pela vitória, mas não escutei o que eles disseram depois.

– Uma partida entre amigos – o sr. Morningside cantarolou, inclinando-se para trás e ajustando a fina gravata de seda. A luz do pôr do sol fazia seu cabelo preto brilhar como as asas de um corvo enquanto ele inspirava longa e profundamente. – Uma noite fresca. O esplendor da natureza. O brilho evanescente da primavera... – Ele estendeu a mão, apontando para tudo. – Que visão agradável.

Mas ele não estava olhando para o horizonte, nem para as árvores ou para o jogo, nem mesmo para o meu rosto. Engoli em seco, sentindo-me encurralada em pleno campo aberto. O sr. Morningside tinha visto o pergaminho enrolado embaixo do meu braço e toda a sua atenção estava voltada para ele.

Capítulo Catorze

A sala de jantar brilhava suavemente com as velas, e os talheres e pratos e cristais tilintavam baixo sob a conversa. Fazia meses desde a última vez que eu tinha servido um jantar formal, e tive dificuldades para dedicar a atenção devida aos detalhes e às regras. Lee, a sra. Haylam e eu ficamos no canto perto da mesa de serviço, esperando o momento certo para intervir com mais vinho ou pegar um lenço caído.

O ritmo me deixava louca. Lee não parecia muito melhor, inquieto ao meu lado. Observamos a srta. Canny, seu noivo, o pai e o sócio dele tomarem sopa branca e comerem lombo de porco assado decorado com cravos; os aromas eram tão fortes e tentadores que faziam minha barriga roncar. Nossa refeição, em contraste, tinha sido um ensopado de dias antes, que forrou o estômago mas não era nem de perto tão farto quanto o banquete servido agora.

Amelia usava grampos cintilantes no cabelo combinando com o vestido escarlate. Era impossível não a encarar, perguntando-me como seria ter tantas roupas a ponto de poder usar uma nova a cada momento do dia. Mason Breen e sua família usavam trajes muito mais sóbrios, em tons simples de cinza e marrom, embora o corte de seus ternos e a qualidade do tecido indicassem sua fortuna. O pai de Mason, sr. Barrow Breen, tinha a aparência de um marinheiro, com a pele muito bronzeada e desgastada pelo tempo e dedos retorcidos. Homens assim eram comuns onde eu havia crescido, o que me levava a pensar que ele talvez fosse um dos novos-ricos, talvez um homem que tivesse feito fortuna com exportações. Os dois tinham uma forte semelhança, ambos com cabelos loiros e brilhantes e olhos cinzentos e pálidos. Mason era muito bonito, aquilino e austero; seu pai parecia simplesmente uma versão envelhecida e cansada do filho.

O sócio deles, Samuel Potts, tinha a pele mais escura, também maltratada e manchada de sol, cabelo grisalho, ralo e desgrenhado, e uma barba hedionda. Seu terno, ainda que elegante, caía nele de maneira estranha, como se ele fosse um urso enfiado num colete.

– Acho aquele jovem sr. Finch muito agradável – Amelia dizia. Ela dominava a maior parte da conversa à mesa, o que não pareceu incomodar nenhum dos homens. Eles ouviam de maneira respeitosa e bebiam com a mesma diligência. Um tom rosa-escuro se espalhava pelas bochechas de Mason.

– A irmã dele é bem menos... Bom, ela tem uma personalidade forte, não é mesmo?

Samuel Potts grunhiu na taça de vinho, soprando o bigode.

– De onde eles disseram que vinham mesmo? – Mason Breen perguntou, servindo mais carne de porco em seu prato.

– Londres – a sra. Haylam interveio de repente, surpreendendo a todos. A sala ficou em silêncio diante de sua única palavra espalhafatosa. Ela fingiu um sorriso leve e acrescentou: – Originários de Calcutá. Apenas de passagem, creio eu.

Amelia se recuperou do choque pela interrupção da sra. Haylam com uma risadinha.

– Que pena. É ótimo fazer novos amigos. Eles poderiam até comparecer ao casamento...

– Fora de cogitação – o sr. Barrow Breen resmungou. – Que ideia!

– Ah, foi apenas uma sugestão boba – Amelia respondeu, mas baixou o rosto, concentrando-se no prato. – Não vejo mal em...

– Menina, sei bem o que você vê: a próxima oportunidade de esbanjar meu dinheiro – ele vociferou. O salão ecoou com o troar de sua voz, e eu e Lee nos crispamos e trocamos um olhar. Ele ergueu as duas sobrancelhas fulvas e virou os olhos devagar em direção à mesa. Tentei não dar risada.

– Pelo menos não teremos de aguentar isso por muito tempo – sussurrei e o vi sorrir.

– Não vou permitir que fale assim com minha noiva! – Mason finalmente ergueu a voz, levantando-se de um salto e fazendo a mesa chacoalhar. A taça de vinho no canto da mesa perto de Samuel Potts caiu e ele gritou de surpresa, erguendo-se e procurando algo para secar a camisa manchada.

– Rápido agora – a sra. Haylam instruiu, partindo para o trabalho. – Ajude o sr. Potts, Louisa.

Virei para o bufê atrás de nós e peguei um guardanapo limpo da pilha dobrada e o umedeci com um pouco de água, correndo para o homem barbudo. Ele pegou o guardanapo da minha mão e me dispensou, esfregando as roupas em fúria.

– Esse casamento já é um absurdo sem essa desmiolada convidando estranhos para vigiar nossas vidas! – Barrow Breen apontou um dedo na cara do filho, que o empurrou imediatamente para longe.

Mason tinha a altura do pai e inflou o peito para ficar ainda maior.

– Como... como o senhor ousa? Como ousa? – Ele girou e apontou para Amelia, que estava estupefata. – Venha, Amelia, não precisamos aguentar um disparate desses.

Ela fez um beicinho e rodeou a mesa na ponta dos pés, segurando o cotovelo de Mason e seguindo-o para fora da sala.

Reinou o silêncio depois disso. O sr. Breen respirava de modo tão errático que dava para ver seus ombros subindo e descendo enquanto tentava se controlar. Samuel Potts continuou limpando a camisa em vão e depois bufou, jogando o guardanapo na mesa.

– Apenas uma sobremesa breve, então – a sra. Haylam disse, sorridente, como se nada tivesse acontecido.

Eu e Lee a fitamos, incrédulos, então nos apressamos para trocar os pratos e tirar a sopa e a carne de porco da mesa. Havia *trifle* e pudim, mas os homens mal tocaram em suas porções sob os restos funestos da discussão. O chá foi trazido, desprezado e, enfim, os homens saíram, melhorando a atmosfera – como se uma tempestade tivesse acabado de passar.

– Que grupo adorável – Lee murmurou enquanto tirávamos a mesa e ajudávamos a sra. Haylam a levar tudo de volta às cozinhas.

Eu sempre gostei da sala de jantar, porque dava uma sensação mais acolhedora e humana do que alguns dos outros cômodos de Coldthistle, mas agora ela parecia maculada, como se a família tivesse deixado uma mancha de dissabor atrás de si. A sra. Haylam ficou nas cozinhas em nossa última ida à sala de jantar para instruir Poppy sobre o que poderia ser reaproveitado ou guardado na despensa. Eu e Lee ficamos ali, lavando e varrendo.

– Não gostaria de entrar para aquela família terrível – comentei, tirando a toalha de mesa. Suspirei diante da mancha enorme de vinho na lateral, antecipando o momento em que eu teria de lavá-la. – Por mais ricos que sejam.

– Amelia obviamente gostaria – Lee disse. Ele varreu embaixo da mesa e das cadeiras, formando uma pequena pilha de farelos perto da porta aberta. A sala de jantar ficava nos fundos da casa, atrás da escadaria, e dava para o lado norte do gramado e para a fonte. A casa estava em um silêncio quase absoluto, mas, acima de nós, era possível ouvir passos de um lado para outro; pensei que talvez Amelia estivesse com dificuldades para dormir depois da discussão.

– Ela já foi pobre – eu disse a ele. – Isso endurece as pessoas.

– É mesmo? – ele perguntou baixo, mas ouvi a acusação implícita.

– Sim – respondi, sem me abalar. – A pobreza pode reduzir uma pessoa a pó. Não ter absolutamente nada não é nem um pouco nobre ou romântico e é humilhante saber que patifes como o tal do sr. Barrow Breen podem chafurdar em luxos e serem canalhas intoleráveis.

Lee varreu em silêncio por um momento, então parou e se virou para olhar para mim enquanto eu enrolava a toalha de mesa para lavar.

– E se você tivesse muito dinheiro? Seria diferente?

– Não sei – respondi. – Acho que eu aprenderia a me detestar.

– Você faria algo de bom com o dinheiro – ele me assegurou, e varreu a pilha de farelos para o vestíbulo. – Acho que faria algo de bom com ele.

Estou tentando, pensei, considerando silenciosamente meu pacto com o Diabo. Vou conseguir.

Eu estava exausta quando a sra. Haylam nos dispensou. Lee desapareceu imediatamente, saindo das cozinhas para a escuridão lá fora. Por pouco, não trombou com Poppy e Bartholomew, que entraram para descansar enquanto a sra. Haylam terminava de trancar tudo.

Como sobrou muita sobremesa, ela nos deixou levar uma fatia de *trifle* para a cama. Era a melhor coisa que eu comia em muito tempo, mas mal senti o gosto. Enquanto resistia à fadiga que atordoava minha mente, pensei no que Lee havia dito. Será que eu realmente faria algo de bom com uma fortuna? Eu não tinha tanta certeza assim… Claro, era tentador me ver como uma benfeitora generosa que abria mão do luxo e levava uma vida modesta como filantropa, doando dinheiro a orfanatos e apadrinhando algum pupilo necessitado. Mas eu não sabia dizer se essa era minha verdade secreta. Talvez minha verdade secreta fosse finalmente ter algo só meu, gastar dinheiro como bem quisesse, possuir uma casa grande e enchê-la de vestidos e badulaques inúteis.

Eu não tinha como saber, a menos que essa verdade secreta se tornasse minha realidade. Croydon Frost e o dinheiro que ele me devia eram uma realidade que se aproximava devagar enquanto o sr. Morningside lia a primeira tradução.

Lee tinha razão, eu disse a mim mesma. Eu pegaria o dinheiro de Frost e ajudaria meus amigos. Se não quisessem morar comigo, eu poderia comprar uma casa para cada um deles. Que incrível seria, pensei, lhes conceder o presente da liberdade.

Pela manhã, eu pediria para o sr. Morningside trazer meu pai para a casa, mas, agora, só queria dormir. Terminei o *trifle*, dando a última colherada no creme, e me dirigi para meus aposentos. Depois de fechar a porta, recostei-me nela por um momento, satisfeita. Ouvi no corredor os habituais passos arrastados dos Residentes, que começavam suas patrulhas noturnas pela casa. Fui até a cama, deixei a canequinha vazia em cima da mesa e vesti o pijama, sentindo o corpo pesado. Após me deitar, abri a cortina à minha direita e fiquei admirando as estrelas um pouco, deixando o brilho do luar banhar meu rosto.

Devo ter pegado no sono imediatamente, mas logo em seguida acordei, despertada pelo que parecia um grito. Eu me sentei na cama, abri a cortina na janela de novo e espiei a escuridão. Dali via apenas o lado leste do gramado, parte do celeiro e o pavilhão recém-construído. Nada se movia no pátio. Esperei um momento, escutando, pensando que os cavalos tinham se assustado ou que um falcão havia encontrado um camundongo nos campos. Mas o grito ressurgiu, mais claro, e definitivamente humano.

Ajoelhei, encostei o rosto no vidro frio e estreitei os olhos. Vi um movimento no canto das árvores atrás do pavilhão. Podia jurar ter visto algo. Esperei mais um pouco e, então, ouvi um longo e doloroso lamento. A voz de uma menina. Será que Poppy tinha saído da casa e estava com problemas? Não parecia a voz dela, mas eu não conseguia imaginar quem mais estaria chorando lá fora na floresta. A sra. Haylam nos disse para tomar cuidado e não sair da casa, mas ignorei o conselho dela, colocando os pés descalços nas ripas de madeira e procurando um casaco. Tinham me dado um roupão acolchoado gasto e esfarrapado, mas, como era quase verão, era o suficiente.

Vesti o casaco e fui até a porta, abrindo-a devagar para verificar se havia algum Residente vagando por ali. Na extremidade no corredor, um deles flutuava escada acima; as pontas desgrenhadas dos seus pés pendiam no ar antes de avançar para o andar superior. Depois de um momento, corri até onde ele havia passado e apertei o passo em direção ao vestíbulo, torcendo para ser tarde demais para ele me notar. Embora eu não tivesse o hábito de andar pela casa no escuro, confiei que a porta da cozinha seria o trajeto mais prático. Também era o mais vazio, provavelmente, visto que os quartos da sra. Haylam e de Poppy eram longe dali. Coldthistle permanecia em silêncio, cheia de uma tensão incômoda na calada da noite.

As cozinhas estavam vazias, mas a porta que dava para fora tinha sido trancada. Claro. A sra. Haylam estava mais cuidadosa em relação à segurança agora, com a presença dos sobreterrenos. Tirei o colar de colher de baixo da camisola e fechei os olhos, controlando a respiração. Não pensei em meu pai, somente na pessoa em apuros lá fora. Meus pensamentos estavam acelerados. E se Poppy tivesse sido atraída para a floresta? Será que os sobreterrenos realmente tentariam fazer algum mal a ela? Ou talvez Amelia e Mason tivessem saído às escondidas e torcido um tornozelo... Quem quer que fosse ou o que quer que fosse, eu sabia que nunca conseguiria pegar no sono novamente com aqueles lamentos sob a minha janela.

A colher esquentou em minha mão e mudou sob meus dedos, tomando a forma de uma chave. Destranquei a porta da cozinha e saí de fininho para o pátio enluarado. Estava muito mais claro do que de costume, e a luz era mais do que suficiente para que eu pudesse enxergar enquanto atravessava a grama na ponta dos pés. Quando passei pelo celeiro, não ouvi nenhuma comoção, então aquele grito agudo e assustado veio da floresta outra vez. Dessa vez, consegui distinguir as palavras...

Socorroooo! Por favor, me ajude!

A menina estava gritando. Tinha uma voz tão triste, tão solitária... Uma familiaridade apertou meu coração. Eu conhecia aquela voz, podia *jurar* que conhecia aquela voz. Fui me aproximando com cautela da beira da floresta; o pavilhão estava à minha direita e atrás de mim, Coldthistle se assomava sobre meu ombro esquerdo. Não havia trilha para a floresta por ali, o único caminho passava muito à esquerda e levava apenas à fonte natural. Conforme chegava mais perto da floresta, ouvi a nascente borbulhar ao longe e o coro de sapos e grilos que crescia em seu terreno mais úmido encher o ar com sua canção. Um graveto estalou sob meus pés e fiquei paralisada, apertando o colar de colher com as duas mãos. Sem pensar, a colher que tinha se transformado numa chave agora tinha se transformado em uma faca, graças ao meu medo.

Assim era melhor, decidi, calando a vozinha na minha cabeça que me dizia para voltar atrás e ir imediatamente para a cama. Outra voz se juntou a essa, a mesma que havia brotado dentro de mim quando encontrei Finch e Sparrow pela primeira vez.

A floresta não é lugar para você esta noite, criança. Volte.

Eu não gostava da ideia de uma voz de mulher incorpórea habitando dentro de mim. E, até agora, ela não havia me protegido de nada. Sparrow e Finch não tinham me feito mal, embora eu devesse admitir que essa realmente parecia uma circunstância muito pior. Hesitei, com a faca na mão, cogitando se agora era o momento de obedecer à voz antes que fosse tarde demais. Um calafrio perpassou meus ossos e me virei para olhar na direção de Coldthistle. Ninguém tinha vindo atrás de mim e não notei nenhum dos Residentes me vigiando das janelas. O lugar parecia inerte, apenas um casco negro e sombreado, tão pouco convidativo quanto a floresta. Os sapos e insetos cantaram mais alto, guinchando como um arco que toca uma corda tensa demais. Os pelos da minha nuca se arrepiaram. Perigo. Eu deveria entrar, pensei, deveria obedecer à voz de alerta.

Mas então ouvi o grito novamente e contive uma exclamação, girando e mergulhando na floresta.

Mary.

Capítulo Quinze

Galhos afiados e pontiagudos arranharam meu rosto, mas eu conhecia meu objetivo e nada poderia me deter.

Mary estava ferida. Mary estava em perigo. Eu não a perderia de novo. Com a faca ainda na mão – afinal, quem saberia o que a tinha feito chorar? –, segui sua voz sempre que ressurgia. Ela havia parado de gritar por ajuda e, em vez disso, chorava baixinho. Meu coração estava dolorido e eu corria ofegante, ignorando o ardor em meu peito e os galhos afiados que arranhavam meu rosto.

A floresta era mais densa do que parecia à distância, mas logo cheguei a uma pequena clareira. Graças a Deus havia o luar, senão eu poderia ter tropeçado e quebrado o tornozelo quando o chão mergulhou em uma descida rasa. Havia algumas pedras espalhadas por ali, e lá estava Mary de joelhos, abraçada a uma delas. Corri até ela, eufórica e receosa, então me ajoelhei ao seu lado. Seu rosto se iluminou ao me ver e ela se lançou em meus braços, ainda chorando.

– Louisa! Você veio! – Ela me abraçou com força e eu retribuí o abraço.

– Você está bem? Caiu? – Eu a mantive a um braço de distância, examinando-a dos pés à cabeça. Ela tinha o mesmo cabelo castanho e desgrenhado e os mesmos olhos verdes, as mesmas sardas agrupadas densamente em cima do nariz e o mesmo sotaque irlandês. Suas roupas estavam sujas da viagem e a bainha e as botas estavam duras de lama, como se ela tivesse caminhado por uma longa distância. Um casaco leve cor de alfazema cobria seu pescoço e seus ombros, e ela o usou para secar o rosto úmido. Suas bochechas estavam descarnadas, como se tivesse passado fome, e isso fazia seus olhos parecerem maiores e mais inocentes.

– Eu tropecei – ela disse, e deu um riso baixo. – Tão desajeitada, você acredita? Tão perto da casa e fui trocar os pés.

– Sua perna está muito machucada? – perguntei. Não parecia torcida nem inchada, mas as saias cobriam a maior parte da panturrilha dela. – De onde você veio? Fui até o poço invocar você há eras. Fiz algo de errado?

Mary soltou um riso aliviado e secou mais o rosto, depois se apoiou na rocha e tocou meu cabelo. Senti um rompante de esperança. Eu não tinha falhado completamente com ela. Ela estava de volta e agora as coisas poderiam voltar ao normal, ou pelo menos ao normal da Casa Coldthistle.

– Você fez tudo perfeitamente – Mary me tranquilizou, apertando minha mão. – Fiquei presa nas Terras Crepusculares. Era simplesmente pavoroso. Então ouvi você me chamar de volta, me chamar para fazer a travessia. Mas... não estava preparada para voltar. Eu precisava de um tempo. Um tempo sozinha.

Assenti e desviei os olhos, um pouco acanhada.

– Claro. Eu... sou terrivelmente enxerida, me desculpe. Depois do que aconteceu com Lee... Bem, ninguém imaginaria que você estaria ansiosa para voltar. Tenho certeza de que sou a última pessoa que você gostaria que viesse ao seu auxílio.

Mary pareceu mais calma e começou a se erguer apoiando-se na rocha, evitando pressionar o pé esquerdo. Levantei de um salto para ajudar, deixando que ela se segurasse em mim. Ela se crispou, mas parecia capaz de ficar em pé.

– Você veio – ela disse baixo. – É isso que importa. Ah, tenho certeza de que minha perna não está tão machucada quanto imaginei. Só estou cansada... Foi um caminho longo. Pensei que a caminhada me ajudaria, sabe, a organizar as ideias.

– Você veio andando desde Waterford? Mas... como?

Ela riu baixo e deu um tapinha no meu ombro.

– Não, Louisa, não andei todo o caminho. Queria caminhar pela última parte para... – Mary conteve a resposta por um longo momento e então deu de ombros. – Queria caminhar pelos campos, ir me reacostumando aos poucos com minha casa.

– Na calada da noite? – brinquei.

A resposta de Mary foi interrompida. Seus olhos se arregalaram quando ouvimos um chamado horripilante vindo das profundezas da floresta. Ficamos paralisadas, olhando uma para a outra. Eu nunca tinha ouvido algo como aquilo – um lamento agudo, sinistro, quase o grito de um Residente, mas menos oco, preenchido pela guturalidade de um animal. Não era um lobo ou, se fosse, era sobrenatural.

– Tenho uma faca – sussurrei. – Mas vamos nos apressar; você não está em condições de se defender de um animal...

– Rápido – Mary concordou com um gritinho meio soluçado, puxando-me pelo ombro.

O grito agudo e animalesco surgiu outra vez, mais próximo. Minha espinha se encrespou em alerta, e um medo primitivo do *que quer que fosse aquilo* tomou conta de mim. Passos pesados chacoalharam a clareira e as árvores atrás de nós enquanto eu fazia o possível para carregá-la em direção à casa. A coisa estava correndo agora e Mary esqueceu seu machucado, pegando minha mão e me puxando pela clareira.

– Precisamos correr – ela gritou, ofegante. – F-faça alguma coisa, Louisa, você precisa se transformar, se transforme num urso, em algo...

– Você não consegue nos proteger? – Eu estava em pânico. Urso? Como eu poderia fazer isso? Eu mal conseguia transformar uma colher em uma faquinha deplorável! – Você está muito exausta?

– E-eu não consigo. Eu...

A criatura irrompeu das árvores para a clareira, esmagando um broto sob a pata enorme. Meu instinto de correr foi superado por puro terror quando uma fera, ereta como um homem, mas peluda como um lobo, surgiu na área aberta. Abri a boca para gritar, jogando-me contra Mary enquanto ela também encarava a criatura, boquiaberta e aterrorizada. A coisa devia ter uns três metros de altura. Ondulações de músculos cobertos de cicatrizes se pronunciavam em trechos de pele preta-amarronzada, e seu rosto era pontudo, quase como o de uma raposa. Seus olhos roxos, estreitos e cintilantes nos localizaram imediatamente, brilhando mais fortes enquanto ele escolhia sua presa. Eu tremia tanto que mal conseguia ficar em pé, mas fiz o que pude, empurrando Mary para trás de mim, protegendo-a com o corpo trêmulo.

Meus olhos desceram devagar do rosto para as mãos da besta, também maiores que as de um homem, com garras afiadas. Uma faixa preta em sua barriga reverberou quando ela se agachou e deu um pulo, saltando em nossa direção com um rosnado. Provavelmente gritamos, mas não ouvi minha própria voz – não quando seu braço grosso colidiu com meu ombro, jogando-me para o lado.

Ouvi um zumbido em meus ouvidos enquanto tentava me levantar. A dor foi anestesiada pelo medo enquanto eu cambaleava para longe da árvore com que tinha colidido e erguia a faca. A criatura tinha cercado Mary, ignorando-me completamente, erguendo uma de suas patas cheias de garras e se preparando para atacar.

Eu não saberia dizer quando a faca se transformou em uma pistola, mas aconteceu. O pavor que senti quando saí voando pelo ar devia ter provocado a mudança. O que quer que fosse, não me importei. Ergui a arma e atirei, recuando ao ver a bala roçar o rosto da criatura. Ela urrou, e aquele mesmo grito terrível e animalesco encheu a clareira. Tapei os ouvidos, ensurdecida, observando com horror emudecido enquanto ela avançava na minha direção; seus olhos roxos eram mais brilhantes até do que a lua no céu.

Eu havia atraído a atenção da criatura e não tinha ideia do que fazer – a pistola continha apenas uma bala e me atrapalhei para transformar a colher de novo, dessa vez em uma faca, uma lança, qualquer coisa... Eu estava desconcentrada demais, apavorada demais, e a fera estava em cima de mim. Seu focinho preto se aproximou da minha cabeça, então ela resfolegou e mostrou as presas.

E ela *falou*.

Fechei os olhos, sentindo a morte próxima, o cheiro almiscarado de sua pele e da grama e dos espinhos grudados nela. Uma mordida de seus dentes e minha garganta seria rasgada em pedaços. Sangue pingava de sua bochecha angulosa no lugar onde a bala abrira uma ferida.

– *Nebet, aw ibek* – ela rosnou. Ou algo que soava como essas palavras emaranhadas.

Como ela falou, eu não sei, mas a voz vinha dos abismos do próprio Inferno, cheia de maldade e horror abomináveis. Ela deu as costas para mim, mas antes pegou a pistola da minha mão e a esmagou em seu punho enorme. Pulei, tentando recuperar a arma, a única que eu poderia usar contra aquela fera. Então levei um susto quando um clarão de luz nos cegou.

A criatura rosnou outra vez e, quando finalmente consegui enxergar através da névoa dourada que encheu a clareira, vi o bicho ficar sobre as quatro patas e sair correndo para a floresta. O chão tremeu e as árvores rangeram e gemeram conforme eram fendidas com sua fuga. Esfreguei os olhos, cambaleando para a frente para tentar encontrar Mary, mas ela não estava sozinha.

Finch estava ao seu lado, com um par de asas brancas imensas cintilando em suas costas antes de se curvarem atrás dele e desaparecerem. Um brilho permaneceu ao seu redor, a óbvia fonte do clarão que afugentou a fera. Toquei meu pescoço, sentindo o corte que a fera deixara ao arrancar a corrente de meu colar. Ele não estava mais ali – a colher, a faca, a pistola, o que quer que fosse tinha sido levado.

– O que era aquela coisa? – murmurei, rouca.

Mary se levantou devagar, com a ajuda de Finch. Ele ainda vestia seu elegante terno cinza, mas seu cabelo estava amassado pelo sono.

Franzindo a testa, ele se virou e olhou para o rastro de destruição deixado pela criatura em sua fuga.

– Só vi de relance – ele disse, guiando Mary para que ela se apoiasse em seu ombro. – O som que ela fez foi o suficiente. Achei melhor cegá-la primeiro e depois ver do que se tratava.

– Era... era um lobo ou... ou uma raposa, só que muito maior – balbuciei. Minhas costas doíam pela colisão com a árvore e minhas mãos ainda estavam tremendo pelo choque. – E se essa coisa voltar?

– Eu dou conta dela – Finch disse. Ele parecia seguro, mas notei um nervosismo em seus olhos, que se voltavam de um lado para outro enquanto apoiava Mary. – É melhor levarmos vocês de volta para a casa.

– Você se machucou, Mary? – perguntei, observando enquanto ela olhava ao redor da clareira, vigilante.

– Acho… acho que não – ela disse. – Mas receio que minha perna não vá me deixar voltar a pé.

– Não tem problema – Finch respondeu e apontou para suas costas. – Subam nas minhas costas. Vou levar vocês de volta em segurança em um segundo.

– Sou perfeitamente capaz de andar – eu disse, com um suspiro. – Além disso, você não tem como carregar as duas.

– Não seja ridícula. – Mary se posicionou atrás dele e enganchou os braços cuidadosamente em volta do seu pescoço. Logo depois ele me segurou, envolvendo-me em seu braço forte e se lançando ao ar. Nenhuma de nós teve tempo de reagir propriamente, e aquelas mesmas asas brancas e enormes brotaram das costas dele como se não pesassem nada, como se feitas de pura luz.

Soltei um grito agudo de surpresa, esforçando-me para me segurar em seus ombros enquanto voávamos por cima e para longe da clareira, deixando o chão da floresta para trás. O ar frio da noite passava rápido por nós, e meu coração se acelerou de pavor novamente. Era mais do que apenas surpresa, era medo também, e o frio que a presença dele sempre me causava. Além disso, eu nunca tinha sido transportada pelo ar por um ser de *asas*.

Pousamos em segurança no pátio bem na entrada da cozinha. A porta ainda estava aberta, mas agora a sra. Haylam estava do outro lado. Seu rosto, contorcido de fúria, logo se abriu ao ver que não éramos apenas Finch e eu, mas também Mary. Saí cambaleante do braço de Finch, apertando o roupão com firmeza em volta do corpo enquanto a sra. Haylam corria até Mary e a puxava em um abraço.

– Finalmente – a sra. Haylam disse, então de novo e de novo. Foi o mais próximo que a vi chegar de lágrimas ou mesmo de alegria. – Finalmente você voltou para nós. Deve estar tão cansada.

Mary se encolheu, mole de exaustão.

– Só vou perguntar o que aconteceu pela manhã – a sra. Haylam disse em um sussurro mortal. Seu olho bom se cravou em mim e pressionei os lábios. – Mary está em casa; isso lhe garante clemência por algumas horas.

Ela lançou um olhar igualmente cortante para Finch, depois guiou Mary na direção das cozinhas. Vi Chijioke do lado de dentro, com as sobrancelhas franzidas de preocupação enquanto erguia Mary no colo e a tirava do frio da noite.

– Um "obrigada" teria sido suficiente – Finch murmurou, bem depois que a sra. Haylam foi embora.

– Que tal um gole de chá e um "obrigada"? – ofereci, entrando na cozinha, exausta.

– Tem certeza de que seria prudente? Sua governanta parece brava.

– Já estou encrencada, que mal poderia fazer? – Fiz sinal para ele entrar, então fui até o fogão para confirmar que ainda havia um fogo baixo queimando. Com um pavio, cruzei o cômodo acendendo alguns tocos de velas e colocando-as em cima da mesa. Ainda havia pudim na despensa e fui buscá-lo, servindo um pouco de comida antes de ir pegar a chaleira.

Pontadas de frio ainda apertavam minha barriga, mas as ignorei, ponderando que ele tinha acabado de salvar a minha vida e a de Mary. Eu conseguiria aguentar o desconforto pelo tempo de uma xícara de chá.

– Obrigada – eu disse, voltando até ele enquanto arrumava as xícaras. – Mas como nos achou? Ninguém mais ouviu.

– Nós… – Ele parou de falar e, quando olhei por cima do ombro, vi que ele havia se sentado à mesa, mas não olhava para mim. Sua cabeleira escura caía diante dos olhos e ele traçou um círculo na mesa com o dedo. – Sparrow e eu estamos vigiando a casa. É parte do motivo de estarmos aqui. Viemos para observar. Sei que parece absurdamente invasivo, mas talvez você entenda, considerando…

– Considerando que um lobo gigante acabou de me atacar na floresta? – completei. – Estão perdoados. E, se significa alguma coisa, não me importo muito com isso. Já os outros…

– É uma pena. Uma maldita pena.

Vigilância. O sr. Morningside havia mencionado que não estava nada satisfeito com a bisbilhotice deles. Ele provavelmente ficaria furioso se soubesse que os dois passavam as noites voando ao redor da casa.

Abri um sorriso cansado e medi o chá, escutando os barulhos de Chijioke e da sra. Haylam guiando Mary escada acima para o quarto dela.

– Você pode blasfemar?

– Ah, não se deixe enganar pelas asas – ele disse com uma piscadinha. – Podemos ser perigosos.

– É o que todos me garantem. O que eles dirão agora que você salvou minha vida?

Seu bom humor se desfez e ele se crispou, apoiando o cotovelo na mesa e o queixo na palma da mão.

– Nós já fomos próximos, sabe. Você é recém-chegada, então tudo deve ser muito confuso para você. Havia mais do que essa polidez passageira nos tempos antigos. Éramos aliados, os do nosso mundo e os do mundo de Henry. Precisávamos ser. Agora nos tratamos com uma espécie de... civilidade tensa. Torço para que isso dure, mas receio que talvez não.

– É difícil imaginar você e alguém como Chijioke se dando bem. Ele não é muito fã da sua espécie. Nem um pouco, na verdade. – Enchi as xícaras e as deixei em infusão, sentindo um pequeno consolo no vapor aromático que subia da superfície escura. – O que causou a... Como você descreveria? Ruptura?

O ritual do chá ajudou, ainda que minhas mãos continuassem tremendo. Toda vez que eu piscava, via os olhos roxos e o maxilar da fera. Aquela voz infernal atormentaria meus sonhos para sempre.

Sentei à mesa com Finch, grata pelo descanso proporcionado pela cadeira. Foi só então que notei que minhas mãos estavam esfoladas e arranhadas, e gotas de sangue tinham manchado a manga do roupão. O sangue da fera. Estremeci.

– Podemos falar de coisas mais animadas – Finch murmurou, observando minhas mãos.

– Como se isso fosse possível – respondi. Coloquei as mãos em volta da xícara, absorvendo seu calor. – Já vi todo tipo de horrores aqui, mas nunca vi um lobo como aquele.

Finch pegou sua xícara também, segurando-a com as mãos logo abaixo do queixo.

– Faz centenas de anos que não há lobos na Inglaterra. Talvez aquele cão que vi se escondendo pela casa tenha se tornado selvagem.

– Eu confio nos meus próprios olhos – retruquei com firmeza. – Era uma espécie de lobo, mais alto do que um homem, com olhos brilhantes, e ele *falava*. Você realmente não deve ter visto a criatura direito se a confundiu com Bartholomew. Além disso, aquele cachorro anda mais interessado em cochilar do que em caçar.

Ouvi os passos duros das botas da sra. Haylam estalando no piso perto da cozinha e ela entrou logo em seguida. Veio buscar uma bacia e alguns panos, mas aproveitou para deixar claro seu desprazer. Parando na porta, ergueu a bacia nos braços e apontou para a chaleira.

– Arrume isso tudo antes do amanhecer – ela disse, curta e grossa, depois saiu com um bufo e um rodopiar das saias.

– Não se preocupe com o meu bem-estar, vovó – murmurei para o vazio. – Foi só uma pancadinha ou duas, nada de mais.

Finch deu um gole cuidadoso do chá quente e inclinou a cabeça para o lado, observando-me.

– Se me permite dizer, Louisa, você não é como os outros aqui. Tenho a impressão de que você não obedeceria à sra. Haylam ou a Henry cegamente.

Encolhi os ombros com o elogio. Até agora, havia cedido até demais à vontade do sr. Morningside. O que Finch pensaria de mim se soubesse que eu tinha acabado de assinar um contrato prometendo ajudá-lo? Bem, isso era assunto meu. Ele não precisava saber do meu pai e eu prometera guardar segredo a respeito do diário e do seu conteúdo.

– Como poderia? – Olhei dentro da minha xícara, torcendo para que ele não notasse o subterfúgio. – Ele estava enganado sobre o meu amigo Lee.

– Verdade. Exatamente. Isso é bom... quer dizer, não o fato de ele ter se enganado, mas você deveria falar sobre isso no Tribunal. É importante ouvirmos a verdade, e que você faça um depoimento honesto.

– Depoimento? – Dei risada. – O sr. Morningside está com a impressão de que vai ser algum tipo de festa...

– É claro que está. Duvido que ele tenha levado alguma coisa a sério na vida dele, o que é a razão de nos metermos em toda essa bagunça. É só colher as almas, deixar que sigam seu caminho... qual é a dificuldade? Por que ele tem de criar tanta confusão?

Eu me levantei com um suspiro e terminei minha xícara, então a levei até a cuba de porcelana funda ao lado do fogão. Não tinha visto o sr. Morningside enviar almas a lugar algum, a não ser para dentro de aves, mas talvez Finch estivesse se referindo a isso, afinal. Não falei nada. Sua cadeira riscou o piso quando ele se levantou para trazer a xícara, colocando-a ao lado da minha. O frio na barriga foi se intensificando quanto mais perto ele chegava.

– Falei algo que a ofendeu? – ele perguntou baixinho.

– Estou... cansada. Cansada do dia de trabalho, cansada daquele tormento na floresta e cansada de todos vocês falando em círculos em volta da minha cabeça. – A frase saiu em uma torrente de palavras; qualquer fio de paciência que me restava tinha finalmente se rompido. Apoiei-me com força na cuba e cobri o rosto com as duas mãos. Levei apenas um instante para me recuperar e pegar um pano para secar as xícaras. – Não queria perder a compostura.

Finch voltou à mesa e me trouxe o restante da louça que tínhamos usado, bem como as colheres. Fiquei olhando por um bom tempo para uma colher manchada de chá, sentindo um aperto no peito ao pensar naquela criatura fugindo para a floresta com a colher que Lee me dera. Outra onda de exaustão e desesperança caiu sobre mim e me perguntei se, na próxima vez que fechasse os olhos, simplesmente adormeceria em pé.

– Ficaria mais preocupado se você não estivesse incomodada – ele disse. Pelo canto do olho, pude vê-lo fazer uma reverência educada antes de se mover em direção à porta da cozinha. – Tente descansar, se puder. Queria poder dizer que os dias vão ficar mais tranquilos, mas não quero lhe dar falsas esperanças.

Assentindo, sequei as xícaras com um pano velho e ouvi seus passos se afastando.

– Sim, vou tentar descansar – eu disse. – Boa noite.

Boa noite. Era impossível não me crispar com essa ideia. Não faria diferença se eu ficasse ali diante da pia até o sol nascer, quando precisariam de mim nas cozinhas novamente. Como eu poderia dormir profundamente sabendo que aquele monstro estava à espreita lá fora? Algum de nós teria alguma chance contra ele? Senti um calafrio e arrumei a cozinha, depois fechei a porta e fiquei olhando para o vestíbulo escuro do outro lado do cômodo. Se aquele ser viesse atrás de Mary, simples portas não o impediriam. Eu tinha de me consolar com a ideia de que Finch e sua irmã continuariam vigiando a casa. Se a fera retornasse, eles dariam um jeito antes que ela pudesse atacar.

Era um consolo fraco e, quando voltei aos meus aposentos e deitei na cama, levei um longo e solitário tempo até o sono irrequieto me permitir escapar e sonhar.

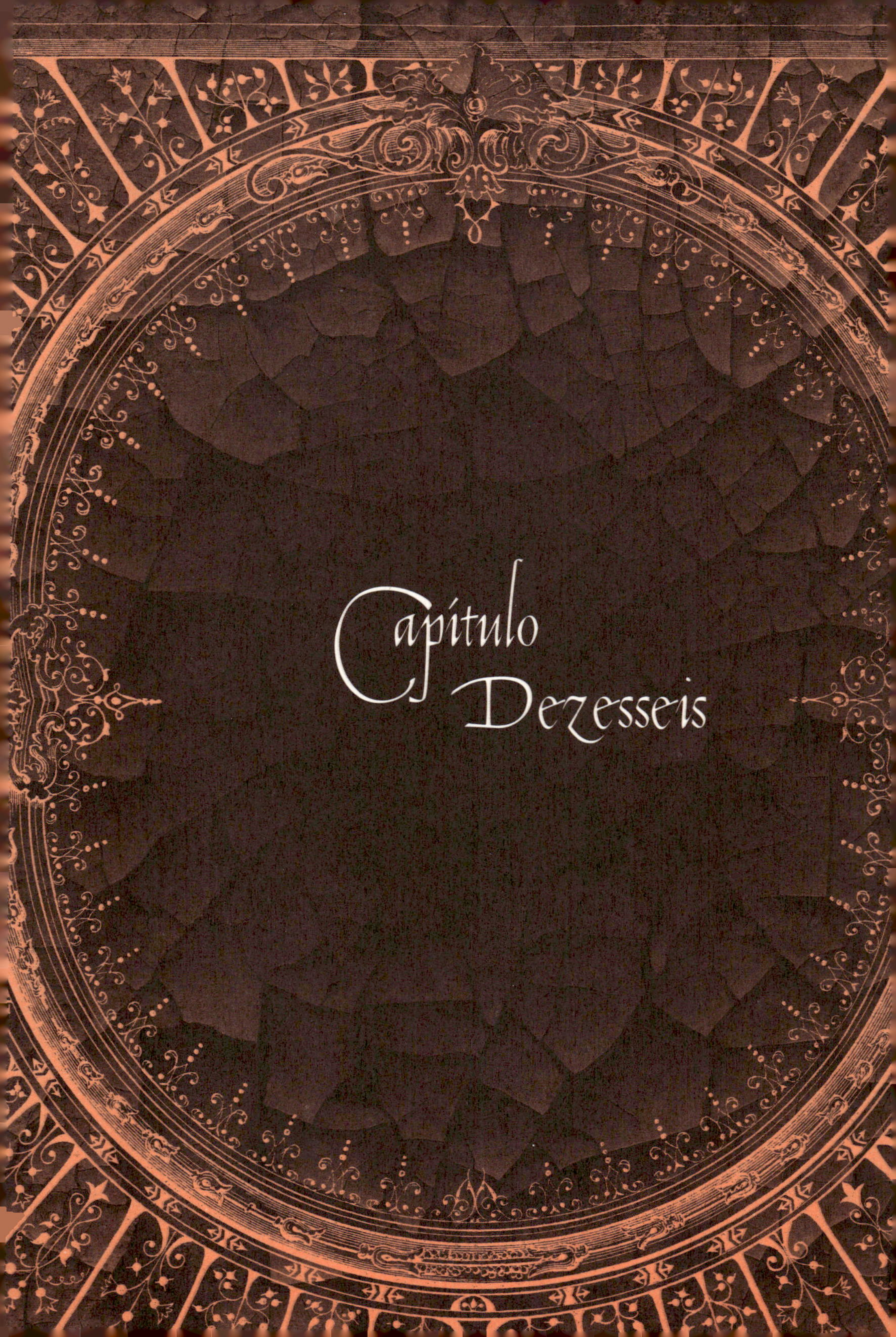

Capítulo Dezesseis

Ano um

Diário de Bennu, o Corredor

Segui o rio para o norte e redigi mentalmente missivas para a minha família. Não se preocupem, *começavam elas,* voltarei em breve. *Eram mentiras, mas não seriam as primeiras. Minha mãe e minhas irmãs já desaprovavam minha devoção fervorosa a deuses que elas não reconheciam nem respeitavam. Elas cultuavam como todos os outros e achavam tolice da minha parte me curvar tanto ao rio, à abelha, às próprias palmeiras que sombreavam nossa casa.*

Se soubessem que foi apenas uma visão compartilhada por Meryt e Chryseis o que me enviou para essa missão, provavelmente me trancariam e jogariam a chave fora.

Ainda assim. Redigir as missivas fazia eu me sentir melhor, porque, se podia escrever essas coisas ou mesmo rever minha família, significava que eu estava vivo. Até onde eu teria de ir? Como saberia quando chegasse? O livro e a bolsa foram ficando mais pesados conforme eu cambaleava ao longo das margens do rio. O chão foi se inclinando para cima e para baixo, às vezes obstruído por juncos e pedras instáveis, às vezes aberto ao sol e, outras, sombreado pelas tamareiras. Será que o guia que me tinha sido prometido me encontraria na próxima vila ou na seguinte? Minha barriga implorava por comida e minha sede tinha se tornado tamanha que eu sentia o gosto do sangue nos cantos rachados dos lábios.

Ao cair da noite desse primeiro longo dia, parei em um pequeno conjunto de casas perto de uma bifurcação inundada. Era uma comunidade agrícola. Tendo acabado o trabalho do dia, os aldeões haviam retornado a suas casas para relaxar e tomar cerveja melífera.

Espantei os mosquitos que rodeavam meus braços e rondei as casas em silêncio, na esperança de receber algum sinal. O terreno foi ficando mais íngreme conforme eu me afastava da água. Uma mulher cantava para o filho; a misteriosa melodia atravessava uma janela aberta. Meus pés pareciam estar em carne viva e meu corpo, à beira do colapso. Então, finalmente tive motivo para esperança! Notei a tinta vermelha e branca descascando de uma casa de tijolos. Era um lugar humilde, pouco mais que uma cabana abandonada, porém uma cobra tinha sido pintada à esquerda da porta e, embora estivesse velha e apagada pelo tempo, eu conhecia seu significado.

Santuário.

– Tem alguém aí? – chamei, batendo de leve na porta de madeira. – Há um amigo na porta. Ajoelho-me diante do rio para orar. Lavo os pés de chacais. Não vou ao templo, não pronuncio nomes.

Estava escuro lá dentro, e pensei que não havia ninguém. Então uma luz e um único olho surgiram na fresta da porta. Uma voz masculina e grave perguntou:

– Está perdida, criança?

Sorrindo, ergui a bolsa em meu ombro e respondi:

– Meus pés estão no caminho.

A porta se abriu, como eu tinha esperado, e entrei curvado e grato. O homem que me recebeu era velho e corcunda, e se apoiava fortemente em uma bengala que não passava de um mero galho. Algumas folhas ainda pendiam na parte de cima. Ele mancou pelo chão de palha até uma mesa cercada por três bancos. Tinha mãos de agricultor, fortes e cobertas por cicatrizes, e, embora sua mobília fosse escassa, o cheiro emanando de seu pequeno fogão era esplêndido. Claro, um homem que cultuava toda a beleza da natureza – como nós – daria um toque especial a sua comida, pois sabia cultivar a terra. Eu não tinha dúvidas de que suas lavouras cresciam melhores e mais resistentes que as demais.

– Obrigado pela hospitalidade – eu disse, colocando a bolsa no chão com um suspiro.

– Não me agradeça ainda, rapaz – ele respondeu. – Meti é meu nome, mas minha filha voltará em breve. Ela não gostará de ter você aqui.

Hesitei perto da porta. Minha barriga soltou um ronco alto quando parei.

– Rá. Já isso podemos resolver – Meti disse. Em seguida, apontou para o forno. – Pegue uma tigela. Sirva-se. Temos mais do que o suficiente para comer.

– A Mãe e o Pai sempre provêm – murmurei, correndo para o fogão. Era falta de cortesia parecer tão desesperado, mas eu não sentia vergonha nenhuma, tamanho era meu cansaço.

– Sim. Tempos de escassez vêm para os outros – Meti afirmou. – Não para nós.

Enchi minha tigela e comecei a tomar o ensopado de peixe. Tinha o aroma de cebola e alho, e devorei tudo com goles de cerveja grossa e adocicada para ajudar a descer. Não era uma comida digna de um faraó, mas era mais do que o suficiente para um viajante exausto.

Enquanto terminava a segunda porção, a porta se abriu de repente e uma jovem entrou. Tinha uma aparência simples, os mesmos olhos estreitos e o mesmo corpo esguio de Meti. Seu cabelo preto estava trançado firmemente atrás da testa e ela franziu os olhos para mim, depois para minha bolsa.

– Não, pai! – ela disse imediatamente, deixando cair a cesta de cebolas que carregava. – Chega disso! Esses visitantes só nos trazem problemas.

– Eu avisei. – Meti riu à mesa. – Traga-me um copo de cerveja, também estou com sede.

A filha se aproximou de mim batendo os pés e apontou o dedo para o meu rosto.

– Termine esse prato e beba esse copo, depois você tem de partir.

– Acalme-se, Niyek, acalme-se. Deixe o rapaz passar a noite.

– Não! – Ela se virou para o pai, levando um copo de cerveja e colocando-o na mesa com força. – Você é velho demais para essas pessoas ridículas e… esse seu faz de conta!

Ele apontou para a cesta transbordante de cebolas, uma maior e mais formosa do que a outra.

– Isso é faz de conta, filha? Quando a seca não encosta em nossas plantações, também é ridículo?

Niyek riu com escárnio e ergueu as mãos no ar.

– Isso é porque orei e fiz oferendas dia e noite para Tefnut, não por causa da sua seita.

O velho não ergueu a voz, apenas deu um gole de sua cerveja e encolheu os ombros nodosos.

– Os outros aldeões rezaram para ela. Que bem isso lhes proporcionou?

Houve gritos do lado de fora. Portas se abrindo e fechando. Uma confusão crescente conforme os aldeões saíam de suas casas. Niyek correu até a janelinha da porta e espiou do lado de fora, mantendo a mão erguida atrás de si para que permanecêssemos em silêncio.

– Mais estranhos – ela disse com um resmungo. – Mais problemas.

A cerveja em minha barriga amargou. Coloquei a tigela e o copo na mesa perto de Meti e, então, juntei-me à garota na janela. Ela me empurrou para o lado, furiosa, apontando para a bolsa.

– Pegue suas coisas e parta antes que traga mais problemas para esta casa – ela sussurrou, furiosa.

O velho se levantou com dificuldade e veio mancando até nós. Houve gritos e um som como o farfalhar de folhas depois de um vento súbito. Era o açoite e o silvo antes de uma tempestade. Alguém do lado de fora gritava de agonia, lamentando-se aos prantos.

– Pelos fundos, então – o homem disse, pegando-me pelo braço e guiando-me em direção a uma cortina perto do forno de tijolos. – Houve invasores recentemente; eles sabem que nosso celeiro está cheio.

– Talvez eu tenha sido seguido – sussurrei.

– Por quê? – Niyek se afastou da janela, vindo atrás de nós. – Está vendo, pai? Agora você trouxe um criminoso para dentro desta casa!

– Cale-se, garota.

Meti afastou a cortina e me empurrou para a noite fria. Senti o cheiro de fumaça e ouvi o crepitar distante de chamas. A vila estava pegando fogo.

– Saia daqui – ele disse, sua silhueta destacada contra a luz da casa. – Ponha os pés no caminho. A Mãe e o Pai hão de guiá-lo.

Ele entrou, murmurando para a filha enquanto consideravam o que fazer. Agachei-me atrás da casa, abrindo a cortina no exato momento em que a porta deles explodiu em um clarão ofuscante. Duas figuras enormes invadiram a casa. Tinham a forma de homens, mas eram anormalmente altos e emanavam uma luz tão forte que até olhar para eles era difícil. Seus cabelos eram amarelos e os corpos brilhavam como brasa. Grandes asas brancas se ergueram atrás deles conforme lançavam Niyek e o pai no chão.

– Onde está o escritor? – As vozes deles eram tão altas, tão cortantes, que fizeram minha cabeça latejar.

O escritor? *Grande Cobra, será que eles sabiam sobre o livro? Estavam se referindo a mim? Pensar que eu havia trazido tamanho mal para inocentes…*

Era a mim que eles queriam. Encolhi-me atrás da cortina e orei, perguntando-me se teria forças para correr depois de um longo dia de viagem e apenas um pouco de comida. Meus pés estavam cobertos de bolhas recentes e meu ombro doía pelo peso do livro. Niyek gritou e, quando olhei de novo, uma das criaturas reluzentes a estava beijando... Não, não beijando... Algum tipo de luz emanava de sua boca para a dela, arrancando gritos da mulher.

– Ela não está confessando. Eles não sabem de nada – o outro ser disse. Ele parecia enojado.

– Eles devem saber! – O homem que segurava Niyek a sacudiu e a luz que jorrava da sua boca para a dela ficou cada vez mais brilhante... Meti implorou piedade por ela, pelos dois, então chorou quando Niyek ficou imóvel. A pele em volta dos lábios dela criou bolhas e rachou, e seu rosto ficou luminoso antes de derreter feito cera.

Uma terceira figura irrompeu pela porta nesse momento, iluminada pelo mesmo brilho anormal.

Apertei o estômago e soltei a cortina, avançando na direção dos arbustos espinhosos atrás da casa. O crânio exposto de Niyek permanecia em minha mente; era uma maldição agora, uma maldição que eu provocara por buscar a ajuda deles.

– Ouviram isso?

Os homens lá dentro deviam ter me escutado entrar nos arbustos. Coloquei a bolsa no ombro e arrastei os pés ensanguentados pelo chão, correndo o mais rápido que pude. Eles me encontrariam. Encontrariam o livro e eu também não seria nada além de uma poça de carne derretida, um destino que temia, mas que talvez merecesse.

Minha punição na manhã seguinte foi passar horas limpando o estrume das baias dos cavalos. A sra. Haylam me mandou para o celeiro logo pela manhã sem nem sequer uma casquinha de pão ou um gole de chá. Ela devia saber que eu levaria mais tempo para limpar a sujeira dos cavalos se estivesse fraca de fome.

Era um castigo leve, sem dúvida por causa de Mary. Ela teria intercedido por mim. Eu não questionei quando a sra. Haylam me deu esse veredito na cozinha, visto que nem fazia ideia se merecia ser punida pelos terrores da noite anterior. Ela havia me alertado para não deixar a casa à noite e, embora eu tivesse encontrado Mary, falhara na hora de protegê-la. Não pude deixar de cogitar se parte do meu infortúnio agora não se devia ao heroísmo de Finch.

Meu dia não melhoraria e, na realidade, tirar o estrume dos estábulos talvez fosse o ponto alto dele. Depois de terminar, eu teria de acompanhar Amelia Canny enquanto ela escolhia adereços e decorações para o casamento, uma tarefa que eu não desejaria nem ao meu pior inimigo. Não tinha o menor interesse nela ou em seu noivo; cada hora que passava fora do porão era mais uma hora perdida. Enquanto mexia no esterco de cavalo, meu tempo para traduzir o diário se esgotava.

Terminei a tarefa duas horas depois e, finalmente, limpei as botas sujas e baixei as saias. Eu precisava muito de um banho e de algo para comer. Mais limpos, os estábulos tinham um cheiro forte de cavalo e feno, com uma nota mais adocicada de grama e trevo. O dia estava escuro; o sol de fim de primavera se encolhia atrás de uma camada grossa de nuvens. Mas isso não o deixava mais fresco, e eu estava encharcada de suor.

Pelo menos, eu tinha um motivo para tomar um banho antes de encontrar Amelia – ela reclamaria por ter uma criada fedendo a cavalo.

Ouvi passos baixos nas tábuas acima de mim, como se alguém tivesse acabado de entrar no palheiro. Ele tinha sido meu refúgio durante a maior parte do outono enquanto me adaptava ao trabalho na Casa Coldthistle, mas eu não fazia ideia de que outras pessoas também usavam aquele espaço como esconderijo. Sem fazer barulho, dei a volta pelas baias até o piso cheio de feno do celeiro, descobrindo que a escada para o andar de cima estava abaixada. Alguém realmente estava lá em cima e parecia estar chorando.

Ao menos dessa vez não ouvi nenhuma voz de alerta, mas eu tinha aprendido minha lição sobre correr atrás de lamentos. Era plena luz do dia, porém, e Bartholomew cochilava do lado de fora. Dava para ouvir seus roncos. Eu me contentei com a certeza de que ele acordaria e me avisaria se alguma criatura lupina gigante entrasse de repente no pátio.

Coloquei um pé na escada do palheiro e esperei.

– Tem alguém aí em cima? Está tudo bem?

– Sou só eu.

Foi a resposta de Chijioke. Havia um tom dolorido em sua voz. Subi devagar, dando a ele a chance de me mandar embora. Mas cheguei à parte de cima e me alcei para o palheiro sem que ele dissesse outra palavra. Eu o encontrei andando de um lado para outro no sótão de pé-direito baixo; uma camada de lágrimas ainda brilhava em suas bochechas.

– Vai me fazer bem ter companhia – disse com um suspiro. Ele parou perto das janelas baixas e triangulares e se apoiou nas vigas. – Não faço ideia do que fiz de errado, Louisa. Ou se… Maldição, por que tudo tem de ser tão confuso e complicado?

– Tudo o quê? – perguntei gentilmente.

Ele encostou a testa na viga larga sobre as janelas e suspirou fundo, mas não estava mais chorando.

– Mary… Não sei o que fiz para irritá-la.

– Só a vi ontem à noite na floresta – eu disse. – O que aconteceu? Meu Deus, eu entenderia se ela estivesse brava comigo depois de tudo que fiz, mas você não teve nada a ver com aquilo!

Chijioke balançou a cabeça e passou a mão no cabelo preto, pousando os dedos na nuca.

– Depois do café da manhã, fui ver como ela estava. Dei a escultura de peixe para ela, sabe? E ela… Ah, Louisa, ela disse que não queria, que estava cansada demais para me ver naquele momento.

Agora ele parecia à beira das lágrimas. Então corri para junto dele, colocando apenas a ponta dos dedos em seu braço. Ele se inclinou mais para a frente, como se fosse se enrolar em posição fetal, secando o rosto enquanto lágrimas silenciosas escorriam por suas bochechas.

– Não fazia ideia de que vocês eram tão próximos – eu disse. – Acho que não sei muitas coisas. Mas talvez você devesse simplesmente acreditar nela, não? Se está cansada demais, então... Bom, ela *morreu*. É compreensível que queira descansar. Tenho certeza de que ela vai mudar de ideia mais tarde.

Ele balançou a cabeça com fervor, empurrando a janela e se virando de frente para mim. Franziu as sobrancelhas e fitou o espaço sobre meus ombros, como se estivesse acanhado demais para me encarar.

– Não... não. Eu estava olhando nos olhos dela quando ela falou isso, enquanto me devolvia o presente. Não havia nada ali. Nada. Como se... como se ela nem pudesse me ver.

– Sinto muito – eu disse, sentindo um aperto no peito. Era culpa minha. Eles vinham encontrando algum tipo de felicidade um no outro, então eu tinha aparecido e a tirado deles de maneira egoísta, concordando com um pacto que não entendia direito. Agora ela estava de volta, mas obviamente diferente. – Quer que eu converse com ela? Deixe-me ajudar, por favor. Se eu puder fazer alguma coisa, eu farei.

Chijioke inspirou profunda e sonoramente e então soltou o ar, enfim assentindo e desviando os olhos para a janela.

– *Se* você conversar com ela, não diga que foi a pedido meu. Seria bom saber... Eu gostaria de saber se não há mais esperança.

– Tenho certeza de que há – eu disse. Ele me acompanhou de volta à escada. Suas lágrimas haviam diminuído. – Você não viu a fera que nos atacou, Chijioke. Estou longe de estar com a cabeça no lugar depois daquilo. O animal estava decidido a fazer mal a Mary. Ela ainda deve estar em estado de choque.

– Sim – ele disse, ajudando-me a descer a escada. – Minha intenção era poder confortá-la.

– Cada um enfrenta o medo de maneira diferente. Ela pode estar tentando poupá-lo. Você já a perdeu uma vez e quase a perdeu de novo ontem à noite.

– Verdade, mocinha. Ouvi que você disparou uma arma naquela criatura doida que veio atrás de vocês. Muito corajoso da sua parte.

– Coragem nada, apenas desespero – respondi com um dar de ombros. – Foi Finch quem afugentou aquela criatura vil.

Chijioke soltou um bufo de escárnio e me seguiu agilmente escada abaixo. Caminhamos juntos em direção às portas abertas do celeiro, onde caía a luz do sol abafada pelas nuvens. O cão de Poppy estava esperando por nós, farejando a palha, curioso, com suas orelhonas marrons baixas sobre os olhos. Ele ergueu os olhos para nós e se sentou, soltando um latido baixo.

– A sra. Haylam deve estar à nossa procura – suspirei. – Tenho de encontrar Amelia, mas antes preciso de um banho.

– Eu não pretendia comentar nada, mas, sim, precisa – ele brincou. – Se esperar um momento, posso distrair a sra. Haylam para você entrar às escondidas. Vou inventar alguma... Mas que diabos?

Chijioke parou no meio da frase, saindo para o pátio diante do celeiro. Eu também tinha ouvido passos e uma respiração ofegante – a pequena Poppy corria pelo pátio em nossa direção, com as tranças saltitando e as mãos ainda cobertas de farinha das cozinhas. Ela quase trombou com o cachorro ao parar de repente, olhando para nós com os olhos arregalados.

– Calma lá – Chijioke disse, dando um tapinha nas costas dela. – Para que toda essa pressa?

– Vocês dois precisam... precisam vir agora. – Ela tomou ar, então ergueu a mão em direção à casa. – Amelia está morta – ela sussurrou. – Morta.

– Houve algum acidente? – Chijioke perguntou. – Como?

– Acidente não, deve ter sido um assassinato. – Poppy chacoalhou a cabeça. – Vocês precisam entrar rápido.

Capítulo Dezessete

Foi assombroso ver que Poppy não tinha exagerado. A srta. Amelia Canny estava realmente morta, deitada de costas na cama, as mãos curvadas diante do peito como um inseto, a pele em um estranho tom de cinza. Eu nunca tinha visto algo assim. Era como se até a última gota de umidade, de alguma forma, tivesse sido espremida de seu corpo ou sugada pela boca. Sua boca estava aberta em uma expressão eterna de pavor e seus olhos estavam cerrados, embora um líquido grosso escapasse dos vincos.

Enquanto eu olhava para ela, senti um nó apertado nas tripas. Aquela voz feminina e fantasmagórica encheu minha cabeça novamente, surgindo como se fosse um de meus próprios pensamentos, e não uma intrusa invisível e indesejada.

Essa será você, ela dizia. *Fuja*.

– Os globos oculares dela *explodiram* – Poppy sussurrou. Eu não sabia dizer se ela estava horrorizada ou impressionada. – Acho que nunca tivemos de limpar algo assim antes.

Com certeza não. Eu estava cada vez mais certa de que precisava encontrar uma maneira de proteger Poppy, Chijioke, Mary e Lee, ainda mais se havia um assassino à solta. Só porque meus amigos tinham o toque da magia, não significava que eles eram invulneráveis. Fechei os olhos, tentando não me imaginar morta e dissecada na minha própria cama. Formamos um semicírculo em volta de Amelia, com Chijioke no meio. Ele grunhiu e apertou a ponte do nariz.

– Arre, não era para isso acontecer – ele murmurou. – Eles tinham de se casar antes.

– Por quê? – perguntei. – Por que isso importa? Ela morreria de qualquer maneira, não?

Poppy se inclinou em volta de Chijioke e apontou o queixo para mim.

– Foi você?

– Eu?! – Ri com exasperação. – Claro que não, eu estava no celeiro limpando o estrume das baias e depois com Chijioke. Não teria como fazer isso.

– Não foi nenhum de nós – ele interveio, categórico. – A menos que você tenha alguns truques na manga que eu desconheça, Poppy. Isso não parece exatamente obra sua.

Ela se aproximou na ponta dos pés e se debruçou sobre o corpo. Estremeci. Meu estômago ficava cada vez mais fraco com a visão de Amelia. Obviamente, eu não gostava dela, mas o aspecto de seu cadáver me provocou náuseas. Além do mais, era difícil acreditar que uma menina tão jovem poderia merecer um fim como aquele. Ela parecia a casca de um corpo, murcha e frágil.

Aos poucos, fui me dando conta de que isso significava que estávamos todos em perigo. Se nenhum dos funcionários tinha feito aquilo, quem teria? O que impediria essa pessoa de vir atrás de nós?

– Precisamos contar à sra. Haylam e vasculhar a casa – eu disse, dando as costas para aquela imagem grotesca. – Deve haver algum intruso ou…

– Ou foi um daqueles Árbitros malditos – Chijioke completou. – Não duvido nada que esse seja o conceito deles de piada.

– Ora essa – recriminei, apontando para a cama. – Acha mesmo que Finch seria capaz de fazer algo assim? Ele arriscou a vida para salvar a minha pele e a de Mary ontem à noite. Eu sei que você não gosta dele, mas…

– Sparrow é bem malvadinha – Poppy disse. – Ela seria capaz.

– Exatamente. – Chijioke desatou a andar de um lado para outro. Então foi até a escrivaninha de Amelia e começou a revirar tudo. Ele tinha fechado e trancado a porta atrás de nós quando entramos. – Você não os conhece, Louisa. Não sabe do que são capazes.

– Ah, tá. Se você os conhece tão bem, como eles fariam uma coisa dessas? – perguntei, ainda apontando para Amelia. – Eles são famosos por sair por aí sugando a vida das pessoas?

Chijioke parou com uma das cartas de Amelia na mão. Virou a cabeça, olhando para mim por sobre o ombro.

– Eu... Talvez. Não sei.

– Perfeito! – Ergui as mãos e passei por ele batendo os pés. Estava na hora de alertar o resto da casa.

– Nunca vi um Julgamento, mas eles não só são capazes de matar como matam, Louisa, isso eu sei. – Ele devolveu a carta à mesa e me seguiu. – Poppy? Fique aqui. Não deixe ninguém entrar.

– Certo – ela disse, despreocupada, sentando-se ao lado do cadáver de Amelia e balançando as perninhas no ar.

Trancamos a porta atrás de nós e saímos. Felizmente, o corredor fora dos aposentos estava vazio. Os homens tinham descido para um mergulho na fonte, dando-nos um intervalo estreito para bolar um plano. Dois Residentes desceram a escada em nossa direção, depois se viraram e ficaram pairando diante da porta de Amelia, como se estivessem montando guarda.

– Preciso fazer uma pergunta e não quero que me julgue por isso – eu disse baixo para Chijioke, lançando um olhar desconfiado para os Residentes. – Será... possível que Lee seja o responsável?

Eu me sentia culpada até por considerar essa possibilidade e, embora continuasse preocupada com Lee, parte dessa preocupação se estendia ao que aquela casa e seus segredos tenebrosos tinham feito com ele. Em que o livro o havia transformado. Talvez encontrar uma maneira de o libertar do poder do livro servisse tanto para proteger a todos nós como para proteger Lee de si mesmo.

Chijioke mordiscou o lado de dentro da bochecha e desceu a escada rapidamente ao meu lado. Ao menos, fiquei contente por ver que ele não se revoltou com minha sugestão. Antes da morte e da ressurreição, Lee era um rapaz doce, mas estava claro que voltar o havia transformado. Eu não gostava da ideia de ele assassinar hóspedes aleatórios, obviamente, mas parecia ingenuidade não considerar essa ideia.

– Essa é uma pergunta para a sra. Haylam – ele respondeu enquanto chegávamos ao vestíbulo. – É melhor você se preparar para a fúria dela. Esta não será uma tarde agradável.

– É apenas estranho – eu disse com um suspiro. – Pediram para Finch e Sparrow ficarem fora do nosso caminho. Será que eles realmente fariam algo tão... tão provocativo?

– Eu também deixaria essa pergunta para a sra. Haylam, mocinha.

Não encontramos a governanta nas cozinhas, mas, assim que nos viramos em direção à sala de jantar, ouvimos seus passos atrás de nós. Ela devia ter notado a urgência em nossos rostos, pois parou imediatamente de secar as mãos no avental e estreitou os olhos, depois veio até nós.

– Aconteceu algo estranho.

– Amelia está morta.

Chijioke e eu falamos ao mesmo tempo; em seguida, ficamos em silêncio. Eu não fazia ideia do que esperar da velha, mas durante um momento que durou uma eternidade ela cravou o olhar duro em Chijioke. Inspirou fundo pelo nariz e pressionou as mãos uma na outra.

– Onde está o cadáver? – a sra. Haylam perguntou finalmente. Eu não era tola para interpretar o tom calmo de sua voz como algo além da mais profunda decepção. Todo o corpo dela se enrijecera, como um cão farejando um coelho.

– Nos aposentos dela – Chijioke respondeu. Deixei que ele explicasse o resto também. – Poppy a encontrou, mas nenhum de nós foi o responsável. Não sei *o que* poderia ter feito aquilo. Ela está toda ressecada e enrugada, e os globos oculares... bem, explodiram.

O olho bom dela cintilou ao ouvir isso.

– E os cavalheiros?

– Ainda se banhando nas águas – ele respondeu.

Ela assentiu pelo que pareceu um minuto inteiro; em seguida, pegou Chijioke pelo antebraço, puxando-o para perto.

– Você vai para a cidade chamar Giles St. Giles. Louisa, ajude-me a forjar uma carta. A srta. Amelia ficou com medo e fugiu da casa, não sabemos aonde ela foi. Isso vai manter os homens ocupados na busca enquanto resolvemos essa confusão.

– Mas por quê? Vocês a matariam de qualquer maneira. – Não consegui me conter e as palavras escaparam sem querer. A sra. Haylam recuou, como se eu a tivesse estapeado. – Por que não fazer tudo agora e acabar com isso de uma vez?

– Não é assim que fazemos as coisas nesta casa – ela sussurrou, mostrando os dentes. – Agora faça o que digo, menina tola.

Chijioke me lançou um olhar de alerta e saiu apressado. Achei que era melhor ceder e acompanhei a sra. Haylam através do vestíbulo e da escada acima. A porta da frente se fechou atrás de nós. Chijioke partiu para arrumar a carroça e ir para Derridon. Enquanto subíamos a escada, fiquei mexendo no avental, sentindo-me nua sem a colher em volta do pescoço.

– É triste para mim perguntar isso – comecei com cautela. – Mas Lee tem poderes agora? Poderes que não o vimos usar antes?

A sra. Haylam não me ignorou nem me repreendeu; considerou a pergunta, balançando a cabeça para trás e para a frente enquanto chegávamos ao primeiro andar.

– O dom das sombras pode ser inesperado – ela disse. – Uma vida anormalmente longa é uma certeza; força extraordinária também é um benefício comum. Nunca ouvi falar de alguém imbuído pelas sombras transformar seres saudáveis em cascas.

– Mas não é impossível – pressionei.

– Ele será questionado, garota – a sra. Haylam disse, irritada. Subimos outro lance de escada e mais outro, depois paramos diante da porta trancada de Amelia. A governanta pegou seu enorme chaveiro e encontrou a chave certa. – E também terei uma longa conversa com nossos *hóspedes* sobreterrenos.

Os Residentes pairando diante da porta se aproximaram como se atraídos pela presença dela.

– Vão – ela lhes disse calmamente. – Alertem quando os homens tiverem retornado.

As criaturas de sombras se afastaram, flutuando à procura de janelas e pontos altos. Não prestaram atenção em mim e o corredor pareceu mais quente com sua ausência. Eu a vi encaixar a chave e empurrar a porta com o ombro. Na mesma hora, o cheiro de morte atingiu nossas narinas. Estremeci.

– Chijioke disse que poderia ser algo chamado Julgamento – comentei, hesitando para entrar e ser recebida por outros odores horrendos.

A sra. Haylam não pareceu incomodada, trancando-nos do lado de dentro e indo direto para a cama.

– Faz tempo que não vejo um corpo julgado – ela disse, debruçando-se sobre Amelia. Ela a examinou tão de perto que fiquei enjoada. Eu não conseguia me imaginar tão perto de um cadáver por livre e espontânea vontade. – O Árbitro busca uma confissão e a alma a faz de qualquer maneira. Toda culpa é revelada. Não sei se a morte é causada pela extração ou pelo desejo do Árbitro de aniquilar.

– Parece terrível – sussurrei. Eu ainda não conseguia imaginar Finch fazendo uma coisa dessas. Chijioke poderia me alertar mais uma centena de vezes a respeito dele, mas eu só conseguia julgar Finch por suas ações comigo. Segundo esses padrões, ele não tinha sido nada além de gentil.

– Não se deixe enganar por belas palavras ou auréolas cintilantes – a sra. Haylam murmurou, abrindo um dos olhos de Amelia. Desviei o rosto. – Eles são a mão violenta da justiça do pastor, investigadores e carrascos da verdade. Os crimes de Amelia Canny mais do que justificariam o destino dela, segundo eles.

– Os crimes dela... – Balancei a cabeça, indo à escrivaninha de Amelia e olhando para as cartas e os livros ali espalhados.

– Mataram a rival – a sra. Haylam disse com frieza. – A criada dela viu acontecer e confessou suas suspeitas para um padre. Ninguém acreditou, obviamente. O que uma dama de companhia tola saberia, hein?

– Lottie. – O diário de Amelia estava aberto na escrivaninha, mas eu não tinha a menor vontade de espiar. Não queria saber o que se escondia na mente de uma menina perversa o bastante para matar por casamento e dinheiro. – Amelia era horrível com ela... Eu também quereria vingança.

– Poppy, vá contar o que aconteceu ao sr. Morningside. Por favor, garanta que está tudo sob controle agora e diga que ele precisará fornecer uma ave a Giles St. Giles e Chijioke. – A sra. Haylam parou sua inspeção e foi até a escrivaninha, folheando as cartas em busca de um pergaminho em branco e uma pena.

– Chijioke foi a Derridon? – Poppy perguntou, pulando da cama e saltitando em direção à porta.

– Sim. Agora seja rápida, menina.

Quando ficamos a sós, a sra. Haylam pegou o diário de Amelia, abrindo em uma página aleatória e colocando-o diante de mim.

– Você tem as mãos mais firmes e jovens – ela disse, empurrando a pena e o pergaminho para mim. Eu estava começando a me irritar com as ordens de escrever para os donos da casa. – Dê o melhor de si. Mas não exagere ou eles podem notar que a caligrafia é falsa.

Eu me sentei e ponderei sobre o bilhete, escutando a sra. Haylam enrolar Amelia dentro de um lençol. O que eu diria se fosse ela e tivesse dúvidas sobre o casamento? Só que Amelia nunca tivera dúvidas. Queria tanto Mason e sua fortuna que havia matado para consegui-los. Então lembrei da briga no jantar que havíamos presenciado e me debrucei sobre o pergaminho, escrevendo um pedido de desculpas apressado.

Meu amado, a grosseria do seu pai me provocou dúvidas. Por que ele me odeia tanto? Se serei parte da sua família, exijo respeito. Preciso pensar, Mason, meu amor. Preciso estar certa de que é isso que quero.

– Vai servir.

Tive um sobressalto, assustada pela velha surgindo ao meu ombro. Ela encontrou um frasco do perfume de Amelia e o pingou na carta, depois voltou para a cama. A menina morta tinha sido coberta, envolvida e enrolada dentro de um lençol e duas cobertas.

A sra. Haylam me chamou, pegando o cadáver pelo ombro enquanto eu hesitava ao pé da cama.

– Ajude-me a carregar isto para as cozinhas, Louisa. Depois vá tomar um banho. Você está fedendo a esterco.

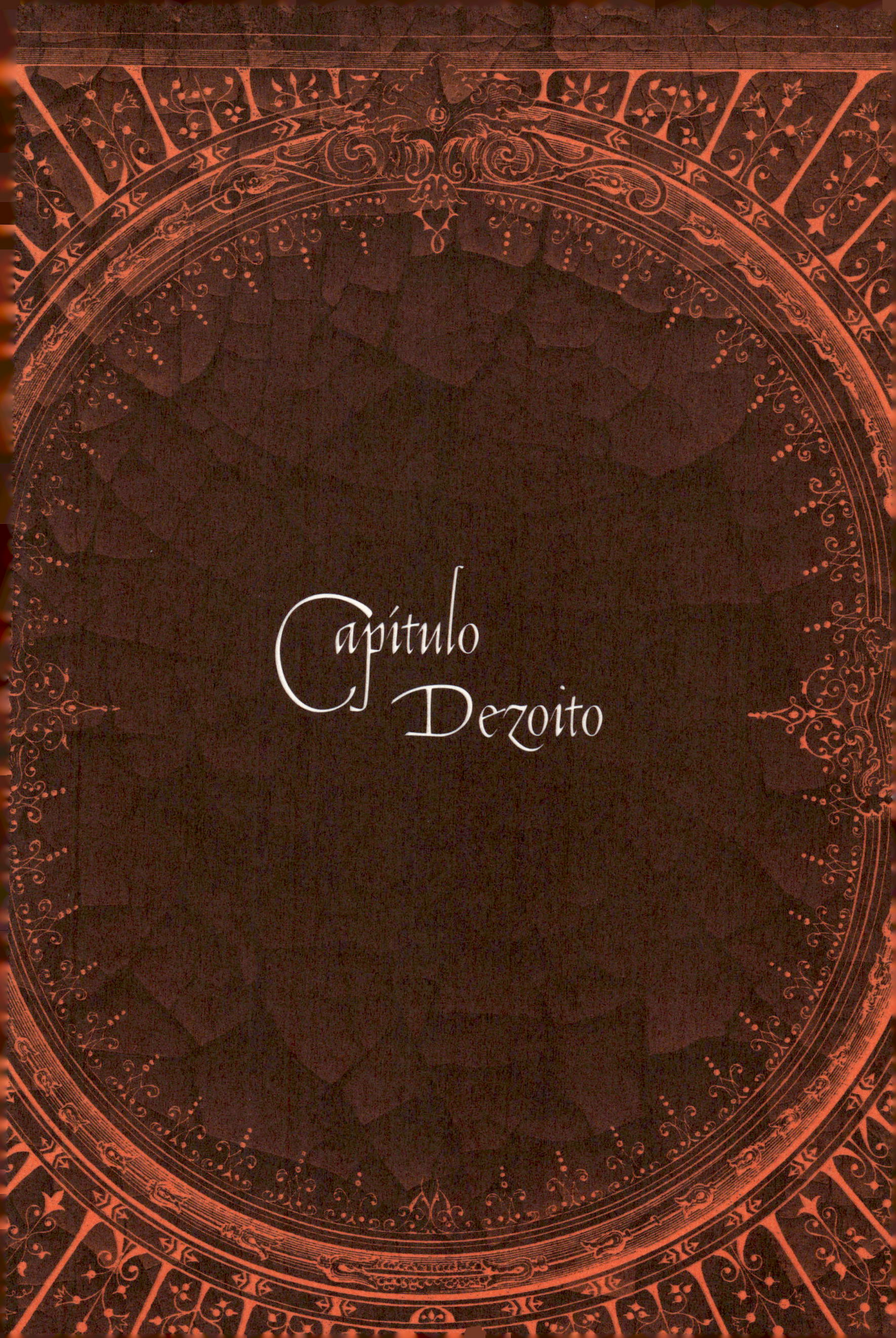

Capítulo Dezoito

Ano um

Diário de Bennu, o Corredor

Comecei a viajar à noite para fugir do calor escaldante do sol. Poderia ser apenas minha imaginação, mas o livro parecia mais fácil de carregar na escuridão. Os homens estranhos que atacaram Meti e Niyek não me encontraram naquela noite em que me escondi nos arbustos, e não os vi novamente conforme continuava minha jornada rumo ao norte.

Durante cinco dias, minha caminhada foi lenta, mas sem percalços. Evitei aldeias até ficar desesperado por comida e bebida, então roubava o que precisava ao anoitecer e retornava às escondidas para a área selvagem, dormindo sob qualquer saliência rochosa que conseguisse encontrar, abrigado por palmeiras e outras árvores, encolhido sob uma coberta furtada. Não era fácil nem confortável, mas eu estava a salvo. Até cometer um erro terrível.

Eu havia presumido erroneamente que teria mais tempo para chegar à costa antes do começo da estação de chuvas. Não foi o que aconteceu. Um aguaceiro súbito me pegou desprevenido assim que cheguei à bifurcação no Nilo. Encharcado e com frio, desviei para longe do rio na direção da cidade mais próxima. Giza certamente teria casas seguras com abrigo e alimento; lá eu aguardaria a tempestade passar e me secaria antes de retomar o caminho ao mar. Fazia cinco dias que os homens reluzentes tinham vindo à procura do "escritor" – a essa altura, já deviam ter desistido da busca.

Foi tolice partir desse pressuposto, mas eu estava faminto e encharcado e exausto, e todos os meus ossos e tendões doíam por causa do peso do livro. Por isso, arrisquei-me pelas ruas de Giza de cabeça baixa para me proteger da chuva, como mais um dos muitos homens correndo para fugir da água. Encontrei um abrigo na beira da cidade, não muito longe das baias abandonadas de um mercado. Algumas cebolas tinham sido deixadas no chão e as peguei para mais tarde por força do hábito.

O abrigo, marcado pela serpente listrada vermelha e branca perto da porta, estava aberto a todos. Reinava o silêncio dentro do recinto, que parecia abandonado. Alguns braseiros ardiam baixo e o cheiro de incenso pairava forte no ar. Era uma casa simples de tijolos no estilo de um templo; um altar vazio era o principal elemento do salão central, com um lugar para reuniões e uma cesta erguida no alto com oferendas. Em outro cômodo vazio, encontrei uma cozinha. Havia restos ainda quentes de uma refeição vespertina na cornija. Eu deveria ter considerado esse mistério com mais cautela, e não ter agido como uma mosca afoita para se emaranhar na teia da aranha. Mas a fome e o frio dilaceram o bom senso. Deixei a bolsa no batente, avançando às pressas para devorar as sobras de pão e sopa abandonadas por aparentemente ninguém.

Eu deveria ter sentido a pontada no ar. Deveria ter sentido a marca da morte, os sussurros frios de almas recém-separadas de seus corpos. Mas pensava apenas no alívio de uma barriga cheia e na promessa de uma cama quente longe da chuva.

– Bom trabalho. – Ouvi as palavras surgirem das sombras atrás de mim como um risco na pedra e fiquei paralisado, com a boca ainda cheia de comida. As palavras não eram para mim. Quem quer que tivesse feito o banquete estava ali agora, observando três moças de vestidos simples de linho se abraçando, com olhos úmidos de lágrimas enquanto tremiam encolhidas.

Olhei para as meninas por apenas um momento, pois uma enorme figura curvada espreitava à porta da cozinha. Eu não sabia dizer onde aquela criatura poderia ter se escondido, enorme como era, grande o suficiente para obscurecer as meninas encolhidas no templo. Tinha o formato vago de uma mulher, porém era mais bruta, como se esculpida às pressas na argila. Farrapos de tecido azul e branco pendiam de seus ombros; sua pele era da cor de ossos alvejados ao sol.

A bolsa com o livro estava entre nós, mas não consegui me mover. Eu tinha olhado no rosto da criatura e, no momento em que vi o que havia ali, meu corpo todo ficou paralisado – não de medo, mas de magia perversa. O copo de cerveja em minha mão caiu no piso, respingando em nós. A criatura partiu para cima de mim, revelando mais de seu semblante terrível ao adentrar a luz. Tinha apenas uma fenda minúscula no lugar da boca e olhos cintilantes em seu rosto comprido. Não, não eram olhos, vi quando ela se aproximou ruidosamente: eram vespas.

Mãe, proteja-me, *supliquei, fitando agora o que sabia ser a portadora da minha morte. As asas de vespa tremulavam como pálpebras, todas em uníssono, dezenas de insetos listrados, de alguma forma permitindo que a criatura* visse. *Ela parou ao alcançar a bolsa e suas mãos se abriram e se fecharam como uma criança que se diverte. Curvando o corpo imenso, o cabelo prateado e liso caindo sobre a testa, a criatura soltou um riso gorgolejante e pôs as mãos na bolsa; depois, voltou o rosto para mim. Meu corpo ficou ainda mais rígido quando as asas de seus olhos deixaram de tremular e toda a sua atenção se fixou em mim.*

– Cem cervos em cem caçadas e, por fim, o escritor se revela.

– Escritor? – sussurrei, com a boca seca. – Não sou nenhum escritor...

– Silêncio.

As meninas atrás da criatura se assustaram e gritaram; eu, porém, não consegui emitir nenhum outro som. O comando da fera havia arrancado minha voz; minha garganta se fechou como se preenchida por areia. Se ao menos eu conseguisse abrir os lábios, gritar por ajuda ou fazer qualquer coisa além de olhar em pavor emudecido enquanto a fera se aproximava, erguendo a bolsa e estendendo a mão para mim, devagar, devagar, envolvendo seus dedos quentes em torno do meu pescoço. Meus olhos incharam, meus pulmões desesperados se esvaziaram, a força esmagadora da fera e de seus dedos fizeram faíscas dançarem diante dos meus olhos.

Aqueles olhos terríveis de vespa estavam mais próximos agora; então, pude ouvir um zumbido baixo e monótono... o zumbido de um poço sem fundo. Um zumbido mortal, terrível...

– Um novo sol nasce – ela sussurrou, arrastando a palavra e esticando a língua para lamber a boca sem lábios. – Veja a escuridão agora enquanto seu sol se põe.

Houve um estrondo e as meninas gritaram de novo. Tudo ficou vago e distante enquanto eu sufocava e perdia a vontade de resistir. Então, de súbito, eu estava livre, libertado da garra inclemente da criatura e escorregando para o chão. Senti a bolsa embaixo de mim ao cair e a cobri com o corpo como se pudesse protegê-la de alguma forma.

Ouvi um trinado que pareceu uma matilha de chacais rindo em meus ouvidos; senti uma tepidez quente e úmida no rosto e depois nada, apenas o abraço negro enquanto me afundava no esquecimento.

Quando voltei a abrir os olhos, havia um teto de tijolos escuros em cima de mim, e um colchão macio embaixo. Todas as partes do meu corpo resmungaram no momento em que me sentei para descobrir que tinha sido colocado em um canto para descansar. O dia raiava e o altar estava suavemente iluminado por velas; fios de fumaça cinza de incenso subiam em correntes vagarosas. As três meninas de vestidos simples limpavam o chão e as paredes com panos encharcados de vermelho.

Poças de sangue pontilhadas por vísceras cobriam o piso na minha direção. No meio da sala, jazia o corpo da criatura de muitos olhos. As vespas estavam imóveis, pois ela estava morta. Algo ou alguém havia dilacerado sua garganta, que pendia de maneira abominável. Os dentes amarelos estavam partidos; o monstro soltava um grito perene.

Eu estava exausto demais até para estremecer. Recostei-me na parede e soltei um suspiro de alívio ao notar que a bolsa e meu fardo tinham sido colocados perto de mim no colchão. Minhas roupas também estavam cobertas de sangue, e um odor terrível emanava das manchas.

– Você está acordado, que bom. – Um jovem, nu da cintura para cima, saiu da cozinha. Ele era alto e musculoso; seu tronco era coberto por cicatrizes antigas que formavam linhas através dos pelos de seu peito. Passando por cima da carcaça da criatura, ele veio na minha direção, enquanto usava os dentes para apertar um curativo, cobrindo um corte no braço direito. – Como está sua garganta?

– Está perdida, criança? – Toquei o pescoço, sentindo a aspereza em minha voz.

O homem parou, soltando a ponta do curativo da boca. Ele se inclinou para trás e riu. A luz do altar fazia sua pele marrom-escura parecer dourada. Notei então uma série de tatuagens em seus braços e ombros, fileiras e fileiras de hieróglifos formais pintados na pele de maneira tão hábil como se feitos por um escriba.

– Meus pés estão no caminho. Não se preocupe, Bennu, estou aqui para cuidar de você e guiá-lo pelo resto da trajetória.

Suspirei e fiz uma oração silenciosa de agradecimento. Ele saiu e voltou com um copo pequeno nas mãos; tinha o aroma de flores e leite de cabra, e estava quente. Ajoelhando-se ao meu lado, ele esperou até eu conseguir segurar o copo com firmeza.

– Beba isso, vai aliviar a dor.

Ele tinha um sotaque nortenho, a pronúncia decorosa, como se tivesse sido criado e educado em uma das casas nobres do Alto Reino.

– Meryt e Chryseis enviaram você? – perguntei a ele.

– De certa forma. Beba. – Seus olhos eram estranhos, não castanhos como eu imaginava, mas de um roxo muito escuro. – Você é um menino difícil de encontrar, Bennu, e isso é bom. Estão procurando por toda parte; estão sempre buscando, buscando. Nossos templos e abrigos de Buhen a Maydun foram invadidos. Foi pela ventura da Mãe que encontrei você no momento certo.

– Invadidos? – O chá, ou o que quer que fosse aquilo, acalmou minha garganta inflamada imediatamente. Também aliviou a dor nas minhas costas e nos meus pés; então, bebi mais, em busca de consolo. – Os sacerdotes dos deuses antigos enviaram seus homens contra nós?

– Não, isso é algo novo – ele me disse. – Algo pior. São criaturas como nunca vimos antes. Servem a alguém chamado Roeh, que assume o aspecto de um lavrador, embora não seja um mero plebeu. Cada vez mais surgem do leste, esses Nefilins e Árbitros de Roeh.

– E você? – perguntei. – Como chamo o homem que mata feras com vespas no lugar dos olhos?

Ele sorriu e passou as mãos cheias de cicatrizes na testa e no cabelo preto trançado rente à escápula.

– Khent – ele disse, com uma reverência elegante. Seu queixo e seu nariz aquilinos me lembravam esculturas. – Haverá tempo para apresentações mais tarde, Bennu. Por enquanto, descanse e recupere suas forças. Partiremos em três horas, pois a missão é urgente e temos muito chão a percorrer.

Enquanto eu trabalhava em minhas traduções no porão, a casa explodia em comoção lá no alto.

Os homens retornaram da fonte, o bilhete de Amelia foi encontrado e todos os cômodos da Casa Coldthistle pareciam cheios dos lamentos dementes de Mason Breen e dos gritos estrondosos de seu pai. Mesmo através de camadas e camadas de madeira e tijolo e carpete, pude notar que havia dois grupos surgindo. Mason estava fora de si de angústia e organizava uma busca. O sr. Breen, por outro lado, insistia para que tudo fosse esquecido e que eles partissem logo a Londres.

Ninguém partiria, disso eu tinha certeza, mas torcia para que se dispersassem logo pela floresta em busca de Amelia e nos deixassem em paz. Com sorte, o odioso sr. Breen e a criatura lupina de olhos roxos se encontrariam e dois problemas seriam resolvidos de uma vez.

Por outro lado, eu não desejava o retorno do monstro. Pelo contrário, torcia para que ele estivesse longe, muito longe, tão assustado pela luz ofuscante de Finch que decidiu que era melhor nos deixar em paz para sempre. Embora fosse bolorenta e um tanto escura, eu gostava da biblioteca subterrânea e daquela solidão, e estava começando a recear que uma semana não seria nem de longe suficiente para completar a tradução para o sr. Morningside.

– Pelo menos – murmurei comigo mesma, marcando o ponto-final em um capítulo terminado –, o material nunca é maçante.

Eu me peguei absorvida pelas aventuras desse Bennu. O interesse do sr. Morningside pelo diário também foi ficando mais evidente quanto mais eu lia – havia menções aqui e ali aos Árbitros, e só me restava supor que Bennu tinha sido parte de alguma disputa antiga e aparentemente ainda atual. Finch havia comentado sobre guerra e combates, e era impossível não me questionar se aquele diário continha segredos sobre os inimigos do sr. Morningside que ele consideraria valiosos. Eu ainda não fazia a menor ideia de como isso tudo se relacionava ao inquérito dele, ou como ele descobrira que o diário era relevante, mas a única maneira de entender era seguindo em frente.

Meus olhos tinham começado a se exaurir do trabalho constante sem nada além de velas de chamas azuis para me fazer companhia. Haviam se passado horas. O silêncio tinha caído sobre os andares de cima da casa enquanto os homens se dispersavam para procurar Amelia. Era provável que ela já estivesse em uma carroça a caminho de Derridon para visitar Chijioke e Giles St. Giles e, em breve, sua alma estaria residindo em um pombo encantado.

– Tomara que escolham um abutre – murmurei, apoiando-me na mesa para me levantar. Um pouco de exercício me colocaria nos eixos; então dei voltas ao redor da mesa, chacoalhando os dedos com câibras enquanto observava as quinquilharias do sr. Morningside.

Eu poderia ter passado semanas fuçando todos os cantos daquele lugar. Havia livros em línguas que eu nunca tinha visto e jarros cheios de um líquido que se encolhia e chapinhava para o lado oposto do pote quando eu me aproximava. Ele tinha achado adequado encher um tomo enorme com nada além de cardos amassados. Vaguei para o outro lado da lareira e me aproximei do canto da biblioteca próximo à porta. Mais uma vez, vi a pintura de quatro figuras apoiada na estante e me aproximei com cautela, como se, por alguma magia, as pessoas ali retratadas pudessem me ver do outro lado da tela.

Ao me agachar, vi que o retrato tinha sido parcialmente coberto por um pano brocado, branco e antigo, que pendia em um ângulo agudo. Peguei a ponta do tecido e o ergui, examinando a pintura e as estranhas pessoas. Eram três homens e uma mulher. A mulher vestia trajes drapejados, como os vistos em estátuas romanas. Era de uma beleza admirável, toda vestida de magenta vivo; sua pele tinha até um tom levemente rosado. O homem ao seu lado estava bem próximo, como se fossem íntimos, talvez marido e mulher ou irmão e irmã. Ele usava uma grande capa preta que cobria a maior parte do corpo, e uma máscara feita de madeira, coberta por vinhas retorcidas que expunham os olhos e a boca.

Os outros dois homens estavam apartados, um em pé e o outro sentado num sofá baixo cor de marfim. Não consegui distinguir muito do homem em pé, pois, embora seu rosto tivesse sido pintado, não exibia nenhum traço. Era apenas uma pincelada bruta de carne, sem olhos nem boca nem nariz. Era terrível de olhar, pensei, crispando-me. Um homem deveria ter um rosto; e um homem pintado sem rosto não deveria me encher de um desconforto tão profundo assim. Sentado perto da pessoa sem rosto, estava um senhor de idade, de aspecto alegre e rechonchudo. Ele se assemelhava muito ao pastor que me acolhera quando tentei fugir da Casa Coldthistle. E, embora tivesse me tratado com gentileza naquele dia, olhar para aquele retrato fazia todos os meus pelos se arrepiarem. Não era um sorriso benigno que ele exibia, mas faminto; o brilho em seus olhos continha uma levíssima ponta de demência.

– Horripilante, não? Não é o tipo de coisa que se quer pendurada no corredor de entrada.

Tive um sobressalto, pega de surpresa, erguendo as mãos por instinto. O sr. Morningside havia entrado furtivamente, observando-me da porta com os braços cruzados diante do paletó escuro e listrado.

– Trabalhando duro, hein? – ele acrescentou com uma risada.

– Minha mão precisava de um descanso – respondi com um dar de ombros fraco. – Mas completei mais capítulos para o senhor.

– Ah! Boas-novas, enfim! – Ele caminhou alegremente até a escrivaninha, debruçando-se para examinar meu trabalho. Folheou as traduções, cantarolando com aprovação. – Excelente trabalho, Louisa, excelentíssimo trabalho. Quase me sinto mal por zombar de você.

– Pois é – respondi com sarcasmo. – Como o noivo de Amelia recebeu a notícia?

O sr. Morningside bufou como um cavalo relinchando e balançou a cabeça, ainda lendo meu trabalho.

– Nada bem, como era de esperar, mas nenhum soco foi desferido, felizmente. É um trabalho sujo o que fazemos, mas podemos e devemos manter a civilidade sempre que possível.

Não comentei nada, sabendo que responderia com mais insolência.

– Não se sinta mal por Mason, Louisa. Não foram obras de caridade que o trouxeram para cá.

– Eu sei – respondi, impaciente. – Não penso nada sobre ele.

– Que bom. O que acha dela?

– Como é? – Ele ainda estava curvado sobre as páginas, por onde os olhos corriam rapidamente.

Com um sorriso largo, o sr. Morningside inclinou a cabeça para a esquerda e para trás, e entendi com um tremor que ele se referia à pintura.

– A obra de arte. Você parecia bem impressionada um momento atrás.

Corei, odiando que ele tinha me pegado bisbilhotando.

– Quem são eles? O pastor eu reconheci, mas quem são os outros?

– Relíquias, todos eles – ele disse, categórico. – Resquícios de uma era passada.

Fiquei encarando-o por um momento, tentando ver o homem atrás do sorriso displicente.

– O sem rosto é o senhor, não é?

Por fim, ele tirou os olhos das páginas e quase desejei que não tivesse feito isso. Reconheci o que era aquilo – um predador reavaliando sua presa, como se uma corça tivesse revidado e atacado o caçador.

– Que opinião interessante – ele murmurou.

– Não é uma opinião. Os retratos do lado de fora do seu escritório... são todos seus, não são? O senhor aparece de maneira diferente para cada pessoa. É um velho para Poppy e outra coisa para a sra. Haylam, embora eu não saiba o quê – respondi, erguendo a cabeça. Virei e apontei para a pintura. – São você e o pastor. Quem são os outros dois?

O sr. Morningside me avaliou com atenção por um momento, depois remexeu nos papéis em suas mãos, organizando-os em uma pilha sobre a mesa. Com ar de professor farto da aluna, veio até a pintura e ergueu o pano que a cobria.

– Foram mentores, de certa forma – ele explicou. Ele também parecia atraído pela pintura, fitando-a como eu tinha feito antes. – Nunca os conheci muito bem, não como o pastor os conhecia. Eu era muito jovem na época, pouco mais de uma ideia manifesta. – Ele voltou a cobrir o retrato de maneira bastante violenta e caminhou na minha direção, pegando as traduções e me encarando de cima. – Não importa, Louisa; eles se foram.

– Se foram? Quer dizer que estão mortos?

Ele riu baixo e sacudiu a cabeça.

– Não se pode matar um deus, menina, apenas convencê-lo de que não vale a pena continuar existindo.

Eu queria saber mais, muito mais, e tentei escolher a próxima pergunta com muito cuidado, pois sabia que ele faria o possível para evitar uma resposta direta. Mas, antes que eu pudesse dizer mais uma palavra, o sr. Morningside se crispou, juntando os papéis e segurando-os junto ao peito como se sentisse uma pontada súbita. Seu rosto se tingiu de verde; ele parecia prestes a vomitar.

– Maldição, ele está aqui – murmurou, inspirando fundo entre dentes.

– Quem? – perguntei, seguindo-o até a porta.

– O pastor – rosnou o sr. Morningside. Ele olhou para mim com piedade, talvez até tristeza. Com o olhar abrandado dessa forma, parecia quase compassivo. Era difícil imaginar algo que perturbasse o Diabo, mas vi, com muita, muita clareza, que havia medo em seus olhos. – Acho que devemos nos apressar, Louisa; meu inquérito está prestes a começar.

Capítulo Dezenove

Assim que chegamos ao patamar, Chijioke entrou com tudo pela porta da frente. O caos deixado pelo desaparecimento de Amelia continuava, embora agora houvesse motivos ainda maiores para agir. Da cozinha, ouvi a sra. Haylam gritando ordens para Poppy, e Bartholomew latia de frustração com a barulheira. Chijioke tinha deixado o casaco em algum lugar, avançando em nossa direção em mangas de camisa, a testa brilhando de suor. Pelas portas abertas, espiei a carroça e os cavalos ainda esperando na entrada.

– Senhor – ele disse, esbaforido –, eles chegaram, o…

– Sim, Chijioke, já sei. – O sr. Morningside lhe abriu um sorriso ameno e deu um tapinha em seu ombro, depois lançou um olhar para cada um de nós. – Agora, vocês dois, por favor, avisem a sra. Haylam que estarei lá em breve. Devemos todos manter a calma, pois isso não passa de uma formalidade, graças a Louisa.

Chijioke se virou em minha direção, emitindo um "hum" baixo.

Era mesmo tão surpreendente que eu pudesse ser útil?

– Não acho que vá demorar muito. Chijioke, faça a gentileza de incentivar os conhecidos da srta. Canny a levarem a carruagem para Derridon. Alguém a avistou por lá e eles obviamente vão querer investigar esses rumores.

Assentindo, Chijioke subiu as escadas de dois em dois degraus. Acima de nós, pude ouvir os homens discutindo e, a julgar pela proximidade, pareciam estar nos aposentos de Amelia.

– E se não voltarem? – perguntei.

O sr. Morningside riu e riu; depois balançou a cabeça para mim como se eu fosse uma criança falando na hora errada.

– Eles sempre voltam. – Em seguida, bateu de leve no meu nariz com os papéis em sua mão, voltando-se para a porta verde que levava ao seu escritório. – Vou precisar dar uma olhada nestas traduções e vestir uma roupa mais adequada. Diga à sra. Haylam para preparar refrescos leves no gramado para o pastor e seu séquito. Farei o possível para não os deixar esperando.

Fiz uma reverência rápida por hábito e corri em direção às cozinhas, quase trombando em Poppy, que saltava de um lado para outro entre o bufê e a mesa grande no centro do cômodo. Meu recado pareceu terrivelmente redundante, considerando que a mesa já estava lotada com um conjunto deslumbrante de bolinhos, pequeninos sanduíches e tigelas de frutas. Havia até um abacaxi exuberante, decorado de modo a parecer um pavão, com cravos no lugar dos olhos e flores frescas no lugar da cauda emplumada.

– Não fique aí parada, garota, ajude! Mary ainda está se recuperando; então, estamos com um par de mãos úteis a menos. – A sra. Haylam parecia surpreendentemente afobada, talvez pela primeira vez na vida. Ela estava atrapalhada e quase tão nervosa quanto Poppy, enchendo bandejas com tortas de carne e xícaras brilhantes.

– O sr. Morningside disse para servirmos refrescos leves no jardim – avisei, sem saber onde me posicionar no meio de tanto caos.

– Bom, e o que isso lhe parece? – A sra. Haylam resmungou, puxando minha orelha ao passar. – Ajude Poppy com o chá, por favor, e vá buscar um pouco de conhaque também. Fatie alguns limões bem fininho, garota, pois é tudo que o pastor vai tomar com o chá.

Vi Poppy sofrendo com o peso de uma bandeja prateada sobrecarregada e a retirei da mão dela, colocando-a na mesa arrumada. Vários limões foram tirados da despensa e me esforcei para cortá-los em cunhas minúsculas, dispondo-os delicadamente sobre um prato com açúcar e creme.

Uma confusão de passos pesados ribombou na escada para o vestíbulo. Dei uma espiada enquanto a sra. Haylam estava ocupada lavando uma mancha de seu avental e vi Mason, seu pai e Samuel Potts atravessarem os tapetes desgastados até as portas da frente. Eu mal tinha visto Mason desde o desaparecimento de Amelia e fiquei chocada ao ver que ele estava caminhando tranquilamente, como se nada tivesse acontecido. Na realidade, estava distraído por um colar em suas mãos, um medalhão que ele havia aberto e em que passava o polegar com carinho. Era inútil tentar adivinhar o que havia ali, mas talvez fosse um camafeu de Amelia, que ele estava usando como lembrança. Ele me notou olhando, erguendo a cabeça loira de súbito enquanto se atabalhoava, corando e enfiando o medalhão no bolso do colete.

Fiz uma reverência para disfarçar a grosseria e falei com a voz branda:

– Ela aparecerá em breve, tenho certeza.

– Sim, claro. Obrigado – ele disse, mas não havia esperança ou doçura em sua voz.

Era melhor assim. Eu me senti cruel em mentir para ele, em lhe dar esperanças que não existiam de verdade. Os homens desapareceram e Chijioke foi com eles. Ao longe, enquanto as portas se fechavam, ele explicou o caminho para Derridon e deu sugestões sobre onde procurar Amelia.

Pouco depois, o banquete "leve" que havíamos preparado estava pronto para ser servido. Meu estômago se apertou com nós tensos e gorgolejantes enquanto começávamos a levar a comida das cozinhas para o quintal. Quando saímos para o sol enevoado, Chijioke tinha acabado de colocar uma série de cadeiras e três mesas baixas de vime ao ar livre. Parei com uma bandeja de bolos e nata, observando quem tinha vindo para o Tribunal.

Eles não pareciam particularmente intimidantes, mas o sr. Morningside fazia questão de martelar na minha cabeça que as aparências quase sempre eram enganosas. De fato, o quadro diante de mim poderia ser uma reunião animada de domingo entre amigos – o pastor havia trocado suas flanelas de lavrador por um terno mais formal, mas estava longe da incontestável elegância do sr. Morningside. Inclusive, ele havia trazido sua boina esfarrapada, um contraponto rústico a seu paletó marrom de veraneio. Sua filha, Joanna, também estava com roupas mais formais, usando um bonito vestido de musselina azul-claro com um laço rosa de cetim amarrado embaixo do busto. Seu cabelo amarelo-pálido estava preso e trançado sob uma graciosa boina de palha.

Joanna ajudou o pastor a se sentar na cadeira e ficou em pé ao seu lado, observando a casa com curiosidade. Seu cão pastor malhado, Big Earl, também tinha vindo, tirando um dia de folga das ovelhas para ficar de guarda ao lado do dono. Big Earl só tinha olhos para Bartholomew, que bufava de um lado para outro à sombra do celeiro.

Finch e Sparrow também estavam lá, claro, usando seus tweeds de verão cinza e verde-claro combinando. Sparrow estava de calças novamente, com seu cabelo escuro comprido em um penteado alto, as tranças enroladas com fitas da cor da grama primaveril.

Meu primeiro pensamento, ao me aproximar, foi que todos eles, com exceção de Sparrow, pareciam encantados por me ver. Estava esquentando, e eu devia parecer exausta e suada enquanto servia a primeira bandeja, pois Finch deu um salto à frente para me ajudar.

– Não há necessidade – eu disse suavemente. – Vocês são nossos hóspedes.

– Louisa... – O pastor se inclinou à frente na cadeira, as bochechas redondas avermelhadas pelo calor. Ele sorriu para mim, mas o sorriso não chegava a seus olhos. – Não estou surpreso ao perceber que ainda está empregada aqui. Contudo, é reconfortante saber que está com boa saúde. Hummm, agora aquele eu já não reconheço...

Espiei por sobre o ombro, observando Lee saindo das cozinhas com o chá, olhando feio para o sol. Seu cabelo estava grande demais e desordenado; suas roupas, amassadas. Tentei abrir um sorriso encorajador para ele enquanto Finch descrevia para o velho quem exatamente era Lee e as estranhas circunstâncias que o levaram a se tornar um membro permanente em Coldthistle.

O pastor bufou, apressando-se a comentar antes que Lee chegasse.

– As coisas estão mudando rápido, pelo que vejo. Henry tem muito a explicar.

Aquela dor fria em meus ossos retornou e os nós em meu estômago se apertaram dolorosamente. Eu temia a ideia de depor contra o sr. Morningside, ainda mais quando o assunto era Lee. O lugar de Lee realmente não era na

Casa Coldthistle – esse fora *sim* um erro –, mas tinham sido meus atos que causaram sua morte e seu retorno à vida. Eu sabia que falar disso em voz alta me encheria de vergonha e remorso, mas talvez eu merecesse sentir isso de novo e de novo.

Além do mais, parecia ridículo ficar contra o sr. Morningside quando eu tinha aceitado sua ajuda e feito um pacto para realizar aquelas traduções que ele achava que provariam sua inocência. Eu não tinha a intenção de jogar de ambos os lados, mas, inadvertidamente, era o que estava fazendo.

– Você está bem, Louisa? – Finch perguntou, vindo até mim e pousando a mão em meu ombro. Eu me encolhi. – Está terrivelmente pálida.

– É só o calor – murmurei, afastando-me para ajudar Lee a servir o chá. Ele tinha visto o toque atrevido de Finch em meu braço e sua expressão franzida se transformou em escárnio. – Ignore-o – sussurrei para Lee, pegando a bandeja vazia e correndo em direção à casa. Ele veio atrás.

Senhor, mas que bagunça. Eu queria desaparecer. Talvez ninguém notaria se eu corresse direto pelas cozinhas, subisse as escadas e entrasse no quarto de Mary. Eu poderia me esconder lá com ela e passar o dia conversando sobre ela e aonde ela tinha ido, conversando sobre tudo, menos sobre aquele julgamento maluco.

Quando chegamos às cozinhas, a sra. Haylam estava saindo. Ela havia conseguido tirar a mancha do avental e se recompor, e não estava mais tão afoita, mas majestosa. Saiu para o pátio de cabeça erguida e mãos vazias, deixando que Poppy corresse atrás dela com um prato de pãezinhos.

– Isso é ridículo – eu disse, adentrando a sombra fria da cozinha. Ainda havia muita coisa para levar para os hóspedes, mas me recostei na mesa, procrastinando. Lee foi até a pia e lavou as mãos já limpas, depois usou a água nelas para arrumar o cabelo desgrenhado.

– Queria que eles fossem embora logo – ele respondeu, ainda de costas para mim. – Só de estar perto deles já me sinto enjoado.

– O sr. Morningside jura que eles vão em breve, mas me parece mais um excesso de otimismo. Quem sabe quanto tempo esse tal inquérito vai durar e qual será o resultado? O sr. Morningside parece preocupado com isso tudo, como se pudesse correr mal.

Lee soltou um riso agressivo diante disso e se virou para me olhar. Era estranho vê-lo tão furioso, como se a doçura de seu rosto protestasse contra um novo temperamento mais perverso. Seus lábios tinham sido formados para sorrir permanentemente, o que tornava aquela cara fechada e aquele rosnado contrários à sua natureza.

– Que bom. Espero que ele sofra. – Ele caminhou até a mesa e pegou uma bandeja de sanduíches.

Suspirei e estendi a mão, pousando os dedos em seu antebraço.

– Não, Lee, você não quer isso – eu disse a ele. – Não que ele não mereça, pois merece, mas por tudo o que isso vai significar para todos nós. Ele diz que eles estão aqui para nos vigiar, e o próprio Finch disse que têm de fazer uma espécie de observação. Eles não vão embora. Finch ou Sparrow ou ambos vão ficar para trás para ficar de olho nele. E não será apenas nele; se estivermos na casa, todos os nossos movimentos serão observados. Foi assim que Finch nos encontrou na outra noite: eles estão patrulhando Coldthistle a todo momento.

Isso o fez parar e ele devolveu a bandeja à mesa por um momento. Ficou olhando para onde minha mão tocava nele, e sua careta se desfez brevemente. Eu sabia que nossas expressões eram iguais: desamparadas. Tristes.

Ele baixou a cabeça cheia de cachos e, quando voltou a olhar para mim, seus lábios estavam firmes em uma linha decidida.

– Não quero aqueles seres por aqui, Louisa. Sempre sinto um frio na barriga, como se fosse vomitar. Já... já é difícil dormir agora, ainda mais com eles aqui.

– Sinto muito – eu disse.

– Não sinta – ele respondeu, inflamado. – Só me ajude a encontrar uma maneira de fazê-los ir embora.

Assenti e tirei a mão, ajudando-o a erguer a bandeja de sanduíches e procurando uma para eu mesma carregar. Não contei a ele que, em vez disso, estava tentando encontrar um jeito de todos *nós* irmos embora.

– O sr. Morningside quer que eu deponha a favor dele; Finch quer que eu deponha contra. Eu... poderia mentir, mas não sei se isso seria uma boa ideia.

– Por que não? – ele pressionou, andando devagar até a porta junto comigo. Pela primeira vez desde que voltou, ele parecia esperançoso. Ansioso. – De que importa, se isso os fizer ir embora?

Hesitei no batente. Nuvens baixas tinham chegado, pairando no céu como uma cortina cinza e pesada. Finch nos avistou nos aproximando e fez um aceno para mim ao lado da irmã.

– Porque não sei se mentir é uma opção, Lee. Não acho que vão me deixar inventar histórias e, se eu inventar, receio que possa acabar morta por causa disso.

Capítulo Vinte

O sr. Morningside não apareceu em nenhum momento para os "refrescos leves" no quintal. Já estava escurecendo quando a sra. Haylam insistiu para que os visitantes entrassem no pavilhão. Ela tinha programado tudo com perfeição – o pastor e seus amigos desapareceram dentro da grande tenda branca exatamente quando Mason Breen, seu pai e Samuel Potts voltaram de Derridon.

Fui mandada para servir a ceia na sala de jantar enquanto Chijioke e Lee arrumavam a bagunça no quintal e guardavam os móveis de vime. Tudo foi feito como a mais hábil prestidigitação – um grupo desaparecendo antes de o outro nem sequer notar, tudo seguindo de maneira mais ou menos tranquila enquanto acomodávamos os dois grupos distintos.

Conforme eu levava presunto frio e uma variedade de saladas para a sala de jantar, não pude deixar de me questionar por que o sr. Morningside estava demorando tanto. Ele não tinha ido apenas se trocar? Seria um truque calculado para fazer o pastor esperar, só para demonstrar poder? O que quer que fosse, tive esperanças de que fosse tarde demais para começar o inquérito ainda naquela noite. Eu já havia trabalhado o dia inteiro e não estava certa se teria presença de espírito suficiente para ludibriar um Árbitro, de tanto que desejava a minha cama.

O Breen mais velho e Samuel Potts ficaram apenas um momento, o suficiente para comer alguns cortes de carne e tomar vinho antes de se retirarem para seus quartos, rabugentos e sujos de lama. No vestíbulo, ouvi Poppy correr atrás de roupas limpas e uma bacia para eles enquanto eu continuava a servir Mason Breen. Ele ficou em silêncio por um tempo, mastigando devagar, tomando seu vinho preguiçosamente e com movimentos doloridos e exaustos. Era como se estivesse se movendo através do lodo.

– Creio que tenhamos de ir para Malton amanhã – ele disse finalmente, suspirando diante do presunto. Sua cabeça loira e esguia estava abaixada sobre o prato enquanto revirava a comida. – Depois de tudo que nós… depois de tantas tribulações. Não consigo acreditar que Amelia me humilharia dessa forma. Eu sempre a defendi. *Sempre* a defendi.

Por favor, vá dormir. Por favor, vá dormir. Por favor, vá dormir…

– Se me permite…

– É claro – ele disse com um bufo. – Pareço ter mais alguém com quem conversar?

Apressei-me até a mesa de serviço e servi mais um pouco de vinho em sua taça. Se bebesse bastante, subiria e dormiria mais rápido. Ele resmungou em agradecimento e começou a beber logo em seguida.

– Não conheci a srta. Canny muito bem – comecei, dando um passo para trás e aninhando a garrafa na mão. – Nem um pouco, na verdade, afinal só conversamos longamente uma vez. Mas ela me pareceu alguém de personalidade forte. Crescemos não muito longe uma da outra e, como ela me revelou, na pobreza.

Mason se moveu com mais urgência ao ouvir isso, voltando a cabeça rapidamente para mim. Havia uma pequena mancha de vinho tinto em seu lábio.

– Cresceram, foi?

– Sim. Meu sotaque não é o mesmo de antes, porém Dungarven e Waterford não são muito distantes – eu disse. – Ter toda essa fortuna, entrar para uma família importante como a do senhor… Mal posso imaginar como era… *é* intimidador para ela. Da minha parte, sei que seria difícil suportar tantas mudanças. Talvez eu sentisse como se estivesse traindo minha antiga família. Meus antigos amigos. É como se tornar uma pessoa nova.

Aos poucos, Mason sorriu, e uma covinha vincou sua bochecha quando ele me lançou um olhar embriagado.

– Não tinha pensado assim. Minha única fixação tem sido o ódio dela pelo meu pai, e eu até entendo… É difícil gostar dele. Ele só quer o melhor para mim, mas não consegue ver que Amelia me deseja pelo que *sou*, não pelo que tenho. Ao menos é o que penso. Maldição, por que ela tinha de fugir dessa maneira?

Ele blasfemou baixo e empurrou o vinho, depois levou a mão ao bolso do colete e tirou o medalhão que eu tinha visto antes. Abrindo a dobradiça, suspirou e olhou com carinho para a pequenina joia. Àquela distância, eu conseguia ver melhor o objeto e notei que, em um lado, havia uma pintura pequena de Mason e, no outro, a de uma moça. Uma jovem ruiva que não se parecia nada com Amelia.

A rival de Amelia, aquela que ela havia assassinado para ficar com Mason.

– Quem é essa? – perguntei como quem não quer nada. Quando ele olhou para mim, abri o sorriso mais simplório e vago que consegui. – Ela é adorável.

– Enid – ele murmurou. O vinho o tinha deixado à beira de lágrimas. – Eu a adorava. Meu *pai* a adorava. Ela caiu da escada e quebrou o pescoço em nossa casa de campo. Eu a encontrei quando voltei de uma caçada. Foi o dia mais terrível da minha vida.

Eu não disse nada, observando enquanto ele virava a taça e depois cerrava o punho em volta do medalhão. Avançando rápido, servi mais vinho, o qual ele também bebeu com avidez.

– Mas então surgiu Amelia – ele disse com a voz embargada. Agora ele estava com duas covinhas enquanto voltava os olhos sonhadores para mim. Pobre coitado. Estava fora de si. – Ela era tão constante, tão compreensiva. Sofri por Enid durante meses e meses, mas Amelia nunca vacilou. Mesmo depois daquela história terrível em Nova Gales do Sul, ela ficou ao meu lado. Eu gostava disso. Ela nunca foi tão bela ou requintada como Enid, mas me amava com um desespero que me dava segurança. Você já teve isso? Alguém já amou você dessa forma?

– Não – respondi simplesmente. Será que eu queria algo assim? Parecia exaustivo. – Você tem sorte de ter encontrado duas mulheres assim.

– Por Deus, como você tem razão. – Mason guardou o colar e se levantou, trôpego, segurando-se na mesa para se equilibrar antes de dar alguns passos cambaleantes rumo à porta. – Tenho sorte, sim. Amelia vai voltar. Ela é assim: devotada. Completamente devotada. Obrigado, isso... Eu precisava disso. Seria muito incômodo se eu levasse o resto do vinho comigo?

Sorri e entreguei a garrafa a ele.

– Só tome cuidado ao subir as escadas, os degraus são bem íngremes.

– E estou bêbado, eu sei, não precisa me dizer – Mason disse, soluçando. Ele se virou e caminhou hesitante para o vestíbulo, com toda a sua pouca concentração focada em manter o vinho em pé. Que *ele* chegasse em pé aos seus aposentos parecia cada vez menos provável.

Foi um alívio ficar sozinha. Sem pressa alguma, arrumei a bagunça deixada pelos homens. Quanto mais me demorasse, mais tarde ficaria e maior seria a chance de conseguir escapar para a cama sem que me fossem solicitadas outras tarefas. Mas não tive essa sorte. Assim que apaguei a última vela e limpei a cera, uma sombra obscureceu a sala. O sr. Morningside. Ele esperava no arco que dava para o vestíbulo; sua silhueta alta e esguia era inconfundível.

– Louisa – ele disse abruptamente. – Termine aqui e depois vá para o pavilhão. Não entre, entendeu? Espere até ser chamada.

Meus olhos estavam caindo de fadiga enquanto eu arrastava os pés na direção dele, os braços carregados com os guardanapos sujos e a toalha de mesa.

– Quanto tempo devo esperar?

– O tempo que for necessário – o sr. Morningside respondeu. Ele desapareceu antes que eu pudesse alcançá-lo. Vi claramente que estava carregando minha pilha de traduções; então não vi mais nada além da cauda de seu casaco enquanto ele saía devagar da sala de jantar para as cozinhas. Apenas Bartholomew estava ali, dormindo de costas, as quatro patas curvadas no ar.

Acariciei o queixo dele ao passar, deixando as roupas de mesa para lavar na despensa e pegando um avental limpo. Era um gesto inútil, mas o simples ato de vestir algo limpo me fez me sentir melhor e mais desperta. Comi uma das tortas de carne intocadas a caminho do pavilhão. Duas tochas acesas queimavam fora da tenda; não iluminavam todo o pátio, mas era o suficiente para me proporcionar um destino claro. Era agradável sentir o ar mais fresco, o cheiro viçoso de grama e pinho espalhado pela brisa leve. Mesmo sem chuva ou frio, Coldthistle ficava mais sinistra ao cair da noite. Os parapeitos e as frestas de janelas se tornavam mais escuros que a própria noite, como se a casa pudesse beber as sombras para se fortalecer.

Não olhei para trás na direção das janelas enquanto me aproximava da tenda, mas torci para que Mary não estivesse sozinha lá dentro. Preocupava-me ainda não conhecermos a identidade do assassino de Amelia, e Mary, ainda em recuperação, não teria como se defender de um agressor. Poppy tinha ido buscar água para o banho dos homens e, certamente, a sra. Haylam teria o cuidado de colocar os Residentes de guarda. Era uma avalanche de coisas – o Tribunal, os hóspedes, o retorno de Mary, as criaturas na floresta, a morte de Amelia, meu pacto com o sr. Morningside e a vingança que poderia resultar disso. Não era de surpreender que me sentia prestes a cair e desmaiar de exaustão a qualquer momento. Qualquer pessoa estaria zonza de confusão.

Mas meu objetivo naquele momento era claro ou, ao menos, deveria ser. Pensei no rosto esperançoso de Lee quando mencionara uma maneira de nos livrarmos dos Árbitros. Ele já estava vivendo – "vivendo" – tantas mudanças que o mínimo que eu poderia fazer era libertá-lo da dor causada pela presença deles. No entanto, isso exigiria mentir. Mentir para Finch, que já tinha me ouvido falar que o sr. Morningside se enganara sobre Lee. Havia regras ali que eu ainda não entendia – era para ele ser infalível? É claro que sim. Chijioke e Poppy tinham uma confiança tão absoluta nas decisões dele… Será que vacilavam em sua dedicação agora que sabiam que ele tinha se enganado uma vez?

Enquanto me aproximava do pavilhão, senti um calafrio, pensando no que havia lido no diário de Bennu. Sem dúvida, o que ele presenciara foram criaturas como Finch e Sparrow usando seus poderes para julgar. Sempre eram três, Chijioke tinha dito, e três foram mencionados no relato de Bennu. Se eu mentisse, será que um deles arrancaria a verdade de mim e levaria junto minha vida?

Parei perto de uma das tochas e esperei, apertando uma mão na outra de nervosismo. Não havia o que fazer – eu teria de mentir, devia isso a Lee. Mas tinha o direito de ficar receosa enquanto esperava esse momento. Inquieta.

Andando de um lado para outro. Ouvi vozes baixas no pavilhão e fiquei cada vez mais curiosa sobre o que estava sendo falado lá dentro. Ao mesmo tempo, fiquei mais consciente da escuridão à minha volta. A pequena ilha de luz em volta da tocha dava uma sensação de segurança, mas, com o desaparecimento do sol no horizonte, não tive coragem de vagar para muito longe, atenta aos sinais de movimento ao longo da beira da floresta e do pasto ao leste.

Um vento forte veio do oeste, chacoalhando as folhas na floresta e fazendo-as farfalhar cada vez mais alto; o cheiro de fumaça de lenha distante dominou meus sentidos com uma nostalgia infantil. Era um cheiro de casa. *Casa*. Ou quaisquer que fossem os confortos raros que eu havia sentido lá, a maioria sozinha ou com minha amiga imaginária. Fechei os olhos para esquecer essa sensação. Quando os reabri, a tocha ao meu lado se inflamou, resistindo ao vento. Outro som, como o vendaval nas folhas, só que mais suave, sussurrou ao longo da beira da floresta. A proximidade da tocha tornava difícil distinguir qualquer coisa distante. Eu me afastei da luz por um momento, esperando que minha visão se desanuviasse. Então observei os arbustos e brotos se deformarem, tremendo, movidos por algo que passava ao longo das árvores.

Minha pele formigou. O que quer que fosse estava se movendo rápido, ocultado pela escuridão e pela densidade dos galhos, mas visivelmente se aproximando. Não havia mais ninguém ali além de mim. Então, eu me encolhi mais próxima da tocha novamente. E se fosse aquela criatura lupina? Eu estava vulnerável a céu aberto daquele jeito e completamente indefesa. Caminhei na ponta dos pés em direção à entrada do pavilhão, preparando-me para entrar correndo no instante em que o monstro se revelasse.

A lua tinha um brilho suave, um pouco coberto, as nuvens densas diante dela abafando sua luz. Eu teria apenas a tocha para me proteger. Tirei aquela mais distante de seu suporte, empunhando-a diante de mim enquanto perscrutava as sombras, e avancei. O que quer que se movia ao longo das árvores foi chegando mais perto; o tremular das folhas estava tão alto agora que o senti ecoando na base da espinha, um trinado de medo e perigo reverberando até meu pescoço. A tocha ardia, mas minha pele estava gelada de pavor. Nenhum esquilo poderia fazer as árvores se curvarem daquela maneira. Um vulto da altura de um homem se materializou de dentro da floresta, correndo rápido em minha direção.

Entrei em pânico, ofegante, recuando para a segurança do pavilhão e segurando a tocha a postos. Quem quer que fosse corria com uma leveza e uma rapidez incríveis, não com a graciosidade de um homem, mas de um cervo ou raposa. Soube no momento em que o vulto me viu que ele tinha a vantagem, pois estava quase cega pela luz da tocha tão perto do meu rosto. Ele devia ter me visto espiando e parou, agachando-se como se fosse saltar, depois voltou e fugiu de volta à segurança da floresta.

Ouvi um baque surdo na grama. Ele tinha *arremessado* alguma coisa na minha direção.

Com certa ingenuidade, arrisquei alguns passos. As vozes na tenda ficaram mais baixas enquanto eu andava pela grama, virando a tocha de um lado para outro, à procura do objeto que poderia estar escondido entre as ervas daninhas. As folhas na beira da floresta farfalharam de novo e ergui os olhos, paralisada, mas era apenas a pessoa voltando a se enfiar entre os arbustos.

– Oi? – chamei. – Estou vendo você! Estou vendo você escondido aí! Quem é? O que você quer?

Nada. Apenas o crepitar da tocha na minha mão e o pio de uma coruja.

– Quem é? – gritei outra vez.

Cambaleei para a frente, à procura de movimento na floresta. Estava tudo em silêncio, mas avancei mesmo assim. Eu me sentia mais corajosa agora que havia afugentado a pessoa. Tropecei em algo na grama e ajoelhei, passando a palma da mão no chão até sentir um volume e minhas unhas rasparem em uma folha enorme e curvada.

A folha tinha sido enrolada em torno de algo e amarrada com um longo pedaço de grama seca. Eu me levantei e ergui o estranho embrulho sob a luz da tocha, puxando o laço e desembrulhando a folha. Quase derrubei o objeto de tanta surpresa.

Uma colher. *Minha* colher. Estava amassada e curvada em ângulos estranhos, como se um gigante tivesse tentado usá-la. Obviamente, alguém havia tentado desfazer as torções, mas sem sucesso. O cordão do colar pendia do ilhó na ponta da colher, partido. Guardei a colher no bolso, perplexa, e voltei para o pavilhão, quase sem ver o traçado de lama na folha.

Desenrolei-a, pressionando-a contra a coxa para que não se fechasse novamente. Quem quer que tivesse encontrado e devolvido a colher tinha tentado escrever uma mensagem na superfície venosa e áspera da folha. Os riscos trêmulos e infantis de lama diziam:

DE CUPA.

Desculpa. Ergui os olhos para a floresta, embasbacada.

– Oi? – Chamei outra vez, pensando se mais uma tentativa poderia me dar uma resposta.

– Louisa! Aí está você!

Enfiei a mensagem no bolso junto com a colher e me virei, andando em direção ao sr. Morningside enquanto ele dava passos largos na minha direção. Ele tinha vindo do pavilhão e parecia bem-humorado. Estreitou os olhos e examinou a floresta atrás de mim, depois riu.

– O que está fazendo aqui? A sra. Haylam não quer vocês andando por aí depois daquela comoção na floresta, e eu também não. Não é seguro aqui agora, você sabe disso. – Ele me pegou pelo ombro e me guiou de volta ao pavilhão. – Não me diga que estava pensando em fugir.

– Não... Não, só pensei ter visto algo – murmurei.

– Está assustada? Quer aguardar um momento antes de entrarmos?

– Vou ficar bem. Mas o que devo fazer? – perguntei. Tínhamos voltado à abertura do pavilhão. As flâmulas acima de nós se agitavam ao vento enquanto eu colocava a tocha de volta no lugar.

Agora, sob a luz, vi que o sr. Morningside tinha se vestido de maneira primorosa para a ocasião, com seu terno listrado prateado e vermelho iridescente, e sua gravata de seda marrom decorada com um broche incrustrado de rubis no formato de um crânio de ave. Eu me sentia terrivelmente desmazelada em comparação, com meu avental novo agora manchado de fuligem e graxa da tocha. Ele me levou até a abertura do pavilhão e me segurou a um braço de distância, não parecendo notar como eu me sentia malvestida.

– Esta noite não vai durar muito mais, Louisa. Sei que está cansada. – Ele entrou na frente, depois esperou que eu o acompanhasse. – Basta responder a algumas perguntas breves, a maioria sobre a natureza das traduções que está fazendo para mim. Se ficar nervosa ou temerosa, é só dizer que precisa de tempo para pensar.

– Espere – sussurrei. Ele hesitou com a lona na mão e a cabeça abaixada para passar pela portinha. – Devo contar a verdade? E se eu disser a coisa errada?

O sr. Morningside me abriu um de seus grandes sorrisos brancos e sacudiu a cabeça.

– Diga o que pensa ser... Bom, a *sua* versão da verdade. A verdade de uma pessoa é a mentira de outra, o que você vê não é necessariamente o que eu vejo, e aquilo em que eu acredito não é aquilo em que você acredita. Isso deixa as coisas mais claras?

– Não – respondi com um suspiro. – Nem um pouco.

Seu riso desapareceu junto com ele no pavilhão. Respirei fundo, dando um passo à frente. Aquele único passo para dentro da tenda foi como um salto de um penhasco – o que era uma sensação pertinente, porque o que encontrei ali me deixou pasma e vacilante.

Capítulo
Vinte e um

Eu não estava esperando uma tenda comum, mas aquilo era completamente assombroso. Senti como se tivesse entrado em uma clareira escura e fria, repleta de fadas e luzinhas cintilantes de todas as cores dançando no ar sobre nós. Elas não estavam ligadas a nada, emitindo livremente seu brilho azul ou rosa ou amarelo antes de partirem para iluminar outro canto do pavilhão. Até os limites do lugar eram difíceis de encontrar, pois não parecia haver paredes ou teto, apenas um manto de névoa negra nos cercando e um cheiro doce e melífero como o de um apiário.

Depois de me recuperar do choque, olhei com espanto para a quantidade de participantes. De onde tinham vindo todos eles? O pavilhão estava lotado de homens e mulheres, jovens e velhos, alguns de longos mantos negros e outros de vestidos cintilantes cor de marfim. À minha esquerda havia uma mesa comprida de madeira com um monte de cálices e garrafas, embora a comida parecesse escassa. Um estandarte pendia sobre aquela mesa com uma versão grande e bordada do broche que eu usava para ir e vir livremente. Mas o estandarte não tinha a inscrição EU SOU A IRA, apenas as serpentes. Aqueles que esperavam ao redor da mesa usavam mantos negros; os de branco estavam ao redor de uma mesa no extremo da tenda, perto de uma plataforma elevada. Aquela mesa tinha um estandarte com um brasão simples, quatro quadrantes, dois com asas e dois com ovelhas. À minha direita, havia uma terceira mesa completamente vazia. Ninguém estava perto dela. Um estandarte pendia sobre ela, mas era apenas preto e esfarrapado, como se esquecido havia muito tempo.

Nossa entrada não pôs fim ao burburinho de conversas. Olhei encabulada ao redor em busca de algum rosto conhecido. Por fim, avistei Chijioke no meio de um mar de mantos negros. Seu traje era muito mais reluzente – paletó escarlate, largo nos ombros, com mangas ondulantes e um desenho de diamante na frente. Ele também usava um pequeno chapéu-coco e seus olhos brilhavam como carvões vermelhos, tão incandescentes como quando o vira na cerimônia de transbordo em Derridon.

Corri até ele, admirada com sua aparência. Quando me viu, ele pareceu igualmente embasbacado.

– Ah, mocinha, estava realmente curioso para ver o que Tribunal faria de você – ele disse com um sorriso imperscrutável.

– Faria de mim? – perguntei.

– Você não pode esconder o que é aqui – ele disse, apontando para o salão. – Não há magia, encantamento ou feitiço forte o bastante para mascarar sua natureza. É por isso que estou com esta aparência e por isso que você está com *essa*.

Eu me senti tola ao baixar os olhos para meu traje, espantando-me ao ver que estava sem as roupas e o avental desalinhados de criada, mas com um vestido de festa feito de seda verde, enfeitado com desenhos de pequeninas vinhas. Um xale leve como gaze estava enrolado em volta do meu pescoço, substituindo aquele duro e simples que estava ali antes. Chijioke deu risada diante da minha surpresa.

– Que foi? Já fez isso antes? – Tentei pegar um dos cálices na mesa atrás dele para ver meu reflexo.

– Não, mas a sua reação é a melhor que vi até agora. Olhe – ele disse, pegando o cálice e segurando-o para que eu pudesse me ver.

Meu cabelo também tinha mudado. Estava preso e enrolado em tranças sinuosas que seguravam um adereço alto de folhas e galhadas. E meus olhos… estavam completamente pretos, enormes e assustadores. Desviei de meu reflexo com repulsa. Havia coisas e pessoas de sobra com que me espantar. Chijioke ficou ao meu lado, depois me passou outro copo cheio de algo com gosto de vinho melífero gelado.

– De onde vieram todos? – perguntei. – Não vi ninguém entrar no terreno…

– Também fiquei surpreso – Chijioke respondeu. – Mas tem uma porta nos fundos, perto da cadeira do juiz. Ela leva… bom, mocinha, a tudo quanto é lugar. Acho que o pastor queria um grande grupo de testemunhas, caso o sr. Morningside tentasse escapar do inquérito.

Eu tinha quase me esquecido que estava lá para depor. Através da multidão amontoada, avistei o sr. Morningside e o vi atravessar o pavilhão na direção da plataforma do outro lado da tenda. Seu terno magnífico não tinha se transformado, mas *ele* sim; sua imagem tremeluzia, como se quem estivesse olhando folheasse rapidamente as páginas de um livro e vislumbrasse ilustrações aqui e ali. Em um instante, ele era um senhor de idade com a barba espiralada; no instante seguinte, era como eu o conhecia; depois tinha um rosto infantil e bochechas rosadas. Diante dos meus olhos, o Diabo estava exibindo suas centenas de faces.

– Posso me esconder aqui com você? – murmurei. – Não quero ser interrogada.

– Não invejo sua posição, Louisa – ele disse, encontrando seu copo. – Mas minha hora logo chegará também.

– E você vai contar a verdade? – pressionei. – Sobre o que aconteceu com Lee e seu tio? Sobre o erro do sr. Morningside?

O sorriso tranquilo de Chijioke se desfez e ele baixou os olhos vermelhos, subitamente menos brilhantes.

– Eu... não tinha pensado nisso. A verdade parece a escolha mais sábia.

– Parece mais sábia até não ser – eu disse com um suspiro. – E se deixarem os Árbitros aqui nos espionando porque o sr. Morningside não está fazendo o trabalho dele direito? Você não acha que qualquer que seja a punição vai recair sobre nós também?

Ele assentiu devagar, levando a taça aos lábios e a deixando ali como se o líquido pudesse lhe dar as respostas de que ele precisava.

– Vou refletir sobre isso, com toda a certeza. Não olhe agora, mas creio que você está sendo convocada.

A conversa na tenda havia diminuído. Nesse silêncio, virei e encontrei um caminho que tinha se aberto para mim. Uma figura de ouro, alta e líquida, estava diante de nós. Não tinha sexo nem idade, apenas a forma de um homem ou mulher com pele de chamas áureas e incandescentes.

– Louisa.

Era Finch, reconhecível apenas pela voz. Quando olhei atrás dele, vi outras duas figuras iguais, sem nenhum traço, mas também douradas, esperando na plataforma erguida. Acima deles, sentado em um ornamentado trono de madeira, estava o pastor. Ele não havia mudado nada.

– Sim, certo – murmurei, colocando a taça em cima da mesa e me virando rápido para Chijioke. – Deseje-me sorte?

– Você não vai precisar – ele disse com um riso baixo. – Você tem inteligência.

Eu não estava tão certa disso. Sentia-me completamente desorientada, atacada por todos os lados por imagens estranhas. Era como se tivesse entrado em uma terra estrangeira e esperassem que eu aprendesse a língua e os costumes em questão de minutos. Não tinha o direito de parar um momento para absorver tudo? Para me orientar? Não, eu estava sendo guiada através da tenda, com todos os olhos cravados em mim.

Não houve palavras de incentivo de Finch; ele simplesmente caminhou à minha frente e então apontou para o lugar vazio ao lado do sr. Morningside. Aos poucos, as conversas atrás de nós recomeçaram, mas eu sabia que todas agora eram sobre mim.

– Ora, ora, ora. – Ergui os olhos para o sr. Morningside, cujos olhos em constante mudança desceram das galhadas na minha cabeça à barra do meu vestido de seda verde. – Está pronta? – ele perguntou. Até sua voz era estranha, refletindo os diferentes rostos que alternavam e cada palavra pronunciada por um homem mais jovem ou mais velho.

– Tenho escolha?

– Na verdade, não. – Ele, ou um de seus rostos, piscou. Em seguida, ele limpou a garganta, colocando as mãos atrás das costas e erguendo os olhos sorridentes para o pastor. Três figuras douradas se juntaram a ele ao redor do trono, cercando-o como um pequeno exército.

– Aquele é o terceiro Árbitro? – sussurrei.

– Hum? Ah, não, aquele é o cachorro – o sr. Morningside disse, revirando os olhos. Ele não estava respondendo aos sussurros, mas gritando alto o bastante para todo o salão escutar. – Sempre achei irônico a voz de Deus se passar por um cão. Late, late, obedeça à minha palavra! Late, late, fogo e enxofre!

Será que aquela criatura poderia ser mesmo Big Earl? O homem alto e cintilante à direita do pastor empertigou os ombros.

– Os cães são as criaturas mais nobres do reino. É meu privilégio assumir a forma deles.

– É um privilégio mijar em postes e farejar o próprio traseiro? Entendi.

– *Basta.* – O pastor ergueu a mão, e os dois ficaram em silêncio. A única diferença que consegui notar, ao erguer os olhos para o velho de barba, era que sua voz soava mais forte e mais alta, como o estrondo de cavalos avançando.

Ele inspirou longamente e fez seu discurso não de maneira agressiva, mas com certa melancolia e decepção.

– Estamos aqui para definir se Henry Ingram Morningside é culpado de negligência para com seus deveres. Muito tempo atrás, em uma tentativa de estabelecer a paz entre nossos dois lados, concordou-se que ele transportaria as almas dos ímpios e perversos, pois fazer isso se adequaria à sua natureza sombria e evitaria que ele cedesse a seus impulsos mais cruéis. Da nossa parte, concordamos em cuidar das almas do bem, e intervir apenas em casos raros com os maus. São termos simples e tarefas simples, mas o peso que carregam não tem nada de simples. Esse equilíbrio que atingimos pode ser rompido, Henry, e as consequências de tal desequilíbrio prejudicariam a todos nós.

Sentado em seu trono, ele voltou os olhos pálidos para mim. Suas pernas eram curtas demais para alcançarem o chão.

– Você está aqui por livre e espontânea vontade, minha cara?

Ah. Era a minha vez de falar. Eu me sentia pequena e frágil sob a pressão de tantos olhos ansiosos, mas ergui o queixo e tentei responder o mais alto possível.

– Sim, estou.

– Finch me disse que você tem uma história e tanto para contar – o pastor continuou. Ele abriu um sorriso arrogante. – Você aceita contar sua verdade aqui, conforme instruída, e falar de maneira honesta e íntegra? Pode recusar, Louisa, se assim preferir.

– N-não – eu disse, maldizendo a gagueira. – Eu concordo.

O pastor se inclinou na minha direção e, no mesmo instante, aquela sensação fria e desagradável em meus ossos retornou, tão aguda e intensa que fiquei rígida, depois senti meus joelhos ameaçarem fraquejar. Esforcei-me para manter os olhos abertos enquanto ele se dirigia a mim de maneira pausada e clara:

– Se desconfiarmos que esteja mentindo, você será submetida ao Julgamento a fim de discernirmos a verdade. Isso está claro? Vamos impor nossos antigos acordos de todas as formas necessárias.

– Eu... eu... – O frio era tão terrível que quase imaginei ver minha respiração sair em nuvens brancas enquanto hesitava. Julgamento. Eu sabia o que isso significava. Sabia o que uma mentira poderia provocar, a dor e a morte que poderia causar.

– Não será necessário. – O sr. Morningside ergueu a voz. Ele levantou os papéis que eu havia traduzido, colocando-os no alto para que todos vissem. – Vou apresentar minhas próprias evidências. Graças às habilidades maravilhosas de tradução de Louisa, em breve terei a localização do terceiro livro há muito perdido.

Ele entregou a pilha de pergaminhos ao pastor, que se recostou no trono, esquivando-se como se os papéis pudessem morder.

– Impossível.

– Isso é ridículo! – Sparrow estourou. Ela avançou às pressas para interceptar os papéis, mas o sr. Morningside os afastou. – Teatro, puro teatro! Isso não passa de uma distração vulgar!

– Pelo contrário – o sr. Morningside disse com tranquilidade. – É inteiramente relevante ao processo. Estamos aqui para determinar minha aptidão, certo? Minha competência? O livro perdido e a Ordem Perdida estão interligados. Vou provar isso a vocês. – Ele se virou e se dirigiu ao pastor. – Você não pode questionar a competência de um homem que fez o que você tenta fazer sem sucesso há séculos!

O pastor se levantou e o burburinho exasperado dos espectadores silenciou imediatamente. Ele se inclinou para fora do trono e, quando encarou o sr. Morningside, não era um senhor de idade, mas um guerreiro. Mesmo envelhecido e cansado, ele irradiava uma fúria tão incandescente quanto as três figuras flamejantes ao seu redor. Eu me encolhi, assustada, arrependendo-me por ter escolhido esse lado e lamentando terem me pedido para escolher algum lado.

Silêncio. Então, o pastor o quebrou com o estrondo de um raio e algo irrompeu na sala.

– Entregue-me os papéis.

A tensão evaporou. O sr. Morningside entregou meu trabalho e não disse mais nada, sem oferecer outros insultos ou zombarias.

– *Se* o que você diz é verdade... – o pastou começou.

– Não! – Sparrow foi rápida em interromper. – O senhor não pode...

– Se o que você diz é verdade e essas descobertas forem autênticas – ele continuou, calando-a com um olhar –, isso de fato vai alterar a natureza deste Tribunal. Vou estudar o que você tem aqui, Henry, e determinar o melhor plano de ação. Isso é tudo.

O Tribunal irrompeu em alvoroço e revolta. As reações estavam claramente divididas entre as duas metades da sala. Os protestos mais altos vinham de Sparrow, que andava furiosamente de um lado para outro da plataforma, reclamando com o irmão por não a alertar sobre o que estava por vir. Não pude deixar de sentir pena de Finch, que não tinha como saber o que o sr. Morningside estava tramando. Talvez Sparrow esperasse que ele tirasse informações de mim, mas eu tinha apenas comentado com Finch sobre o mal-entendido relativo a Lee, um farelo seco comparado ao naco muito mais saboroso que eu havia ocultado.

– Vamos embora – o sr. Morningside disse alegremente, pegando-me pelo cotovelo e me puxando através da multidão quase ensandecida. – Não quero que ninguém arranque sua cabeça antes de você terminar aquele diário.

– Devo me preocupar com isso? – perguntei, evitando os olhares curiosos e penetrantes de estranhos, todos se aglomerando perto de nós enquanto tentávamos sair do pavilhão. Desviei deles, desejando poder desaparecer em silêncio, e não no braço da pessoa que tinha acabado de provocar tamanho turbilhão de fúria e fascínio.

– Com Sparrow? Não. Talvez. Ela sempre foi uma lunática vergonhosa, sempre de pavio curto, mas isso só se agravou com o sumiço de Spicer – ele disse. Finalmente chegamos à saída e ele quase me jogou para a escuridão do lado de fora. Ele veio atrás e, no mesmo instante, sua aparência se fixou na que eu conhecia, com o cabelo preto e os olhos dourados. – O que me faz lembrar que deveria descobrir o que aquele imbecil está tramando.

– Ele é *o terceiro*? – perguntei. – Spicer? Já ouvi esse nome em algum lugar...

– Sim, ele é o terceiro – o sr. Morningside disse, impaciente. Ele saiu andando em direção à casa e tentei acompanhar seu ritmo, com medo de que Sparrow pudesse vir atrás de mim se fosse deixada sozinha. – A ausência dele é flagrante e não gosto de não saber o que isso significa. Eles devem tê-lo mandado procurar sujeira em algum lugar ou talvez ele tenha saído em busca da Ordem Perdida. O que quer que seja, é suspeito.

Eu estava cansada demais para tentar entender o que ele dizia. Bartholomew acordou assustado quando entramos na cozinha. Ele estava dormindo perto do calor do fogão. Parei ao vê-lo e me ajoelhei, acariciando suas orelhas até ele erguer o focinho e encostá-lo no meu queixo. *As criaturas mais nobres do reino.*

– O que você está fazendo? Eu dispensei você? – O sr. Morningside deu meia-volta, assomando sobre nós com as mãos nos quadris.

– Quero que ele durma no meu quarto hoje ou pelo menos à minha porta – eu disse com firmeza. – Tem um monstro na floresta, alguém matou Amelia e aquelas pessoas douradas e malucas querem sugar minha alma se eu mentir! Perdoe se a ideia de dormir sozinha me parece impossível.

A expressão dele suavizou e ele desviou os olhos, assentindo enquanto virava para o vestíbulo.

– Calma. Calma, Louisa. Claro. Leve o cachorro. Creio que ando… um tanto negligente com a casa. A sra. Haylam está cuidando disso, mas também vou fazer minha parte, Louisa. Leve Bartholomew, darei uma volta pelo terreno. Se houver um lobo e um assassino entre nós, eles serão encontrados.

Capítulo Vinte e dois

Estava tarde quando abri os olhos e encontrei a porta do quarto entreaberta. Bartholomew devia ter saído e eu estava completamente sozinha. Senti um calafrio no escuro. Uma das velas que eu havia deixado acesa estava quase se apagando e era agora apenas uma mancha de cera com uma chama moribunda tremeluzindo ao lado da cama. Eu ainda me sentia muito cansada, embora provavelmente tivesse dormido, e apartada de mim mesma, como se meus pensamentos estivessem sempre a um braço de distância.

Risos. Risos distantes. Era tarde demais para alguém estar acordado... Eu queria voltar para a cama, mas me sentia atraída pelos sons de celebração. Copos tilintando. Conversas amigáveis. Será que os convidados do pavilhão tinham ficado e transferido seus festejos para dentro da casa? Eu duvidava que a sra. Haylam permitisse tal coisa. Depois de pegar o toco de vela do castiçal e vestir um xale, saí do quarto na ponta dos pés e atravessei o corredor.

As caudas negras e esfarrapadas dos Residentes desapareceram logo à minha frente. Havia três deles, todos descendo a escada em direção ao vestíbulo. Passei pelos quadros de pássaros enchendo a parede; as imagens pareciam enevoadas, meus olhos estavam turvos de exaustão. Um frio pavoroso caiu sobre a casa, como se os meses mais quentes tivessem passado havia muito tempo e as profundezas do inverno tivessem retornado. Vi minha respiração no ar e senti minha pele formigar, como acontecia naqueles momentos antes de o céu se romper e a neve cair.

Segui os Residentes, sempre um passo atrás deles, observando-os flutuarem em direção às cozinhas. Talvez eles também tivessem a impressão de que havia algo errado. Os risos estavam distantes de novo, distantes demais, afastando-se sempre que eu me aproximava. Com os pés descalços e gelados, atravessei o vestíbulo e espiei dentro das cozinhas, vendo o contorno fantasmagórico de um dos Residentes sair pela porta para o quintal. Aonde diabos eles estavam indo? Nunca tinha visto nenhum deles sair da casa, à exceção de Lee. Corri cada vez mais rápido atrás deles, protegendo com a mão a chama da vela que ameaçava se apagar.

O ar frio do lado de fora ardia, mas os risos estavam mais claros. Realmente parecia uma reunião animada. Os Residentes aceleraram pelo gramado, velozes, vultos negros que se dirigiam para o pavilhão sem hesitar. Eles entraram à força. Meu coração doía. Parecia uma piada que eu não entendia, como uma conversa sussurrada no cômodo ao lado, uma conversa que você sabe ser uma fofoca sobre você. Ignorei a chama da vela, correndo rápido, deslizando pelo gramado antes que o bom senso pudesse intervir e me mandar de volta para a cama.

Quando entrei na tenda, ela estava fortemente iluminada, embora tingida de um azul-prateado. Toda a magia e a beleza haviam sumido, substituídas por uma morbidez e um cheiro terrível que me deu ânsia de vômito e me fez cobrir a boca com a mão. As mesas de cavalete tinham sido removidas. O pavilhão parecia continuar infinitamente, um longo e terrível corredor exalando aquele cheiro nauseabundo. Era pior do que as docas na maré baixa. Pior do que os estábulos em um dia quente. Era como carne velha e estragada, a carroça de um açougueiro no auge do verão. O fedor pairava em volta de mim, denso como uma névoa, mas finalmente eu encontrei a origem dos risos.

Lá, no canto mais distante da tenda, estava o grupo. Reconheci todos de costas: o sr. Morningside, claro, e Chijioke, a sra. Haylam, e Poppy, mas também Finch, Sparrow, o pastor e seu cão. O que poderia ter deixado todos tão felizes? E por que festejariam ali no meio da noite?

Estava tudo errado. Era um sonho, um pesadelo, e eu soube imediatamente. Mas, para o meu pavor, percebi que não conseguia despertar. Eu estava presa nessa caminhada infinita e não sairia do sonho até ter visto tudo.

Então continuei correndo e correndo, esbaforida e desamparada, convencida de que nunca chegaria ao meu destino. Eles estavam rindo mais agora, escandalosamente, e o cheiro era tão agressivo que eu só conseguia respirar através do tecido do xale, e ainda assim o fedor apertava o fundo da minha garganta. Por fim, eu os alcancei e o tempo desacelerou. Foi como se os estivesse vendo embaixo d'água – suas vozes estavam distorcidas e baixas, e o riso insano, forçado, apenas para que eu escutasse.

Parei de repente. Era uma piada da qual eu queria nunca ter participado. Seus rostos estavam sujos de sangue; eles estavam comendo descontroladamente. Meu corpo estava na mesa diante deles, todo dilacerado, irreconhecível exceto pelo rosto. E meus olhos não estavam ali. Vi então que Poppy segurava--os na palma da mão; ela gritou exultante e os estourou na boca.

– Os globos oculares dela explodiram! – ela riu, enquanto um líquido cinza escorria por seu queixo.

Não havia restado quase nada de mim, apenas a cabeça com órbitas vazias. Big Earl revirava as vísceras restantes em cima da mesa, com as mandíbulas sujas de sangue. Até o pastor havia se banqueteado: seus lábios estavam pintados de vermelho, os olhos febris em êxtase enquanto mastigava e mastigava.

Tentei recuar, sentindo meu estômago se revirar e minhas pernas cederem, mas o sr. Morningside me pegou pelo ombro e me puxou para junto dele. Eu conseguia sentir o fedor nele, ver as manchas em todo o seu terno antes imaculado.

Ele franziu as sobrancelhas com preocupação enquanto dedos ensanguentados erguiam meu queixo e me examinavam com atenção. Então ele fez um beiço e inclinou a cabeça para o lado.

– Está perdida, criança? *Está perdida?*

– Está acordada, Louisa? Louisa! Acorde!

Eu estava. Estava? Estranhamente, meus olhos já estavam abertos, mas só então minha visão voltou ao normal. E eu ainda estava engasgando, com ânsia de vômito. Tossi com força, quase batendo a cabeça em dois pares de olhos preocupados. Poppy e Bartholomew estavam sentados ao lado da cama, inclinando-se tão perto de mim que eu sentia a respiração deles em meu rosto. Meu queixo estava úmido. Eu não conseguia parar de tossir. Qual era o meu problema? Será que um sonho poderia ser tão forte assim? Limpei o queixo, pensando que encontraria uma quantidade embaraçosa de baba da noite; em vez disso, encontrei o dorso da mão manchado por uma espuma rosa.

Merda.

– Por que está cuspindo essa coisa rosa? – Poppy perguntou, cutucando minha mão. – Isso é muito incomum, Louisa. Você está doente? Devo chamar a sra. Haylam? Ela saberá o que fazer!

– Não! – exclamei alto demais. Apavorada demais. Peguei o xale dobrado na mesa de cabeceira e limpei a boca furiosamente. Deus, havia muito daquilo. – É... uma coisa de criança trocada.

Poppy ergueu as sobrancelhas. Bartholomew não pareceu convencido.

– É? Deve ser muito inconveniente.

– Ah... é sim – eu disse, forçando um sorriso. – Isso, hum, acontece às vezes quando temos sonhos ruins. Estava pensando em perguntar a respeito disso ao sr. Morningside; ele sabe muitas coisas sobre o Extraterreno.

– É uma ótima ideia – Poppy respondeu com um riso. Ela saltou para fora da cama e o cachorro a seguiu, mas muito mais devagar. Meu colo estava quente; Bartholomew havia passado a noite me protegendo. Olhei para a porta, trêmula, convencida de que ainda conseguia sentir o fedor terrível, como se tivesse permanecido do sonho no fundo da minha boca.

– Ah! – Poppy girou na porta, recostando-se no batente e mordendo o nó de um dedo. Seus olhos percorreram o quarto com nervosismo. – Sobre por que vim acordar você. Então, é melhor se apressar e lavar o rosto. Você tem visita, Louisa.

– Visita? – Ergui a coberta, escondendo o xale sujo embaixo. – Quem viria me ver?

– Seu pai, tolinha. Ele está esperando lá embaixo!

Eu tinha pedido por isso e, no entanto, era a última coisa de que precisava agora.

Espuma rosa. Espuma. Exatamente como no diário, as duas meninas... Ai,

Deus, e agora meu pai, meu verdadeiro *pai. Meu verdadeiro pai que abandonou minha mãe e nos deixou sofrendo com a pobreza e a degradação, que me largou nas mãos de um imbecil que me humilhava e me agredia. Ai, Deus. Ai,* Deus.

Levei mais tempo que o normal para me vestir, pois não só queria ganhar tempo como também garantir que estava apresentável. Havia pouco que eu pudesse fazer para enfeitar o espartilho, as saias e o lenço simples de criada, mas ao menos eu podia garantir que meu avental estava direito e meu cabelo bem trançado. Enquanto meus nervos se tensionavam como uma tempestade no horizonte, tentei sentir um pouco de satisfação em fazê-lo aguardar. Croydon Frost. O que eu esperava? O que *ele* esperava?

Não uma menina simples de rosto comprido, cabelo quebradiço e olhos pretos, isso eu poderia apostar. A maioria dos pais devia imaginar suas filhas como grandes beldades. Senhor, ele teria uma surpresa e tanto.

Segui calmamente pelo corredor depois de pronta, ou pronta o suficiente, lembrando a mim mesma para não parecer ansiosa demais. Confesso que parte mim estava consumida por uma curiosidade vertiginosa. Ainda que ele fosse um patife vil que me abandonara, eu não conseguia não me sentir um tanto eufórica. Era a solução de um mistério, um presente finalmente aberto na manhã de Natal. Ou talvez não, talvez fosse o espanto de uma cobra esperando na grama para me picar.

A porta de Mary estava fechada quando passei. Parei do lado de fora, depois bati. Não ouvi nada lá dentro, mas bati de novo e falei baixinho:

– Prometo visitar depois. Tem muita coisa que preciso lhe contar. Descanse bem, Mary.

Eu estava enrolando e sabia disso. Mas também tinha uma vantagem enquanto me demorava no andar de cima. O primeiro andar tinha vista para o vestíbulo; os dois dividiam as mesmas paredes, o mesmo teto abobadado e os mesmos quadros horrendos de aves. Por isso, recuei alguns passos e caminhei lentamente na direção do parapeito, espiando bem devagarzinho por sobre a beirada, tentando avistar o homem antes que ele me visse. Senti que merecia dar uma olhada nele, uma boa olhada, que durasse o tempo que me parecesse necessário. Talvez isso pudesse dissipar o medo. Talvez me desse coragem.

E lá estava ele. Minha primeira impressão foi que ele era extraordinariamente alto. Ele havia tirado uma cartola brilhante, revelando seu cabelo preto e encaracolado com mechas prateadas. Um longo casaco escuro bordado com um acabamento verde e uma capa amarrada pendia de seu corpo esguio. Três malas de tecido de tamanho modesto estavam apoiadas ao seu lado, e ele tinha uma pequena gaiola enfiada embaixo de um braço, embora não desse para ver nenhum pássaro dentro dela. O rosto dele era... Bem, não exatamente igual ao meu, mas eu definitivamente conseguia notar a semelhança. Seus olhos também eram escuros, ainda mais pretos do que os meus, e ele também tinha o rosto fino. Era dominado por um nariz de falcão, grande demais, alguns diriam, mas contrabalançado por um queixo quadrado com uma covinha. No geral, ele não era exatamente um homem bonito, mas era vistoso, e estava parado com uma inclinação relaxada e autoritária dos quadris, como se, depois de alguns momentos, já fizesse parte do lugar.

Ele passou a gaiola para o outro braço, deixou os olhos percorrerem a sala e foi então que me viu.

Era hora de descer e sair do esconderijo. Fingi que não o estava espionando, mas é claro que minhas bochechas pálidas coraram de vergonha. Isso não era bom. Aprumei os ombros e desci a escada como uma rainha prestes a se dirigir a seus súditos. Afinal, ele tinha mandado uma carta implorando para que eu o aceitasse, e isso significava que eu tinha a vantagem ali. Eu tinha começado a me perguntar se ele estava sofrendo de alguma doença terrível e queria corrigir seus erros antes de morrer. Os homens sempre ficavam terrivelmente preocupados com sua reputação quando a morte pairava perto.

– Aí está você – ele disse quando cheguei ao último degrau. A severidade de seu rosto mudou e ele soltou um suspiro com todo o corpo, as sobrancelhas caindo de alívio.

– A sra. Haylam sabe que o senhor chegou? – perguntei, mantendo uma distância segura. Cruzei os punhos diante da cintura, empertigada. Não me jogaria nos seus braços nem o abraçaria.

– Sabe sim – respondeu. Ele pousou a gaiola no chão com cuidado e deu alguns passos na minha direção, gesticulando com a cartola. – Eu… pedi que ela esperasse em relação às acomodações. Cabe a você decidir se permaneço ou se vou embora.

Eu tinha imaginado que ele teria um sotaque como o meu, mas as viagens ou o tempo o desgastaram e alteraram, até não ser mais irlandês ou nenhuma outra coisa, mas unicamente seu.

– Então o sr. Morningside lhe fez um convite – eu disse. – Eu não fazia ideia de que chegaria a você em tão pouco tempo. Foi tudo muito… rápido.

– Ah! Ah. – Ele mordeu o lábio inferior e apertou a aba da cartola com as mãos. – Não houve convite, Louisa. Vim por conta própria. – Ele devia ter visto a fúria em meu rosto porque ergueu uma mão como se para evitar que eu partisse para cima dele. – Por favor, não se enraiveça. Por favor. Apenas precisava ver você com meus próprios olhos. Se quiser que eu parta imediatamente, eu vou.

Fechei os olhos, sentindo meus punhos se cerrarem, as unhas se cravando nas palmas das mãos. Quanta audácia a desse homem. Quanta audácia depois de todo aquele tempo. Inspirei fundo, jurando a mim mesma que não valia a pena estrangulá-lo naquele momento. Ainda assim, eu estava magoada. Mais do que magoada – sentia uma dor em um lugar no peito que nem sabia que existia. Respire. *Respire.*

– Como conseguiu me encontrar?

– Contratei alguns homens – ele disse, com um dar de ombros. – Eles começaram em Waterford e chegaram até aqui. Encontraram sua antiga escola, mas fazia meses que a diretora não via você. Não havia muitas cidades perto o suficiente para caminhar, então recomeçaram de lá.

– Você me caçou como uma ladra – murmurei, com frieza. – Que lisonja.

– Como isso seria interpretado quando a encontrasse não era minha prioridade – ele disse, ganhando um pouco de severidade também. Mas ele se conteve, baixando a cabeça, fazendo o papel de pai atormentado. – Creio que deveria ter pensado melhor nisso. Vou-me embora.

– Não! – Senti raiva pela velocidade como o pedido saiu, pelo pouco controle que eu tinha sobre a palavra. – Não... ainda não. Há coisas que desejo saber, coisas que quero ouvir do senhor, e depois você pode seguir seu caminho.

– Eu tinha esperanças de partir com você – ele admitiu. – Tolice, eu sei, mas um homem pode sonhar. Que pai não gostaria de mimar uma filha que tanto merece?

– Você não me conhece – retruquei. – Não sabe o que mereço.

– Bom, nesse caso, gostaria de mudar essa situação. – Meu pai (pois era isso que ele era – a semelhança era inegável, ainda mais agora que o via mais de perto) veio na minha direção. Ele parou a uma distância polida e fez uma reverência. – Croydon Frost. Nosso encontro e essa apresentação são há muito ansiados. Mais do que você pode imaginar.

– Posso imaginar, sim. Estava viva durante todo esse tempo. – Fiz uma reverência curta e suspirei, passando por ele e examinando sua bagagem. O cheiro de perfume de pinheiro subia de suas posses. – Não espere que eu, sei lá, ame o senhor ou algo assim. Ou que aja como sua filha.

– Muito bem.

Das cozinhas, vi Poppy e a sra. Haylam nos bisbilhotando com interesse. Elas nem tentaram esconder.

– E, quando eu pedir que vá embora de vez, é melhor obedecer.

– Entendo – ele disse, mas ouvi a tristeza em sua voz.

– Tenho trabalho a fazer aqui, então não posso passar todo o tempo com o senhor. Sou bastante ocupada, sabe, então não espere cortesia. – Ele não disse nada, mas quem cala consente. Peguei uma de suas malas e fiz sinal para Poppy. – A sra. Haylam pode decidir onde colocá-lo. Bem-vindo à Casa Coldthistle.

Capítulo Vinte e três

— Dá pra acreditar? É… Nem sei se existe uma palavra para isso, Mary. É revoltante! – Eu estava andando de um lado para outro no quarto da pobre Mary, enchendo seus ouvidos de reclamações sobre o aparecimento súbito do sr. Croydon Frost. – Vir aqui sem meu consentimento! Mandar aquela carta ridícula implorando minha permissão e depois ignorá-la completamente! E pensar que eu o convidaria, só para roubá-lo, claro, mas ainda assim! Detesto aquele homem, Mary, já detesto aquele homem!

O discurso terminou comigo me jogando ao lado dela na cama. Ela estava toda coberta, com as costas na parede perto da janela e um livro aberto no colo. Parecia muito mais saudável, as bochechas mais cheias e coradas. Sua aparência estava tão melhor que quase esqueci a fúria em meu peito.

– Acalme-se – ela disse, pegando minha mão e a apertando. No entanto, dava para ver que ela estava adorando toda a fofoca, pois seus olhos verdes brilhavam de interesse. – Você só conhece o homem faz cinco minutos; talvez seja cedo demais para julgar o que pode vir disso.

A única coisa boa que podia vir disso era uma fortuna para nos levar para longe dos terríveis perigos da Casa Coldthistle. Eu teria uma vida solitária se eu depenasse meu pai e gastasse esse dinheiro sozinha, sem amigos com quem dividir a fortuna. Sorri para ela e sacudi a cabeça.

– Você é boa demais, Mary, ninguém é digno de você. Exceto talvez Chijioke. – A vermelhidão em suas bochechas ficou mais forte e o rosto dela se fechou. – Não, esqueça que comentei isso! Desculpe, de verdade, não deveria me intrometer…

– Ele contou a você sobre a escultura – ela disse, desviando os olhos para a janela. – Preferia que não tivesse contado.

– Não faço ideia do que estava acontecendo entre vocês dois e não é da minha conta. A única coisa que *vou* dizer é que ele tem sido um amigo maravilhoso para mim nos últimos meses. Lee decidiu que me detesta, o que é direito dele, e eu teria ficado terrivelmente sozinha sem Chijioke para me fazer companhia – eu disse. – Só… Bem, aqui está você me aconselhando a dar tempo ao tempo e agora vou dizer o mesmo a você.

Mary assentiu e deu um tapinha na minha mão.

– Então vou seguir meu próprio conselho.

Saí da cama e fui até a janela, abrindo metade da cortina. Mason e o pai estavam no quintal tendo uma conversa não muito amistosa, a julgar pelos gestos febris do rapaz. O caixilho tinha ficado aberto e havia um cheiro amadeirado no ar.

– Parece que ninguém aqui tem sorte quando o assunto é família – eu disse baixo. – Eu deveria mandá-lo embora. É exaustivo sentir tanto ódio.

– Você poderia tentar perdoá-lo – Mary sugeriu.

– Não – suspirei. – Parece exaustivo também. Além disso, não acredito em perdão. Ou algo incomoda você ou não. Perdão é para o outro, para fazer o outro se sentir melhor por ter sido cruel ou egoísta.

– No entanto, tenho certeza de que você gostaria que Lee a perdoasse.

Estremeci. Ela tinha razão.

– Isso não vai acontecer, nem deveria.

Mary fechou o livro e cruzou as mãos sobre ele. Pude sentir que ela me encarava, mas não tirei os olhos de Mason e do pai.

– Por que está tão decidida a sofrer?

– Não sei – sussurrei. – Queria saber.

Tunc.

– Ei! – Dei um salto para trás da janela. Alguém havia jogado uma pedra, errando o vidro por pouco.

– O que foi isso? – Mary perguntou, inclinando-se para fora da cama.

Terminei de puxar a cortina e abri mais a janela, deixando entrar uma rajada de ar úmido e o traço sulfuroso da nascente próxima.

– O senhor precisa de alguma coisa? – gritei para baixo. Os dois Breen eram as únicas pessoas que eu conseguia ver no quintal; um deles devia ter atirado a pedra.

Mason vasculhou as janelas em busca da origem da voz, então me avistou e protegeu os olhos, franzindo a testa.

– Ei. O que você disse?

– O senhor precisa de algum auxílio? Ouvi a pedra que atirou...

– Pedra? – Ele sacudiu a cabeça e olhou de soslaio para o pai, que parecia igualmente perplexo. – Você deve estar enganada! Talvez tenha sido a dilatação da casa ou grãos de poeira levados pelo vento?

Dilatação da casa, claro.

– Meus perdões por incomodar o senhor – gritei em resposta, apoiando-me no parapeito para observá-los com atenção. Se tentassem me enganar de novo, eu os pegaria.

– Que estranho – Mary disse, olhando para mim. – Acha que ele está mentindo?

– Óbvio – murmurei. – Há dois outros homens que eu adoraria ver irem embora.

Através da porta fechada do quarto de Mary, ouvi a voz da sra. Haylam. Ela estava chamando ou, melhor, gritando meu nome. Apoiei a cabeça na parede, frustrada. Será que eu não podia ter um momento de paz com Mary? Seria pedir demais?

– O dever chama – ela disse com tristeza, lendo meus pensamentos.

– Como sempre. Você vai ficar muito chateada se eu for? Prometo voltar em breve, minha amiga. Senti tanto sua falta, me alegra ver que está melhorando.

Mary estendeu a mão e fui até ela, apertando seus dedinhos quentes e sorrindo.

– Só vou ficar chateada se ficar longe por tempo demais.

– Você é um anjo – eu disse, virando-me para sair. – Ou... quer dizer, qualquer que seja o equivalente, sabe, para nós.

Seu riso me seguiu porta afora, e tentei guardar esse som e me envolver nele como um escudo. Ao menos, ela estava se recuperando; tudo mais podia ser estranho e confuso, mas a perseverança dela me dava uma gotinha de esperança.

Dei passos rápidos, notando um vazio estranho na casa. Com exceção de meu sonho horrendo, eu não tinha visto nenhum Residente o dia todo. Antes, eles viviam à porta de Mary, provavelmente para protegê-la de quem quer que tivesse matado Amelia, mas agora haviam desaparecido. Então lembrei da minha conversa com o sr. Morningside e cogitei se eles não teriam sido mandados para vasculhar o terreno em busca do monstro lupino. Fazia sentido, considerando que conseguiriam cobrir muito mais terreno do que qualquer um de nós a pé e se camuflar perfeitamente entre as sombras das árvores.

A sra. Haylam esperava no vestíbulo, batendo os pés. Ela estava desgrenhada, cansada, com olheiras notáveis sob os olhos e o coque mais firme do que de costume. Todos maus sinais.

– Você já cuidou do quarto do sr. Breen? – ela perguntou, sem nem um cumprimento.

– Sim, senhora – respondi, diligente. Eu não estava a fim de brigar e ela claramente também não.

– E a roupa de ontem, já pendurou?

– Sim, e varri a despensa. – *De má vontade*, acrescentei mentalmente.

O olho bom da sra. Haylam me analisou como se fosse capaz de revelar uma mentira. Em seguida, ela assentiu e apontou para a porta verde atrás de mim.

– O sr. Morningside quer você de volta ao trabalho. Depois você pode socializar.

Fiz uma reverência educada e me virei em direção à porta, depois parei e falei enquanto ela voltava às cozinhas:

– Obrigada por dar um quarto para o meu… para Croydon Frost.

– Não me agradeça, menina. Se dependesse de mim, ele dormiria no celeiro.

– Eu não veria mal nisso – respondi. Então a ouvi gargalhar antes de abrir a porta verde e ser tragada por ela.

Ano um

Diário de Bennu, o Corredor

Por um breve momento, avistamos terra em Cnossos antes de seguirmos caminho para Pilos a bordo de um navio mercante ateniense. Eu nunca tinha estado no mar e, no começo, os balanços constantes me causaram enjoo por horas sem fim. Quando chegamos a Pilos, eu já me sentia um marujo experiente, acostumado ao ondular do convés e gostando cada vez mais do cheiro de sal fresco no ar.

Nada poderia me preparar para a beleza de Pilos, com suas águas cristalinas e casas brancas e diáfanas empilhadas na costa, o verde explosivo dos abetos e ciprestes envolvendo as cidades como um grosso xale esmeralda. Ao anoitecer, observamos a cidade acima de nós brilhar fracamente com lamparinas. Mais tarde, chamas protegidas iluminaram o caminho ao longo das passarelas muradas quando começamos nossa subida, açoitados pelo vento refrescante do mar às nossas costas.

– Será bom dormir em terra firme de novo – eu disse a meu companheiro. Nós dois usávamos capuzes volumosos cor de marfim que se dobravam em volta do pescoço e ocultavam nossas estranhas marcas e minha bolsa pesada.

Khent me perscrutou de baixo de seu capuz fundo, sorrindo.

– E será bom comer carne de cordeiro de novo. Estou farto de todo aquele peixe.

Eu havia notado seus estranhos hábitos alimentares em Cnossos. Ele quase não comia cebola ou cevada nas refeições e tirava a carne e o peixe do fogo muito antes de eu considerá-los comestíveis. Mas ele era um tipo estranho no geral, como vim a descobrir. Tendia a ouvir claramente coisas que eu não escutava e tinha o sono espasmódico, acordando ao menor ruído. Mas ele era um companheiro de viagem agradável e eu estava grato por não enfrentar mais esses perigos sozinho.

Nós nos demoramos para entrar na cidade propriamente, pois nossas pernas haviam se acostumado ao mar. Era bom caminhar e esticar as pernas, olhar em volta e ver mais do que apenas turquesa em todas as direções. Eu estava sem ar e pronto para descansar quando passamos pelos portões. Era tempo de paz, e não fomos questionados, pois passamos despercebidos no ir e vir movimentado das docas.

– Será mais difícil encontrar abrigo aqui – Khent me alertou. – A Mãe e o Pai são venerados em toda parte, mas aqui os templos aos deuses antigos são mais vigilantes. Talvez seja melhor nos hospedarmos em uma pousada.

– Nossos abrigos estão sendo vigiados – concordei. – Eles não são mais seguros.

Khent concordou com a cabeça e, juntos, avançamos através da multidão que enchia as ruas. O mercado tinha começado a encerrar as atividades e vendedores e compradores estavam se preparando para ir para casa.

– Não sei até onde a influência de Roeh se estendeu, mas o Senhor das Trevas tem servos por toda parte. Necromantes e demônios de dedos envenenados, belas mulheres que atraem homens e arrancam seu coração à noite... Seremos caçados de todas as direções, meu amigo. O mar foi um alívio, mas esse bálsamo chegou ao fim.

– O Senhor das Trevas – murmurei. Eu podia ver Khent procurando abrigo. Ele erguia os olhos verificando todas as portas pelas quais passávamos em busca de sinais de uma pousada. Parecia também que ele estava inspirando mais, farejando, como se seu nariz pudesse guiá-lo a um destino seguro. – Meryt e Chryseis me falaram dele uma vez, mas apenas aos murmúrios. Não sei como alguém poderia venerar algo perverso.

– Não somos tão diferentes assim – Khent respondeu. Enquanto saíamos da praça do mercado, cercados por todos os lados por prédios altos, brancos e reluzentes, a multidão foi diminuindo, mas o cheiro de comida ficou mais forte. Meu estômago roncou, enjoado de tanto peixe seco e pão duro no barco. – A Mãe e o Pai comandam as árvores e as criaturas, seres maravilhosos que nascem da água e do ar. Mas também comandam o javali, que às vezes mata o caçador, e o oleandro, que envenena o cão. Dizem que os servos do Senhor das Trevas atacam apenas os mais nefastos dentre nós, mas seus servos são novos neste mundo, e não confio que continuará assim para sempre.

– O mal caçando o mal – murmurei, pensativo. – Não é tão ruim assim.

Khent riu. Ele tinha um riso contagioso, um som alegre completamente dele. Às vezes me fazia lembrar de hienas rindo juntas nas planícies.

– Não estamos fazendo o mal aos olhos deles agora? Somos servos de outros mestres, mestres mais poderosos. E, se Roeh e o Senhor das Trevas querem vê-los destruídos, eu hesitaria em chamar algum deles de "amigo". Ah! Aqui.

Ele parou diante de uma pequena pousada. A placa tinha se apagado, mas eu não entendia direito o idioma para saber o que dizia. Estava ruidoso do lado de dentro, cheio de bêbados que tinham começado cedo. Era perfeito para dois jovens e discretos viajantes desaparecerem. Ninguém nos ouviria com o alvoroço dos homens, a maioria marinheiros, que se pavoneavam, jogavam dados e trocavam insultos, ansiosos por uma briga.

Encontramos o estalajadeiro dormindo no canto enquanto sua mulher e sua filha corriam para encher xícaras e entregar tigelas fumegantes de ensopado de peixe, azeitonas e pão para os marujos.

Khent quase gritava, batendo o punho na frente do rosto do estalajadeiro, e supus que ele estava pedindo um quarto. O homem acordou com um sobressalto. Tinha o rosto amarelado e flácido, o cabelo preto ralo e a barba falha.

Eles negociaram brevemente. O estalajadeiro nos olhou com desconfiança, depois entregou uma chave e pegou a moeda dos dedos de Khent antes que pudéssemos mudar de ideia.

– Que sujeito encantador – Khent ironizou, puxando-me para os fundos da pousada na direção de uma mesa perto da lareira. – Mantenha a voz baixa, não sabemos que preconceitos espreitam entre essas pessoas.

– Estou cansado demais para falar mesmo – eu disse, juntando-me a ele à mesinha e me deixando cair no banco como um saco de tijolos. A alça da bolsa deixara uma marca funda em meu ombro, um hematoma roxo e preto que só aumentava a cada dia. Às vezes, Khent se oferecia para carregá-la, mas eu tinha sido incumbido de entregar o livro e, por isso, nunca permitia que ele o levasse por muito tempo.

– Não, imagino que você só vai pegar aquele seu caderninho e escrever sem parar – ele brincou. Fez sinal para a filha do estalajadeiro, que soprou uma mecha de cabelo suado da frente do rosto e veio até nós. Khent foi gentil e educado; na mesma hora vi a mudança no rosto dela, que estava obviamente grata por ter dois fregueses mais calmos e tranquilos. Ele lhe deu uma moeda logo de início, o que também a agradou. – Por que você escreve tanto naquele caderno? Um livro só já não é demais para carregar?

– Não sei – eu disse, olhando para o fogo. – Só quero lembrar que fiz isso tudo, que eu... que fui relevante. No começo, era apenas um registro do que acontecia, mas agora parece mais do que isso. Não quero que esta história, minha história, nossa história, simplesmente desapareça. Vimos coisas terríveis e maravilhosas, e essas imagens devem ser registradas.

Khent assentiu, sorrindo para a menina quando ela retornou com dois copos espumantes de cerveja. Ela corou sob a atenção dele, e não foi difícil entender o porquê.

– Bom, sua caligrafia é um desastre – ele disse depois que ela se foi. – Que tipo de escriba lhe ensinou? Um cego?

– Não é um desastre *– retruquei, defensivo. – Ninguém pode ler. É uma linguagem só minha. Taquigráfica. Todas essas curiosidades e esses segredos devem ser registrados, mas não são para qualquer um.*

Ele arqueou as sobrancelhas e seus olhos roxo-escuros cintilaram por sobre o copo de cerveja.

– Nada mal, Bennu. Você é sempre cheio de surpresas.

– Assim como você, meu amigo. – A cerveja não estava gelada, mas tinha um gosto maravilhoso, o suficiente para lavar o resíduo salgado que restava do mar. – O que são essas marcas em seus braços? De onde você veio? Parece ser filho de um nobre e não fala como ninguém que já conheci em minha vila. Fala grego perfeitamente. Que tipo de escriba lhe *ensinou?*

Ele soltou aquele riso estranho e desvairado e tomou um gole da cerveja.

– Eu gosto de você, Bennu, o Corredor, gosto muito de você. E, quanto à sua pergunta, foi um escriba da realeza quem me ensinou, e isso é tudo que você precisa saber por enquanto.

Ficamos duas noites na estalagem, duas noites tranquilas e abençoadas de descanso. Khent ainda tinha um sono espasmódico, mas isso não me incomodou. Na verdade, era bom ter alguém tão vigilante ao meu lado. O livro que eu carregava atraía azar, como o mel atraía moscas, e a vigilância dele me deixava dormir melhor. Passamos quase todo o tempo na hospedaria, o que permitiu que eu descansasse de carregar a bolsa e meu ombro começasse a cicatrizar. Mas não podíamos ficar ali para sempre, o que ficou óbvio na terceira manhã, quando acordei de terrores noturnos, com saliva rosa escorrendo dos lábios.

Khent viu, pois sempre acordava muito antes de mim e, na mesma hora, vestiu seu manto de viagem.

– Está na hora de seguirmos em frente – ele disse, solene.

– O que isso significa? – perguntei, saindo pesaroso de baixo dos cobertores e limpando o queixo em um pano da bacia. – Já vi isso antes. As meninas que me mandaram nesta jornada estavam rezando perto do livro e tiveram visões...

– É a Mãe falando com você – ele disse, e me entregou o casaco. – Significa que precisamos partir.

E foi o que fizemos, saindo pelo portão norte, pegando uma carona com um pastor de cabras abastado que aceitou nos levar em sua carroça durante os trechos mais íngremes e traiçoeiros para fora da cidade. Meus pés agradeceram, mas ele só podia nos levar até o interior, o lugar mais verde que eu já tinha visto, com montanhas rochosas pontilhadas por ovelhas peludas e cabras pastando. Naquela noite, nós nos abrigamos em uma cabana de pastor abandonada sob a sombra de pinheiros altos. Era estranho estar tão longe de casa, ver as colinas relvadas, e não a velha corrente serpenteante do Nilo.

Khent buscou feixes de grama do pequeno bosque atrás de nós e me ajudou a empilhá-los em trouxas para dormir. Em seguida, fez uma pequena fogueira à frente da cabana. Então nos sentamos e observamos as estrelas nascerem, comendo o queijo de cabra que nos foi dado pelo pastor prestativo. Uma sombra surgiu no céu enquanto comíamos, um ser ondulante que flutuava à frente das estrelas, mais alto do que um pássaro seria capaz de voar, mas não demais. Era gigante, preta, com tênues listras amarelas e vermelhas. Levei um susto e apontei, de boca cheia, observando-a planar sem dificuldade.

– Uma Serpente Celeste – Khent disse, sorrindo. – Um bom agouro, meu coração se alegra por vê-la. Nós a seguiremos em breve. Devemos partir enquanto ainda temos a proteção da noite.

Eu me aconcheguei sob o manto e tentei dormir, mas a encosta da colina logo ficou fria, fria demais para que nossa fogueira nos aquecesse, e me senti vulnerável. A velha cabana caindo aos pedaços oferecia uma visão clara de nós deitados lá dentro. Acho que não dormi até ouvir a canção.

Era baixa no começo, assombrosa, uma canção de ninar que ficava amarga. Triste. A mulher que a cantava parecia estar sofrendo. Mas era bonita e, por um tempo, repousei como se dentro dela, reconfortado por seus versos baixos e serpenteantes. Logo escutá-la nos sonhos não bastava e despertei, revigorado.

Eu não saberia dizer quanto tempo havia se passado, mas a lua estava cheia de novo, quase ostentosa de tão brilhante no céu.

A Serpente Celeste não estava lá, mas a canção continuava; por isso, saí de baixo do manto e me levantei. Parecia errado abandonar a bolsa, pois era meu dever protegê-la; então, a pendurei no ombro e me crispei de dor. Ignorei o desconforto e saí atrás da canção. Eu me sentia compelido a encontrá-la, tão atraído por ela quanto uma gaivota pelo mar. Ela vinha da floresta próxima, onde entrei, sentindo os galhos de pinheiro roçarem em minhas bochechas enquanto buscava às cegas, usando meus ouvidos, e não meus olhos, para me orientar.

A canção ficou mais alta. Tinha palavras, mas ao mesmo tempo não tinha, ou eu não as entendia; elas se curvavam em si mesmas. Então a mulher estava cantando uma nota, uma nota aguda que apertava meu coração, agitando uma ânsia ali que me deixava à beira das lágrimas. Por que ela estava tão triste? Eu tinha de encontrá-la.

Um córrego minúsculo cortava caminho entre as árvores e meus pés chapinharam nele. A água me guiou a uma grande pedra arredondada onde ela estava sentada. Eu nunca tinha visto uma mulher tão bela em toda a minha vida. Ela era negra e roliça, de olhos arregalados e felinos, e não usava nada além do cabelo preto que a cobria como um manto e se espalhava em volta de seus pés. Seus joelhos estavam unidos junto ao peito enquanto passava os dedos no cabelo e cantava, os lábios brilhantes parecendo tingidos de ouro.

– Está perdida? – perguntei.

– Não. – Ela interrompeu a canção com uma risadinha, com aqueles olhos escuros e belos fixados em mim. – E você?

Ela me chamou para perto e atendi, completamente enamorado. Eu nunca havia desejado tanto uma pessoa, desejado sentir seu corpo junto ao meu, conhecer seu toque, seu aroma… Os olhos dela fincaram anzóis nos meus e subi com facilidade o pedregulho onde ela estava sentada, sentindo um estranho fio sedoso se enrolar em torno das minhas pernas. Deixei a bolsa cair. De que importava o livro quando aquele ser existia?

– Como se chama? – perguntei, em desespero. – Preciso saber.

Com um dedo embaixo do meu queixo, ela sorriu, mostrando-me três fileiras de dentes pontiagudo, que eram belos também. E o simples toque da ponta de seus dedos parecia capaz de me curar de todos os males.

– Talai – ela disse, a voz sedutora –, mas você viverá apenas para dizê-lo uma vez.

Seu cabelo preto e comprido tinha se enrolado em torno dos meus tornozelos. Pude senti-lo me apertando, segurando-me. Então outros fios se enrolaram em torno dos meus braços e subiram por meus ombros, aprisionando-me como uma teia negra e sedosa.

– Talai – repeti, mas seu feitiço estava começando a se quebrar. O aperto excessivo de seu cabelo em torno dos meus braços e pernas me fez voltar a mim com espanto e me debati, sacudindo os membros de um lado para outro. Seu sorriso só aumentou diante de meu pânico e das minhas lágrimas; o luar cintilava em seus muitos, muitos dentes.

Ela começou a me puxar cada vez mais para perto, e nada que eu fazia me livrava de seu aperto ferrenho. Pelo canto do olho, vi mais uma mecha serpenteante de cabelo se enrolar em torno da minha bolsa e pegá-la. Estava fora do meu alcance e gritei, na esperança de que Khent, em sua vigília, despertasse e viesse ajudar. Eu tinha falhado conosco por minha estupidez e agora essa criatura estava com o livro.

Seu hálito, pútrido e ácido, banhou-me. Engasguei e fechei os olhos, sem querer assistir ao horror de seu rosto se aproximando. Aquela bocarra enorme e devoradora estava em cima de mim, colando-se a meu rosto como uma sanguessuga, enquanto dentes insuportavelmente afiados rasgavam minha pele. Ela estava me silenciando para sempre, embora eu ainda gritasse e gritasse dentro de sua garganta.

O chão da floresta tremeu sob nós e, por um momento, senti alívio. A criatura paralisou e o levíssimo beijo pungente de seus dentes formigava em minha pele. Eu não conseguia respirar o ar ácido e quente dentro de sua boca, mas ao menos ela tinha se distraído pelo barulho. Então o clamor veio outra vez, e mais uma, as árvores à nossa volta sacudindo como se derrubadas por um gigante. De trás, veio um grito ensurdecedor, um grito agudo e canino como se cem chacais uivassem em uníssono.

Trum. Trum. Trum.

Passos. Que terror maior tinha vindo para acabar comigo e com aquele monstro? Fiquei imóvel nos braços da criatura, chorando enquanto a pedra sob nós estremecia, ameaçando se deslocar e nos fazer tombar no chão. Mas não caí – pelo contrário, fui erguido, e não pelos cabelos abomináveis da criatura cantante, mas por mãos enormes, fortes, quase humanas.

Então fui jogado de lado, arrancado do aperto de uma criatura e puxado por outra. Rolei na grama úmida da floresta e arfei, caindo de costas e rastejando para a cobertura das árvores. O ser que havia me salvado era mais alto que o mais alto dos homens, coberto de pelos sarapintados de cinza e preto, com um risco nas costas e grandes orelhas pontiagudas. Bendita terra, era impossível acreditar nos meus próprios olhos, mas eu já tinha visto aquele ser antes, centenas, milhares de vezes – era Anúbis em pessoa. Não de pedra, mas de carne e osso. Mais estranho ainda: seus ombros e braços, musculosos como os de um homem, tinham marcas tênues sob o pelo. As marcas de Khent.

Talai gritou para ele, sibilando, levantando-se sem medo sobre o pedregulho e se lançando para morder. O monstro chacal – Khent, ou assim eu desejava, pois não queria ser seu próximo alvo – pegou Talai facilmente pela garganta e apertou, arrancando um grito agudo e gorgolejante dela. Ele a bateu contra o pedregulho e, embora atordoada, ela logo voltou a se levantar e recuou, sibilando e cuspindo, o pescoço já enegrecido pelo hematoma.

Anúbis renascido foi atrás, perseguindo a mulher enquanto ela corria para as trevas. Ouvi um uivo terrível e outro grito, então os sons de sua batalha foram ficando cada vez mais distantes, até eu estar finalmente sozinho com o borbulhar baixo do riacho. Sangrando, aterrorizado, levantei e arrastei-me atrás da bolsa, pegando-a com as duas mãos e mancando de volta à cabana do pastor.

Eu a encontrei em escombros. Não havia nada além de nossos mantos entre os destroços.

Capítulo
Vinte e quatro

— Preciso que você pule para o final.

O sr. Morningside folheou minha última tradução. Havia uma fatia de bolo de limão com cobertura na frente dele, que ele comia dedicadamente entre um e outro elogio ao meu trabalho.

– Está tudo ótimo, excelente, na verdade, mas preciso saber onde termina – ele disse, batendo o embrulho de papéis na mesa. Meus olhos doíam de tanto se esforçarem sob a luz de velas e meus dedos estavam manchados de tinta. Eu me recostei e fitei o diário em estupor, a cabeça girando de perguntas. – Aonde eles vão? – o sr. Morningside acrescentou. – Onde param? Encontre isso e traduza. O restante – ele disse, arqueando as sobrancelhas e espetando a sobremesa – é apenas a cobertura no bolo, minha cara.

Eu o encarei, irritada com seu bom humor.

– Meu pai está aqui, sabia? – perguntei, cruzando os braços diante do peito. – O senhor não chegou a escrever para ele…

– Estava planejando fazer isso.

– Mas não chegou a fazer. – Bufei e desviei os olhos, preferindo encarar as chamas azuis na lareira da biblioteca. – Não acredito nisso.

– Em que parte? – ele perguntou, terminando o bolo e lambendo os farelos dos dedos.

– *Nada disso.* – Desisti, apoiando os antebraços na mesa e pousando a testa neles.

O sr. Morningside me deu um tapinha condescendente no ombro e se levantou de onde estava apoiado na mesa.

– Você o queria aqui e agora ele está aqui, Louisa. Realmente não vejo qual é o problema. Quer que eu tente conversar com ele?

– Não – resmunguei. – O senhor só vai piorar as coisas.

– Quanta grosseria. – Ele andou de um lado para outro em frente à mesa e ouvi suas botas de equitação batendo no tapete. – Essa vai ser uma distração grande demais para você? Não importa quão persuasivas o pastor julgue essas partes do diário. Em algum momento, você será convocada a falar e preciso que esteja no seu melhor.

Ergui a cabeça com dificuldade e lhe lancei meu olhar mais exaurido.

– Pareço estar no meu melhor?

Parando de andar, o sr. Morningside apoiou os dedos sob o queixo e disse:

– Muito bem. Vejo agora que andei exigindo demais de você. O Tribunal não pode ser protelado por muito tempo, mas do que você precisa?

– Um dia – respondi depois de um momento de consideração. – Apenas... um dia para resolver as questões com meu pai e terminar este trabalho para o senhor. Um dia sem tarefas da sra. Haylam ou sem ter de comparecer a seu inquérito estapafúrdio. Um dia e talvez eu me sinta... – Melhor? Humana? Normal? Como eu me sentiria? – Pronta.

Ele assentiu e girou rápido em direção à mesa, batendo nela com a palma da mão.

– Um dia eu posso conceder a você. Tire o dia para você amanhã, Louisa, faça o que quiser. – Esse acordo pareceu agradá-lo ou, ao menos, satisfazê-lo. Então o sr. Morningside passou por mim com um assobio, andando rápido em direção à porta que levava para o corredor infinito e o escritório dele. – Ah! E há uma coisa a menos com que se preocupar – ele disse enquanto abria a porta.

– Como assim? – girei na cadeira para encará-lo.

– Descobri quem matou Amelia.

Isso me fez me empertigar.

– Foi Finch? Sparrow?

– Sparrow? Rá! Não, minha cara, foi Mary. Ora, bem, Amelia nos deixaria de qualquer maneira, agora precisamos apenas decidir o que fazer com o resto deles...

Ele começou a fechar a porta, mas me levantei de um salto, correndo pela sala na direção dele.

– Mary? – exclamei. – Mas como é possível?

O sr. Morningside sorriu e espreitou pela fresta na porta. Apenas um olho amarelo e brilhante era visível enquanto murmurava:

– Não tenho a pretensão de conhecer a fundo nem meus amigos mais antigos, Louisa, e você também não deveria ter.

Eu já não tinha mais certeza sobre muitas coisas, mas algo que sabia no fundo do coração era que Mary não poderia ser uma assassina. Nada em seu aspecto gentil e em sua bondade me dizia que ela era capaz de transformar Amelia Canny em uma casca ressecada com os globos oculares liquefeitos. Em vez de me libertar de uma preocupação, o sr. Morningside havia apenas acrescentado mais uma à pilha crescente.

Mary, uma assassina. Essas três palavras rolaram sem parar pelo meu crânio durante o dia todo, chacoalhando de um lado para outro enquanto eu servia o almoço para Mason, seu pai e Samuel Potts; enquanto eu ajudava Chijioke a juntar lenha na beira da floresta; e enquanto eu permanecia sentada, estupefata, durante todo o nosso jantar. Mary não se juntou a nós; ela agora tomava apenas um pouco de caldo pela manhã e antes de dormir, e ficava em seu quarto repousando. Também não vi meu pai, embora Poppy tivesse nos anunciado no jantar que ele sabia maravilhas sobre flores e tinha lhe dado uma aula sensacional sobre dentes-de-leão e todas as suas propriedades medicinais.

– Que bom para você! – eu havia dito, atordoada.

A sra. Haylam a mandou se calar, talvez pensando que eu não queria ser incomodada com histórias sobre meu pai, o que era verdade, mas minha real distração girava em torno de Mary. Não fazia nenhum sentido. Por que descontar em Amelia? Elas provavelmente nem sequer tinham se conhecido, e nada que eu havia aprendido sobre Mary ou suas habilidades me levava a crer que ela pudesse assassinar alguém com tanto sangue-frio. *Não tenho a pretensão de conhecer a fundo nem meus amigos mais antigos.* Havia alguma sabedoria nisso? Meus olhos perpassaram a mesa, recaindo primeiro sobre a sra. Haylam, depois Poppy e finalmente Chijioke. Eu não achava que conhecia nenhum deles intimamente, mas seria mesmo possível saber tão pouco sobre as pessoas nesse lugar?

Quer eu gostasse, quer não, eu tinha passado a confiar em Poppy e Chijioke, particularmente em Chijioke, e talvez isso fosse um erro. Se Mary podia sugar a vida de uma jovem e não comentar nada a respeito, talvez os outros também fossem igualmente volúveis e imprevisíveis.

Eu me retirei para o meu quarto naquela noite com a cabeça cheia de perguntas incômodas. Passei a temer a noite, certa de que, toda vez que dormisse, um novo e vívido pesadelo me aguardava. Mas a noite passou de maneira relativamente tranquila, apenas com sonhos vagos com a voz de uma mulher ao longe; ela parecia assustada e triste, mas em momento nenhum consegui entender o que tentava me dizer. Foi uma felicidade acordar depois de uma noite inteira de descanso, e isso me persuadiu a crer que o restante do dia se desenrolaria de maneira igualmente agradável. Eu me vesti às pressas e corri para um desjejum rápido no andar de baixo. Ainda não havia nenhum sinal dos Residentes no caminho.

A sra. Haylam me presenteou com um prato de lombo e pão com manteiga sem nenhum comentário.

Eu me sentei à mesa sozinha, ouvindo Chijioke cantarolar uma melodia enquanto enxotava os cavalos no celeiro; sua canção distante atravessou a grama até as cozinhas pela porta aberta. Prometia ser um dia quente e abafado, e a casa já estava vibrante com um calor pegajoso.

– Chijioke vai à cidade hoje? – perguntei para puxar conversa.

A sra. Haylam esfregava um vaso antigo na pia, com as costas magras viradas para mim.

– Os Breens estão decididos a ir a Malton. Acreditam que as pistas sobre Amelia são promissoras.

– Ah. E os Residentes? Onde eles estão? Não vi sinal deles ultimamente.

– Eu os mandei para a floresta e para os pastos ao redor – a sra. Haylam explicou, com certa grosseria. – Estão vagando o mais longe que minhas magias permitem, em busca do seu lobo misterioso.

Parei no meio da mordida, lembrando claramente da parte do diário que tinha acabado de completar para o sr. Morningside. A descrição de Bennu correspondia quase exatamente ao que eu tinha visto, e eu estava começando a crer que havia me deparado com a mesma criatura. Meu silêncio devia ter incomodado a sra. Haylam, pois ela se virou, o olho bom me fixando como uma flecha bem apontada.

– Mais alguma pergunta? – ela murmurou.

– É só estranho – eu disse, revirando o lombo e girando a xícara enquanto refletia. Eu não podia comentar sobre o trabalho que estava fazendo para o sr. Morningside, mas ela obviamente sabia que eu estava tramando algo com ele. Talvez um sinal vago da verdade pudesse bastar. – Tenho lido bastante, sabe, para tentar aprender mais sobre este novo mundo em que vivo... Os livros do sr. Morningside são muito instrutivos.

– De fato, são.

– A senhora acha possível que o monstro que nos atacou seja, não sei, um de nós? – Pensei na colher amassada em meu bolso, no bilhetinho miserável dizendo "DECUPA" com a letra desmazelada e trêmula. Algo não se encaixava. – Seria possível conversar com ele?

– Conversar com ele? – Ela se voltou para mim, perdendo a calma. Suas narinas se alargaram e um tendão inchou furiosamente em sua face quando ela apontou o vaso molhado para mim. – Aquele ser tentou matar Mary. Se você não tivesse recuperado o bom senso por meio instante e atirado nele, quem sabe o que teria acontecido?

– Bom, foi Finch quem realmente...

– Não me importo com quem fez o quê, só que vocês sobreviveram, suas tontas. – Era o mais próximo de preocupação que ela demonstrava por mim em muito tempo. Talvez pela primeira vez. Seu furor diminuiu e ela se voltou para a

pia, lavando calmamente o vaso mais uma vez. – Sei que você não reconhece que há, ou havia, uma ordem nas coisas aqui, mas alguns de nós estão dando o melhor de si para manter isso. Essa ordem não tem espaço para um ser sarnento e pulguento como aquele…

Eu não fazia a mínima ideia do que viria a seguir, mas me pareceu muito claro que ela sabia o que era aquele monstro. Até o nome correto dele. Empurrei o prato pela metade e me levantei, saindo calmamente pela porta em direção ao vestíbulo. Se a sra. Haylam sabia o que era aquele bicho, então o sr. Morningside também sabia e, se ela se recusava a me contar, talvez ele contasse. Eu tinha poder de barganha agora, com as preciosas traduções dele.

– É melhor eu começar meu dia – eu disse ao sair, sentindo-me mesquinha e triunfante por ter deixado uma pequena bagunça para ser limpa atrás de mim.

– Ouso dizer que sim – ela respondeu com a voz arrastada e os ombros erguidos de irritação. – Aproveite enquanto durar, menina.

Aproveitar era uma palavra forte, mas eu realmente pretendia usar ao máximo a minha breve liberdade. Eu tinha evitado meu pai até agora, mas o confronto não podia mais ser adiado.

Posicionei-me no salão oeste próximo ao vestíbulo. O cômodo costumava ser usado para ler ou tomar o chá da tarde, e era apenas uma questão de tempo até Croydon Frost me encontrar ali. Poppy mencionara durante o jantar que ele havia passado a maior parte do dia escrevendo cartas e lendo um livro de poesia naquele lugar. Enquanto eu esperava perto das janelas, observei as nuvens passarem baixas sobre a floresta. A pequena trilha que levava à nascente estava sempre escura, como uma fenda na parede de um penhasco que só dava para trevas profundas. Eu costumava evitar a nascente, pois os hóspedes gostavam de se reunir lá, e agora me sentia ainda menos inclinada a visitá-la. Os Residentes estavam de fato flutuando entre as árvores, e os observei voltarem de suas patrulhas em silêncio, em busca da criatura que espreitava oculta.

Havia uma pressão cálida e crescente em minha testa, e reconheci o que era – a tensão de perguntas demais e um pavor doloroso. Era comum os marinheiros reclamarem de dores antes de uma tempestade, e o que eu sentia não era diferente – algo terrível aguardava no horizonte, eu podia sentir, mas não havia nada a ser feito para evitar nossa derrocada inexorável à calamidade. Eu não acreditava que o inquérito do sr. Morningside transcorreria de maneira tão impecável como ele previa e não acreditava que Mary havia matado Amelia. Uma tempestade estava se formando sobre nós e ninguém além de mim parecia notar as nuvens crescentes e furiosas.

– É um processo extremamente minucioso a *enfleurage*...

Afastei-me da janela, virando para encontrar Croydon Frost atravessando os carpetes na minha direção. Ele estava vestido de maneira tão elegante quanto o sr. Morningside, sem o mínimo esforço para esconder sua riqueza, com um terno esmeralda-escuro bem talhado em veludo e botas cintilantes de equitação. Sua gravata de seda era decorada com rosas verde-musgo.

– Você está tentando preservar coisas delicadas, recriar algo efêmero e evanescente. O sebo deve ser imbuído da vida da flor repetidamente e a gordura tem fome de fragrância, saciada apenas depois de ter devorado dezenas, às vezes centenas de flores. – Ele parou no meio da sala e tirou um pequeno frasco de vidro do bolso. Quando o ergueu, a garrafinha cristalina cintilou sob a luz do sol. Algo se moveu ao longo de seus ombros, brilhante e estranho, mas eu não conseguia ver o que era antes de ele se aproximar. – E então, quando a gordura tiver se fartado, chegamos a isto. – Ele abriu a rolha do frasco e se aproximou, entregando-me a garrafinha de perfume. Antes mesmo de estender a mão, senti o aroma leve e indelével de lilases. Era quase sobrenatural como ele havia capturado com perfeição a essência da flor. Meus olhos se fecharam e segurei o frasco embaixo do nariz, inspirando o puro verão.

– Um presente – ele disse baixo. – Uma mulher não está completamente vestida até ter seu *parfum*.

Abri os olhos e fitei a garrafa. Não era de surpreender que isso o havia enriquecido. Eu me perguntei quanto aquele frasquinho valeria e o enfiei no bolso do avental junto da colher retorcida.

– Obrigada – eu disse. – Foi muito... Ai, *Deus*, o que é isso?

A coisa em seu ombro rastejou de trás de seu pescoço para o braço mais perto de mim. Era uma aranha, uma aranha gigante e peluda do tamanho de um pássaro, rosa e roxa brilhante, como se tingida para combinar com um vestido de gala extravagante, e uma pequena corrente que funcionava como uma coleira estava em torno de seu abdome. Para ser franca, era o acessório mais assustador que eu poderia imaginar. Carregar uma maldita aranha gigante em uma corrente para todo lado? Eu era mesmo parente dessa pessoa?

Eu me encolhi, recuando contra a janela e segurando a cortina diante de mim.

– Ah, isso? – Croydon Frost riu, incitando a criatura por seu antebraço até a palma da mão, onde ela parecia me observar com seus muitos olhos, balançando uma pata felpuda e frágil no ar. – Ela é inofensiva, juro, apenas uma criatura deslumbrante que encontrei em uma das minhas viagens.

– Ela não parece inofensiva – murmurei, acovardando-me.

– Acha que eu a deixaria rastejar em mim se fosse de picar? – Ele sorriu e a estendeu para perto de mim. – Vá em frente, não é como o pelo de um gato. É completamente único.

Eu não tinha o menor desejo de encostar naquela criatura, mas vê-la em detalhes era morbidamente fascinante – ela tinha um desenho em espiral nas costas e eu não conseguia acreditar em como suas listras rosas e roxas eram belas e brilhantes sob a luz do sol. Com cuidado, estendi um dedo e acariciei uma de suas patas peludas.

– Ai! – Puxei a mão para trás, horrorizada. – Ela me picou!

– Meus perdões. – Ele cambaleou para trás, protegendo-me da aranha com a outra mão. – Ela nunca... Ela não é de fazer isso.

Foi como a picada de uma abelha e meu dedo logo ficou vermelho e inchado onde a criatura atacou.

– Ela é venenosa? Ai, Senhor, eu vou morrer? – Comecei a suar imediatamente, aninhando a mão de maneira defensiva junto ao peito. Que maravilha. Fechando os olhos de dor, fiquei rígida, ouvindo aquela conhecida voz de mulher flutuar em minha direção de novo, baixa, como a música de um cômodo vizinho.

Corra, criança. Corra, o sono acabou.

– Não, não, se acalme, elas não são venenosas, você vai ficar bem assim que o inchaço passar – Croydon explicou. Quase não o escutei, totalmente concentrada na voz que vinha de dentro. Quem era ela? Por que eu continuava ouvindo suas palavras de alerta? Ela estava certa da última vez, e dei um pequeno passo para longe de Croydon.

Ele suspirou e fez a aranha voltar para o seu braço, de onde ela pareceu me observar, espiando de trás do pescoço dele com olhinhos pretos cintilando de interesse. Ou fome. Talvez eu tivesse sido uma mordida saborosa.

– E eu aqui com a esperança de conquistar você. – Ele caminhou até as janelas à minha direita, pousando as mãos nos quadris e observando o gramado.

– Resista ao impulso de trazer uma aranha da próxima vez – murmurei.

– Ao menos sabemos que sou um fracasso espetacular em todas as coisas – Croydon brincou, mas ele parecia sinceramente aflito. – A consistência é importante.

– Não espere que eu sinta pena de você. Ninguém o fez falhar comigo e com minha mãe, você fez tudo sozinho. – Fiquei olhando minha ferida, perguntando-me se ela cicatrizaria tão mal quanto as marcas deixadas pelo livro. Ele não disse nada, mas o senti me observando com olhos desesperados. Perdão. Era o que ele queria, o que todos queriam, mas eu não tinha a intenção de concedê-lo. – Dezessete anos de abandono não podem ser corrigidos com um frasquinho de perfume. – Fui até ele, tirando o frasco do bolso do avental e empurrando-o de volta. – Pode ficar com isto. Não quero ser subornada, só quero que responda às minhas perguntas.

– E dinheiro, imagino que queira meu dinheiro também. – Sua voz estava mais fria agora, raivosa. Seus olhos pretos se estreitaram enquanto me olhava por cima do nariz aquilino. – Não há por que se envergonhar. Você é minha filha. Tem meus olhos, minha maldição, também terá meus vícios.

Era tão estranho vê-lo, vê-lo de verdade, e saber que tínhamos um parentesco. Eu não sentia nada por ele, nenhum carinho de filha, nenhuma conexão familiar.

– Por que nos abandonou? – questionei, estudando seu rosto. Se ele mentisse, eu o jogaria pela maldita janela, com aranha e tudo.

– Eu não sabia o que seria de você, se seria tão estranha quanto eu – Croydon respondeu, categórico. – Sem mim… Sem mim, você tinha uma chance de levar uma vida normal.

– Uma vida pobre! Uma vida miserável com um bêbado no lugar de pai! – Eu o cutuquei no peito e ele tocou o ponto como se ardesse. – Então você *é* uma criança trocada?

Croydon Frost considerou a pergunta por um longo momento e seus olhos ficaram ocos, quase mortos, como se ele tivesse entrado em transe por um momento. Então, rapidamente, antes que eu pudesse reagir, ele ergueu a mão, pegando a minha e a levantando. Ele examinou a picada em meu dedo, vermelha e brilhante, então soltou.

– Quero lhe dar uma herança – ele sussurrou. Havia vida de novo atrás de seus olhos negros e rodopiantes, vida ardente.

– Isso não responde à minha…

– Mas você vai ter de escolher, Louisa – Croydon interrompeu, incisivo. – Você pode ter riqueza ou conhecimento, e um é infinitamente mais valioso do que o outro. Essa é uma promessa na qual você pode confiar.

Sacudi a cabeça, querendo que ele visse aquela mesma chama de determinação atrás dos meus olhos agora.

– Não – eu disse, resoluta. – Quero os dois.

– Os dois – ele repetiu em um sussurro e então deu um grunhido. O que vi em seu olhar nesse momento me assustou. Ele não estava repugnado com minha ganância nem intimidado pela minha postura; em vez disso, parecia se deliciar com ela, e uma espécie de determinação maníaca cintilou em seus olhos, como uma chaleira vibrando prestes a estourar. – Então você terá os dois, minha filha, mas não aqui. Não agora. Encontre-me no pavilhão hoje, à meia-noite. Você virá sozinha e terá as respostas para todas as suas perguntas, e mais. Algumas respostas, desconfio eu, você desejará esquecer.

Capítulo vinte e cinco

Ano dois

Diário de Bennu, o Corredor

Eu poderia contar os meses de nossa jornada pelo meu rosto, pelo apagamento da cicatriz circular em torno da minha boca e pela barba escura que havia começado a cobri-la e assombrear todo o meu maxilar. Quando via meu reflexo nas poças, eu não via mais um jovem ingênuo, mas um homem, experiente e mudado por um ano de perigos sem fim.

Khent também deixara a barba crescer, embora graças à sua natureza estranha ela fosse muito mais volumosa e desgrenhada do que a minha, sarapintada como se para combinar com os pelos de sua contraparte bestial. Ele suportou o inverno com maior facilidade, aparentemente resistente ao gelo e ao vento que nos açoitou o tempo todo quando atravessamos um canal estreito de barco e seguimos rumo ao norte ao longo da costa daquela estranha ilha. Seus habitantes eram robustos, acolhedores, embora se vestissem de maneira rústica para os nossos padrões. Eles tinham marcas esquisitas de tinta e nanquim em seus corpos, e enterravam seus mortos nos campos de sulcos erguidos. Quando era necessário negociar, nos comunicávamos com eles apenas por gestos. Percorremos essas regiões rapidamente, nos isolando o máximo possível, com cuidado para não pisar nos túmulos sagrados dos locais, seguindo a Serpente Celeste quando ela surgia e repousando em abrigos rústicos de galhos e rochas quando ela se esquivava de nós.

– Acha que somos os primeiros de nosso reino ao sul a encontrar este lugar? – perguntei a Khent certa manhã. O fim de nossa jornada parecia próximo, afinal, quão mais longe, quantas outras terras bizarras poderíamos percorrer?

Chovia sem parar. O capuz de Khent estava encharcado e tinha se tornado inútil fazia tempo.

– Acho que isso não terá importância, pois jamais veremos nossa terra de novo para contar a história.

Meses antes, essa declaração teria me magoado, mas agora eu entendia a sabedoria de tal ceticismo. Havíamos sobrevivido por pouco até esse ponto; uma viagem de volta poderia nos matar, ainda que de simples exaustão.

– Um longo repouso – eu disse fracamente. – É disso que precisamos.

– Eu poderia dormir para sempre – Khent respondeu com uma bufada. – Pela misericórdia da Mãe, esqueci a sensação de conforto.

– E eu esqueci a sensação de estar seco. Em breve estaremos entre amigos – eu disse. – E poderemos dormir quanto desejarmos.

Eu nunca tinha visto dias tão úmidos. Mesmo durante as estações mais chuvosas da minha terra, as tempestades vinham em jorros breves, nunca duravam dias e dias de umidade triste. O clima mantinha os pastos verdejantes. Saltamos por muitas muretas de pedra, observados por enormes ovelhas marrons. As aldeias eram poucas e esparsas, embora algumas tivessem círculos maiores de casas baixas de pedra e até mercados, que resistiam apesar da névoa e da chuva persistentes.

A manhã passou, o terreno estagnou, campo ondulante após campo ondulante, e ao longe vimos o que parecia ser uma fortaleza à distância. Quando nos aproximamos, percebi que era apenas um conjunto de pilares dispostos artisticamente, alguns eretos, outros equilibrados sobre eles, quase como ripas de telhado.

– Um lugar sagrado – Khent sussurrou. Nós dois tínhamos parado para admirar o círculo de pedras. – Parece um monte de, sei lá, portas. Portais.

– Talvez devamos ir por outro caminho – sugeri. – Se for sagrado, podemos estar invadindo.

Mas ele me ignorou, ajeitando a bolsa e apontando para o alto.

– Ali. Está vendo? Ela quer que sigamos por este caminho.

– A Serpente Celeste é uma menina agora? – brinquei, seguindo-o com um suspiro. Eu tinha me tornado mais forte nos últimos meses, mas a bolsa ainda pesava muito em meu ombro. Os hematomas e as cicatrizes nunca se apagariam.

– Ela foi enviada pela Mãe para nos guiar, não é? Parece certo.

As pedras se assomavam enormes, cinzentas e sarapintadas, como portões para gigantes. Eu já havia admirado nossas grandes esfinges e pirâmides, mas aquilo também era uma maravilha – simples, estoico, mas algo majestoso de admirar. Khent seguiu em frente, tocando uma das pedras gigantes e passando por baixo de um dos portões.

– Podemos nos abrigar aqui – ele disse, erguendo os olhos para o céu cinza.

– Não gosto da ideia – respondi, olhando para todos os lados. – É aberto. E, se for sagrado...

– Está certo, Bennu, você venceu. Vamos encontrar outro lugar – ele resmungou. – Se ao menos essa maldita chuva parasse.

Passamos sob um portão grande de pedra e entramos no círculo onde ele ficava mais amplo. Aqueles que construíram o lugar sagrado haviam deixado marcas na grama e pedaços de pedra, espirais e círculos, intricados e precisos. Eu me perguntei se deveríamos estar andando através deles, mas Khent não hesitou, jogando a cabeça para trás e observando a cobra gigante sobre nós, guiando nosso caminho e seguindo a cauda dela.

– Vê como ela está se movendo mais rápido? – Khent disse através da chuva, apontando. – Devemos estar próximos. Ela está ansiosa para chegarmos.

– Ansiosa? Rá. Se ela quer que cheguemos mais rápido, poderia nos dar uma carona.

– Esse é o espírito – ele brincou. – Você é Bennu, o Corredor, certo? Não Bennu, o Voador.

– Foi você quem me deu esse nome! Não vejo por que ser fiel a ele.

Demos risada, e meu coração se alegrou com a mudança súbita da nossa sorte: a tempestade diminuiu para um chuvisco muito mais tolerável. Quando estávamos de novo em silêncio, escutei o zumbido distante de abelhas e olhei ao redor em busca de colmeias. Havia pouquíssimos insetos por causa da chuva constante, mas agora eu escutava o que parecia ser um enxame enorme.

Khent ergueu a mão. Trombei nela enquanto ele virava a cabeça para o lado. Ele também havia escutado. Ainda não tínhamos atravessado a clareira no círculo de pedra. Será que havíamos enfurecido os locais e invocado algum tipo de maldição?

– Um enxame? – eu sussurrei, apertando a bolsa com os dedos trêmulos. – De onde?

– Lá, ao sul. Está vendo aquelas formas atravessando as nuvens como garças?

– Maiores do que garças – murmurei. – Mais velozes também.

Realmente havia criaturas do ar, mas eram do tamanho de homens e avançavam em nossa direção com grande velocidade. Antes que eu as pudesse ver claramente ou dizer outra palavra, Khent me puxou pelo xale, instando-me a correr.

– Olhe para cima, amigo. Está vendo a lua? Não estamos em posição de nos defender, não sob a luz do dia – ele gritou. Ele era mais rápido do que eu, que sofri para acompanhar seu ritmo. Estendendo o braço, ele pegou a bolsa do meu ombro, e fiquei grato pelo alívio enquanto fugíamos.

– Não temos como correr mais do que eles – arfei, espiando por sobre o ombro e sentindo meu coração palpitar não só pela perseguição mas por ver três

monstros alados se lançando em nossa direção. Soltei um grito agudo e baixei a cabeça enquanto um deles mergulhava baixo. Uma garra dura raspou a parte de cima do meu capuz.

Lançamo-nos na direção dos portões de pedra, encontrando pouca proteção de nossos perseguidores.

Khent deixou cair a bolsa, recuando contra um dos pilares e me puxando para junto dele.

– Esse som – ele sussurrou, erguendo os olhos arregalados e temerosos enquanto os seres alados pairavam e rodeavam. O zumbido de abelhas era alto o bastante agora para abafar todos os outros sons no vale. – Vespas. Asas. Servos de Roeh, sem dúvida, mas nada semelhante ao que eu já enfrentei.

– Eles estão cantando – respondi, encolhendo-me perto do seu ombro. – O que estão dizendo?

– Não sei. – Khent se agachou e pegou sua própria bolsa, revirando-a e tirando uma faca de bronze rudimentar que tinha adquirido por permuta dias antes. – E não me importo. Cantar não fará nada para estancar o sangramento deles.

Eu não compartilhava de sua confiança, erguendo os olhos com um pavor mudo. Eram três monstros, cada um com seis asas brancas, enormes. As penas se assemelhavam mais a facas do que a penachos macios. Tinham um par de asas estendidas em volta dos ombros, cobrindo seus rostos; as asas inferiores se enrolavam para esconder os pés quase com recato e os torsos estavam envoltos em mantos brancos com fios de ouro.

E eles não tinham vindo desarmados. Cada um empunhava uma espada, uma longa lâmina afiada de pura prata.

Sanctus, sanctus, sanctus...

O canto era como um zumbido, entrelaçado com o zunido crescente de abelhas. Esse som emanava de dentro delas, como se estivessem sendo alçadas pela força de centenas de criaturinhas zunindo. Khent brandiu a faca, desafiando uma a avançar.

– Dê cobertura – ele sussurrou. – Não podemos deixar que nos cerquem.

– Khent, estamos em menor número. Olhe aquelas espadas.

– Já notei as espadas, Bennu. Dê cobertura!

– Sanctus! – Uma das criaturas, com o rosto ainda coberto, berrou seu canto mais alto, um grito penetrante que precedeu seu avanço. Senti o vento no rosto quando suas asas enormes bateram no ar, mergulhando abaixo e à frente, espada em riste. Quando se aproximou, as asas que cobriam seu rosto se abriram, e caí para trás apavorado no pilar de pedra. Era o rosto de um homem, ou teria sido, exceto pela bocarra, maior e mais faminta do que a de um homem normal. Não havia olhos, não havia olho algum, apenas uma coroa de fragmentos pontiagudos saindo de seu crânio, sangrando ouro.

– Para trás! – Khent avançou com a faca, e o horror alado aparou o golpe.

Eles lutaram até Khent conseguir um golpe de sorte, acertando o braço que empunhava a espada e obrigando a criatura a recuar, gritando e cantando e apertando a ferida aberta. Foi uma vitória temporária, pois as outras duas vieram para retaliar, gritando seu canto contra nós em um coro crescente, cortando cegamente com as espadas.

– Agh! – Khent cambaleou contra mim, ferido. – O livro. Proteja o livro...

– Não deixarei você morrer – gritei, pegando a faca e erguendo-o.

Mas elas eram fortes demais. A criatura que Khent havia ferido mergulhou novamente, dessa vez revelando as garras horrendas e afiadas. Ela se aventurou a voar baixo para passar sob o portão de pedra, e colidiu contra nós com tanta força que meus pulmões pareceram prestes a explodir. Estávamos sendo esmagados contra a pedra; Khent arranhava e socava as costas da criatura. Em seguida, ela arranhou a terra a nossos pés até suas garras encontrarem a bolsa. Ela nos soltou, levantando lama ao voar, com a bolsa em suas patas, e subiu alto no céu.

– Não! – Avancei atrás dela, correndo e debatendo os braços enquanto gritava e gritava. – Não!

Tínhamos chegado tão longe! Como poderíamos ter caminhado tanto para perder o livro agora? Um ano. Um ano fugindo da morte e da fome, encontrando nações e tribos e cruzadas, desbravando mares, apenas para tropeçar e cair com a vitória em vista. Meus joelhos cederam e tombei, derrotado, sem me importar se aqueles seres me cortariam em pedaços.

Atrás de mim, Khent urrava em agonia. Eles o matariam.

Levantei e decidi enfrentá-los, pois preferia morrer em pé defendendo meu amigo. As criaturas haviam descido, dançando para dentro e fora do alcance da faca, desferindo cortes fáceis e cruéis onde conseguiam. Khent se recostou contra o pilar sangrando terrivelmente, e pude ver suas forças se esvaírem enquanto ele golpeava com a arma, fraco.

– Deixem-no em paz! – gritei, lançando-me na frente dele.

Suas bocarras enormes se abriram e eles ergueram suas espadas, preparando o golpe fatal. Nós quatro paramos, pois o som de abelhas zumbindo diminuiu com a partida do monstro que tinha roubado o livro. Depois, esse som retornou, e mais rápido, rápido demais. Eu me virei a tempo de ver uma bola branca tombar na terra ao nosso lado, criando uma cratera, uma chuva de penas brancas enchendo o ar.

O livro tinha escapado de suas garras e estava ali, abandonado e intacto na lama.

Mas como? Eu me recusava a soltar Khent, mas nos arrastei para baixo enquanto uma sombra se assomava curva sobre o círculo de pedra. O grito que ela soltou enquanto descia me ensurdeceu, como um falcão do tamanho de uma montanha berrando para seus filhotes. Com os olhos entreabertos, vi uma colossal cauda vermelha e negra pontilhada de amarelo. Vi patas com garras, asas do tamanho de nuvens, o rosto pontudo, o bico como o de Hórus, uma crista de plumas e escamas decorando sua testa.

Vapor se erguia em faixas cinza de suas narinas.

A Serpente Celeste. Ela bateu as batas no chão, chacoalhando os pilares. Os olhos de Khent giraram para o céu e ele me cutucou, fraco, mas vivo.

– O livro – ele sussurrou. – Vamos correr. Agora.

Eu me lancei à frente, pegando o livro nos braços e concentrando toda a minha força nas pernas enquanto desatávamos a correr das pedras para o campo aberto além delas. Não havia terra sólida onde correr com a Serpente Celeste descontando sua fúria. Ouvi os cantos e olhei para trás, vendo os monstros aos berros serem lançados pelo ar. A Serpente Celeste estava brincando com eles. Ela pegou um no bico, lançando-o no ar antes de o partir no meio, fazendo cair uma chuva de ouro líquido nas pedras sagradas embaixo dela.

– Não consigo... não consigo mais – Khent ofegou, tombando na grama molhada e rolando de costas. Os cortes estavam por toda parte. Tirei meu xale e comecei a rasgar tiras, enrolando as feridas dele da melhor maneira possível, escutando as pedras rangerem enquanto a Serpente Celeste lançava um dos monstros contra um pilar. Foi a coisa certa termos corrido, pois o portão sob o qual tínhamos nos abrigado desabou, a pedra transversal deslizando cada vez mais rápido até tombar na terra, pulverizando a criatura alada sob ela.

– Não partirei sem você – eu disse. – Vamos encontrar uma aldeia e repousar até você se curar.

– Não seja idiota, levará tempo demais. Você deve seguir em frente, Bennu, deve levar o livro para o norte.

– Não!

Aquela mesma sombra enorme nos sobrevoou novamente. Vi através da chuva a Serpente Celeste se lançar no ar outra vez e descer pelo campo em nossa direção, pousando com leveza, mas ainda fazendo a terra tremer feito um trovão. Ela baixou a cabeça, observando-nos com seus olhos inteligentes de ave, um gorjeio chilreado vibrando de sua garganta.

– Obrigado – eu disse à criatura. Ela tinha chegado perto o bastante para que eu pudesse tocá-la e, com cautela, com dedos nervosos e trêmulos, coloquei a palma da mão nas penas logo acima de seu bico preto.

A Serpente Celeste desviou da minha mão e inclinou o pescoço comprido, tocando a ponta do bico na cabeça de Khent. Ela fez isso com toda a delicadeza possível, depois ergueu o focinho, apontando para seu próprio dorso.

– Eu... acho que ela quer que viajemos com ela – murmurei. – Consegue se levantar?

Khent grunhiu e tossiu enquanto eu me levantava e o incitava a se erguer com dificuldade, equilibrando a bolsa do livro com um braço e Khent com o outro. Minhas roupas estavam manchadas com seu sangue, e suas pálpebras pendiam conforme eu o ajudava a mancar até a Serpente Celeste. Ele pousou uma mão no ventre escamado e emplumado dela, abrindo um sorriso lânguido e exaurido enquanto a acariciava em agradecimento.

– Bom, amigo, parece que você será Bennu, o Voador, afinal – ele murmurou e subiu no dorso da grande fera. Ele ficou imóvel ali, sua respiração um adejo fraco. Sangue encharcava as costas da Serpente Celeste enquanto Khent erguia os olhos para os céus chuvosos, moribundo.

Capítulo Vinte e seis

Os Residentes retornaram à casa. Eu os escutei arranhando e arrastando os pés do lado de fora da minha porta, indo e voltando pelos corredores, de volta a suas habituais rondas noturnas. Cutuquei com nervosismo o curativo em meu dedo. A aranha havia tirado apenas uma gota de sangue. A dor havia passado, mas a maldita picada ardia como o diabo. Era hora de ir ao meu encontro com Croydon Frost e só me restava torcer para que ele deixasse seu repulsivo animalzinho de estimação em outro lugar.

– Vá – murmurei, encostada à fresta na porta, esperando que o Residente do lado de fora ficasse entediado e flutuasse para longe. – Só vá embora, por favor.

Não havia me restado muito tempo para descer ao pavilhão. O Tribunal tinha sido protelado aquela noite para que o pastor pudesse examinar as traduções entregues pelo sr. Morningside. Por tudo que eu tinha ouvido falar sobre os tribunais da minha terra, esse parecia funcionar da mesma maneira – lenta e ineficiente, com pausas e recomeços constantes. Eu não via mal algum nisso. Temia o momento em que fosse convocada para mentir ou dizer a verdade.

Por fim, o Residente voltou a percorrer o corredor, parando brevemente diante da porta de Mary antes de seguir para o patamar, onde virou à direita e subiu a escada para fora do meu campo de visão. Abri a porta de fininho e saí, andando na ponta dos pés o mais rápido que me atrevia. Era difícil não sentir que estava sendo observada na Casa Coldthistle, mas essa sensação estava mais forte nos últimos tempos. Os Residentes estavam especialmente atentos agora que a sra. Haylam os havia encarregado de encontrar o monstro na floresta. Eu também parei à porta de Mary, encostando a orelha no batente, mas não escutei nada, nem sequer um ronco. Ah, bom, esperei que isso significasse que ela estava dormindo profundamente.

Dei a volta no patamar e desci correndo em direção ao vestíbulo, esforçando-me para ser o mais silenciosa possível enquanto passava em frente à porta verde. Nuvens haviam se acumulado no crepúsculo, ameaçando chuva, e, sem o luar, eu mal conseguia enxergar ao atravessar a mansão com cautela. Uma conversa sussurrada saiu de baixo da porta da cozinha. Eu tinha escolhido ir por aquele caminho, uma vez que era a rota mais fácil para o celeiro e o pavilhão, mas parei de repente quando notei as vozes. Como diabos eu poderia sair agora? As portas de entrada faziam um barulho agonizante ao abrir, rangendo sonoramente.

Então esperei mais uma vez, encolhendo-me perto da porta da cozinha e prestando atenção, reconhecendo imediatamente as vozes da sra. Haylam e do sr. Morningside. Eu os havia pegado no meio de uma discussão, e o sr. Morningside não parecia nem um pouco contente.

– ... você me questionar em relação a isso é realmente espantoso, Ilusha. Vi o que vi e sei o que isso representa para nós. O que representa para ela.

Ilusha? Era esse o verdadeiro nome da sra. Haylam? Parecia tão... tão *belo* para ela. Mas, enfim, todos já foram jovens algum dia. Ela fez uma pausa antes de responder, e sua voz saiu como um sussurro incisivo que mal consegui escutar.

– Isso está com cara de uma brincadeira de mau gosto, *maskim xul*, e não gosto de ser deixada no escuro em relação a seus planos. O que queria que eu fizesse? Desse um sumiço nela? Já passamos desse ponto há muito tempo.

O sr. Morningside bufou e o escutei andar de um lado para outro. Fiquei junto à porta, desejando poder ver do lado de dentro e ler a linguagem corporal dos dois. Em vez disso, só podia confiar em meus ouvidos. O tempo estava passando. Eu precisava sair da casa e ir ao pavilhão, mas meus instintos me diziam para escutar por mais tempo e ser paciente. Eu não partiria até descobrir de quem eles estavam falando, embora o frio na minha barriga me dissesse que eu já conhecia a identidade dela.

– Ela encontrou algo naquele diário? Anda fazendo algumas perguntas inusitadas.

O sr. Morningside respondeu com uma gargalhada.

– O *Abediew*. Ela sabe a respeito dele. O Corredor encontrou um e o descreveu.

– *Henry*.

– Eu sei! Eu *sei*. – Ele estava quase gritando agora. – E ainda não faço ideia de como ele chegou aqui. Eles estavam extintos desde muito antes da Cisão.

– Falei que eu tinha minhas suspeitas a respeito dela, mas você se recusou a ouvir. Estou começando a considerar que talvez esse Tribunal seja necessário, afinal. Isso está saindo do seu controle, e não vou colocar esta casa e todos sob os nossos cuidados em perigo apenas para que você possa aplacar sua consciência culpada e alimentar uma fantasia! – Eu já tinha ouvido a sra. Haylam brava muitas vezes, inúmeras vezes, mas aquilo estava diferente. Sua voz estava quase desesperada. De medo. – *Se* ela for o que você diz – a sra. Haylam continuou – se ela for... O que faremos?

– Tomaremos as precauções necessárias. *Tabalu mudutu*. Não podemos correr esse risco – ele disse.

Ai, Deus, ele estava saindo e vindo em minha direção. Eu me encostei na parede atrás da porta, na esperança de que, quando ela se abrisse, eu permanecesse escondida.

– Eu *vou* proteger esta casa – a sra. Haylam estava dizendo quando o sr. Morningside se aproximou da porta. – Sobrevivemos assim por um longo tempo. Por que colocar isso em risco agora?

Notei um movimento na escadaria do outro lado do vestíbulo. Lee. Ele surgiu no degrau de baixo, silencioso feito um espectro; no escuro não se via nada além do brilho úmido de seus olhos. Eu o vi abrir a boca para dizer algo e o silenciei rapidamente levando um dedo aos lábios. Um sacudir de cabeça. *Não. Não, não me denuncie!*

Meu coração tinha quase parado. A dobradiça rangeu quando a porta se abriu, acertando com força meu pé. Segurei a maçaneta antes que ela pudesse bater de volta e acertar o sr. Morningside, revelando minha posição. Ainda assim, ele pareceu intrigado com a porta e se virou para examiná-la...

– Sr. Morningside! – Era a voz de Lee. Bendito seja. Ouvi seus sapatos correrem através dos carpetes e, quando voltou a falar, já estava ao lado da porta. – Eu, hum, tinha uma pergunta para o senhor a respeito dos Residentes.

– Isso realmente deve ser dirigido à sra. Haylam – o sr. Morningside murmurou. Ele parecia exausto. – O que é?

– Sr. Brimble? O que está acontecendo aqui a essa hora?

Estavam os três no vestíbulo agora, e Lee limpou a garganta, tentando encontrar uma explicação.

– Bom, é só que... É só que vi algo no terceiro andar e pensei que a senhora gostaria de ver.

– Agora? – A sra. Haylam questionou depois de um momento.

– Sim. Sim, agora, óbvio. É... urgente e tal.

Será que eu havia me tornado a própria parede? Eu tinha parado de me mover, parado de respirar. A atuação de Lee não era exatamente digna de uma ovação em pé, mas a sra. Haylam suspirou e falou para ele andar logo com aquilo. Suas vozes foram ficando mais baixas enquanto ele a guiava em direção à escada e, um momento depois, ouvi a porta verde se fechar. Sozinha.

Obrigada, Lee.

Rodeei a porta e corri através da cozinha, torcendo para não tropeçar em Bartholomew e fazê-lo latir. A sra. Haylam ainda não havia trancado a casa, felizmente, o que me poupou o tempo de transformar minha colher deformada em uma chave. Era difícil me mover ao mesmo tempo com velocidade e delicadeza, pois tinha certeza de que já havia passado da meia-noite agora. Mas eu queria aproveitar a distração de Lee e consegui sair pela porta dos fundos sem que ninguém fosse alertado. A grama estava fria e úmida enquanto eu corria pelo jardim, atenta para ver se algum Residente tinha sido mandado para vagar pelo terreno.

O pavilhão era visível apenas pelo brilho branco de seu exterior. Sem nenhum raio de luar, era impossível distinguir a casa do terreno e da floresta. Uma única luz continuava acesa na Casa Coldthistle – no terceiro andar, talvez como resultado da mentira improvisada de Lee. Eu estava lhe devendo uma – mais de uma – e mordi o lábio enquanto corria pelo gramado na direção da tenda. Eu sabia agora, com toda a certeza, que, se chegasse a hora de mentir e salvar a reputação do sr. Morningside, ao menos para mandar embora os Árbitros, eu o faria. Eu não fazia ideia se Lee e eu continuávamos amigos, mas ele merecia algum tipo de retribuição por sua ajuda. Ajuda esta que eu provavelmente não merecia.

Foi apenas quando estava a poucos passos da tenda que notei os sons baixos e sussurrantes saindo do chão. Desacelerei, erguendo as saias e olhando com atenção para a grama. Ai, *Deus*. Levei duas mãos à boca, contendo o grito que brotava do fundo da minha garganta. Cobras. Cobras de jardim. Centenas de cobras de jardim haviam brotado de seus esconderijos, serpenteando em silêncio pela grama molhada, todas correndo em direção ao pavilhão. Dei mais um passo, tentando evitá-las, e me crispei. Pisei em alguma coisa. Várias coisas. Devagar, devagarzinho, com pavor do que encontraria, ajoelhei-me, olhando com mais atenção para a terra e para o que havia esmagado sob o sapato.

Era algo pior do que cobras. Aranhas. Meu estômago se revirou.

Corra, criança. Fuja deste lugar.

Ah, mas como eu desejava dar ouvidos à voz sussurrante de mulher em meus ossos. Como ansiava pelo casulo quente da cama. Em nome do Senhor, preferia até um daqueles sonhos reais àquele atoleiro negro de cobras e aranhas reunidas diante da tenda como se convocadas por uma canção inaudita. E eu tinha visto, ou melhor, lido sobre isso antes. Não tinha Bennu se deparado com algo semelhante?

Claro, o diário não era uma coincidência, eu havia chegado a essa conclusão fazia tempo, mas ver aquela criatura lupina, depois a espuma rosa saindo da minha boca e, por fim, isso... Eu me envolvi em meus braços, hesitando a abrir a tenda; minha pele se arrepiava enquanto eu ficava ali parada em meio às criaturas de oito patas e as de escamas. Era como se eu estivesse empreendendo parte da jornada de Bennu, revivendo passos de sua odisseia em direção a...

Em direção a quê? Restava tão pouco para traduzir. Eu queria ter ficado mais tempo no porão para finalizar tudo.

Em direção ao meu pai.

Havia alertas por toda parte. Verifiquei o bolso do avental, confirmando que a colher ainda estava ali. Seu peso era um pequeno consolo, pois ela já havia me salvado antes. Eu vinha habitando as trevas por tempo demais, pensei, levando a mão à abertura da tenda. Quer aquilo me matasse, quer me esclarecesse, eu precisava saber como todas essas peças – o sr. Morningside, o diário, o Tribunal – se encaixavam. A conversa sussurrada dele com a sra. Haylam só me deixou mais decidida. Eles estavam falando sobre mim. Eu tinha ouvido o pavor na voz dela. *Ela* estava com medo de *mim*.

Dei um passo enorme sobre o carpete que se contorcia a meus pés e entrei no pavilhão. Parecia exatamente como eu me lembrava, o que foi um alívio. Estava completamente vazio, exceto por uma figura. As mesas de cavalete permaneciam, cada uma com sua flâmula, e a plataforma erguida estava lá com os dois tronos, o espaço à direita ainda notavelmente vazio. Ouvi uma vibração baixa, que não havia notado antes. Emanava de uma cortina atrás da plataforma e me fazia lembrar do ronronar de um gato.

Croydon Frost estava no canto oposto da tenda, olhando para a plataforma erguida e para o espaço vazio ali no palco.

Caminhei devagar até ele, com as luzes feéricas dançando acima de mim deixando minhas mãos salpicadas de cores. Minhas roupas, transformadas no longo vestido de gala verde, farfalhavam suavemente pelos carpetes grossos no chão. As mesas postas para um banquete me pareceram assombradas agora, tristes e abandonadas sem os convidados. E as flâmulas penduradas também me pareceram melancólicas, em particular a que era toda preta. Parecia mais um ambiente funerário do que uma decoração comemorativa.

O caminho até meu pai pareceu levar uma eternidade. Sem os convidados, o pavilhão era gigantesco, cavernoso. Desolador. Lancei um olhar para trás, mas nenhuma das cobras ou aranhas tinha me seguido para dentro.

Enquanto me aproximava, lembrei que ele também teria uma aparência diferente, pois o Tribunal revelava todas as criaturas e as obrigava a exibir sua verdadeira identidade. Supus que a aparência dele seria como a minha, sendo ele também uma criança trocada; de fato, notei um adorno em sua cabeça muito semelhante ao meu – galhadas e vinhas se erguiam altas sobre seu cabelo. A coroa dele era muito maior, grande o suficiente para caber no mais largo dos cervos. Ele vestia um casaco preto, comprido e esfarrapado, pontilhado aqui e ali por folhas, e senti uma pontada de alívio quando vi que sua aranha não estava rastejando de um lado para outro em seus ombros.

– Sem aranha? Que atencioso da sua parte – eu disse ao me aproximar. – Pensei que a levasse para todo lado.

– O lugar dela não é aqui. – Até sua voz havia mudado; estava mais sombria, mais vibrante, não alta, mas com uma potência estranha capaz de causar um tremor na terra. Parei de repente, com um medo súbito. Ele se virou de modo deliberado, permitindo-me uma olhada completa. Havia uma máscara verde de vinhas em seu rosto, uma que eu já tinha visto antes em algum quadro. Ele a tirou com um puxão bruto, revelando a pele de fumaça e cinzas. Seus olhos eram maiores e pretos, com pequeninos núcleos vermelhos que me encontraram imediatamente. A coroa de galhadas não era uma coroa, afinal, mas parte de sua cabeça, e as mãos que seguravam a máscara eram compridas, estendidas por garras como as de um leão. – O lugar dela não é aqui – meu pai repetiu, entregando-me a máscara. – E o seu, minha filha, também não.

Capitulo Vinte e sete

— O que o senhor é?

Foi tudo que consegui pensar em dizer. Sua presença e sua voz me deixavam trêmula e sem ar. Essa não era a pessoa que eu tinha visto na casa. Não parecia possível que os dois pudessem ser a mesma coisa.

– Existem muitas respostas para essa pergunta – ele começou, puxando o manto de farrapos e folhas em direção à plataforma. Croydon Frost colocou uma garra na madeira, riscando vincos fundos nela enquanto erguia os olhos pretos para o espaço vazio acima. – Uma resposta vai fazer você chorar. Uma resposta vai fazer você rir. E uma resposta vai acender sua fome de batalha. Vou lhe dar todas essas e mais, mas primeiro você deve fazer algo por mim.

– Eu não lhe devo nada – eu disse, tentando me lembrar quem ele era em minha mente antes. *Pai negligente. Desertor. Covarde.* – Eu... nem tenho de ficar aqui e ouvir sua tagarelice estúpida.

Ele riu baixo e, lá fora, na grama, ouvi um eco desolador; as aranhas e as cobras estremeciam para trás e para a frente, emitindo seu próprio riso terrível.

Eu estava tão distraída pela comoção lá fora que quase não escutei a pergunta baixa dele.

– Você está perdida, criança?

Pasma, fitei a parte de trás de sua coroa, abrindo e fechando a boca de susto.

– Meus pés estão no caminho.

Respondi por hábito, tendo lido a pergunta e a resposta várias e várias vezes no diário. O diário. Mas como ele poderia saber o que havia nele?

– Não entendo – murmurei, recuando. – C-como você sabe disso?

– Deveria haver um terceiro trono aqui – Croydon Frost disse com frieza, ignorando-me. – Aqui. Nesse espaço vazio. É aqui que meu trono deveria estar, onde estaria se não tivessem roubado meu reino.

Dei outro passo para trás.

– Detesto toda essa baboseira enigmática. O senhor e o sr. Morningside são iguaizinhos.

Os ombros dele se empertigaram com o nome e ele soltou o que pareceu um grunhido ferino.

– Não me compare àquele *usurpador*.

– Certo, não vou compará-los, mas o senhor me disse que eu teria respostas hoje e até agora só me ofereceu mais perguntas. Quem é você? E quero saber a verdade: quem é o senhor? Não é um fabricante de perfumes errante, isso está na cara. Estou começando a duvidar que Croydon Frost seja seu verdadeiro nome ou mesmo que seja meu pai. Você não está aqui apenas por minha causa.

Mais risos, mais sussurros em meio à grama lá fora. Estremeci, parando de recuar quando ele se virou e me fitou; aqueles núcleos pequenos e vermelhos em seus olhos ardiam como chamas de vela. Seu rosto parecia mais descarnado e estranho, como se esticado em volta do crânio de um cervo.

– Pelo contrário, vim aqui por você em primeiro lugar, Roeh em segundo e Aquele-Que-Fica-À-Espera em terceiro.

Ele. Roeh, o pastor. Aquele-Que-Fica-À-Espera só podia ser o sr. Morningside. Baixei os olhos para a máscara verde em sua mão e engoli em seco, consciente de que precisava escolher as palavras com cautela. Por Deus, eu havia desejado conhecer aquele homem para envergonhá-lo e roubá-lo, e agora era eu quem estava em perigo.

– Onde está a mulher? – perguntei, inocente. – Havia quatro de vocês na pintura que vi. Onde está a quarta?

Os feixes escarlates em seus olhos flamejaram.

– Ela se foi – ele disse apenas, a fumaça crescente em volta de suas bochechas côncavas se apagando por um momento. – Ela era pura e altruísta, e este mundo de trevas a tragou por completo. Não haverá outra como ela, nem há como haver. Não existem almas puras o bastante para merecê-la.

Mentiras, mentiras, pequena criança, tudo mentira…

A voz ecoou em meus ossos e me esforcei para esconder o efeito dela em mim. Ninguém, que dirá aquele estranho perigoso, precisava saber que eu estava escutando sussurros de alerta.

– Então como devo chamá-lo? – murmurei. – Não sou idiota a ponto de achar que o nome do Diabo é *Henry* ou que você, seja lá quem for, se chama Croydon Frost.

– Ele existe, ou existia. Peguei uma página do livro de seu empregador e... *me apropriei* da vida de Croydon Frost, um mercador rico. É um disfarce útil. Pode me chamar de Pai – ele respondeu com um leve baixar da cabeça. – Pai de Todas as Árvores, se preferir a formalidade, mas "Pai" já basta.

Era ele quem Bennu e sua seita cultuavam. Mãe e Pai, só que agora a "Mãe" havia partido para algum lugar, segundo ele.

– Isso faz de você um deus? – perguntei.

Ele sorriu, mas era algo terrível de olhar.

– Não restam mais deuses, minha filha, apenas monstros teimosos demais para morrer.

– Então um deus pode ser morto?

– Morto? Não, mas enfraquecido? Obrigado a se render? Ah, sim. – Seus punhos se cerraram ao dizer isso, e ele pareceu maior, como se a raiva entranhada nessa lembrança o alimentasse. Em seguida, ele expirou e diminuiu de tamanho, embora ainda tivesse uma aparência intimidante. Ele andou até a mesa de cavalete sob a flâmula preta. Erguendo a mão, puxou o tecido, arrancando a capa negra e revelando uma bandeira muito mais colorida por baixo. Era o crânio de um cervo adulto com muitos olhos roxos e vinhas rosadas e verdes se torcendo em volta das galhadas.

Colocando uma mão sobre a mesa, ele se apoiou fortemente nela, como se estivesse perdendo as forças e se exaurindo.

– Faça suas perguntas agora, filha. Estou fraco por muitos longos anos de sono.

Fiquei remexendo as pequenas vinhas em minhas saias, tentando encontrar a solução de dois problemas ao mesmo tempo. Havia perguntas de sobra a fazer, mas as regras tinham se alterado rapidamente, e agora eu precisava me ajustar e encontrar uma forma de sobreviver à nova situação. A chegada dele àquele lugar era um sinal de algo terrível, era aquela tempestade que eu sentia no horizonte, aproximando-se rápida e tumultuosa. Ainda que enfraquecido, ele era perigoso, perigoso e aterrorizante. A tempestade estava sobre nós, percebi, o trovão e o raio e os ventos fortes começariam a qualquer momento. Eu não sabia se poderia controlar aquele homem, aquele deus que havia se reduzido a um monstro, mas eu tinha ao menos de tentar.

Havia inocentes em Coldthistle, Mary e Poppy, Chijioke e Lee, e eu não tinha a intenção de permitir que eles fossem feridos quando a tempestade chegasse com força total.

– Sou a única? – perguntei. – Sua única filha?

– Não – ele disse com naturalidade. – Mas é a única que importa, a única que desenvolveu o dom.

– Então você abandonou muitos dos seus filhos – murmurei.

Ele se virou, encarando-me com um olho preto e vermelho por sobre o ombro.

– Suas vidas e preocupações humanas me parecem insuportavelmente mesquinhas. E passageiras. Isso a ofende? As vidas humanas passam em um piscar de olhos. Dormi por séculos, estava impaciente demais para me importar com um ou dois ou três humanos.

– Entendi. Sou útil para você agora porque herdei alguns de seus poderes – eu disse. Era quase agradável perceber que aquele homem, ou *coisa*, era tão vil quanto eu havia imaginado. Ficava mais fácil detestá-lo e, por dentro, esse ódio era uma proteção. Ele não respondeu ao meu comentário, então continuei. – Como o senhor faz isso? Transformar-se em outras pessoas, quero dizer. Consigo fazer coisas pequenas, transformar minha colher em uma chave ou faca, às vezes uma arma, se realmente necessário, e consigo traduzir coisas. Mas poderia me transformar em outra pessoa?

Com isso, ele se virou para me encarar completamente. Ele parecia surpreso e, se eu olhasse bem, triste.

– Ele não lhe ensinou nada. Claro. Deve estar apavorado com você, com o que você pode se tornar. – Sorrindo, ele abriu as garras. – Você é minha única filha de verdade e seria um insulto a meu sangue se não pudesse fazer tudo que posso. Deixe-me ver, havia uma cantiga que os druidas cantavam. *Uma gota de sangue, um fio de cabelo, e a criança trocada roubará o teu selo.*

– Preciso do sangue e do cabelo de uma pessoa para assumir a forma dela? – pressionei.

– Derrame o sangue de outra pessoa ou faça com que ela derrame o seu, e esse poder será suficiente para criar a imagem dela – ele disse. – Mas você não *será* a pessoa, apenas terá a imagem e a voz dela. É uma miragem, minha filha, nada além disso.

Eu guardaria a informação para depois; seria um truque útil se conseguisse colocá-lo em prática.

– E quanto à espuma rosa? Eu… tive um sonho e, na manhã seguinte, cuspi uma coisa rosa-escura. O que isso significa? – perguntei.

– Isso pode acontecer quando um de nós tem uma visão particularmente potente – ele disse. – O que quer que você sonhou nessa noite poderia ser uma *profecia*.

Estremeci. Profecia? Meus amigos e empregadores me comendo viva era uma *profecia*?

Ele se aproximou de mim. A névoa negra subia de seu rosto e de seus mantos e se contorcia enquanto ele caminhava. Ecos baixos o cercavam, como se ele usasse uma capa de sussurros antigos. Ele estendeu a mão para mim e congelei, paralisada pela estranheza em seus olhos e pelo poder inegável que emanava dele em fios terríveis de fumaça. Suas garras traçaram o contorno do meu queixo e inspirei rápido, tentando não tremer, tentando não demonstrar meu medo.

– Há uma guerra se aproximando, Louisa. Os usurpadores pensaram que podiam me manter dormindo em segurança por toda a eternidade, mas a magia deles enfraqueceu e está na hora de reivindicar o que perdemos. Queria que você tivesse visto nosso mundo antes de o aniquilarem. Druidas, faes, criaturas da névoa, da água e da vinha, um vasto palácio de raízes e pedras, protegido pela Serpente Celeste e por Tocahuatl...

Assenti, com a impressão de que ele tinha me enfeitiçado. Parecia uma fantasia, uma impossibilidade, mas eu tinha visto o suficiente nos últimos meses para questionar tudo que havia aprendido na infância.

– Eu... li sobre algumas dessas coisas. No diário de Bennu.

Ele riu, fazendo outra onda de euforia reverberar pelas cobras e aranhas fora da tenda.

– Aquilo foi apenas uma parte, apenas a ponta da lança. Imagine um reino envolto por galhos e folhas, com todos os habitantes adormecidos, condenados a vagar em um pesadelo eterno. Então imagine que, um dia, o mais velho desses habitantes desperta. Há uma fenda nos galhos, através das folhas, e as pessoas dentro do pesadelo vão despertando devagar.

Eu disse:

– Eles o colocaram para dormir porque não podiam matá-lo?

Ele soltou meu queixo e pareceu se franzir, tomado pela tristeza.

– Não se deixe enganar por nada que Aquele-Que-Fica-À-Espera lhe diz. Você não é amiga dele, Louisa, e não é empregada dele. Não passa de uma bela curiosidade a ser estudada, uma borboleta rara fixada sob o vidro. – Ele suspirou e curvou as garras em frente à cintura. – Mas levarei você embora deste lugar. Você estará em segurança antes de a grande guerra começar.

Sacudi a cabeça, estendendo a mão para ele. As marcas deixadas pelo livro não tinham sido apagadas pela magia do pavilhão.

– Não posso partir. A única coisa que me permite ir e vir é este broche que o sr. Morningside me deu. Estou presa ao livro.

Sua melancolia passou e seus olhos brilharam de interesse.

– Então você o viu. Tocou nele. Fantástico. E ele lhe deu esse broche? Então ele sabe que você pode manusear o livro sem perecer. – Ele andou furiosamente de um lado para outro, as fortes sobrancelhas baixas em concentração.

– Temos ainda menos tempo do que eu imaginava. – Em seguida, ele parou e se virou para me encarar, os olhos brilhando cada vez mais forte. – Você deve me trazer o livro, Louisa. Libertarei você do poder sombrio dele, mas antes você deve me trazê-lo em segredo.

Capítulo vinte e oito

As aranhas e as cobras do lado de fora da tenda ficaram subitamente agitadas, mas dessa vez isso não tinha nada a ver com risos.

– Alguém está vindo – o Pai sussurrou.

Ele me pegou pelo punho, puxando-me para a frente do pavilhão. Corri ao lado dele mas me sentia atônita, como se a nova história desse homem e seu reino pesasse em mim feito um fardo físico. Poderia ser tudo verdade? Ele poderia mesmo ser a vítima de algum complô entre o pastor e o sr. Morningside? Parecia insanidade, mas era inegável que o diário de Bennu confirmava a história. Ele e o tal de Khent haviam sido perseguidos sem clemência, tudo porque carregavam algo valioso para a Mãe e o Pai.

Saímos da tenda, e os insetos e cobras se espalharam como se disparados de um fuzil. A princípio, eu não os vi, mas então segui as criaturas em fuga e vi Sparrow e Finch descendo do céu. Suas asas não passavam de um clarão quando pousaram e, por instinto, coloquei a mão em volta da colher escondida em meu avental. Eles ainda não haviam me ferido, então por que desconfiar tanto deles?

– Esses tolos deploráveis – o Pai sussurrou. – Eles são tão cegos e intrometidos quanto o líder deles, mas talvez mais fáceis de despachar.

– Espere – murmurei. – Despachar? Eles vêm em trios, você matou o terceiro?

– Silêncio – ele disse, mas estava sorrindo. – Ainda estou vulnerável aqui. Eles não podem saber.

Sparrow pousou e desatou a correr em nossa direção. Tínhamos retornado a nossas aparências muito menos deslumbrantes e o "Pai" era novamente Croydon Frost. Ele abriu um sorriso simpático, quase patético, e fez uma reverência baixa. Meus ossos ardiam de frio e o impulso de estremecer ficava incontrolavelmente mais forte conforme se aproximavam.

– Extremamente tarde para um passeio – ela disse entre dentes. – O que vocês dois estão tramando? Pensei que a governanta impunha um toque de recolher a todas as criadas.

– Não há motivo para tanta hostilidade – Finch murmurou, pegando a irmã pelo braço e puxando-a para trás. Ela não se moveu. Ergui os olhos para meu pai, notando o tendão tenso em sua têmpora, temendo que, se afrontado, ele faria algo de que pudesse se arrepender. Agora que eu sabia a verdade, que ele era capaz de "despachar" um dos Árbitros, eu não fazia ideia de quais poderiam ser os parâmetros de seu temperamento.

– Pare de dar tanta folga a essa moçoila horripilante, meu irmão. Ela é um deles, e estamos aqui para investigá-los, e não para convidá-los para comer bolinhos com sorvete. – Ela disse isso sem tirar os olhos de mim em nenhum momento. Quase senti vontade de rir, pois ela estava tão convencida de que eu era a encrenqueira quando, na verdade, estava diante de um deus disfarçado, claramente obcecado por vingança contra a estirpe dela.

– Você está certa – eu disse simplesmente. – Não somos amigos, e estou violando o toque de recolher. Devo buscar uma palmatória para você me surrar?

– Seria um bom começo – ela rosnou, assomando diante de mim.

– Não fiz nada contra você – retruquei. – Por que me odeia tanto?

– Odiar você? – Ela riu e jogou o cabelo loiro e denso por sobre os ombros. – Fui criada com esse propósito: encontrar a verdade e separá-las das mentiras. Há transgressões em curso nesta casa e sei que você está envolvida nelas, garota. O que vocês dois estão fazendo aqui?

– Sparrow, por favor, se acalme… – Finch levou a mão ao ombro dela, mas ela se soltou de novo.

– Ele é meu pai, está bem? – suspirei. Simplesmente dizer isso era dar uma vitória ao "Pai". Ao meu lado, ele abriu um sorriso benigno, uma máscara impressionante. – Eu não o conheci na infância. Ele veio aqui para me encontrar, para encontrar a filha que nunca conheceu. Tenho certeza de que lhe dá certo prazer descobrir que sou não apenas uma extraterrena modesta como também uma extraterrena bastarda.

Os olhos cor de safira de Sparrow se estreitaram perigosamente e, nesse momento, ela não pareceu nada angelical. Antes que eu pudesse reagir ou falar, ela ergueu a mão de repente, fechando-a como uma prensa em volta do meu pescoço. Arfei e me debati, mas ela era muito mais forte. Pressionou o polegar com força em torno do meu pescoço e me puxou para perto.

– Isso é apenas meia-verdade, sua mentirosa, você não tem como me enganar. Invoco o direito do Julgamento...

Não escutei o resto do que ela disse. Sparrow abriu a boca e um raio de luz dourada incandescente jorrou de dentro dela. Tive a sensação vaga de que Finch e meu pai gritavam, mas eu não estava ali. Havia apenas a luz branca e ofuscante e, então, o nada enquanto eu flutuava. Quando meus olhos se acostumaram à explosão, eu estava em uma sala branca e fria, sem nada além de uma mesa. Eu estava em cima da mesa. Sua superfície era como agulhas quentes contra a minha pele e, sempre que eu me atrevia a me mexer, os arranhões e o ardor eram insuportáveis.

Gritei, mas não havia nada que eu pudesse fazer, amarrada à mesa em forma de T, como Jesus na cruz, com algemas prendendo meus tornozelos e punhos. Sparrow estava ali, eu conseguia senti-la, toda em volta de mim como um vapor. Não era um lugar de tijolos ou pedras, mas uma prisão dentro da minha própria mente.

– O que você estava fazendo naquela tenda?

A voz dela emergiu das paredes da prisão mental, do próprio ar. Tive dificuldades para respirar, perdida em pânico. Será que as regras do mundo se aplicavam aqui? Haveria uma saída? Fechei bem os olhos, contendo o impulso súbito de soltar a verdade. Quando tentei falar, engasguei. Mentir. Mentir não funcionaria aqui... Pensei na menina na história de Bennu, em seu rosto derretendo como cera quente e borbulhante...

– Encontrando meu pai! – gritei. Minha voz era áspera e ensandecida.

– Sobre o que vocês conversaram?

Era como sentir o gosto da voz dela, como se eu a estivesse inspirando, permitindo que ela visse dentro dos recantos mais sombrios e secretos da minha alma e da minha mente. Eu precisava sair. Não deixaria que ela vencesse. Eu me sacudi e me debati, machucando-me enquanto me espetava na mesa. Minha cabeça virava de um lado para outro conforme eu tentava resistir a ela, mas nada adiantava. Parei, ofegante, contorcendo-me enquanto percebia que, a qualquer momento, ela arrancaria toda a verdade de mim. Meus olhos desceram pelo meu ombro e braço até minha mão, onde as duas cicatrizes na ponta do meu dedo permaneciam e onde também havia um curativo. Um curativo de uma picada de aranha.

Dessa vez, não tive problemas em invocar o pavor e o desespero para me transformar. O Pai dissera que era possível. Como era a cantiga mesmo? *Uma gota de sangue, um fio de cabelo, e a criança trocada roubará o teu selo...*

Por favor, funcione. Por favor, funcione!

Era agonizante se transformar em outra pessoa. Outra *coisa*. Era como as dores de crescer em um corpo adolescente, só que mais intensas e ao inverso; minha carne e meus ossos eram grandes demais para o que meus poderes me obrigaram a me tornar. Eu estava encolhendo, com a pele em chamas e os ossos estalando em meus ouvidos. Mas então acabou e, embora todo o meu corpo doesse, eu não era eu mesma. Era pequena e muito, muito veloz, e saltei para fora da mesa. Eu conseguia pular! Por Deus, como conseguia pular!

Ouvi Sparrow gritar indignada, e a luz jorrou através de mim de novo. Então, por um milagre, estava livre.

Incrivelmente livre. Mais livre do que nunca. A mesa e a sala desapareceram, e caí na grama com um baque surdo. Pernas novas. Oito pernas novas! A grama parecia veludo enquanto eu me afastava às pressas noite adentro, escutando com o coraçãozinho acelerado o acesso de raiva de Sparrow. Eu a havia derrotado e, enquanto Finch tentava acalmá-la e meu pai desatava a rir, também a escutei se lançar ao ar. Ela estava vindo à minha procura.

Não fui em direção à floresta, mas diretamente para a casa. Havia portas mal encaixadas e janelas de sobra, e eu encontraria uma fresta grande o bastante para passar com meu corpo de aranha em algum lugar nas sombras. Essa transformação era um truque maravilhoso e emocionante, mas eu já estava me cansando. A magia tinha um preço e a exaustão logo tomaria conta de mim. Eu me apressei ao longo da beira da casa até chegar às cozinhas. O pátio parecia uma floresta enorme e terrível, tudo expandido a um tamanho que eu achava difícil de compreender. Por fim, rastejei até a porta da cozinha, atravessando a fenda entre ela e o piso de pedra. Era um espaço estreito, mas consegui passar, dando uma cambalhota e saindo do corpo de aranha para o meu, batendo na mesa e rolando de lado.

Nua. Completamente nua.

Claro. Uma aranha não precisaria de roupas ou botas; tudo devia ter caído na grama no instante em que escapei do Julgamento de Sparrow. Com cautela, levei a mão à cabeça batida e me levantei, segurando-me à mesa para me equilibrar, olhando por sobre a borda e dando de cara com Lee.

– Ah, oi – ele murmurou. Estava comendo um doce de geleia e o baixou da boca devagar, limpando algumas migalhas do queixo.

Meu coração não havia parado de bater forte desde que caíra naquela sala branca e terrível. Agora eu me perguntava se ele simplesmente implodiria de tanta tensão. Coloquei um braço com cuidado sobre minhas partes pudicas e limpei a garganta, fingindo displicência ao me levantar na sombra atrás da porta.

– Extremamente tarde para o chá – murmurei, corando tanto que chegava a doer.

Lee colocou o doce no prato e caiu em si, cobrindo os olhos com uma mão.

– Falei para você, não consigo dormir com aqueles sobreterrenos à solta.

– Certo – sussurrei. – Acho que eu também gostaria de me livrar deles.

– Por acaso eles teriam algo a ver com, hum, isso? – ele perguntou, e pude ouvir o risinho mal contido.

– Bom palpite. – Suspirei e dei a volta pela cozinha até a porta. Sparrow poderia ficar furiosa a ponto de arriscar acender a ira da sra. Haylam e vasculhar a casa; e eu estava ansiosa para ter o máximo de portas, tijolos e cachorros entre mim e ela. – E, se por acaso você vir um deles no futuro próximo, diga que não me viu. Na verdade, se alguém perguntar, eu não estive aqui e, definitivamente, não estava nua.

Lee assentiu, ainda cobrindo os olhos, mas pude ver um sorriso escapar debaixo de sua mão.

– Também devo esquecer a parte que você explodiu do corpo de uma aranha?

Abri a porta e saí para o vestíbulo.

– Sim – respondi com uma careta, usando a porta como escudo. – Sim, acho que seria melhor.

Capítulo Vinte e nove

Assim como Lee, não dormi nada naquela noite. A cada vez que fechava os olhos, imaginava-me de volta na dolorida sala branca de Sparrow; sua voz estava por toda parte, em volta de mim, fora de mim, dentro de mim. O que teria acontecido se eu tivesse ficado para ser torturada? Mentir tinha parecido impossível e apenas meus poderes haviam me salvado de revelar a verdade a ela. Agora eu sabia por que Chijioke tinha me alertado tão firmemente. Eles eram perigosos, muito perigosos, e eu não podia confiar neles.

Mas em quem *poderia* confiar?

O livro. Ele queria o livro. No diário do sr. Morningside eu descobri que ele se chamava Elbion Negro, mas na minha cabeça só pensava na palavra *LIVRO* em letras garrafais e funestas. Relutante, chamei mentalmente o homem que conheci como Croydon Frost de Pai enquanto considerava suas motivações e seu objetivo maior. Ele tinha vindo aqui disfarçado e já havia mentido para mim repetidas vezes sobre quem e o que era. E tinha assassinado ou ao menos incapacitado o terceiro companheiro de Sparrow e Finch. O sr. Morningside havia me dito com muita clareza que colocar o livro em perigo significava colocar a própria existência dele em perigo e que, sem ele, o mundo mergulharia em caos. Essa era uma mentira também?

Eu me sentia muito, mas muito cansada, puxada em todas as direções. Todos queriam alguma coisa. O problema agora era: quem conseguiria o que queria e quem se tornaria meu inimigo? Se eu ajudasse o sr. Morningside a localizar esse livro que tanto desejava, estaria desferindo um golpe contra meu pai e talvez até contra o mundo ao qual eu pertencia. Segundo o Pai, havia um reino de faes das trevas e tudo mais esperando para ser encontrado, amaldiçoado ao sono eterno pelo sr. Morningside e pelo pastor. Será que esse lugar seria completamente destruído se encontrassem o livro que o mantinha em pé?

Depois que Sparrow me atacou, eu definitivamente não sentia ter nenhuma lealdade ao pastor. Mas também não sentia qualquer afinidade com meu pai. Talvez outras pessoas gostassem de descobrir que um membro afastado da família era na verdade um deus, mas isso só me enchia de pavor. Ele estava no meio de uma disputa secular, o que significava que eu, por extensão, também estava envolvida. Ele falava em guerra; eu não me imaginava em uma. Agora, era obrigada a escolher um lado, e o mais óbvio era o do Diabo. Afinal, tínhamos assinado um contrato que poderia me tirar de Coldthistle de uma vez por todas. Mas meu plano tinha de mudar agora, pois não havia como saber se ainda conseguiria tirar um centavo do Pai.

A saída mais segura, concluí, era *sair*. Não apenas a saída mais segura para mim, mas para todos nós. Mas eu acreditava mesmo que o sr. Morningside honraria nosso acordo? Ele havia admitido que dispensar todos os seus empregados seria um grande incômodo. Talvez ele não tivesse a intenção de cumprir com nosso pacto.

Só havia uma verdade em que eu podia confiar completamente. Eu precisava me libertar dessa teia emaranhada de ressentimentos, mentiras e magia. Essa libertação, porém, exigiria mais uma enganação. Eu faria um acordo, um novo acordo, e não com o Diabo. Com meu pai, o Elbion Negro, em troca de liberdade e dinheiro para me levar com conforto para Londres. Depois, teria uma vida confortável e normal.

Seria arriscado entregar o livro negro para meu pai, mas o que ele realmente poderia fazer no terreno de Coldthistle? Ele estava cercado por inimigos e, ainda que estivesse disfarçado, ao tentar sair pela porta com o livro, a sra. Haylam certamente notaria alguém mexendo com as magias dela.

Cheguei a uma decisão antes mesmo da alvorada. Ainda estava escuro, talvez eu tivesse tempo suficiente para alcançar os andares superiores, o grandioso salão de baile vazio que abrigava o livro. Chegar lá sem ser vista era uma tarefa difícil, claro, mas agora eu tinha como fazer isso. Ou, ao menos, tinha como chegar até o livro, ainda que não soubesse como sair com ele.

Inspecionando o quarto, passei as mãos ao longo do parapeito e embaixo da cama, caçando e caçando até encontrar o que procurava – uma mosca.

Ela fez uma tentativa tímida de escapar, mas rapidamente a agarrei, pedindo desculpas suavemente antes de esmagá-la. Limpei a mancha preta no carpete e fui até a porta, abrindo apenas uma fresta. O corredor estava vazio, mas eu sabia que, a qualquer momento, um Residente poderia passar flutuando em suas rondas. Respirando fundo, preparei-me para a dor que estava por vir, vertendo todos os meus pensamentos na mosca, em sua forma e seu tamanho.

Por algum motivo, foi menos incômodo dessa vez ou eu estava preparada e, com um estalo baixo, minha pele e meus ossos se contorceram, se reestruturaram, se encolhendo e se encolhendo até eu não passar de uma criaturinha zumbindo e viajando pelo ar. Mais do que a dor, a sensação de balançar pelo ar sobre asas era desorientadora; com as paredes, piso e teto ampliados e enevoados, qualquer rajada de vento leve me tirava completamente do curso. Enquanto atravessava o corredor desajeitadamente, ziguezagueando estabanada, quase voei na cara de um Residente. Ele havia descido da escadaria, virando em silêncio e flutuando em direção ao meu quarto.

Desviei por pouco de seus contornos turvos, a rajada de vento quase inexistente que ele criava me fazendo voar em espiral em direção à parede. Ele parou, frio e negro, girando devagar até seus olhinhos de sombra me encontrarem. Chegou mais perto, e mais perto, até seu rosto estar na minha altura, acompanhando meu caminho, flutuando perto de mim enquanto eu batia as asinhas desesperadamente em direção à escada.

Ele me seguiu por um momento, depois perdeu o interesse e saiu flutuando, levando consigo o ar gelado de desconforto e pavor. O esforço de voar e manter essa forma estava começando a me sobrecarregar. Lutei contra a exaustão, zumbindo escada acima, olhando para quase todas as direções. Espiei outro Residente, mas esse não veio me investigar. Ainda assim, mesmo com essa bênção, meu tempo estava chegando ao fim – a qualquer momento, minhas forças fraquejariam e minha verdadeira forma seria revelada.

Eu não enxergava quase nada, com a visão enegrecida de exaustão, quando cheguei ao longo salão de baile abobadado no alto da casa.

Voei o mais longe que consegui, revigorada pelo vazio do salão. Não havia nenhum Residente protegendo o livro! Aquilo estava quase simples demais. Continuei avançando até chegar ao lugar onde tinha visto o livro pela última vez. E parei, e caí, e assumi minha forma humana enquanto pousava na poeira.

Lá estava – não o livro, mas a forma dele gravada na imundície. Eles o tinham mudado de lugar. Eu me levantei, nua e furiosa comigo mesma. Eu não tinha ouvido a conversa sussurrada entre a sra. Haylam e o sr. Morningside? Eles estavam preocupados, e o livro era importante demais para ser deixado em um lugar aberto com tantas suspeitas pairando no ar.

Envolvi-me em meus braços e senti um calafrio, angustiada. Tinha sido tudo em vão e, agora, eu tinha de voltar para meus aposentos sem roupa. Depois de duas transformações em uma noite, eu estava completamente exausta, minhas reservas de energia completamente esgotadas. Virei e saí do salão de baile na ponta dos pés, maldizendo minha estupidez com a mente acelerada, buscando algum plano novo.

Espiando os corredores de cima, esperei um Residente passar e me pegar no flagra. Olhando de trás da porta, vi um esperando no fim do corredor, com sua cabeça feia e sua boca grande de costas para mim. Aproveitei a oportunidade e chispei em direção à escada, correndo e correndo, sem me atentar ou diminuir o passo até chegar ao meu andar. Por Deus, quanta sorte, pois não deparei com ninguém, e corri em direção à minha porta. Então paralisei – é claro, ninguém poderia ser tão bem-aventurado. Um Residente estava pairando logo à frente da minha porta, à espera, embora também estivesse focado no quarto em si, como se sentisse que eu não estava onde deveria estar.

A porta logo à minha esquerda se abriu e, desgrenhada pelo sono, Mary espreitou de trás de um castiçal.

– O que está fazendo acordada? – Ela se assustou com o meu estado e tirou o robe, jogando-o em volta dos meus ombros e me puxando para dentro. – Por que... por que é que você estava zanzando pelos corredores na calada da noite desse jeito?

Deixei que ela me puxasse para longe da porta enquanto a fechava e tentei não parecer catatônica de alívio enquanto arrastava os pés até a cama dela.

– Obrigada, Mary, me desculpe, não sei o que deu em mim. Eu... – *Não tenho nenhum bom motivo para lhe dar.* – Devia estar sonâmbula.

– Sonâmbula! – Mary riu, levando a vela até a mesa de cabeceira e se sentando, deixando espaço de sobra para que eu ocupasse a outra metade da cama. – Louisa, se você tem essa tendência, deveria aprender a se vestir direito antes de dormir.

– Vá em frente, dê risada – eu disse, suspirando. Eu me aconcheguei no robe quente e tentei relaxar. Não deu certo. Era quase agonizante quanto meu corpo estava exausto, mas meu cérebro não parava de se revirar sobre as incertezas ao meu redor. – Mary, sei que essa não deve ser a melhor hora para perguntar, mas preciso saber uma coisa...

– Amelia – ela disse com tristeza. Seus olhos verdes perderam o brilho e ela se virou para a janela e a noite sem lua. – Estou bem de novo, Louisa, e deveria estar de volta ao trabalho, mas a sra. Haylam não confia mais em mim. Pensa que saí da linha, sabe, que matei Amelia. Mas não matei! Juro para você, não tive nada a ver com aquilo.

Peguei a mão dela, apertando com força.

– Eu sabia! Não acreditei nem por um segundo que você faria uma coisa daquelas. E, de qualquer maneira, você é capaz daquilo? Só vi você proteger as pessoas com seus poderes. Me proteger.

Mary abriu um sorriso acanhado, abraçando os joelhos junto ao peito. A vela oferecia um brilho tênue à sua pele. Foi um alívio tão grande vê-la descansada e saudável que isso melhorou um pouco meu ânimo, fazendo-me um bem enorme.

– Acho que eles só precisavam botar a culpa em alguém e, se não apontassem o dedo para o povo do pastor, isso manteria a paz. Eles não querem começar uma guerra e acho que isso significa que devo ser punida.

– Mas isso é terrível! – exclamei. – Acho que foi Sparrow. Ela é horrenda. Ontem mesmo ela tentou me julgar ou sabe-se lá o que foi aquilo e, se eu não tivesse encontrado um jeito de fugir, acho que ela poderia ter ido até o fim.

– Ah, Louisa, você não pode confiar neles. Sei que parece frieza, mas há um motivo para nossos povos nunca terem se dado bem. Não somos iguais e devemos nos unir. – Ela me deu um tapinha leve na mão. Seus olhos se iluminaram e ela pareceu tomada por uma euforia súbita. – Quero dizer, devemos nos unir, Louisa. Eu e você.

– Como assim? – perguntei. – Você é minha amiga, Mary, embora talvez eu seja uma péssima amiga.

– Você não deveria dizer isso. – Mary suspirou e colocou a vela na mesa, pegando minha mão agora com as duas mãos. – Escuta, nós somos diferentes, eu e você. Chijioke e Poppy, eles são gentis, claro, mas são extraterrenos.

Minha testa franziu enquanto eu examinava seu rosto sardento.

– E nós também.

– Não, Louisa. Eles nos dão abrigo, nos protegem até, mas nasci da fonte de uma fada e você do sangue de um fae das trevas tão antigo quanto a própria memória. Isto – ela apontou para o quarto, a casa –, isto é deles. Somos tão visitantes quanto o pastor e seu rebanho.

Ela não estava caçoando de mim; sua testa franzida não se aliviou em um riso de gracejo nem por um momento.

– Por que nunca me contou isso?

– Porque… – Ela encolheu os ombros, soltando minha mão. – Porque eu estava segura antes e eles confiavam em mim. Agora, não sei o que fazer nem para onde ir. Por que eu ficaria aqui com pessoas que me julgam capaz de assassinar por prazer? E de que isso importa? Agora contei a você e isso é o que conta, não é?

– Amelia morreria de qualquer forma – eu disse. – É por isso que estava aqui.

– Não é bem assim. A sra. Haylam diz que existe uma ordem nas coisas e agora pensa que violei essa ordem. Eles não vão me botar para fora, é claro que não, mas ela jamais voltará a me olhar da mesma maneira. – Mary suspirou e fez beicinho. – Detesto isso.

Depois de um momento, eu me levantei, o peso todo da exaustão me atingindo com força. Eu precisava ao menos me deitar; dormir me faria maravilhas. Hesitei perto da porta, perdida, sentindo pena dela, mas também com medo. A cada momento que passava, eu sabia menos sobre mim mesma e sobre o meu lugar no mundo.

– Se eu puder encontrar um jeito de partir e levar você comigo, você iria? – perguntei.

Os olhos de Mary se arregalaram, batendo os cílios.

– Ah, sim. Por favor, Louisa, poderíamos? Mas aonde iríamos?

– Isso... eu ainda não sei. Acho que encontrei uma maneira de arranjar um dinheiro em breve e talvez possa usá-lo para nos levar embora. Para Londres. Ou mais longe. Sei que parece descabido, mas estou tentando e acredito que meus planos podem dar certo.

Ela saltou da cama e se jogou em cima de mim, abraçando-me com força. Caminhei com ela até a porta. Ela me abraçou de novo enquanto eu virava a maçaneta e espiava o corredor, para ver se havia algum Residente. Não havia nenhum, mas eu podia sentir que o dia estava prestes a nascer e que eu descansaria muito pouco.

– Ninguém – eu disse. – Tome – acrescentei, tirando seu robe e devolvendo-o. – Quase saí correndo com ele, não queria roubar seu amuleto da sorte por acidente.

Mary tinha começado a se virar, depois riu.

– Meu *o quê*?

– Seu amuleto da sorte – eu disse. – Chijioke disse que você sempre anda com ele. Aquele que você esfrega para ter sorte.

– Ah. – Ela franziu a testa de novo e então sorriu, com uma cor estranha e quente nas bochechas. Eu tinha me esquecido da minha nudez, consciente agora que ela estava se agitando, apreensiva. – Claro. A, a…

Ela estava agindo de maneira muito estranha. *Será que…*

– A moeda – completei, dando uma piscadinha falsa. – Como pôde esquecer, *Mary*?

– Sim! Claro. Meu cérebro ainda deve estar dormindo, rá! Minha moeda da sorte, sim, não vá embora com ela. – Ela bateu o robe em mim de brincadeira e pisquei para conter as lágrimas, sentindo meu coração se apertar. Fitei a nuca dela enquanto ela se virava para a cama, e uma raiva fria e implacável me dominou, suprimida apenas pelo nó em minha garganta.

Um peixe. O amuleto da sorte dela era um peixe.

Saí, dando passos rápidos em direção ao meu quarto. Atrás de mim, ela disse com a voz doce:

– Boa noite!

– Boa noite – respondi com a voz engasgada, abrindo a porta do meu quarto. Eu me afundei na hora, abraçando as pernas no piso duro e frio. As lágrimas foram imediatas e de decepção.

Uma gota de sangue, um fio de cabelo, e a criança trocada roubará o teu selo.

– O que você tirou, Pai? Sangue ou cabelo? – sussurrei com as mãos na boca. Mary. Meu Deus. Onde estaria a verdadeira Mary? O que ele tinha feito com ela? Por quanto tempo ele estava se mascarando com a imagem dela?

Eu me levantei e sequei as lágrimas cegamente. A cama parecia quase tão fria quanto o chão, pois não havia conforto a ser encontrado naquela noite. Puxei os cobertores até o queixo e rangi os dentes na escuridão.

– É melhor que seja um fio de cabelo, pai. Para o seu próprio bem.

Capítulo Trinta

Ficar cara a cara com "Croydon Frost" na manhã seguinte foi insuportável. Servi seu chá enquanto ele lia no salão oeste, com aquela aranha rosa e repugnante forçando a coleira e me observando do ombro dele. Ela parecia ansiosa para saltar no meu rosto e dar outra mordida.

Talvez eu tivesse um futuro no teatro, pensei, abrindo um sorriso simpático conforme ele escolhia um pãozinho dos pratos. Seu terno naquela manhã era preto, simples, com uma gravata verde-acinzentada e uma folhinha prendendo o tufo de seda no lugar. O cheiro de pinho emanava de sua roupa. Ele estava sentado com uma perna cruzada sobre a outra, mexendo uma xícara de chá; seu queixo longo e saliente estava pensativo enquanto observava a seleção.

– Tenho uma proposta – eu disse baixinho, fazendo uma bela atuação ao olhar ao redor para confirmar que estávamos a sós.

Ele abriu um sorriso enorme para mim, pegando finalmente um bolinho da bandeja. Agora, quando olhava para o seu rosto elegante e fino, eu não conseguia ver nada além do crânio de cervo escondido sob ele, como se a carne que vestisse não passasse de uma cobertura fina e efêmera que escaparia a qualquer segundo, revelando o verdadeiro monstro por trás. Precisei de todo o meu autocontrole para não dar na cara dele com sua própria xícara.

Onde está Mary? O que fez com ela?

Eu estava negociando de uma posição fraca, pois, assim que descobrisse que eu sabia sobre Mary, ele teria uma vantagem perigosa. Ele tinha visto em primeira mão o quanto eu desejava bem a ela, e o conhecimento da localização real dela era inestimável. Se eu não jogasse minhas cartas com cuidado, perderia antes mesmo que o jogo começasse.

– Sou todo ouvidos – ele disse, inspirando fundo.

Ele não comeu o bolinho, só o abandonou em cima do pires. Dei um passo mais para perto, odiando cada minuto na presença dele. Meu plano tinha se alterado durante a noite, mas meu objetivo original permanecia o mesmo. Eu precisava sair da Casa Coldthistle de uma vez por todas e evitar a confusão que ele estava decidido a criar.

– O livro – sussurrei, lançando mais um olhar conspiratório ao redor. – Vou encontrar um jeito de conseguir o livro para você, mas quero algo, e quero adiantado.

– Dinheiro? – É claro que aquele cretino esperto sabia, tendo escutado isso da minha própria boca na noite anterior. Ele sorriu como um gato que conseguiu roubar leite, tornando a morte por xícara muito mais tentadora.

– Não apenas dinheiro – respondi rápido. – Uma fortuna. O suficiente para começar do zero, o suficiente para levar Mary e meus amigos para muito longe daqui e começar uma vida nova.

– Intrigante – ele murmurou. – Continue.

– Não fará diferença se me der o dinheiro antes, pois quero romper essa ligação com o livro de uma vez por todas. Não vou partir até me ajudar com isso e, para tanto, preciso do livro. – Suspirei e adotei minha melhor expressão de garotinha assustada. – Será muito perigoso para mim, entende? Estou colocando tudo em risco para conseguir esse livro; então, nada de truques. Depois que eu tiver meu dinheiro e o senhor tiver o que deseja, estou fora. Não quero participar de... do que quer que você tenha planejado.

Ouvi vozes baixas no vestíbulo, o som de homens conversando entre si. Eu me virei e fiquei mexendo na chaleira sobre a mesa perto das janelas, esperando os Breen e Samuel Potts saírem pela porta da frente. Quando virei para encarar meu pai, ele estava olhando para o nada, ainda mexendo o chá, como se fosse um homem perdido em pensamentos e eu nem sequer estivesse ali.

– Queria poder fazer você mudar de ideia. Quando esses impostores tiverem sido derrotados e o reino restaurado, podemos cuidar dele juntos. Você poderá ir para casa, sua verdadeira casa, e estará entre criaturas belas como você. – Ele parecia melancólico, mas não acreditei nisso nem por um instante.

– Você mesmo disse que há uma guerra a caminho, e não sou um soldado.

Não. Uma vida tranquila me servirá melhor. Talvez eu deva me casar ou adotar um cachorro. Permita-me perguntar: por que o senhor mesmo não pode pegar o livro? – questionei. – Você deve ser muito mais poderoso do que eu, certamente conseguiria sobreviver ao toque dele.

– Estou fraco, nem de longe em posse de todas as minhas forças – ele disse calmamente. – Se você dormisse por mais de mil anos, também acordaria com uma leve cãibra no pescoço e o andar duro.

Ele estava mentindo. Se era forte o suficiente para se disfarçar de Mary por horas a fio, certamente poderia subir a escada e pegar o livro. Eu estava limpando o açúcar derramado na mesa quando me ocorreu: ele *podia* pegar o livro. Na verdade, era provável que já tivesse tentado. Mas o tinham mudado de lugar e, agora, ele dependia de mim para descobrir sua localização.

– Há uma complicação – eu disse bem devagar, jogando o açúcar na palma da minha mão.

– E qual é?

– O livro... A sra. Haylam o mudou de lugar. Acho que eles sabem que tem algo estranho acontecendo, e não sei como encontrá-lo sem chamar a atenção. – Limpei as mãos sobre a bandeja com a chaleira e busquei o prato de biscoitos.

A cadeira rangeu quando ele se inclinou à frente, descruzando as pernas. Eu podia senti-lo observar minha nuca, tentando me persuadir em silêncio a me virar. Eu o ignorei, com medo de que a mais leve contração, o rubor na hora errada, pudesse me denunciar.

– Você deve ser inteligente agora, minha filha. Se essa for uma proposta real e fizermos um acordo de verdade, devo receber algo em troca do dinheiro – ele disse. – Eles confiam em você aqui; use isso a seu favor.

Você está me usando, assim como usou Mary.

– Você não está bebendo seu chá – comentei com o tom de voz leve. – Tem algo de errado com ele?

– Absolutamente não. Mas não quero chá, minha filha querida, quero vingança.

– Entendo – eu disse, abrindo um sorriso radiante para ele. Quando me virei, ele não havia se movido e não havia tocado em seu chá. A aranha rosa e roxa em seu ombro continuava a me encarar, e não pude deixar de pensar em como ela era estranha. Nunca tinha visto uma aranha se comportar de maneira tão plácida. – E estou certa de que você a terá. Infelizmente, devo ir agora, se não precisa de mais nada. O sr. Morningside está ansioso pelas traduções.

– É claro que está – meu pai respondeu com um riso grave. Ele se recostou na cadeira e suspirou, relaxando e finalmente tomando um único gole lento de sua xícara. – Eu não o deixaria esperando se fosse você. Ouvi a governanta se inquietar a respeito do inquérito hoje à noite. Ele merece saber como termina antes que o mundo caia com estrondo ao seu redor.

– Acabei de ouvir uma história incrível daquele lambe-botas ridículo do Finch.

Obviamente, no instante em que me sentei para trabalhar, o sr. Morningside apareceu, entrando na biblioteca com sua elegância habitual e seus ares de superioridade. Dessa vez, porém, ele estava com cara de quem não havia dormido bem. Senti certo prazer nisso, pois sabia agora que ele tinha escondido uma informação crucial de mim. Por mais que antipatizasse com o Pai – e era uma forte antipatia –, eu não conseguia me livrar da sensação de que ele estava certo sobre algumas coisas, uma das quais a predileção do sr. Morningside por animais de estimação. Será que eu não passava disso para ele? Uma novidade encantadora? Uma das últimas crianças trocadas e, portanto, valiosa apenas por minha raridade? Se sim, será que ele detestaria me ver partir? Havia uma razão para as histórias alertarem sobre pactos com o Diabo. Eu estava cada vez mais temerosa de que ele quebraria nosso contrato ou encontraria alguma brecha para me impedir de ter o que desejava.

Ele veio até a mesa, sentando-se nela como de costume, e sorriu para mim. Ergui os olhos para encontrar os dele e suspirei. Eu sabia exatamente aonde aquilo chegaria.

– Não teria nada a ver com aranhas, teria?

– Como você adivinhou? – O sr. Morningside deu uma boa gargalhada, tomando ar quando acabou. – Sinceramente, eu queria ter visto a cara deles!

– Eu também – murmurei. – Infelizmente, estava ocupada demais escapando das acusações fervorosas de Sparrow.

Ele fungou e tirou o lenço do bolso, como sempre bordado com suas iniciais, e secou a testa de leve. Aparentemente, ele tinha rido a ponto de transpirar.

– Ela é uma brutamontes. Sempre foi. Se Spicer estivesse aqui, ele a manteria na linha, mas Finch nunca fala nada, é sempre o irmão devotado. Contudo, isso leva à pergunta: por que você estava fora até tão tarde com seu pai?

Desviei os olhos, à procura de uma mentira plausível. Durante meu tempo na Escola Pitney, eu havia aprendido que as mentiras mais convincentes eram as que não apenas continham um grão de verdade como também um pouco de informação incriminadora. Uma história cristalina nunca enganava ninguém.

– Estávamos dando uma volta pelo terreno – eu disse. – Ele queria conversar comigo longe de todos e me falar sobre minha mãe... sobre a relação deles. Pensei que conhecê-lo me faria sentir ódio dele, mas existe algo ali que achei intrigante. Ele é meu pai, afinal. Seria uma lástima nem sequer ouvir o lado dele da história. Além do mais, isso colabora com minhas chances de herança.

– Não há por que esconder essas coisas ou andar de fininho por aí durante à noite. Eu não caçoaria de você por procurar pontos em comum com o sangue do seu sangue – ele disse, com uma risadinha. – Mas peço desculpas pelo comportamento de Sparrow. Queria poder dizer que estou espantado, mas acho totalmente crível. Spicer quebraria o pescoço dela, farei questão de que ele fique sabendo de tudo isso.

Eu me crispei, perguntando-me se ele fazia ideia de que esse tal de Spicer estava muito provavelmente morto. Valeria a pena provocá-lo com essa informação? Enquanto eu avaliava minhas opções, o sr. Morningside tomou a decisão por mim. Ajeitou o elegante paletó marrom e apoiou uma mão na mesa, soltando um suspiro de tristeza.

– Não os fazem mais como antigamente – ele murmurou. Eu nunca o tinha visto assim, infantil, quase *sonhador*. – Spicer foi um dos primeiros servos do pastor. Éramos próximos. Ele nunca desenvolveu aquela veia moral desprezível dos outros. Nunca me julgou apenas por estarmos em lados opostos da situação. Não, ele apenas me julgou por minhas péssimas decisões. Que existiram e continuam a existir. Muitas.

Assenti enquanto ele falava, sentindo-me cada vez pior com a mentira na ponta da língua.

– Esse nome me soa familiar. Acho que li sobre ele no seu livro.

– Sim. – O sr. Morningside bufou, guardando o lenço. – Aquela era a cópia dele, de tempos melhores em que ele vinha me visitar. Parece que o pastor o mandou atrás desse caderno de Bennu por toda a criação. O velho garoto vai ficar furioso quando descobrir que foi uma busca em vão.

Nós dois ficamos em silêncio, sentados em meio ao crepitar das chamas da lareira e às vozes distantes acima de nós ecoando pela casa. Apreciei aquele momento; para falar a verdade, a chance de simplesmente ficar sentada ali. Tinha passado a gostar daquela biblioteca escondida, e aquela era uma ocasião rara em que ele me tratava como amiga, e não como uma tola manipulável. Era difícil imaginá-lo amigo de um dos Árbitros, mas eu tinha descoberto coisas muito mais estranhas nas últimas horas.

– Este livro – eu disse, batendo na capa do diário de Bennu. – Por que ele é tão importante? Não estou apenas traduzindo cegamente para o senhor, estou prestando atenção. Você e o pastor, o Senhor das Trevas e Roeh, eram rivais, mas também estavam lutando contra a Mãe e o Pai, não estavam?

Ele abriu um sorriso gentil, mas esnobe, que demonstrava claramente o quanto depreciava minhas habilidades dedutivas. *Ah, sei muito mais, espere só para ver.*

– É por isso que tem uma mesa vazia no Tribunal. Se a mesa está vazia e a bandeira está negra, quer dizer que eles se foram ou que morreram. O senhor tem um livro, o pastor tem outro, e agora vocês querem o deles. Por quê?

Isso o fez erguer as sobrancelhas, surpreso, e seu sorriso arrogante se fechou. Ele estava me olhando de modo diferente agora, como se estivesse me vendo de verdade pela primeira vez.

– É uma questão de princípios – ele disse, categórico.

– Não, não é – escarneci. – Desde quando o senhor já teve algum?

– Rá! Muito engraçadinha. Certo, a resposta pode surpreendê-la – ele disse, abanando o dedo para mim.

– Pois tente.

– Não gosto do que fizemos – o sr. Morningside disse, e uma sombra atormentada escureceu seus olhos amarelos normalmente vibrantes. – Foi algo sangrento, brutal, e dei ouvidos ao pastor quando não devia. Eles vieram primeiro, sabe, a Mãe e o Pai, já eram seres antiquíssimos quando eu e ele surgimos. Eles tiveram muitos nomes, muitas encarnações, mas seus verdadeiros seguidores os chamavam apenas de Mãe e Pai. No começo, pensei que poderíamos nos dar todos bem. Eu não precisava dos fiéis deles e eles não precisavam dos meus.

– Então o que mudou? – perguntei, debruçando-me sobre a mesa.

– O que mudou? Tudo. O pastor queria mais e mais seguidores, mais louvor, mais poder. Foi então que nossa rivalidade começou, quando tudo se tornou Satã ou Deus, Inferno ou Paraíso. Nós dois estávamos colecionando adoradores tão rápido que paramos de nos importar com como nos chamavam ou o que faziam em nossos nomes. Isso... fez algo mudar no Pai, penso eu. Ele era um deus de truques e reveses, a incorporação do caos da natureza. Enquanto brigávamos e resolvíamos nossas diferenças, ele foi crescendo e se difundindo sem controle. Algo precisava ser feito. Discordamos de algumas coisas, claro. Achei cruel nos unirmos contra ele, mas o que poderíamos fazer?

Virei na cadeira e apontei para a pintura.

– Mas havia quatro de vocês. O que aconteceu com a Mãe?

O sr. Morningside se empertigou e encolheu os ombros, balançando a cabeça rapidamente e passando a mão sobre o rosto.

– Bem que eu queria saber. Ela era a única sensata dentre nós, creio eu.

Um dia ela simplesmente... desapareceu. Bennu deve tê-la levado do Egito até o seu destino, fosse qual fosse, mas não houve vestígio dela depois disso. As coisas com o Pai apenas se agravaram. Ele enlouqueceu. Então, o pastor e eu fizemos uma aliança por conveniência. – A voz dele baixou a nada além de um sussurro engasgado, e seus olhos arregalados fitaram o nada, como se uma inundação de memórias terríveis o tivesse tomado. – Foi um banho de sangue. Não lhe demos escolha senão se render.

Ele ergueu os olhos para mim nesse momento; estava mais honesto e vulnerável do que eu jamais o tinha visto. Sua mão tremia um pouco enquanto a passava no rosto de novo.

– É por isso que restaram tão poucos de vocês e me esforcei tanto para registrar os faes das trevas, bem, abrigando todos que encontrasse.

– Consciência culpada – murmurei, usando a expressão da sra. Haylam.

– Culpa não é uma palavra forte o bastante para o que sinto, Louisa. – O sr. Morningside se levantou e puxou a parte de baixo do casaco, sugando as bochechas enquanto me observava. – Isso responde à sua pergunta?

Ele não me apressou enquanto eu chegava à minha própria conclusão, que me espantou ainda enquanto a enunciava.

– O senhor não quer destruir o livro. Quer protegê-lo do pastor.

Um sorriso leve e delicado se abriu no rosto dele, afugentando a sombra atormentada em seus olhos.

– Alegra-me saber que você pensa isso de mim.

– Mas então por que isto? – perguntei, passando a mão sobre o diário. – Você está me entregando a chave para destruir meu povo para sempre.

O sorriso do Diabo se alargou e ele se inclinou na minha direção, desviando os olhos para o diário sob minha mão.

– Esperta, Louisa. Sempre esperta demais. É por isso que vim ver você. Sei que está prestes a completar a tradução e preciso que faça alguns pequenos... *ajustes*.

Capítulo Trinta e um

Ano dois

𓊨𓏏 𓇋 𓄂𓈖𓅱 𓊪𓂝 𓍘𓇋

Diário de Bennu, o Corredor

Chegamos à fortaleza ao amanhecer, descendo por uma claraboia cercada por todos os lados por galhos enormes e retorcidos. Parecia que estávamos pousando em uma cesta de vime enorme e sem fundo, mas, quando nos aproximamos do chão, vi que a fortaleza também descia fundo para o subterrâneo; uma escadaria de pedra larga em espiral desaparecia dentro da terra. Do lado de fora das muralhas, havia uma floresta tão densa e verde que parecia um único mar intacto de esmeralda.

Desci das costas da Serpente Celeste encharcado pela chuva, mas isso não tinha importância. Eu me voltei imediatamente a Khent, puxando-o para baixo e ajudando-o a mancar, ensanguentado e fraco, em direção a... Bom, não sei aonde esperavam que fôssemos ou se éramos esperados em algum lugar. A Serpente Celeste partiu antes que eu pudesse lhe dar um afago de agradecimento e, em pouco tempo, sua longa cauda negra estava de novo entre as nuvens.

O pátio parecia deserto, silencioso exceto por uma algazarra incrível de sapos. Devia haver um pântano ou rio nas proximidades, pois parecia que estávamos em meio ao coro de um milhão de criaturas coaxantes. Eu tinha notado que um pesado portão de bronze guardava a descida para dentro da terra e, com um clangor alto, ele começou a se mover, recuando para a parede e abrindo passagem.

– Consegue andar? – perguntei a Khent, mas fazia tempo que ele havia perdido a capacidade de falar. Ele simplesmente gemeu e apoiou a cabeça em meu ombro.

Eu o havia arrastado não mais do que um ou dois passos à frente quando duas figuras surgiram, subindo das profundezas da fortaleza interna. Exausto demais para controlar minha reação, parei boquiaberto ao avistá-las, pois, assim como muitas coisas com que eu havia me deparado em minha jornada, elas eram inteiramente novas aos meus olhos. Eram humanas da cintura para cima, jovens, cada uma armada com o que parecia uma madeira polida envolta por folhas, cujas faixas se enrolavam em volta de seus pescoços e braços com teias brancas e grossas. A pele delas era rosa-claro e, embora tivessem olhos grandes e belos como qualquer donzela, cada uma tinha seis olhos a mais, e quatro olhinhos roxos menores subiam em direção a seus cabelos brancos. Plumas compridas de todas as cores estavam pregadas em suas tranças e elas tinham pedaços de ossos fixados nas orelhas e no nariz. Tudo isso era estranho, porém mais estranho ainda eram as metades inferiores, não humanas, estendendo-se muito mais para acomodar oito patas. Oito patas enormes e peludas com listras rosas e roxas.

Era como se algum alquimista perverso tivesse tirado a parte de cima de uma mulher e a fundido de maneira precisa ao corpo de uma tarântula. Onde mulher e aranha se encontravam, pendia um longo tecido pintado com um crânio de cervo, elaborado com oito olhos. A estranha estampa me fez lembrar do próprio livro que eu havia carregado até tão longe.

– Quem é esse que monta em uma Serpente Celeste em nosso meio e traz um companheiro ensanguentado? Falem, estranhos, ou tornem-se comida para a floresta. – Ela não precisou gritar, pois a ameaça foi mais do que suficiente. Sua voz era rouca e seu lábio se curvava em fúria.

– Meu nome é Bennu – eu disse, trêmulo. Com cuidado, tirei o livro da bolsa e ouvi as duas exclamarem. – A Mãe me enviou. Segui os sinais por uma distância enorme e sem fim. Por favor, viajamos meio mundo, não nos recusem agora.

– Não! Não... vocês são bem-vindos aqui – a mesma criatura disse, fazendo uma reverência de uma elegância impressionante, apesar de seu corpo estranho. Ela acenou para a companheira, que desceu rapidamente para dentro da terra. Saiu um momento depois com um trio de ajudantes, que se assemelhavam muito a mim, exceto pelos olhos inteiramente negros. – Cuidaremos de seu amigo e você nos entregará esse presente precioso...

Os três assistentes pegaram Khent e o levaram embora antes que eu pudesse dizer algo. Ele me lançou um último olhar, febril e assustado, e temi nesse momento que nossas tribulações ainda não houvessem terminado. Enquanto ele era levado embora, uma comoção irrompeu sob nós e, em pouco tempo, todo um grupo de homens e mulheres de mantos negros chegaram ao pátio. Seus rostos estavam pintados com desenhos elaborados e tatuados com espirais verdes. Um deu um passo à frente, um ancião, e acotovelou a menina aracnídea para que ela saísse do caminho.

Ele tinha um cheiro forte de madeira, pinho e urtiga e, quando sorriu, seus dentes estavam tingidos de um verde horrendo.

– O livro será levado para o Pai imediatamente. Você virá conosco.

– O que é isto? Volte para seu pântano, Curandeiro Verde; a própria essência da Mãe está naquela coisa e será levada para as sacerdotisas dela primeiro.

Ela apontou a lança para ele, mas ele soltou uma gargalhada e a afastou.

– Vocês têm pouco de seu precioso poder enquanto ela permanece em papiros – ele sussurrou. Ele cuspia enquanto falava e seu olho direito se contorcia. Seu

corpo redondo e seu rosto pontudo me faziam pensar em um carrapato. – O Pai saberá o que fazer. Afinal, ele está ansioso para se reunir com sua noiva.

Eu me senti completamente entorpecido. Claro, eu sabia que o livro era insubstituível, mas pensar que ele carregava a própria Mãe? Meu alívio em tê-la trazido em segurança até tão longe logo se extinguiu. O Curandeiro Verde arrancou o livro de meus braços e cambaleou para trás, sem prever o peso dele. As outras figuras de manto o cercaram e todos vagaram em uníssono de volta à fortaleza.

– Isso é um ultraje – a outra guardiã aranha murmurou. – Não podemos permitir isso, Coszca! A Mãe não será ela mesma. Ela só terá todas as suas forças quando for libertada.

– Eu sei, Cuica, eu sei. Você. – Aquela que havia apontado a lança contra mim, Coszca, repetiu a ameaça e acenou em direção à escada. – Siga-nos. Não confio naqueles druidas; o amor deles é pelo Pai e receio que pelo Pai somente.

Descemos correndo os degraus de pedra, e fiquei aliviado ao encontrar a passagem iluminada em todo o caminho por chamas saltando de frestas nas paredes. Toda a fortaleza era pintada com murais, a maioria cenas da floresta, mas algumas mostravam a Serpente Celeste e as mulheres aranhas triunfando em batalhas. Mal olhei para as imagens, pois elas eram muito mais velozes do que eu e usavam as paredes com tanta naturalidade quanto os degraus para descer. Um patamar mais amplo surgiu no meu campo de visão e, dele, uma porta que levava a um lugar obscuro que eu ainda não conseguia ver.

As mulheres dispararam à frente, atravessando esse arco. Eu as ouvi gritar um instante depois enquanto atravessava a abertura aos tropeços. Os druidas estavam esperando ali. Lançaram redes enormes sobre elas e lhes jogaram pedras. As mulheres resistiram, trinando gritos altos e belos enquanto arremetiam suas lanças contra eles. Outros druidas me cobriram com seus mantos, puxando-me e me levando para longe.

Não vi o destino das mulheres guerreiras, e só podia torcer para que lhes concedessem misericórdia por não fazerem nada além de demonstrar lealdade à Mãe.

Eu também resisti aos homens e às mulheres de manto que me levaram à força por um caminho que eu não conseguia enxergar. O chão mudou de pedras para barro e meus pés foram se afundando, sugados pela terra úmida, a lama me cobrindo até os joelhos. Senti o aroma da antiguidade primitiva da floresta, o perfume do arvoredo denso e das folhas pútridas. Por fim, eles me soltaram e tiraram seus mantos do meu rosto.

Diante de mim estava uma árvore. Eu não conseguiria descrevê-la nem se ameaçado de morte, pois ela era ao mesmo tempo morta e viva, preta mas não queimada, e repleta de folhas, que eram como adagas pingando veneno. Os druidas empurraram o livro que eu havia carregado por tanto tempo de volta aos meus braços e o aninhei como um filho querido. Então as figuras de manto desapareceram, deixando-me tremendo naquele lugar solitário.

E então eles surgiram.

Foram saindo da árvore como vermes da terra. Mais sombra do que massa, deslizaram por entre as fendas plangentes no tronco antes de chegar à clareira. As raízes da árvore tinham a grossura de cavalos, largas e nodosas, nunca tocadas pelo homem e raras vezes vistas por ele. As criaturas foram saindo dessas raízes aos poucos no começo, mas, com o cair da noite, foram chegando em um ritmo mais gradual, um gotejar lento que se tornou um fluxo constante…

O Pai existia de verdade. A Mãe existia de verdade. Era tudo verdade. Lembrei a mim mesma que não devia fidelidade a ninguém, que o sr. Morningside tinha sido bondoso, mas também mentiroso, que o pastor tinha sido gentil, mas também cruel ao enviar seus Árbitros, e que o Pai tinha sido generoso com a verdade, mas igualmente generoso com mentiras.

Eu não devia fidelidade a ninguém, então por que era tão difícil escolher o lado que mais importava – o meu?

Eu precisava de mais. Mais provas, mais garantias de que estava fazendo a coisa certa. Não seria necessário mais do que um bilhete a Lee durante o almoço para colocar meu plano em ação. Ele não fazia exatamente parte do plano, mas eu precisava de uma última coisa dele, um favor para mim que eu aspirava tornar um favor para muitos. A essa altura, tinha se espalhado a notícia de como eu havia frustrado Sparrow. Ela não tinha dado as caras desde a humilhação de ver uma aranha escapar de suas roupas e fugir do Julgamento.

– Mocinha, aquilo foi pura arte. – Chijioke havia recontado a história pelo menos três vezes ao longo da refeição. Ri junto, mas sem muito entusiasmo, sabendo bem que aquela refeição poderia ser a última que eu dividiria com eles. Meu coração ansiava por contar a ele a verdade a respeito de Mary, aliviar suas preocupações de que ela o tinha rejeitado. Ele vinha cortejando meu pai, um mestre dos disfarces, e não a moça tímida e doce de que tanto gostávamos. Mas haveria tempo para essa verdade depois. Eu não planejava deixar a Casa Coldthistle sozinha. Se o sr. Morningside realmente cumprisse com sua parte do acordo...

A ideia de reunir Chijioke e Mary era quase pura e boa demais para acreditar. E era uma possibilidade evanescente que ainda aguardava no fim de um túnel longuíssimo, cheio de estacas e armadilhas e curvas e deuses furiosos.

– Só: zás! E uma grande aranha avermelhada sai voando de seu avental! Fabuloso. – Chijioke se curvava de tanto rir. Poppy mal conseguia respirar de tanto que achou graça. Até Bartholomew, acordado por um milagre, fungava na perna da menina.

– Mais do que justo – a sra. Haylam disse perto do fogão. Ela estava torrando uma última fatia de pão para si e depois se virou para a panela de ensopado para se servir de uma tigela. – Seus poderes de transformação vêm crescendo a passos largos desde a chegada de seu pai. Parece que ele lhe ensinou muito.

Não consegui entender seu tom, então simplesmente assenti e prestei atenção na comida.

– A presença dele tem sido muito instrutiva.

Ela me espiou por sobre o ombro, encarando-me por um longo, longo tempo.

– O Tribunal deve completar os trabalhos esta noite. Estou ansiosa para ter um pouco mais de paz e tranquilidade por aqui depois que todos tiverem partido.

– E quanto a Mason e o pai? – perguntei. – Eles vão ficar conosco por mais tempo?

– Não, a sra. Haylam diz que devo dar cabo deles assim que Mary ficar melhor – Poppy disse, radiante. – Aquele velhinho perverso do Samuel Potts fez coisas muito, muito ruins com o povo de Ova Vales do Sul e está na hora de ele pagar por isso. Certo, sra. Haylam?

– Nova Gales do Sul, Poppy. E sim. Precisarei ter uma ou duas conversinhas com Mary e ela retornará ao trabalho como de costume.

Quase engasguei com a boca cheia de ensopado. Chijioke me deu um tapinha nas costas, tentando me ajudar a superar o ataque de tosse repentino.

– Um pouco de água vai lhe fazer bem – ele disse, levantando-se de um salto e correndo até a torneira no quintal.

Aproveitei a oportunidade para passar um bilhete para Lee por baixo da mesa, tocando sua perna até seus olhos se arregalarem e sua mão envolver a minha. Nossos olhares se cruzaram e o encarei por um momento. Ele franziu a testa, parecendo exaurido, desgastado; seus olhos não tinham mais aquele azul brilhante, o cabelo estava ensebado e sem brilho. Não que ele não fosse mais bonito, mas o ar estranho da vida nova que eu havia lhe imposto não combinava nem um pouco com ele. O que eu estava prestes a fazer era tanto por ele como por mim. Ao menos era o que dizia a mim mesma.

Lee pegou o bilhete e o guardou discretamente no bolso interno do casaco. Quando Chijioke retornou, fingi mais um acesso de tosse e aceitei a água dele, bebendo com gosto.

– Obrigada – eu disse, retirando o prato e o copo antes de fazer uma reverência rápida à sra. Haylam. – Posso ir? Preciso espanar a biblioteca e o sr. Breen fez uma bagunça com os livros lá dentro ontem.

– Vá cuidar disso então – ela suspirou. – Mas esteja de banho tomado e pronta para o inquérito. Ele começará ao pôr do sol.

Pôr do sol. Certo. Eu tinha tempo mais do que suficiente. Lancei um último olhar para Lee e sorri antes de sair e atravessar o vestíbulo, subindo rápido pelas escadas até a biblioteca, que, na verdade, estava bem organizada e não tão empoeirada assim. Não tinha importância; eu só precisava de um lugar reservado para conversar a sós com Lee. Poderia ter pedido a ajuda de Chijioke ou Poppy, mas Lee era o menos apegado à casa e ao sr. Morningside, ao menos no sentido emocional. Ele estava ligado ao livro para sempre, sim, mas eu tinha esperança de mudar isso e, de todo modo, ele não parecia ter qualquer carinho por Coldthistle.

O que eu tinha a dizer deixaria Chijioke em pânico; já Poppy não sabia fechar a boca.

Esperei apenas por um momento ou dois, andando com nervosismo na frente das janelas. O sol tinha saído à plena força, sugando todas as cores do gramado, que precisava de chuva e tinha começado a ficar marrom em algumas partes. Lee entrou na biblioteca e deu uma batidinha de leve na parede para me avisar que havia chegado.

– Aí está você – sussurrei. – Feche a porta!

– O que está acontecendo, Louisa? – ele perguntou, obedecendo depois de hesitar um pouco, estreitando os olhos com desconfiança.

– Escute, tem uma centena de coisas que queria contar a você, mas não tenho tempo de explicar tudo. – Corri até ele e peguei suas mãos frias, guiando-o através das pilhas de livros até o fundo da biblioteca, onde já havíamos conversado sobre nossas famílias, esperanças frustradas e pecados muito antigos. Fazia uma vida e meia desde então, ao menos era o que parecia, pois ele não me olhava mais com esperança ou alegria, apenas ceticismo. – Isso vai soar loucura, mas você precisa confiar em mim. Meu pai não é quem diz ser; ele é um deus antigo, terrível e muitíssimo perigoso. Ele não veio aqui por minha causa ou em busca de reconciliação, veio para começar uma guerra. O pastor e o sr. Morningside o derrotaram há muito tempo e agora ele quer vingança.

– Um… deus antigo? Isso é possível? – Lee passou os olhos sobre mim, sem crer que eu poderia ser filha de algo assim. Era compreensível. – Como você sabe de tudo isso?

– O pavilhão. Ele revela o verdadeiro eu de todos, e vi o que ele era quando o encontrei lá – expliquei, tropeçando nas palavras de tanta pressa. – Tudo que ele me disse foi confirmado por um diário que o sr. Morningside me mandou traduzir. Ele veio aqui para causar confusão e estou morrendo de medo de que todos vocês se envolvam no meio disso e acabem se machucando. É por isso que preciso garantir que você, Poppy e Chijioke não vão ao Tribunal hoje à noite.

Lee recuou, ainda me observando com atenção. Sua testa se franziu e ele inclinou a cabeça para o lado enquanto dizia:

– Por quê? O que acha que vai acontecer?

– Algo ruim – respondi, inflamada. – Algo ruim vai acontecer porque *eu* vou fazer acontecer. Não sou inteligente ou forte o bastante para me livrar do meu pai, mas o sr. Morningside e o pastor saberão o que fazer.

– Você vai apunhalar seu próprio pai pelas costas? – Lee exclamou. – Não é extremamente cruel?

– Você não o conhece – eu disse, fechando os olhos com firmeza. – Você não o conhece, Lee. Ele não é alguém por quem se tem pena ou admiração. Não ligo se é um deus ou um escavador; ele não é de confiança. Ele está se fazendo passar por Mary.

Os olhos dele se arregalaram e ele balançou a cabeça.

– Não... não!

– Sim. Por que ela passa o dia inteiro trancada no quarto? Já viu os dois no mesmo lugar? Ela desprezou Chijioke e esqueceu qual era o amuleto da sorte dela. Não são coincidências, Lee, *pense*.

– Mary é sua amiga mais próxima aqui – ele sussurrou. – Você deve ter lhe contado todo tipo de coisas...

– Exatamente. Mas descobri a farsa e, até onde sei, ele não faz ideia de que me dei conta – falei para ele rápido. – Ele quer o livro, o Elbion Negro e, em troca, vou receber uma fortuna e ficar livre do poder do livro.

Ele baixou a cabeça e quase soltou um grito desesperançado. Peguei sua mão, apertando-a.

– Não faça isso – eu disse, desesperada. – Não vou dar o livro a ele, Lee. Não correria esse risco. Mas preciso saber o que ele pretende fazer, e preciso saber se traí-lo dessa forma é o melhor caminho. Ele está no andar de baixo agora, no salão oeste, lendo. Pode mantê-lo lá?

– O que você pretende fazer, Louisa? – ele questionou, tirando a mão da minha. – Você não vai encontrar o livro, eles o mudaram de lugar…

– Eu sei disso, Lee. Não quero o livro. Preciso entrar nos aposentos dele e dar uma vasculhada, apenas isso.

– Na última vez que fez algo assim, você quase morreu e *eu* morri. Por que deixaria você tentar isso outra vez?

Joguei a cabeça para trás, exasperada, girando e andando para longe da janela e de volta até ele, mordendo o dedo.

– Está bem. Não o distraia, farei isso sozinha. Apenas, por favor, prometa que vai manter todos seguros dentro da casa hoje à noite. Prometa, Lee, é importante. Aconteça o que acontecer, quero garantir que todos vocês estejam protegidos.

Ele revirou os olhos e me segurou, puxando-me em um abraço apertado. Soltei uma exclamação baixa de surpresa, depois retribuí o gesto.

– Não vou deixar você fazer isso sozinha. Por Deus, acredito em você. Você nunca mentiu para mim antes. Sei que tentou me salvar do sr. Morningside, ainda que… não tenha corrido como o planejado. – Ele se inclinou para trás, segurando-me a um braço de distância. – Tem certeza de que essa é a coisa certa a fazer? Vou ficar muito furioso se você for e acabar sendo morta também.

Abri um sorrisinho, contendo o impulso de chorar.

– Só estou tentando impedir uma guerra e enganar um antigo deus da floresta. Não deve ser tão difícil assim.

Capítulo Trinta e dois

Os aposentos do Pai estavam perfeitamente organizados. Suas malas estavam arrumadas em uma fileira ordenada embaixo da janela; seus ternos, embalados no guarda-roupa; e uma maleta de couro com fileiras e mais fileiras de frasquinhos de vidro estava apoiada na escrivaninha. A maioria dos quartos em Coldthistle tinha disposições semelhantes, com um guarda-roupa à esquerda da entrada, uma pequena área de banho conectada a uma área de estar à direita, uma escrivaninha depois dela, a cama do outro lado da escrivaninha e uma janela no centro de tudo.

O ar estava empesteado pela colônia amadeirada dele, que eu já reconhecia, embora outros aromas de perfume perpassassem por meu nariz. Meu coração estava acelerado enquanto andava na ponta dos pés até a escrivaninha, avaliando a maleta de couro escuro. Havia três fileiras de dez frasquinhos, cada um com um rótulo escrito à mão descrevendo o aroma dentro dele. Esse era o trabalho da vida de Croydon Frost, um homem que provavelmente estava apodrecendo numa vala em algum lugar, tendo seu rosto e sua fortuna usurpados por um deus maluco.

Espiei dentro de suas malas, mas não havia nada de interessante ali, apenas potes de insetos para sua aranha e algumas mudas de roupas de baixo. Nada. Para um "homem" de riqueza e bom gosto, seu estilo de viagem era praticamente ascético. Mas eu o tinha visto cuidar de correspondências, então ele devia estar armazenando suas postagens em algum lugar. Voltei à mesa, cutucando a maleta preta de leve. O fundo parecia bem grosso, mas não tinha nenhuma bandeja de frascos, não importava o que eu fizesse. Seria um fundo falso?

Passar os dedos pela maleta toda não produziu nenhum resultado. Por desespero, comecei a pegar cada um dos frascos e olhar embaixo. E lá estava: na segunda fileira, no terceiro vidrinho da esquerda para a direita, havia uma depressão curva que parecia fora do lugar. Apertei o círculo, ouvi o fundo falso se destravar, e um compartimento escondido saiu de baixo dos frascos.

Pilhas e pilhas de cartas foram reveladas e comecei a folheá-las ao acaso. A maioria eram correspondências remanescentes do verdadeiro Croydon Frost, pois a caligrafia não se assemelhava em nada com a carta que eu havia recebido do Pai. Embaixo dessas notas, havia um livro de despesas e, embaixo dele, uma série de papéis dobrados. Eu os espalhei sobre a mesa, olhando de soslaio para a porta, lembrando a mim mesma que não tinha a tarde toda para espionar as coisas dele.

No começo, as páginas pareciam não fazer sentido algum; eram apenas listas de nomes com linhas traçadas ao acaso entre as colunas. Depois, olhei com mais atenção, percebendo que não eram nada aleatórias, mas organizadas em grupos. Árvores genealógicas. No topo, ele tinha escrito o próprio nome e anotado o nome de mulheres com quem havia dormido ao longo dos anos. E, embora os registros remontassem apenas a cerca de vinte anos, eram muitos nomes. Dezenas. Virei a página. Centenas. Senti um aperto no peito, um enjoo se espalhando pelo meu corpo enquanto lia os nomes, procurando o da minha mãe. A maioria estava riscada, o que eu só podia supor que significava que estavam mortas.

A parte inquietante era a quantidade de nomes riscados e o número de filhos que haviam morrido misteriosamente ainda jovens.

Meu Deus, nos vinte anos desde que ele despertou, ele vêm tendo filhos e os eliminando na sequência.

Busquei desesperadamente pelo nome da minha mãe e, enquanto fazia isso, deparei com uma árvore genealógica que me pareceu terrivelmente conhecida.

1973: Deirdre Donovan ____________ Brandon Canny

Filha: ~~Amelia Jane Canny~~

Mary tinha *sim* matado Amelia. A sra. Haylam estava certa, mas não como pensava. Seria mera coincidência que Amelia também estivesse aqui?

Que ela era, *meu Deus*, minha meia-irmã? Aquele fora o último assassinato dele; ainda havia outras meninas entre Amelia e eu, e havia outras depois, mas nenhuma das filhas na lista tinha o nome *circulado*. Apenas eu.

Ele não estava mentindo a respeito disso; realmente tinha vindo por minha causa. Eu não fazia ideia se voltaria a encontrar aquela lista, então fiz o possível para memorizar os nomes que ainda não tinham sido riscados. *Auraline Waters, Justine Black, Emma Robinson*… Nem em meus sonhos mais malucos eu poderia supor que tinha tantas meias-irmãs. Aquele impostor desprezível se mantinha ocupado.

Talvez eu pudesse alertá-las, caso meu plano dessa noite não corresse como o previsto. Mas, se isso acontecesse, eu não viveria para escrever essas cartas. Pensei em todos aqueles nomes riscados e me perguntei se ele também me mataria depois que conseguisse o que desejava. Ele precisava do livro e talvez estivesse mesmo fraco demais para suportar seu toque abrasador. Depois que o tivesse em mãos, eu não seria mais necessária.

Saí antes que fosse descoberta, com uma sensação renovada de propósito apertando meus passos. Era fim de tarde. Não restava muito tempo agora. Desci as escadas rápido, passando por um dos Residentes, que não pareceu surpreso por me ver saindo do quarto do Pai. Afinal, era minha função trocar as roupas de cama e esvaziar a comadre quando solicitado. Minha sincronia foi perfeita, pois encontrei Lee exatamente quando ele estava saindo às pressas do salão oeste.

– Ah, graças a Deus – ele ofegou. – Não podia mantê-lo ali por mais tempo, Louisa. A sra. Haylam precisa de mim, aparentemente os Breen estão agitados. Eles procuraram em Malton e Derridon e não encontraram nada, obviamente. Estão cada vez mais convencidos de que sabemos algo a respeito de Amelia. Ela quer que *tomemos conta* deles logo.

– Não! – Eu o puxei em direção à parede, baixando a voz em um sussurro. – Se Poppy tentar algo, todos morreremos, você entende? Mary não está aqui para proteger ninguém.

Lee blasfemou baixo, assentindo e me deixando enquanto saía em direção às cozinhas.

– Vou ver o que consigo fazer. Sua, hum, tarefa correu sem percalços?

– Encontrei o que estava procurando – eu disse, resoluta. Por pouco não falei *Meus pés estão no caminho.* O que tinha dado em mim? – Lembre-se: hoje, ninguém pode ir ao inquérito.

– Certo. Conte comigo, Louisa. Podemos manter todos a salvo.

Ele saiu em seguida, atravessando a porta e entrando nas cozinhas. Também fui embora, virando a esquina e encontrando o Pai ainda aconchegado em sua cadeira, lendo enquanto sua fiel companheira aracnídea vagava de um lado para outro em seus ombros.

– Tenho boas-novas – eu disse, radiante. Claro, quando ele se virou e olhou para mim, fiz questão de olhar ao redor para confirmar que não havia ninguém ouvindo. Era tolice, mas eu precisava que ele pensasse que eu estava tramando um grande esquema com ele, e não *contra* ele.

Sua expressão era de predador conforme eu me aproximava, meu rosto fino dominado por um sorriso de satisfação.

– Como conseguiu? – ele perguntou, com um interesse jovial.

Aproximei-me de sua poltrona, com o olhar atento em sua amiga aranha.

– Fiz um cortezinho na sra. Haylam com uma faca enquanto preparávamos o almoço. Foi fácil conseguir o que queria do sr. Morningside depois disso.

Dei uma piscadinha e ele quase caiu de tanto gargalhar. Senti um calafrio, lembrando do eco terrível de aranhas e cobras que pareciam rir com ele fora do pavilhão na noite passada. Seus olhos cintilaram, e quase consegui ver os pontinhos vermelhos ali, ocultados por seu disfarce.

– Eu o escondi em um lugar seguro e, assim que sair da casa, os Residentes saberão; por isso, precisamos ser cuidadosos. Eu o levarei comigo para o Tribunal e o deixarei embaixo da mesa, da nossa mesa – eu disse, inventando as coisas enquanto falava. Era uma história plausível e ele pareceu acreditar. – Hoje, depois do inquérito, eu o trarei até você. Sugiro que compareça. O que tenho guardado para o sr. Morningside agradará você imensamente. Será uma noite inesquecível.

Mais uma piscadela.

– Você é o tipo de filha que todo pai sonha e raras vezes consegue – ele disse com afeto, rindo mais uma vez. Ele colocou os dedos longos dentro do bolso do paletó, tirando um pedaço de papel largo e comprido. Uma nota promissória. – Haverá mais – ele disse, entregando-me o dinheiro. Era para um banco em Londres, e a soma era maior do que eu poderia digerir. Dez mil libras. Dava para viver com aquilo pelo resto da vida. – Aproveite – o Pai disse.

Enquanto pode, acrescentei em silêncio. Vi a frieza em seus olhos enquanto entregava a nota. Ele sabia que ela não seria minha por muito tempo. Sabia que, assim que tivesse o livro, eu seria inútil e, portanto, um fardo. Guardei a nota no bolso do avental, dobrando-a e a colocando junto da colher.

– Vou esperar fora da tenda para não correr o risco de ser descoberto – ele murmurou. – Eu não gostaria que soubessem do meu retorno tão cedo.

– Ah, confie em mim – eu disse com um sorriso radiante. – Ninguém estará olhando para você, não enquanto exponho nossos inimigos ao ridículo. Mas seria prudente da sua parte se ocultar. Preste atenção e me ouvirá dar o sinal.

O Pai suspirou e levou a mão ao meu rosto, passando o polegar em meu queixo. Fiquei rígida para não recuar e acabar me entregando.

– Minha bela filha, o que fiz para merecer você?

Nada, pensei, enquanto meu sorriso falhava. E tudo.

Se era assim que uma noiva se sentia no dia do casamento, eu nunca gostaria de ser confrontada por um casório. O que eu estava por fazer era igualmente permanente e inevitável – a hora tinha chegado e eu estava com os nervos à flor da pele.

– Está com medo, minha cara? Você está tremendo.

O sr. Morningside estava ao meu lado, seus diversos rostos se alternando, passando por todas as cores de pele, todas as combinações possíveis de traços. Tentei não olhar para ele, mas estava atormentada pelas incertezas, vendo minha coragem vacilar agora que estávamos no pavilhão e o Tribunal se reunia novamente. Fixei o olhar na plataforma à frente, no lugar vazio onde deveria estar um terceiro trono.

Tinha me tornado uma extremista? Uma transgressora? Meu lugar não era no centro de tanto rebuliço.

– Sim – respondi com sinceridade. – Estou apavorada. O senhor acha que alguém acreditará em nós?

Um de seus muitos rostos abriu um sorriso, que foi se transferindo para todos os outros que apareceram na sequência.

– Tenha coragem, Louisa, eu é que serei julgado esta noite. Faremos todo o possível. Ninguém saberá aonde foi parar o terceiro livro. Você queimou o diário, não?

– Sim. – E era verdade. Depois de nosso último encontro na biblioteca do porão, eu fiz o que o sr. Morningside pediu e atirei a obra de Bennu na lareira. Por um longo tempo, fiquei observando-a queimar, sentindo como se tivesse ferido profundamente um amigo que nunca conheci.

– Ótimo. – Ele ficou olhando placidamente para a multidão reunida. – Então só você guarda esse segredo. Em você eu confio.

Estremeci. Essa não era apenas a noite em que eu trairia meu pai, mas a noite em que talvez perdesse a estima do sr. Morningside. Para sempre.

– Só não esqueça de nosso trato – eu disse. – Fiz o que o senhor pediu.

Um de seus rostos menos majestosos ergueu a sobrancelha para mim.

– Está receosa de que eu escape da sua rede, Louisa? Registramos nosso acordo por escrito.

– E o senhor nunca usou uma brecha a seu favor? – perguntei com um bufo. – Vai mesmo deixá-los ir?

Um olho em um rosto novo – maroto e elegante – piscou.

– Você terá de confiar em mim, não? – Ele fez uma pausa, e pensei que a conversa tivesse chegado ao fim, mas então ele disse com brandura: – Você não cumpriu sua parte de verdade, sabe?

Virei para ele bruscamente.

– *Como é?*

– O diário – ele respondeu com a voz arrastada. – Você pulou algumas partes.

– Por que o senhor mandou! – exclamei.

– Não se apavore, Louisa – o sr. Morningside disse com uma risadinha. – Foi apenas um comentário.

O pastor se sentou em seu trono baixo, cercado por seus anjos de ouro líquido, todos no meio de uma discussão acalorada. As páginas traduzidas que o sr. Morningside havia lhe dado dias antes estavam empilhadas em seu colo; seu punho apoiava o queixo enquanto ele deliberava em conselho. Eu mal conseguia olhar para aquilo. Minha cabeça estava girando. Segundo o sr. Morningside, eu tinha violado o contrato, o que significava que ele poderia não nos deixar partir de maneira alguma.

De repente, minha promessa de ajudá-lo contra o pastor parecia muito menos importante.

O sr. Morningside não falou nada a respeito da bolsa em meu ombro. Ou não notou ou não se importou a ponto de comentar. Não era um carpete o que havia diante de mim, mas um precipício, pensei, desejando poder voltar no tempo e fazer tudo de maneira diferente. Eu deveria ter batido a porta na cara do meu pai no momento em que ele surgira. Deveria ter confiado em mim mesma e acreditado que um homem que havia abandonado a filha não merecia ser ouvido, visto ou respeitado. Eu poderia ter revelado o segredo do Pai para o sr. Morningside, mas, por egoísmo, tinha me julgado capaz de resolver tudo sozinha. Se isso era ou não verdade, estava prestes a se tornar aparente, doesse a quem doesse.

A tenda estava deslumbrante como sempre, as luzes feéricas estavam saltitantes e brilhantes, todos cintilando com seus mantos escuros e belos ou suas túnicas cor de marfim. Até os anjos incandescendo no palco eram lindos, infundindo os fundos do pavilhão com sua luz. A multidão de espectadores bebia e ria, embora permanecesse em grande parte entre os seus; ninguém tinha coragem de se misturar naquela noite.

– Vamos começar.

A voz do pastor ribombou mais alto do que o público, e o silêncio caiu sobre todos. Aproveitei o momento de distração para me afastar do sr. Morningside. Ele já estava caminhando para a plataforma. Desviei em direção à longa mesa de cavalete vazia com a flâmula preta, enfiei o livro no saco de farinha embaixo dela e, então, com a mesma rapidez, alcancei o sr. Morningside. Chegamos ao espaço livre diante do palco e ouvi a porta da tenda se agitar. Espiei por sobre o ombro e levei um susto.

Não era o Pai, como eu havia imaginado, mas Chijioke. Ele entrou no pavilhão e vasculhou a multidão com seus olhos vermelhos e fulgurantes. Tentei virar de costas, mas ele já tinha me avistado e começado a abrir caminho, empurrando as pessoas quando não se moviam rápido o bastante para o seu gosto.

– O que está fazendo aqui? – sussurrei, batendo de leve em seu braço. – Saia daqui. Agora.

– Rá. Mocinha, no momento em que Lee me falou que deveríamos ficar trancafiados dentro de casa, eu soube que você aprontaria alguma estupidez. A única coisa que quero saber é: qual é o grau da estupidez de que estamos falando aqui?

Balancei a cabeça sutilmente, pois o pastor estava falando diretamente sobre as traduções e os olhos da multidão estavam me procurando.

– Saia, Chijioke, eu imploro. Nada de bom virá deste inquérito. Estou tentando proteger você.

– Você está em algum tipo de encrenca? – ele sussurrou.

– Estou em todo tipo de encrenca. – Apertei seu ombro com força e me afastei um pouco do sr. Morningside. – Eles vão me chamar à frente. Olhe para mim. Não! Olhe para mim. Chijioke, quando o tumulto começar, você precisa sair daqui.

– Louisa Ditton, venha à frente.

O cão do pastor me convocou, e dei um último aperto no ombro de Chijioke antes de me afastar. Ele tentou pegar minha mão, mas eu já estava longe, atravessando a estreita barreira de pessoas entre mim e o piso vazio, a caminho de assumir o meu lugar, pelo bem ou pelo mal, ao lado do sr. Morningside.

Senti um calafrio percorrer o ar e soube, sem nem precisar ver, que o Pai estava ali. Seus olhos estavam cravados em mim. Entrelacei as mãos uma na outra para impedi-las de tremer visivelmente.

– Analisei esse diário – o pastor começou. Ele parecia tão exausto quanto eu, mas seus olhos estavam alertas, alternando entre mim e o sr. Morningside. – São muitíssimo interessantes. E incompletos.

– Onde está o livro, sua cobra? – Era Sparrow, o que ficou claro pelo veneno em sua voz. Ela vagou até a beira do palco, apontando para nós. – Sua criancinha trocada de estimação escapou de me falar a verdade uma vez, mas isso não se repetirá.

– Guarde suas acusações para mim, Sparrow. A garota não fez nada além de atender aos meus pedidos, pedidos estes que favorecem a todos nós – o sr. Morningside respondeu com calma, quase com alegria, na verdade. Ele tirou outro calhamaço de papéis de dentro do paletó e caminhou até a plataforma, entregando-os a Sparrow. Ela os arrancou da mão dele com um grunhido, dando uma olhada antes de passá-los para o pastor.

– Essa é a parte boa – ele disse com uma risada, balançando sobre os calcanhares. A multidão murmurou com interesse e pude senti-los avançando atrás de nós. – Temos agora a localização do terceiro livro e, quando for recuperado, outro Tribunal será reunido para decidir o que deve ser feito com ele.

– Uma fogueira é o que deve ser feito com ele – Sparrow murmurou. Houve sons tanto de concordância como de discórdia na multidão. – Talvez o Elbion Negro deva ir junto com ele, Diabo.

Isso provocou gritos de agitação nos espectadores. O pastor estava lendo os documentos rapidamente, folheando página após página, subindo e descendo seus olhos. Sua expressão foi ficando gradualmente mais sombria até ele chegar ao fim e a melancolia se transformar em fúria.

– O que é isto? – Ele tirou os olhos devagar da página, pousando-os não no sr. Morningside, mas em mim. – Menina, jura que é isto que você leu nos diários? Não minta para mim.

Engoli em seco e joguei os ombros para trás, mentindo na cara de um deus. Eu tinha ficado boa nisso, pelo visto, depois de toda a prática com o Pai. Mentir não era agradável, não quando tinha cada vez mais receio de que o sr. Morningside rompesse nosso acordo.

– Juro que é a verdade.

– De fato é – o sr. Morningside disse imediatamente.

Aos poucos, o pastor foi apontando seu olhar cego para o sr. Morningside, estreitando os olhos.

– A sepultura do terceiro livro, o local secreto pelo qual agonizamos durante séculos, é Stoke-on-Trent? É isso mesmo?

– Que absurdo! – Sparrow gritou. As chamas do corpo dela saltaram, irrompendo mais altas enquanto avançava a passos largos até o trono, tentando ler por sobre o ombro do pastor. – Isso é uma armadilha! Um truque! Morningside sabe a verdadeira localização, mas quer guardá-la para si. – Ela se jogou de joelhos subitamente e colocou as mãos no joelho do pastor. – Permita-me invocar o Direito de Julgamento. Por favor, deixe-me fazer isso. O senhor sabe que é a coisa certa.

Ele inspirou fundo e devagar. Ao meu lado, o sr. Morningside se inquietou, mas pensei ser puro fingimento. Contudo, quando olhei para ele, notei uma camada de perspiração em seus muitos rostos mutáveis. Ele estaria mesmo nervoso? Teria dúvidas de que nosso plano daria certo?

Enquanto o pastor deliberava e a multidão se agitava, arrisquei um olhar por sobre o ombro. O Pai estava esperando lá fora em algum lugar. Só de saber que ele estava perto eu formigava de medo.

– Muito bem. – O Pastor se levantou e, enquanto falava, pude ver lágrimas de pesar cintilando no canto de seus olhos. – Dê um passo à frente. O Direito de Julgamento foi invocado. O senhor nos dará a verdade e nenhuma mentira passará impune.

Capítulo Trinta e três

Vi seus joelhos tremerem quando ele assumiu sua posição, ajoelhando-se na frente do palco diante da figura dourada e reluzente de Sparrow.

Não havia como saber o que havia sob o brilho inconstante do rosto dela, mas eu sabia que no fundo ela estava sorrindo. Quanto a mim, não podia fazer nada além de apertar as mãos até ficarem dormentes enquanto esperava tudo aquilo acabar. Um silêncio mortal havia caído sobre o pavilhão, apenas a leve pulsação do portal atrás do palco emitia algum som. Até os grilos e sapos do lado de fora tinham ficado em silêncio, como se todo o mundo sentisse a gravidade desse momento.

O sr. Morningside riu baixo enquanto Sparrow, com grande decoro e solenidade, o pegava pelo queixo, erguendo a cabeça dele.

– Dê-me um beijo, querida – ele murmurou.

– Você é repulsivo – ela murmurou. – Vou adorar vê-lo se contorcer.

– Como se houvesse alguma dúvida em relação a isso – o sr. Morningside riu. – Perdoe o conhaque em meu hálito. Foi uma noite tensa, você há de entender.

Sparrow o ignorou, mas estava aturdida; a mão que segurava o queixo dele sofreu um pequeno tremor. Em seguida, ela se abaixou e aproximou a boca da dele. Os olhos dele rolaram para trás e seu corpo ficou mole, e senti uma pontada de empatia, lembrando-me da terrível dor que sentira durante o Julgamento dela. Também tinha ficado assim quando ela fizera isso comigo? Era horrível. Se eu não compreendesse as circunstâncias, teria pensado que ele estava morto. De quando em quando, seu corpo estremecia para cá e para lá, o branco de seus olhos cintilavam, e a multidão reagia a cada mínima contração.

Virei e encontrei Chijioke no mar de rostos, pressionando os lábios com firmeza como se eu pudesse pedir desculpas silenciosamente pelo que ele tinha de presenciar. Se ao menos ele soubesse o que eu tinha feito, que o sr. Morningside tinha todas as chances de passar nesse teste. Que havíamos manipulado o jogo. Que eu era agora tão cúmplice nas tramoias diabólicas dele quanto o próprio Diabo.

O mais difícil de suportar era o silêncio. A voz de Sparrow devia estar gritando na cabeça dele, mas não ouvimos nada. O pastor observava com atenção de seu trono, inclinado para a frente, com os cotovelos apoiados nos joelhos enquanto também reagia a todos os espasmos do corpo do sr. Morningside.

A tensão cresceu e um raio branco e espesso de luz se estendeu da boca dourada aberta de Sparrow para a dele; um som alto e lamurioso, como um pássaro mantendo uma nota aguda, emanou da luz. Foi ficando tão alto, tão cortante, que quase todos levamos as mãos aos ouvidos. Pensei que minha cabeça poderia explodir quando o feixe de luz se intensificou, brilhante demais para olhar, e o som cortou meu cérebro como uma navalha.

– Ah! – O feitiço se quebrou finalmente e os olhos do sr. Morningside rolaram de volta ao lugar. Ele tomou ar, caindo no chão e arfando.

– Não! – Sparrow gritou, batendo os pés e andando de um lado para outro. – Ele... Ele deve estar mentindo! Só pode ser! Não consegue ver que é algum tipo de farsa? Como fez isso? – ela berrou. – COMO FEZ ISSO?!

– Basta, Sparrow, deixe-o em paz. Você tirou a verdade dele – o pastor trovejou, passando a mão no cabelo. Ele não parecia mais um velho lavrador desleixado, mas um ancião sábio e imponente. – Devemos aceitar a resposta do sr. Morningside, por mais improvável que seja.

Soltei um suspiro de alívio e observei Henry se levantar. Ele ajeitou o paletó e a gravata, fazendo uma reverência trêmula, mas arrogante, para Sparrow.

– Foi um enorme prazer, minha cara. Vamos repetir algum dia.

– Então vamos imediatamente para Stoke – Finch disse, aproximando-se da irmã e guiando-a de volta à plataforma. – Esse é um grande presente de conhecimento. Não podemos puni-lo por compartilhar isso conosco. Ele fez o que nenhum de nós conseguiu, o que decerto confirma sua competência. Ele não tinha de nos revelar nada, mas nos revelou. Mais do que tudo, isso prova a lealdade dele a nosso antigo acordo.

Grande parte da multidão parecia concordar com Finch. O sr. Morningside começou a cambalear para trás na minha direção e o peguei pelo punho, apertando-o com força.

– Honre nosso acordo – sussurrei. – Faça isso agora. Diga que os contratos estão rescindidos.

– Agora não – ele respondeu com um dar de ombros. – Deveríamos estar celebrando...

– Preciso saber que você vai cumprir sua promessa.

Mas o sr. Morningside me ignorou com uma gargalhada. Talvez ele não tivesse percebido como eu estava séria, ou não se importasse.

– Está no papel, Louisa, o que mais posso lhe dizer?

– Pode dizer que não vai voltar atrás por uma brecha – retruquei.

– Você claramente não me conhece tão bem se imagina que eu prometeria uma coisa dessas. – Ele estava rindo de novo e isso fez meu sangue ferver. Eu estava mentindo e conspirando *por* ele e era assim que ele me tratava? – Um acordo foi feito, Louisa. Não preciso dizer mais nada.

– Não – eu disse. Soltei o punho do sr. Morningside e me virei. Faltava a convicção que eu queria, e ninguém notou enquanto me aproximava do palco. – Não! – Dessa vez gritei e o clamor diminuiu. O sorriso do sr. Morningside se fechou de repente e ele me olhou com escárnio.

– O que está fazendo, Louisa? – ele sussurrou.

– Ele lhes falou a verdade – continuei. Minhas mãos estavam suando profusamente. A terra parecia estar se movendo sob meus pés, como se eu pudesse vomitar a qualquer momento. Minha garganta estava se fechando de pânico, mas continuei, determinada a concluir meu plano. Não o de Henry. – Ele lhes contou a verdade, mas eu não.

– *Sabia* – Sparrow exclamou exultante, pulando na minha direção com uma gargalhada gutural.

– Cale-se – vociferei, encarando-a. – A verdade é que o sr. Morningside não sabe a localização do livro, mas eu sei.

Os olhos de Henry encontraram os meus e ele sacudiu a cabeça com urgência, articulando ordens com a boca que eu não podia e não iria obedecer.

– Eu menti para ele – continuei, e essa também foi uma mentira. Ele havia me mandado esconder a localização, para guardá-la em segredo até que ele me pedisse. Isso, pelo menos, podia absolvê-lo de certa forma. – Foi assim que ele passou no seu Julgamento, Sparrow. Ele honestamente não conhece nenhuma outra localização.

– Por que você faria isso? – o pastor murmurou. Sua voz não era exatamente de fúria, mas de tristeza.

– Porque o livro se foi – respondi. O pavilhão exclamou em uníssono. – Se foi para sempre. Apenas uma pessoa tem seu conhecimento porque o devorou. Está dentro dele, em sua mente, em seu sangue, e eu o trouxe para vocês. Hoje.

Não eram mais exclamações assustadas que eu ouvia, mas gritos de revolta. *Mentirosa!* foi a palavra mais comum que berraram para mim. Continuei imóvel, absorvendo tudo, deixando que me maldissessem e me lançassem insultos. Pela primeira vez, Sparrow se reduziu a um silêncio pasmo.

– Ali – eu disse, virando para apontar. Eu quase havia achado que o Pai fugiria para sempre quando descobrisse minhas intenções. Mas, não, ele estava ali, movendo-se para o centro, vindo do fundo do pavilhão. Todos os olhos se voltaram para encontrá-lo e uma onda de pavor e euforia se seguiu. Ele assomava sobre os outros, maior e mais alto do que todos, a névoa cinérea saindo de seu rosto mais escura e sinistra do que eu me lembrava. As luzes feéricas pareciam se apagar em volta dele, como se intimidadas.

– Raios e trovões – o sr. Morningside blasfemou, virando na minha direção e pegando meu braço. – *O que está tentando fazer, Louisa?*

– Solte minha filha – o Pai disse, tão baixo e seguro que quase não ouvi. Todos haviam ficado quietos, pois queriam escutar o que ele tinha a dizer. Por trás dessa curiosidade, senti um medo crescente e notei algumas pessoas na multidão se aproximarem de nós, preparando-se para correr em direção ao portal.

– Você foi derrotado. – A voz do pastor falhou de emoção, seus anjos se reunindo em volta dele. – Seu reino dorme eternamente.

– Dorme? – O Pai riu, pegando o saco de farinha e o livro dentro dele, erguendo-o sobre a cabeça. – A noite passa, o sono acaba, e agora os traídos estão despertando. Minha filha é um desses descendentes, um dos meus, os primeiros e últimos filhos, e ela me trouxe um presente magnífico. – Seu olhar recaiu sobre o sr. Morningside, que não havia tirado a mão do meu cotovelo e estava, na verdade, apertando-o a ponto de machucar. – Sinto o cheiro do seu medo, Aquele-Que-Espera. Solte minha filha ou rasgarei este livro no meio diante de seus olhos.

O sr. Morningside soltou meu braço, dando um passo enorme para longe. Eu o escutei engolir em seco de pavor e olhei para ele, para seus lábios tremendo de humilhação.

– Não é possível! – Chijioke correu à frente da multidão. Seu rosto estava condoído, seus olhos vermelhos se enchendo de lágrimas. – Louisa!

– Faça isso, seu velho cretino – o sr. Morningside zombou. – Você não tem coragem.

Agora a multidão irrompeu por completo, enchendo o ar de gritos enquanto eu era empurrada para cá e para lá e os espectadores corriam rumo à saída. Uma terra de ninguém, vazia, surgiu diante do Pai, um círculo de carpete em que nenhuma pessoa se atrevia a andar.

– Defendam-nos, defendam todos! – o pastor gritou, e seus Árbritos se levantaram de um salto, cada um planando sobre nós em enormes asas brancas, seus corpos dourados quase nos cegando enquanto avançavam.

– Como pôde fazer isso conosco? – Chijioke suplicou, pegando minha mão e me chacoalhando. – Como?

– Acalme-se, meu bom homem. – O sr. Morningside havia voltado até nós através do mar de corpos correndo em direção ao portal. Ele deu um tapinha no ombro de Chijioke e piscou para mim. – Você subestima nossa cara Louisa.

– *Ela nos traiu* – Chijioke vociferou, o que partiu meu coração.

– Será mesmo? – O sr. Morningside, segurando o ombro dele, virou-o na direção do Pai e da confusão subsequente.

Os anjos caíram em cima dele. Seus braços dourados ondularam, tomando a forma de ceifas e escudos. Eles se amontoaram diante dele, preparando-se para atacar, armas reluzentes em punho. O Pai pareceu ficar maior, mais impávido, a névoa escura e serpenteante em volta dele se agrupando como um escudo de fumaça. Sparrow soltou um grito potente e mergulhou, avançando para cima dele com a ceifa. Ele deu um soco no escudo dourado dela e estilhaços de metal brilhantes caíram sobre os últimos da multidão que ainda fugiam. Eles gritaram ao mesmo tempo que ela, embora os gritos dela fossem mais altos. As garras do Pai dilaceraram a garganta dela quando a pegou pelo pescoço, depois a atirou para o outro lado do pavilhão. Ela bateu contra o mastro mais próximo de nós, fazendo tremer a terra e a tenda, e seu corpo flácido caiu estatelado no chão.

– Não! – O pastor saltou do palco e correu até ela. Ele ergueu sua cabeça e ela gemeu.

Finch foi o próximo a soltar seu grito de guerra e atacar o Pai. Cambaleei na direção deles, não querendo mal a alguém que tinha sido tão gentil comigo. Mas ele logo recebeu o apoio de Big Earl, cuja mão tinha se tornado uma lança. Ele acertou um golpe de raspão antes de o Pai lançar os dois para o outro lado do pavilhão por cima de nossas cabeças.

Chijioke fez menção de correr e lutar junto com eles. Eu o peguei pela parte de trás do casaco vermelho, puxando-o para longe.

– Não, não vale a pena!

– O livro! – ele gritou. – Precisamos pegá-lo de volta!

– Você ousa enviar suas avezinhas atrás de mim – o Pai gritou, pegando o saco de novo e brandindo-o como uma adaga. – Pois hão de pagar, hão de pagar o que me devem com o sangue daqueles que amam, o sangue de seus povos. As próprias fundações de seus reinos estremecerão antes de cair!

Chijioke se abaixou como se para se proteger quando o Pai soltou uma gargalhada terrível, retirando o saco de farinha e jogando-o por sobre o ombro. Ele ergueu o livro, preto, viscoso, decorado com o olho trespassado, e os que restaram observavam pasmos, tentando se recuperar na tenda, exclamando. Até o sr. Morningside ficou rígido ao meu lado, mas nesse momento o feitiço se desfez. Meus poderes de criança trocada não conseguiam suportar a potência do pavilhão, que revelava as coisas em sua verdadeira forma.

– Ah. – O sr. Morningside se levantou, aprovando com a cabeça. O rosto do Pai se fechou. Ele devia ter sentido o peso do livro mudar e seu tamanho se ajustar, pois aquele não era o livro negro, não era nada. – *Bardos ingleses e críticos escoceses* – o Diabo provocou. – É da minha biblioteca? Excelente escolha.

O livro foi lançado no ar diretamente contra mim. Não tive tempo de desviar, e ele acertou bem na minha barriga. Eu me curvei com um grunhido, e Chijioke me envolveu com um braço para me segurar.

– Pensei que aquilo era a sério por um momento – ele disse, com uma risada de alívio. – Foi outra obra de arte.

– Não se gabe ainda – ofeguei. – Quase me voltei contra Henry, e o Pai ainda é um deus antigo...

Sim, ele era, e logo descobrimos as consequências disso. Raízes brotaram no piso da tenda, enrolando-se em torno de nossas panturrilhas e tornozelos, prendendo-nos no chão. O Pai estava vindo em nossa direção, atravessando o pavilhão a passos largos, com suas garras cintilantes em riste.

– Sua farsante ingrata e infiel – ele berrou. A voz dele preencheu toda a tenda, fazendo-a tremer, sua fúria terrível enquanto as raízes começavam a puxar, arrastando-nos lentamente para dentro da terra revirada. Ele nos sufocaria, pensei, mas meu destino certamente seria pior. Eu havia acreditado nele quando afirmara estar fraco e agora pagaria o preço por minha confiança. Chijioke se debatia contra as raízes ao meu lado. Coloquei a mão dentro do avental, tirando a colher e submetendo-a à minha vontade. Se ao menos pudesse transformá-la em uma faca por apenas um segundo, só o tempo suficiente para me livrar dessas raízes... Mas foi em vão. O pavilhão estava lutando contra mim, impedindo-me de realizar até a transformação mais básica.

Até o sr. Morningside estava impotente contra a força da terra. Eu podia vê-lo tentando saltar à frente, mas, quando ele conseguia, outra raiz saía da terra, capturando-o.

O Pai estava em cima de nós, com seu manto de névoa e folhas ondulando à sua volta. Seus olhos pretos e vermelhos estavam cravados em mim, e seu rosto medonho de crânio se contorcia em um sorriso hediondo.

– Você planejava me matar desde o princípio! – gritei, desafiadora. – Agora é sua chance!

– Sim, menina tola, e vou adorar...

A névoa me tocou, fria e paralisante, envolvendo-me como se para me estrangular enquanto as raízes me tomavam em seu abraço aniquilador. Chijioke arranhou o chão, arfando, sem encontrar nenhum ponto de apoio ou força contra a fúria da natureza. Ao longe, senti o cheiro de fumaça e escutei um crepitar baixo, quase como uma dança. O Pai ergueu suas garras cintilantes, que brilharam em vermelho e roxo e amarelo sob as luzes feéricas antes de avançarem para meu rosto.

Ele conseguiu desferir apenas um golpe e uma única garra raspou minha bochecha. Sangue quente verteu em meu rosto. Mas então houve um estrondo, claro como um raio, e o Pai ficou paralisado diante de nós, caindo estatelado no chão.

Um rapaz bronzeado estava sobre o corpo caído, com o peito arfando. Vestia apenas farrapos, tinha cicatrizes fundas e estranhas tatuagens cobrindo os braços e ombros. Será que eu estava enlouquecendo? Não era possível...

Não havia tempo para me questionar ou falar quando uma chama de flor vermelha brotou à nossa esquerda. Então veio a fumaça. Depois o fogo.

O pavilhão estava pegando fogo.

Capítulo Trinta e quatro

Fumaça cobria o piso do pavilhão enquanto as pontas inferiores da lona eram destruídas pelas chamas e as labaredas saltavam cada vez mais alto, espalhando-se para o teto. As raízes se afrouxaram de repente e olhei para o Pai – ele ainda estava desmaiado. Eu me levantei com a ajuda do jovem misterioso que havia intercedido por nós.

O pastor mancou até nós, apoiando Sparrow. Finch e o cão do pastor estavam bem o bastante para andar e vieram atrás, depois nos ajudaram a nos levantar. Praguejando, o sr. Morningside foi o primeiro a correr para a frente do pavilhão e depois mudou de ideia, juntando-se a nós no meio.

– Está… está quente demais. Não podemos ir por ali!

– Pelos fundos! – Chijioke gritou, gesticulando para o seguirmos. – E, se não der certo, pegamos o portal.

– Para onde ele leva? – perguntei enquanto nos movíamos lentamente em grupo, passando pelas mesas, pelo palco e dando a volta em direção à outra ponta do pavilhão.

– Castelo de Leeds – o sr. Morningside gritou mais alto do que o crepitar das chamas. – O que não é muito melhor do que morrer queimado.

O homem tatuado ao meu lado pegou minha mão, puxando-me com força. Ele estava balançando a cabeça, tentando falar conosco, mas não entendi a língua dele. Era diferente de tudo que eu já tinha ouvido antes, e olhei para o sr. Morningside, sem entender.

– O senhor consegue entendê-lo? – gritei.

Chegamos ao portal, que era pouco mais do que um batente cortinado. Ouvi sua magia pulsando através do tecido e me perguntei o que havia além dele. Os fundos da tenda tinham sofrido menos com as chamas, e Finch saltou à frente, usando seu braço de arma para cortar o tecido e abrir uma saída. A fumaça estava subindo, sufocando-nos, meus olhos e boca ardiam por causa dela e o calor nos lambia de todos os lados enquanto o fogo avançava na direção desse último bastião de segurança.

– Não sei o quê, não sei o quê, não sei o que cercados, sei lá. Meu egípcio não é mais como antigamente – o sr. Morningside murmurou, empurrando-nos para o corte na tenda. – Sim, meu amigo, as chamas *estão* nos cercando, que bom que você notou. Venha, o que quer que seja pode esperar!

Mas o estranho estava decidido a nos fazer ouvir. Sua voz era abafada pelo fogo e pelos gritos do sr. Morningside dizendo para sairmos enquanto ainda tínhamos tempo. Saímos cambaleando para a noite e nos dispersamos, arfando para inspirar ar puro enquanto nos distanciávamos da chama alta. Então parei, em pânico, girando novamente para a tenda.

– Não! – gritei. – Temos de tirar o Pai!

Chijioke me pegou e me segurou com força enquanto eu tentava passar correndo na direção do fogo.

– Vai desabar, é loucura voltar lá dentro.

– Ele tem o livro – eu disse, livrando-me de seus braços. – E sabe onde Mary está, deve saber! Ele usou o cabelo ou o sangue de Mary para se passar por ela. É assim que funciona. Não podemos deixar que ele morra queimado!

Talvez fosse isso que o estranho vinha tentando comunicar desde o começo, pois ele me lançou um longo olhar e mordeu o lábio antes de se virar e correr de volta para dentro do pavilhão.

– Espere! – gritei, tentando ir atrás. Chijioke me segurou outra vez. – Ele nos ajudou. – Estava esfumaçado demais, quente demais, mas eu sabia que não podíamos deixar o Pai perecer. Eu não fazia ideia do que isso significaria para todas as criaturas do mundo dele, do reino dele, e queria muito ver Mary novamente.

– Só estou fazendo isso para ter Mary de volta, cretino maldito – Chijioke murmurou. Ele me empurrou com força e se foi, juntando-se ao rapaz na tenda, desaparecendo dentro das chamas ondulantes.

– Não os deixarei ir sozinhos, isso é importante para nós também – Finch se ofereceu, passando por nós. Seu corpo ficou humano por apenas um instante antes de ele também atravessar a abertura na tenda. Um lampejo dourado me ofuscou quando a fumaça o envolveu.

– Ah. Então era isso que ele queria dizer com "cercados".

Tossindo, com a fumaça ainda corroendo minha garganta, vi o que o sr. Morningside tinha visto: três homens tinham saído da escuridão, cada um segurando um fuzil com baioneta. Lee estava certo, eles estavam mais do que agitados. Estavam vingando a honra de Amelia. Olhei no fundo dos olhos de cada um e encontrei apenas a intenção de matar. Afinal, eles tinham sido atraídos à Casa Coldthistle. Duvidei que fôssemos os primeiros a ver o cano daqueles fuzis.

– Cavalheiros – o sr. Morningside disse, abrindo bem as mãos. Não sei como, mas ele ainda parecia calmo e elegante, mesmo coberto de fuligem, com o cabelo desgrenhado e despenteado. – A que devemos o prazer?

– Onde está Amelia? – Mason deu alguns passos à frente, brandindo a arma.

Atrás de nós, ouvi os homens gritando entre si na tenda. Houve um estalo de parar o coração quando uma das vigas internas cedeu, partindo-se ao meio. A luz brilhava forte no alto como um espelho impressionante, sua luz cintilando nos canos metálicos dos fuzis e das facas.

– Não sabe ler, sr. Breen? Ela deixou este lugar. Pode revistar meus bolsos, garanto que ela não está escondida neles – o sr. Morningside riu. – Mas, sério, isso pode ser resolvido sem recorrer a incêndio ou homicídio.

– As meninas na casa também não falaram muito – disse Samuel Potts, cuspindo, destravando o fuzil e o erguendo ao ombro. – Vocês são um bando medonho, hein? Vai saber se não causaram algum mal à garota? Vasculhamos essa floresta inteira, todo o maldito condado, ela não está aqui. O que fizeram com ela?

Uma chuva de lona em chamas e madeira explodiu no alto, caindo sobre nós como uma garoa escarlate. O pastor abraçou Sparrow e o cão se curvou entre eles, mostrando os dentes e rosnando para os homens. Ele pareceu deixar o Breen mais velho nervoso, e ele manteve a arma apontada para o cachorro, achando que o animal avançaria.

Eu estava cansada e dolorida; minha bochecha sangrava, meus tornozelos esfolados estavam em carne viva. Minha paciência já estava no fim e, então, acabou. Um grito sufocado deixou minha garganta quando Mason deu mais um passo audacioso e apontou a baioneta para mim. Ela quase cortou minha mão. Fitei a arma, sabendo o que viria a seguir, lembrando do tiro que trespassara Lee, como se eu estivesse revivendo aquele dia. Seu grito terrível. O som de seu cadáver caindo no chão. A pressão do corpo de seu tio contra o meu enquanto ele tentava tirar minha vida.

Dessa vez seria diferente, eu disse a mim mesma, fechando os olhos. Tinha de ser.

– Louisa... – O sr. Morningside havia tentado me puxar, mas não me movi. Estava me concentrando, escavando o pouco vigor que ainda restava em meu corpo, encontrando uma última reserva de forças e um rompante bem-vindo de inspiração.

Ficar menor era doloroso, decerto; ficar maior era uma agonia. Minha pele estourou, os ossos se alongaram, a carne criou pelos enquanto eu virava não um homem, mas uma fera, enorme e terrível de contemplar, com mãos cheias de garras e um focinho com presas, e olhos roxos capazes de cortar a noite. Eu havia tirado o sangue dele, afinal. Um golpe de sorte, um raspão na bochecha.

Meu grito assustou os homens tanto quanto a transformação em si; eles cambalearam para trás, trombando um no outro desajeitadamente enquanto o branco de seus olhos cintilava. Eu conseguia farejar *tudo*. O medo, as cinzas, a fumaça, o cheiro almiscarado da transpiração e o odor de pinheiro das árvores, a grama doce. O sangue brotando das feridas de Sparrow. Esse sangue disparou algo na criatura em que eu havia me transformado e soltei outro grito de chacal, avançando para cima dos homens, cortando o ar com minhas garras e, em seguida, a carne.

O luar era como seda no meu corpo peludo enquanto eu saltava para agredir. Era tão estimulante quanto exaustivo. Eles perderam o equilíbrio conforme eu avançava, e ataquei Samuel Potts primeiro, fazendo um corte fundo em seu peito que expôs os ossos à luz das estrelas. Mais e mais sangue. Essa forma não conseguia se fartar daquele cheiro penetrante e acobreado. Uma dor queimou o lado esquerdo de meu corpo e soltei um ganido, girando, derrubando Mason para trás enquanto sua baioneta se cravava em meu couro. Houve outra punhalada e me debati cegamente, pegando o Breen mais velho pelo queixo. Ele voou para trás, mas não antes de disparar a arma. Foi como fogo em meu peito, e o sangue que jorrou do buraco foi ainda mais abrasador.

Minhas forças estavam no fim, meu controle sobre a transformação se perdia. Outra facada. E outra. Ouvi o sr. Morningside gritar atrás de mim e o vi brevemente, avançando contra os homens depois que todas as balas deles foram descarregadas. Minha visão se turvou. As árvores deram lugar ao céu, que foi dando lugar à lua. Todo o meu corpo ardia, muito quente, mas, então, para meu pavor, muito frio.

Cambaleei, trôpega, caindo das patas traseiras para as dianteiras. Devagar, fui me sentindo pequena novamente. A dor piorou, piorou muito, não suportada pelo corpo de uma fera imensa, mas de uma menina jovem e frágil.

Havia vozes por toda parte, o grito de dor de um homem e mais outro. Virei de costas e fitei o céu com melancolia. A lua estava tão, tão brilhante e bela. Tentei erguer a mão e encostar nela, mas não consegui mexer o braço.

O sr. Morningside surgiu ao meu lado de repente, tentando me erguer no colo. Ele me chacoalhou uma vez, com a mão na minha bochecha.

– Continue comigo, Louisa. Continue aqui.

Não, pensei, fechando os olhos em êxtase indócil. Estava na hora.

Capítulo Trinta e cinco

— Está perdida, criança?

Eu tinha lido sobre selvas, mas era óbvio que nunca tinha visto uma com meus próprios olhos. A umidade veio primeiro, como uma carícia molhada, então veio o som da água tocando nas pedras. Frondes se arqueavam sobre minha cabeça e flores de cores explosivas cobriam o chão com tanta abundância que eu nunca seria capaz de contar todas.

A voz. Eu conhecia aquela voz. Virei-me na direção dela, tirando os olhos do esplendor das palmeiras e flores da selva, e encontrei a origem da voz e da água. Havia uma cachoeira, toda uma muralha de cachoeiras, e uma mulher caminhando em minha direção. Era a pessoa mais bela que eu já tinha visto, alta e forte, com braços musculosos e pernas grossas. Sua pele era de um tom roxo-escuro, tão escuro que quase chegava a ser preto. Seu cabelo, rosa e comprido, estava enrolado e preso na forma de um coração sobre a cabeça, com tranças cravejadas de joias. O mais incrível de tudo eram seus olhos; os dois predominantes eram largos e cor-de-rosa, embora ela tivesse oito no total, com alguns menores se curvando ao longo dos maxilares.

– Está perdida? – ela perguntou novamente. Sua voz era como música, melódica e suave, uma voz que eu já tinha ouvido antes quando saíra de meus ossos.

Eu me movi na direção dela como se puxada por uma linha. Queria estar perto dela. *Ser* ela.

– Meus pés estão no caminho – respondi. – Pelo menos… pensei que estavam. Que lugar é este?

– Você só ficará aqui por pouco tempo – ela disse com um sorriso afetuoso. Ela assomou sobre mim enquanto se aproximava, usando um vestido claro e simples, da cor de pêssegos de verão. – Mas não se preocupe, querida, você me verá novamente.

– Não quero ir – eu disse. Vagamente, sabia que o lugar onde deveria estar não era um lugar feliz. Seriam essas as Terras Crepusculares? Se sim, não pareciam tão ruins. Ficar ali, naquele paraíso, parecia muito, mas muito melhor. – Não posso ficar aqui com você?

Ela riu e seus vários olhos se enrugaram alegremente.

– Ah, não, pois aqui é lugar nenhum, apenas um ponto de passagem, não um lar para uma jovem como você. – Suas orelhas se empertigaram e ela inclinou a cabeça para o lado, suspirando. – Ah. Bom. Já é quase hora de você ir, mas deve se lembrar de uma coisa quando acordar...

– O outro lugar é feio. Não quero ir.

Ela riu para mim outra vez e balançou a cabeça.

– Você o tornará mais belo. Esse é seu caminho. E lembre-se, querida: não me esqueça. Veja isto. – Então ela pressionou um dedo na picada inchada em minha mão. – Veja isto e se lembre.

– Vou... vou tentar – eu disse. – Como sabe que está na minha hora de ir?

Sua imagem começou a vacilar, como se não passasse de uma miragem. Recebi um último sorriso dela enquanto ela olhava com tristeza para a cachoeira.

– Porque sinto o poder dele novamente e, se tiverem feito o que penso que fizeram, isso significa que você ganhou um dom e um fardo. Lembre-se, minha querida, lembre-se...

– Por Deus, funcionou! Você é um verdadeiro gênio, funcionou!

O ar me inundou com força suficiente para me fazer sufocar. Eu me sentei, tossindo descontroladamente, cuspindo tanta espuma rosa que os homens ao meu redor se encolheram ao mesmo tempo. Eu estava viva... ou tinha morrido? Aonde tinha ido? Olhei ao redor, percebendo que o que tinha acabado de ver já estava escapando da minha memória. Por mais que eu tentasse, não conseguia lembrar de nenhum detalhe.

Eu ainda estava deitada na grama, encarando uma dezena de rostos iluminados pela lua. O sr. Morningside estava ali à minha esquerda, abraçando

Chijioke com forte entusiasmo. Todos os rostos familiares estavam ali: a sra. Haylam, Poppy, Lee, Finch e o estranho de pele negra. Faltavam apenas o pastor e Sparrow. E o Pai. Onde estava o Pai?

Colocando uma mão no peito, tossi uma última vez e examinei meus dedos. Eles saíram do meu avental manchados de sangue e espuma rosa. Alguém havia me coberto com um casaco, por pudor.

– Eu estava morta – disse fracamente. – Como…

Meus olhos se voltaram para a sra. Haylam, mas ela sacudiu a cabeça.

– Chijioke transladou sua alma de volta ao corpo antes que ela pudesse escapar – o sr. Morningside me disse com um sorriso gentil. O cabelo dele estava ainda mais desgrenhado agora e manchado de sangue. – Embora tenha precisado, bom… Como se sente?

– Estranha – murmurei. Muito estranha. Era eu, sem dúvida, mas eu me sentia diferente, mais forte, como se flexionar a mão ou mover a cabeça fosse um exercício revigorante. Também havia a vontade de transformar tudo próximo a mim e uma sensação de que eu estava vendo tudo com mais clareza, com uma nova precisão. E havia um buraco em meu peito feito de raiva e pesar, e memórias profundas, sombrias. A grama parecia se curvar para mim, como se respondendo à minha mão, pairando sobre ela.

Antes que eu pudesse dizer mais uma palavra, Finch se levantou de um salto. Ele cambaleou para longe de nós com a boca coberta com uma mão enquanto apontava um dedo acusador primeiro para Chijioke, depois para o sr. Morningside.

– O que você tem feito, Henry? Esse rapaz… ele consegue transladar almas para outros corpos? Você não tem o direito de comandar esse poder! Essas almas devem seguir em frente, aceitar a morte…

O sr. Morningside e Chijioke trocaram um olhar, o qual não consegui interpretar totalmente, mas não parecia otimista. Então, em um piscar de olhos, os dois se levantaram e saíram atrás dele. Finch disparou, fugindo, erguendo-se no ar para longe do alcance deles antes que conseguissem pegá-lo.

Eles voltaram devagar. Chijioke observou o sr. Morningside e mordeu o lábio.

– Não devemos deixá-lo escapar sabendo disso...

– O que está feito está feito – o sr. Morningside disse com tristeza. – A verdade seria revelada em algum momento.

Eu mal sabia do que eles estavam falando, e não consegui juntar forças para decifrar esse mistério.

– Onde está o Pai? – perguntei baixo, lançando um olhar para onde ele poderia estar. – Vocês o salvaram a tempo?

– Essa é... a parte complicada – Chijioke disse. Ele não estava conseguindo me olhar nos olhos. – Foi o único jeito de trazer você de volta, Louisa.

O sr. Morningside pegou minha mão antes que o pânico realmente me dominasse. Meus olhos se voltaram para os dele e minha boca se escancarou. Não. *Não*. Eles não podiam ter feito isso. Como puderam ter feito isso?

– Onde está Mary? – ele perguntou com carinho.

E eu sabia. Soube na mesma hora.

– Ah, Deus – sussurrei, fechando os olhos com força. – Ela está na fortaleza. Na Primeira Cidade. Ele a aprisionou lá assim que ela retornou das Terras Crepusculares. Consigo sentir partes dele em mim... seus pensamentos, ou memórias, fragmentos de tudo. – Lágrimas brotaram, derramando-se em torrentes cálidas pelo meu rosto. Apertei sua mão, desejando que não fosse verdade, desejando que a alma desgraçada de meu pai saísse do meu corpo. – Preciso... preciso pensar. Tenho de ficar sozinha.

– Não é uma boa ideia agora – Chijioke disse, intervindo quando tentei me levantar. Quase perdi o equilíbrio, mas me recuperei. – Você não deve ficar sozinha até o choque ter passado.

– E quem é responsável por esse choque? – retruquei, furiosa. Baixinho, Lee pigarreou. Eu estava chorando e soluçando ao mesmo tempo. – Claro. É claro que o deixariam tomar essa decisão.

– Louisa, pareceu a coisa certa a fazer – o sr. Morningside me disse, colocando uma mão cuidadosa nas minhas costas. Eu me afastei. – Você não deve ficar brava com ele. É algo bom, não é? O livro está preservado, Mary foi encontrada e a alma de seu povo tem um novo começo. Uma segunda chance.

Assenti, sabendo que tudo aquilo era certo e verdadeiro, sabendo também que Lee tinha o direito de decidir meu destino, como eu havia decidido o dele. E, no entanto... No entanto... Era doloroso. Talvez doesse menos depois de um tempo de reflexão, mas eu duvidava.

– Desculpa – o estranho falou.

Sua voz era áspera, mas amistosa. Eu me virei gradualmente para encará-lo, observando seus enormes olhos roxos e suas marcas. Mais do que isso, vi a cicatriz ainda aberta em sua bochecha, uma fina linha vermelha, uma linha que poderia ter sido deixada por uma bala de raspão. Estava entendendo o que ele dizia... como? Claro. Suspirei. Com a alma do meu pai tinha vindo seu conhecimento e seu poder.

A língua brotou em meus lábios tão facilmente quanto o inglês.

– Conheço você – eu disse, exausta. – Você era o companheiro de Bennu, o Corredor. Você o protegeu do Egito até a Primeira Cidade. Você é um Abediew, um chacal da lua chamado Khent. Mas como sobreviveu por tanto tempo?

– Dormi quando o reino adormeceu, quando o Pai dormiu – ele disse, coçando a nuca, encabulado. – Despertei não faz muito tempo e encontrei a fortaleza congelada, tudo como era, porém o Pai não estava lá. Levei longos meses para encontrá-lo, muitos e muitos meses e, quando o encontrei finalmente, era tarde demais. Era... tarde demais para alertar vocês.

– É por isso que você atacou apenas Mary na floresta – murmurei. – Porque era ele. – Coloquei a mão no bolso do avental, fechando-a em volta da colher curvada. – E tentou me devolver a colher. Com... um pedido de desculpas. Uma tentativa.

Ele baixou a cabeça. Seu olhos eram furtivos e doces, como um cão repreendido.

– Ainda não falo bem sua língua, mas hei de aprender.

– Você precisa de repouso, mocinha. Seu corpo e sua alma precisam se recompor – Chijioke disse. Havia um pássaro aninhado em sua mão, vivo porém enfraquecido. Era ali que minha alma tinha ficado enquanto procurava o caminho para se entrelaçar à do Pai? Eu me sentia enjoada e, sim, como ele disse, exausta. Ansiava por minha cama, mas estava absolutamente aterrorizada com o que me aguardava em meus sonhos.

Capítulo Trinta e seis

– Redigindo mais contratos?

Pela primeira vez em muito tempo, encontrei a porta do escritório do sr. Morningside aberta. Esperei do lado de fora, observando-o curvado sobre a mesa enquanto ele escrevia languidamente sobre um pergaminho novo. Ele sorriu, mas não tirou os olhos do papel.

– Dessa vez não, cara Louisa. Trata-se de uma correspondência importantíssima, uma carta que gostaria que você entregasse a um conhecido em Londres, se possível.

Não havíamos falado abertamente sobre minha partida, mas ela estava no ar. Todos pareciam saber que eu iria mesmo antes de eu dizer uma palavra sobre isso. Talvez Poppy tivesse me visto guardar meus poucos pertences na mala e vasculhar entre as posses do Pai, o que foi indício suficiente para que os rumores começassem. Eu não me importava.

– Tome. – O sr. Morningside finalizou a carta rapidamente. Não era muito longa. Ele a concluiu com uma de suas assinaturas floreadas, depois a finalizou com um pó para secar e a dobrou. – Eu não diria que é urgente, mas, por favor, dedique toda a sua atenção a ela quando chegar à cidade. Há algo que não me parece certo há um tempo.

A carta dobrada ainda retinha o calor de sua mão quando a peguei e a guardei nas dobras das saias.

– Para quem é?

O sr. Morningside se recostou casualmente na beira da mesa e pegou uma de suas aves na mão. Era um tentilhão gracioso, que subiu em seus dedos com um pio baixo. Não sei se era nostalgia ou ansiedade, mas me senti subitamente triste e um pouco temerosa. Seria minha última vez naquele escritório peculiar, sentindo o cheiro de seus livros, de seu chá, do perfume empoeirado de tantas asas alvoroçadas?

– Gostaria que você visitasse a loja onde adquiri o diário de Bennu. Quero mais informações sobre quem o obteve primeiro.

Assentindo, senti outra onda de pavor. Antes, a ideia de partir me dava a sensação de me livrar de todos os mistérios e confusões daquela casa. Agora, parecia que eles nunca chegariam ao fim. Seria um último favor, disse a mim mesma, depois eu estaria fora.

– Pensei isso também. Como o diário saiu da Primeira Cidade? Alguém deve tê-lo tirado de lá, talvez um ladrão ou...

– Sim. – O sr. Morningside parecia distraído, com os olhos fixos em algo atrás de mim. – Vamos torcer para que tenha sido um ladrão. Minhas outras teorias são muito menos inocentes.

Eu me virei para descobrir que Chijioke e Poppy tinham sido chamados. A menininha de marcas no rosto estava com as mãos no fundo dos bolsos e balançava de um lado para outro, sorrindo para mim. Chijioke, por outro lado, não conseguia me olhar nos olhos nem sequer por um instante.

– Bem. É chegada a hora, Louisa, de discutir a dissolução dos contratos de trabalho deles – o sr. Morningside disse, entrando rapidamente no vestíbulo e se colocando entre nós.

O rosto de Poppy se entristeceu imediatamente e ela escondeu os olhos atrás dos dedos abertos.

– O senhor... o senhor vai nos mandar embora? Mas por quê?

– Fizemos algo de errado? – Chijioke acrescentou rápido.

– Errado? Não, de maneira alguma. Vocês são funcionários exemplares – ele disse.

– Então por que quer nos fazer ir? – Poppy resmungou. Ela parecia estar à beira de lágrimas. – Quem mais nos daria abrigo?

Limpei a garganta com certa dificuldade e me agachei, mas ela não se aproximou.

– Ora, eu abrigaria vocês. Tenho um dinheiro disponível agora, Poppy, e gostaria que viessem comigo. Vocês não precisam mais ficar neste lugar deplorável, não precisam matar pessoas ou obedecer à sra. Haylam. E você, Chijioke, não gostaria de ter uma casa só sua?

Ele riu baixo e cruzou os braços grossos diante do peito.

– Espere, mocinha. Essa é sua ideia de presente?

– Aqui não é deplorável! – Poppy correu para trás e lançou os braços em volta da perna de Chijioke, abraçando-a. – Esta é minha casa. Meu lugar é aqui!

– Não é verdade – respondi, mas já sabia que era uma batalha perdida. – Só porque é a única coisa que você conhece não quer dizer que é o melhor lugar em todo o mundo pra você.

– Nós *gostamos* daqui, Louisa. *Eu* gosto daqui. – Chijioke balançou a cabeça, abrindo um sorriso de compaixão para mim. Ele colocou a mão no ombrinho de Poppy para tranquilizá-la. – Não tenho o menor desejo de viver em uma cidade. Não conseguiria respirar.

Eu me levantei e fiquei em silêncio. O sr. Morningside guiou Poppy para a escada que levava ao andar de cima e para fora do porão.

– Não há por que se alvoroçar, Poppy. Não estou mandando vocês embora, apenas permitindo que Louisa colete sua parte de nosso acordo.

Chijioke pegou a mão da menina e a puxou em direção à escada, lançando-me um olhar por sobre o ombro.

– Desculpe, mocinha. Sem ofensa, mas você poderia ter perguntado. Teria o maior prazer em lhe dizer que não sinto vontade de ir embora.

E então eles se foram. Eu ainda estava com a carta na mão, mas parecia estar de mãos vazias, como se não segurasse nada e esse vazio fosse a recompensa por tudo.

– Lee? – ouvi-me dizendo baixinho.

– A sra. Haylam não conhece nenhuma forma de libertá-lo do Elbion Negro. Deixar o círculo de poder do livro o mataria, Louisa. – O sr. Morningside deu alguns passos largos em direção à escada e só voltou a falar depois que a porta acima de nós foi fechada. Ele me lançou um longo olhar de soslaio e suspirou.

– Sabe, quase queria que eles tivessem aceitado partir com você. Temo de verdade o que o pastor fará agora.

Combatendo o torpor em meu corpo, estreitei os olhos e o observei andar de um lado para outro.

– Do que o senhor está falando?

– Finch... O que ele viu... Não era para saberem que Chijioke tem a capacidade de transferir almas de um receptáculo a outro. Eu deveria estar banindo as almas daqui para a morte permanente. Em vez disso, talvez tenha... contornado as regras. Ligeiramente. – Ele bagunçou o cabelo escuro e bufou. – Eu estaria mais preocupado se não tivesse você do meu lado.

– Do seu *lado*? – Ri, melancólica. – Vou entregar esta carta para o senhor, mas depois não terei mais nada a ver com isso.

Seu rosto ficou imóvel e difícil de interpretar, como uma de suas máscaras tremulantes do pavilhão.

– Agora você pode até ter o luxo do dinheiro, Louisa, mas não tem o do anonimato. O pastor ouvirá a história de Finch. Saberá, assim como eu, que você tem a alma do Pai dentro de si. Você pode fingir ser capaz de escapar de tudo, garota, mas as engrenagens de outrora têm seu próprio jeito de girar e feridas antigas e profundas têm seu próprio jeito de se reabrir.

Sacudi a cabeça. Não, não... ele estava errado. Eu poderia ir a Londres e ter uma vida normal. Poderia libertar Mary e depois encontrar uma maneira de ser eu mesma novamente.

– Creio que o tempo dirá qual de nós está certo – respondi com a voz baixa.

Ele passou por mim e fechou a porta atrás de si, deixando-me sozinha no vestíbulo.

– Sim, o tempo dirá, Louisa, mas não pense que teremos tanto tempo assim para esperar.

Ao menos em um aspecto ele tinha razão: o tempo realmente foi passando mais rápido à medida que minha partida de Coldthistle se aproximava. Por mais que eu estivesse pronta para ir, eu me sentia emboscada pela casa. Dessa vez, não havia nenhuma esperança de sair na companhia de meus estranhos amigos, o que tornava muito mais difícil ir embora. Quando chegou o fatídico dia, uma carruagem esperava por mim do lado de fora e, com ela, a promessa de uma vida nova. Eu tinha mais posses agora do que quando chegara, herdando as malas do Pai e sua maleta de couro, bem como a gaiola com sua aranha rosa e roxa.

Poppy queria que eu a tivesse deixado para trás, desejando outro animal de estimação. Bartholomew arfava ao meu lado, apoiado em minhas pernas enquanto eu esperava o sr. Morningside sair de sua porta verde. Eu sentia o coração pesado, e a vontade de chorar fazia uma pressão constante no fundo de meus olhos e de minha garganta. Por que era tão difícil ir embora? Eu alternava entre odiar e tolerar esta casa, mas agora… agora…

– Você vai cuidar bem dessa aranha, não vai, Louisa? Ela parece muito rara – Poppy disse, agachando-se para olhar dentro da gaiola. A aranha ergueu uma pata como se a cumprimentasse.

Sempre que eu olhava para a criatura ou alguém a mencionava, minha cabeça doía, como se houvesse alguma memória aprisionada se esforçando para sair. Eu me lembraria em algum momento, pensei, pois a influência do Pai ia e vinha. Levaria tempo, concluí, para vasculhar seu conhecimento e suas memórias, encontrar um equilíbrio entre a raiva que o havia definido e os sofrimentos que haviam definido a mim.

– Você precisa dar um nome para ela! – Poppy disse, eufórica, levantando-se de um salto.

– Hum – respondi, batendo o dedo no lábio inferior. – Que tal Mab?

– Como a rainha – ela murmurou. – Adorei!

Então ela se lançou sobre mim, abraçando-me com força pela cintura até eu retribuir. E o fiz com gosto, percebendo que sentiria falta dela pulando na minha cama, despertando-me de sonhos ruins. Acariciei as orelhas de Bartholomew e ele ganiu, como se ofendido por eu trocar um cão de guarda por outro.

– Esta não será a última vez que nos veremos – eu disse ao cachorro, acariciando sua cabeça. – Algo me faz ter certeza disso.

– Bom, isso eu garanto. – O sr. Morningside havia chegado, espirituoso como sempre em um terno cinza-gelo impecável com uma gravata prateada. Ele caminhou até o meu lado e fez uma reverência, o que era seu hábito agora, um hábito extremamente irritante. Ele devia ter notado o aborrecimento em meu rosto. – Você é mais do que uma criada agora, Louisa. É uma jovem com uma fortuna no bolso e a alma de um deus antigo. Em breve, terá uma grande casa em Londres. Viverá sua temporada social. Nessa época do ano, terá propostas de casamento entrando pelos ouvidos. Então, por favor, pelo amor de tudo quanto é mais profano e sombrio, aprenda a apreciar um homem lhe fazendo reverências.

Não pude conter o sorriso, e até lhe permiti pegar minha mão e beijá-la. Em seguida, ele se empertigou e, com cuidado, tocou o broche de minha roupa, aquele que antes me garantia liberdade. Com um suspiro, soltou o fecho e o tirou, mostrando-o para mim em sua mão bem cuidada.

– Você sabe que tenho de pegar isto. Você nunca chegou a completar todas as traduções do diário. Trato é trato, Louisa.

– Porque o senhor me mandou pular para o final – eu disse, revirando os olhos.

– Sim, mandei – Henry murmurou, com certa tristeza. Ele evitou olhar para mim, dedicando sua atenção ao broche. – Sim, mandei. E agora penso outra vez que chegamos ao fim. – Sorrindo, ele fechou os dedos em volta do broche e o guardou no bolso. – Até nosso próximo encontro, digo. Chijioke a levará até Malton. Creio que você não terá dificuldades a partir de lá.

Dei um riso leve e acenei para a escada atrás dele.

– Não estarei sozinha.

Tinham vestido Khent em um dos ternos antigos do sr. Morningside, e ele parecia pouquíssimo à vontade. Para o resto de nós, porém, ele estava muito elegante, arrumado, seus ferimentos tratados, a barba feita para se adaptar à moda inglesa moderna. Ele estava com uma bolsa a tiracolo, uma das minhas malas, um casaco e um xale embaixo do braço caso chovesse.

– Tome cuidado com as pulgas – o sr. Morningside disse com uma piscadela, caminhando em direção à porta da cozinha, onde a sra. Haylam havia aparecido. Eu não sabia há quanto tempo ela estava nos observando, mas seu olho bom estava distante, obscurecido. Ela tinha ficado praticamente em silêncio durante minha recuperação, abrindo a boca apenas para reclamar que estava com menos funcionários de novo e admitir a contragosto que, como eu havia morrido, o livro não detinha mais poder sobre mim.

As marcas em meus dedos tinham se apagado.

Khent se juntou a mim no vestíbulo, pegando outra mala e agindo como se, com seu tamanho e força, fosse capaz de carregar todas sem dificuldade. Ele assumiu uma postura educada e vigilante atrás de mim, à minha esquerda. Peguei a gaiola da aranha e uma mala, hesitante. Lee não tinha aparecido em momento nenhum, mas eu nunca sonharia em esperar isso dele.

– Bem – eu disse, inspirando fundo. – Obrigada por… por tudo que me fizeram. Não acredito que isso seja um adeus e, sinceramente, do fundo do coração, torço para que não seja. Quando recuperarmos Mary, mandarei suas saudações a ela. Vocês a verão em breve, se ela decidir voltar.

– Ah, tomara que sim! – Poppy apertou as mãos uma na outra como se em oração. – E, se não, é bom deixar que visitemos vocês, Louisa. Quero ir a Londres! À Primeira Cidade! A todos os lugares!

A sra. Haylam resmungou. Pude ver que ela estava ansiosa para que eu fosse embora logo. Afinal, eu havia perturbado o equilíbrio. Havia uma ordem nas coisas ali na Casa Coldthistle, uma ordem que eu parecia nunca ter entendido. O sr. Morningside estava contornando as regras que ele e o pastor haviam definido, e não pude deixar de me questionar se o inquérito tinha sido apenas o começo de suas tribulações. O fato de que isso poderia colocar meus amigos em perigo e o de que eles tinham se recusado a partir comigo eram o golpe mais difícil de suportar.

– É claro que podem visitar. – Ri baixo. – Todos são bem-vindos, mas não sei ainda pra onde vou. Preciso cuidar de Mary e depois... – Encolhi os ombros. Tudo era possível, não era? – Escreverei.

– Sim, escreva. – O sr. Morningside piscou para mim da porta da cozinha. – Agora vá ou Chijioke terá se transformado em um velho barbudo quando voltar.

Agora que era chegada a hora, eu não queria partir. Mesmo assim, peguei minhas últimas coisas e me virei, seguindo Khent porta afora. Era estranho partir com alguém que eu mal conhecia, mas ler o que ele havia feito por Bennu e saber que ele tinha tentado me alertar contra o Pai me fez criar estima por ele. Ao menos, era um alívio ter companhia, avançar com minha nova alma ajudada por alguém que conhecia as minúcias de nosso curioso mundo.

– Adeus! – Poppy gritou atrás de nós. Ela e Bartholomew me seguiram até a porta, acenando loucamente. O cachorro ladrou, erguendo o focinho no ar enquanto choramingava. – Escreva em breve! Muito em breve! Aliás, escreva assim que chegar a Malton e de toda cidade depois de lá...

– Ela está se despedindo – eu disse a Khent na língua dele. – Ela é, hum, muito precoce.

Ele sorriu e me olhou de soslaio.

– Isso ficou óbvio em qualquer língua.

Chijioke nos encontrou na carruagem, puxando-me para um abraço esmagador antes de alçar as malas para o banco do cocheiro. Quando terminou, tirou um peixinho de madeira do bolso e o deu para mim enquanto Khent prendia nossas malas para a viagem.

– Para Mary – ele disse, corando. – A verdadeira.

– Ela vai adorar – respondi, guardando o peixe. – Você ficará sabendo assim que a encontrarmos.

Assentindo, Chijioke me deu um beijo rápido na bochecha, depois saltou para a cabine do cocheiro.

– Poderemos nos despedir em Malton depois posso dar uma choradinha no caminho de volta sem ter você pra zombar de mim.

Eu estava prestes a levar o peixe e a gaiola da aranha comigo na carruagem, mas escutei um barulho baixo nas pedras atrás de mim. Como uma sombra, Lee tinha vindo, colocando a cabeça para fora do vestíbulo, como se para ver se eu já havia ido embora. Ergui minhas coisas para Khent pegá-las, com a mão na porta e o corpo virado para olhar para Coldthistle.

Lee veio caminhando devagar, com o olhar agitado. Foi tolice pensar que estávamos quites, que agora que ele havia decidido meu destino dividíamos algum laço intenso e único. Isso não era verdade. E era injusto esperar igualdade, ainda mais quando a ressurreição dele tinha vindo com um preço e tanta dor, e a minha havia resultado apenas em mais poder e conhecimento. Simplesmente não era justo e minha cabeça doía pelas coisas que poderiam ter acontecido entre nós se a vida fosse mais bondosa.

Por impulso, estendi a mão na direção dele e ele a tomou; seus dedos estavam frios, a postura era de desconfiança. Eu não fazia ideia do que dizer. Uma imensidão de sentimentos crescia em meu coração, quase grande demais para suportar, sufocando-me. Existe o que o coração quer e o que a realidade exige, e não raro essas coisas são tão incompatíveis quanto neve e fogo.

Tirei a colher da corrente em volta do pescoço. Ela tinha sido consertada por Chijioke apenas recentemente, mas peguei o colar e o coloquei na palma da mão dele, fechando seus dedos em volta.

– Isso só me trouxe azar – sussurrei a ele. As lágrimas deixavam minha voz áspera. – Por favor, jogue-a do telhado ou a enterre em um buraco escuro e fundo. Pelo nosso bem.

Lee abriu um sorriso leve e assentiu.

– Pensei que estava sendo tão galante roubando isso para você. Meu primeiro furto. Não é de admirar que seja amaldiçoada.

– Cuide-se, Lee, por favor. Sinto muito por tudo.

Ele enfiou a colher no bolso e jogou os ombros para trás.

– Não sinta, Louisa. Não lamento termos nos conhecido, lamento ver você partir.

Então ele me abraçou, tão subitamente como na biblioteca, e mergulhei nessa sensação pelo tempo que o decoro permitiu. Quando acabou, ele entrou às pressas, desaparecendo dentro da casa a passos ágeis e sorrateiros como os de uma sombra.

Era hora de ir.

Khent me ajudou a subir na carruagem, estendendo-me sua mão enorme e depois me seguindo para dentro. Estava úmido e quente ali, com a aranha Mab sentada entre nós em sua gaiola. Chijioke estalou o chicote. Suspirei e me recostei no assento, observando Poppy correr pela saída de carros enquanto deixávamos a Casa Coldthistle para trás. Fechei os olhos, ouvindo o cascalho ser esmagado sob as rodas, sentindo como se a mansão estivesse me vendo partir, como se estivesse dando um grito mudo de frustração por eu ter conseguido escapar de suas garras.

Eu não sabia se estava livre daquele lugar, mas estava seguindo um caminho, o que já era alguma coisa. Os parapeitos enormes e as janelas pretas e compridas da casa ficaram mais distantes enquanto avançávamos pelo gramado.

Quanto mais nos distanciávamos, melhor eu me sentia, como se uma névoa estivesse se desfazendo em volta de mim. Eu me apoiei na janela, memorizando o resto da casa, sem saber se o peso da melancolia em meu coração se desfaria em algum momento.

Algo chamou a minha atenção quando passamos do campo para a floresta e virei na direção da estrada de terra principal. Eles tinham queimado o corpo do Pai; uma pequenina muda preta já brotava onde jaziam as cinzas dele. Uma névoa negra pairava ao redor dela e, enquanto eu olhava, as nuvens trazidas pelo vento se abriram e uma chuva forte começou a cair. Um estrondo contínuo de trovão nos ameaçava à distância.

Epílogo

O vento e a chuva fortes açoitavam nossos rostos. Mesmo sem o diário de Bennu, meus pés teriam me guiado para aquele lugar. Era um caminho que eu conhecia em meus ossos, agora que a alma do Pai estava entrelaçada à minha. Para outros olhos, olhos humanos, a estrada não se revelaria, escondida por emaranhados e emaranhados de árvores e arbustos grossos, a trilha se erguendo do chão da floresta para um longo passadiço de rocha coberto por água. Essa água se transformava em cachoeira, o som corrente sob nossos pés tão alto quanto a tempestade acima.

– Cuidado por onde anda! – Khent gritou mais alto do que a comoção. As pedras eram escorregadiças, traiçoeiras, mas atravessei com habilidade, como se já tivesse andado por aquele caminho uma centena de vezes ou mais.

Através de uma muralha de cascata, vi surgir uma estrutura mais alta e grandiosa do que as árvores à nossa direita. À esquerda, as cascatas mergulhavam em direção a uma espuma trovejante de água e seixos afiados.

A forma que assomava diante de nós parecia uma cesta de vime gigante, como a descrita por Bennu em seu diário. Khent não havia chegado à cidade por esta rota, mas tinha pegado um caminho semelhante quando escapara, e seus pés descalços saltavam pelas pedras úmidas com mais graciosidade que os meus. Ele pegou minha mão quando a trilha à nossa frente se alargou e se tornou íngreme. Se eu estreitasse os olhos por trás do lenço e da chuva, poderia ver os contornos de um par de gigantescas portas prateadas.

– Acha que outros lá dentro terão acordado? – perguntei. Falávamos em sua língua nativa, mas o inglês dele estava melhorando dia após dia.

Khent balançou a cabeça, com o rosto obscurecido pelo capuz grosso.

– Não faço ideia. Vai saber o que a morte e a ressurreição do Pai terão causado?

Esse parecia o refrão dos últimos dias. Caos. Incerteza. Fora das paredes de Coldthistle, eu me sentia quase nua, como se uma parte vital de mim tivesse sido arrancada. Eu não sabia se minha confiança chegaria a algum momento. Qualquer que fosse o caso, avancei na direção das portas, auxiliada pela mão firme de Khent.

Chegamos à entrada da cidade; as portas prateadas estavam cobertas de vinhas e musgo, seus desenhos intricados quase completamente obliterados. Coloquei a mão nas portas, esperando que nada acontecesse, mas senti os velhos mecanismos se ativarem imediatamente e um longo rangido reverberando alto por todo o meu corpo. Meu instinto foi me esconder, mas me segurei, respirando com firmeza, empurrando um pouco mais e descobrindo que a porta cedia para dentro. Entramos e, no momento em que fizemos isso, a tempestade parou abruptamente.

Do lado de dentro, o ar era quente e úmido e perfumado e abafado, mas belo. Canções de pássaros ecoavam das paredes curvas, o pátio aberto parecia um coliseu no formato e no tamanho. Olhei ao redor, pasma, sentindo-me ao mesmo tempo apavorada e em casa. *Casa.* Eu não tinha a intenção de ficar, e não sabia se meu lugar era aqui ou se simplesmente a alma do Pai estava reagindo ao lugar que reconhecia, mas, por um momento, senti prazer nessa sensação calorosa e acolhedora.

– Louisa?

Eu me virei ao som da voz dela. Era baixa e tão, tão reconfortante. Mary chamou meu nome de novo, mais alto dessa vez, e corri para ela pelas pedras verdes. Arcos se partiam em todas as direções, levando ao que eu não conseguia ver e, no meio do pátio, ficavam as escadas para baixo, como Bennu havia descrito. A cidade parecia completamente vazia, como se existíssemos apenas nós três ali. Mary se levantou de onde estava, com saias sujas e rasgadas. Quando nos encontramos e nos abraçamos, meu rosto estava molhado de lágrimas, e não mais de chuva.

– Você veio! Está aqui! Como conseguiu chegar? – ela chorou, apertando-me com força.

Recuei e suspirei, notando a mecha de cabelo faltando do lado direito de seus cachos castanhos.

– Há tanta coisa para explicar... tanta... – Eu estava esbaforida, exultante.

– Ah, mas você está encharcada! – Mary disse, estalando a língua. – Deve estar morrendo de frio!

– Pare de se preocupar comigo. – Eu ri, fazendo um gesto para mostrar que não tinha importância. Era tão bom ver o rosto dela novamente, seus olhos brilhantes e suas sardas, e saber que era ela de verdade. – É com você que estou preocupada... Como aguentou ficar aqui todo esse tempo?

– Tentei sair, tentei mesmo. – Com a testa franzida, ela apontou para as portas atrás de nós. Elas tinham se fechado de novo. – Louisa, não há saída! Os muros são altos demais e há coisas que se mexem lá embaixo, coisas que só escuto, mas que não desejo encontrar.

– Escalei as paredes como fera, senão não teria agilidade. – Khent deu um passo à frente ao dizer isso, com o rosto sério, e tocou meu ombro de leve antes de seguir resoluto em direção à escada. – Outros devem estar despertando – ele disse, e observei Mary fitá-lo, perplexa. – Fiquem aqui até eu ter certeza de que eles estão... mansos.

– Tome cuidado. – Não era minha intenção que isso soasse como uma ordem, mas soou.

Khent sorriu e se empertigou.

– Eles não me causarão problema.

Por um momento, Mary ficou em silêncio, observando-o ir, de testa franzida.

– Como chegou aqui, Louisa? Um homem terrível me tirou de Waterford antes que eu conseguisse pensar em qualquer coisa. Ele arrancou meu cabelo e me trancafiou aqui, sem me falar nada! E quem é essa pessoa? Em que língua vocês estão falando?

Coloquei o braço em volta dela e encolhi os ombros. Por onde começar?

– Como eu lhe disse, há muito o que explicar, mas não devemos fazer isso aqui. Acho que é uma história para mais tarde, quando estivermos todos seguros e secos e quentinhos. É melhor que seja contada longe, muito longe daqui.

– Ah, por favor – ela implorou. – Por favor. Foi tão entediante esperar...

Pareceu uma eternidade. Por mais que eu recitasse poemas e cantigas para mim mesma, logo me embananava e cansava.

– Bom, o que tenho a lhe dizer com certeza não é entediante. – Eu ri. Então, lembrando do que havia carregado de tão longe e através de tanto vento e chuva, enfiei a mão no bolso e tirei um peixinho de madeira entalhado. – Tome – eu disse. – Chijioke fez para você.

– Pra mim? – Suas bochechas coraram. Ela pegou o peixe e fechou os dedos em volta dele, piscando com força. – E... esse presentinho aparece nessa sua história fantástica?

Dos andares de baixo, escutei uma gargalhada desconcertante de tão calorosa. Talvez Khent não tivesse se deparado com problemas, afinal. Guiei Mary devagar na direção da escada e esperei, baixando os olhos para a escuridão e me perguntando aonde exatamente todos iríamos, onde exatamente eu encontraria um lar.

– Aparece – respondi. – Só não sei se você vai acreditar em tudo.

Agradecimentos

Este definitivamente não foi um livro fácil de escrever, e há muitas pessoas a quem preciso agradecer. Primeiro, Andrew e a equipe na HarperCollins, que demonstraram uma santa paciência enquanto eu terminava e terminava e terminava. Olivia Russo organizou viagens maravilhosas para promover a série, e fez isso como uma verdadeira estrela. Também quero agradecer à equipe de design, que dedicou tanto tempo e energia para fazer da série *Casa das fúrias* algo tão belo. Daniel Danger e Iris Compiet fizeram um trabalho maravilhoso, obviamente, e sou grata a eles por sua criatividade e seu entusiasmo. Um enorme obrigada à minha agente, Kate McKean, que continua a ser a rocha da minha vida profissional. Matt Grigsby e Oliver Ash Northern, obrigada por me ajudarem a criar materiais promocionais tão incríveis para a série.

À minha família, vocês todos sabem o quanto significam para mim, e o amor e a ternura que me demonstraram enquanto eu corria para escrever e reescrever este livro é simplesmente incrível. Da próxima vez, que tal não termos uma emergência familiar enquanto eu estiver em um inferno de prazos?

Brent Roberts foi fundamental para me ajudar com os aspectos da tradição cristã, e Amanda Raths foi de grande ajuda com as traduções egípcias. Obrigada aos dois por sua generosa ajuda.

Borda vitoriana nas páginas 2, 3, 6, 7, 9, 15, 23, 28, 33, 40, 48, 54, 64, 72, 81, 90, 96, 104, 111, 120, 132, 144, 153, 165, 174, 184, 194, 203, 218, 230, 240, 248, 257, 264, 273, 282, 294, 305, 314, 320, 327, 338 © 2018 by Getty Images.

Textura de parede nas páginas 2, 3, 6, 7, 9, 15, 23, 28, 33, 40, 48, 54, 64, 72, 81, 90, 96, 104, 111, 120, 132, 144, 153, 165, 174, 184, 194, 203, 218, 230, 240, 248, 257, 264, 273, 282, 294, 305, 314, 320, 327, 338 © 2018 by Getty Images.

Parede desgastada nas páginas 14, 32, 63, 95, 143, 173, 217, 256, 293 © 2018 by Getty Images.

Fotografias nas páginas 14, 32, 63, 95, 143, 173, 217, 256, 293 © 2018 by Getty Images.

SUA OPINIÃO É MUITO IMPORTANTE

Mande um e-mail para **opiniao@vreditoras.com.br**
com o título deste livro no campo "Assunto".

1ª edição, maio 2019.

FONTES Adobe Caslon 11/18pt; Tagliente 60/40pt
PAPEL Holmen Book Creme 60g/m²
IMPRESSÃO Geográfica
LOTE G87772